LES DEUX VISAGES DU MONDE

DU MÊME AUTEUR
CHEZ SONATINE ÉDITIONS

Là où les lumières se perdent, traduit de l'anglais (États-Unis) par Fabrice Pointeau, 2016.

Le Poids du monde, traduit de l'anglais (États-Unis) par Fabrice Pointeau, 2018.

Ce lien entre nous, traduit de l'anglais (États-Unis) par Fabrice Pointeau, 2020.

Nos vies en flammes, traduit de l'anglais (États-Unis) par Fabrice Pointeau, 2022.

David Joy

LES DEUX VISAGES DU MONDE

Traduit de l'anglais (États-Unis)
par Jean-Yves Cotté

SONATINE ÉDITIONS

Directeur de collection : Arnaud Hofmarcher
Coordination éditoriale : Marie Misandeau
et Pierre Delacolonge

Titre original : *Those We Thought We Knew*
Éditeur original : G. P. Putnam's Sons

Sonatine Éditions
92, avenue de France
75013 Paris
lisezsonatine.com

Ouvrage réalisé par Cursives à Paris

ISBN 978-2-38399-135-9
N° d'édition : 1135 – Dépôt légal : août 2024

À Marie, dont l'esprit brûle d'un éclat aussi farouche
que quiconque a vu le jour en ce lieu

Prenons un couteau
et coupons le monde en deux –
et voyons ce que les vers mangent
de l'écorce.

Langston Hugues

PREMIÈRE PARTIE

1

Les tombes leur prirent toute la nuit. Il y en avait sept en tout, chacune d'un mètre cinquante à un mètre quatre-vingts de profondeur, creusées par une dizaine de paires de mains. Certains des fossoyeurs apportèrent des gants et les prêtèrent à tour de rôle à ceux qui n'en avaient pas pour éviter qu'ils ne s'esquintent la peau. À la fin, toutes les mains étaient pareillement brûlantes et couvertes d'ampoules. Leurs doigts peinaient à se délier. Leurs dos ployaient telles des feuilles de laurier.

C'était le milieu de l'été, mais sur la montagne l'air était frais. Chaque fois qu'ils s'extirpaient des tombes pour se reposer, la sueur glaçait leurs corps, et ils goûtaient cette sensation car le labeur les avait comme embrasés. Les sauterelles s'égosillaient dans les arbres et c'était ce bruit qui étouffait la morsure et le cliquetis des lames creusant la terre, la respiration laborieuse de ceux qui enfonçaient leurs pelles toujours plus profondément.

Vers minuit, la police du campus fit le tour du parking au cours de sa patrouille, mais les fossoyeurs se cachèrent et se retrouvèrent bientôt seuls. La terre s'accumulait à la tête des tombes et, quand ils eurent fini de creuser, ils firent la navette depuis les pick-up pour transporter des seaux de pierres de rivière.

La jeune femme qui avait tout organisé acheva seule le travail. Elle avait peint en blanc les pierres de rivière et, avec celles-ci, elle façonna lentement des lettres sur les monticules d'argile à la tête de chaque tombe. Elle prit son temps, comme s'il s'agissait d'une sorte de méditation. Tenant chaque pierre à deux mains, elle les tourna lentement jusqu'à ce qu'elles semblent trouver leur place d'elles-mêmes et, quand la dernière fut posée, un mot avait pris forme. Même à la lumière bleutée, elle pouvait lire ce qui était écrit et, sa tâche accomplie, elle s'allongea sur l'herbe pour regarder la dernière des étoiles à peine visibles pâlir et disparaître tandis que la lueur de l'aube blanchissait le ciel.

Au début, elle avait envisagé de tendre des draps noirs sur le sol pour signaler les tombes béantes. Mais maintenant que le travail était achevé et que son corps la faisait souffrir, elle était contente d'avoir opté pour le plus difficile. C'était une composante de l'histoire dont elle connaissait désormais parfaitement les détails. Elle bascula vers l'avant et enroula les bras autour de ses genoux. De la boue rouge formait une croûte sur les jambes de sa salopette. Elle sentait l'argile sécher tel un masque au charbon sur son visage dont elle avait essuyé la sueur du dos de la main. Elle sourit et ferma lentement les yeux, satisfaite de ce qu'ils avaient accompli.

Quand les premiers oiseaux se mirent à chanter, les gens qui l'avaient aidée commencèrent à partir. Contrairement à elle, tous étaient blancs, et certains lui serrèrent la main tandis que d'autres la prirent dans leurs bras. Un jeune homme du nom de Brad Roberts fut le dernier à s'en aller. Il était étudiant en troisième cycle à l'université et lui avait apporté tout l'été une aide considérable dans ce qu'elle avait entrepris. Au cours des deux derniers mois, ils avaient passé beaucoup de temps ensemble presque tous les jours. Il s'approcha et se campa devant elle. « C'est fort, dit-il, posant doucement la main sur l'arrière de son bras. Vraiment, Toya. » Ses paroles la remplirent de fierté. Quand il fut parti et qu'elle se retrouva seule, elle sortit un papier plié de sa poche arrière. Elle l'ouvrit, dévoilant une photographie en noir et blanc qu'elle avait imprimée à la bibliothèque.

Sur le cliché, dix-neuf hommes et femmes étaient rassemblés devant une église. La plupart des hommes arboraient une moustache et toutes les femmes portaient un chapeau ; tous étaient vêtus de leurs habits du dimanche. Son arrière-arrière-arrière-grand-père se tenait au deuxième rang, une main dans la poche, ce qu'elle pouvait affirmer à la façon dont sa veste saillait au-dessus de la taille de son pantalon. Il était grand et mince avec des sourcils bas qui ombrageaient son regard, la peau claire comparé à son épouse, qui se tenait à ses côtés. Son arrière-arrière-arrière-grand-mère portait un châle tricoté blanc drapé sur les épaules, une capeline noire posée fièrement sur la tête. Sur son visage, la jeune femme retrouvait les traits de sa propre mère, des traits qui avaient été transmis et se perpétuaient.

Alors qu'elle était là à étudier les visages sur la photo, les visages de celles et ceux dont elle descendait, elle ne put s'empêcher d'avoir l'impression qu'ils l'observaient, leurs regards éteints scrutant au plus profond d'elle-même. C'était comme s'il y avait un placard au fond de son cœur et que cette image, ajoutée à l'odeur de la terre, avait d'une façon ou d'une autre ouvert une porte fermée dont elle n'avait jamais soupçonné l'existence.

Elle replia la photo et la remit dans sa poche, puis traversa la cour jusqu'au trottoir qui longeait la route. Une petite plaque de bronze avait été posée là longtemps auparavant pour consacrer le lieu, et c'était cette plaque qui avait conduit à cela. Au cours de l'été, elle s'était tenue là des dizaines de fois et avait lu ce qui était écrit jusqu'à connaître la dédicace par cœur.

Ici même en 1892 onze anciens esclaves fondèrent à Cullowhee l'église épiscopalienne méthodiste africaine de Sion. La congrégation, l'église et le cimetière se sont déplacés en 1929 pour permettre la construction de Robertson Hall.

La plaque, bien entendu, ne racontait pas toute l'histoire. En vérité, quatre-vingt-six corps et un bras amputé avaient été exhumés et réensevelis. Quand elle avait demandé à sa grand-mère ce qui s'était passé, cette dernière avait répondu que, lorsqu'elle était enfant, on lui avait dit que quand on avait déterré les corps, les cheveux des morts avaient continué de pousser, un détail macabre qu'elle hésitait à croire ou à reléguer au rang d'horrible histoire destinée à faire peur aux enfants. Rétrospectivement, sa grand-mère pensait que c'était probablement vrai. Sa voix avait tremblé à ce récit.

De bien des manières, pensa la jeune femme, la douleur avait été transmise de génération en génération, raison pour laquelle tant de gens ne pourraient jamais comprendre à moins que ce ne fût leur histoire, à moins que cette histoire ne fût la leur. Pour certains groupes en Amérique, le traumatisme était en quelque sorte un héritage.

La jeune femme se détourna de la plaque pour regarder le bâtiment de trois étages qui avait remplacé l'église, le rouge de ses murs de brique s'échauffant tandis que les rayons du soleil venaient les effleurer. La cour et les tombes étaient encore dans l'ombre d'une haute haie de pins, et elle se mit en marche, les mains jointes sur la poitrine, pour jeter un dernier regard avant de partir. Les pierres brillaient davantage à présent et elle lut à voix basse ce qu'elles clamaient haut et fort.

Au commencement, il n'y avait que le Verbe.

2

Cette même nuit, à une dizaine de kilomètres en aval sur la route, le décor semblait tout droit sorti d'une carte postale jaunie vieille de quarante ans. Dans la lueur nocturne, un break Chevrolet Caprice Classic de 1984 était garé devant le supermarché Harold's. Installé sur ce court tronçon de route entre Sylva et Dillsboro depuis le début des années 1970, le magasin n'avait pratiquement jamais changé. Le parking était vide à l'exception du Chevrolet. La lumière des lampadaires filtrait à travers le brouillard et faisait luire le bitume, donnant à l'endroit l'aspect compact d'une feuille de verre bleu sombre.

C'est une employée, travaillant seule à la station-service de l'autre côté de la route, qui passa le coup de fil. Elle expliqua que les deux premières fois où l'homme était entré dans la boutique, il avait pris trois cannettes de Busch Ice et payé en espèces. Une heure environ s'était écoulée entre les deux, peut-être encore une autre avant qu'il ne revienne en titubant une troisième fois. Lors de ce dernier passage il avait repris trois cannettes, vidé ses poches et compté une poignée de pièces de monnaie. Il lui manquait soixante cents et il était retourné au réfrigérateur à bière pour troquer les cannettes contre une bouteille d'un litre de High Life. Il lui restait juste assez pour une ou deux cigarettes présentées en vrac dans un gobelet en mousse à côté de la caisse.

Tout cela n'avait bien entendu rien d'insolite. Une fille qui travaille de nuit dans une station-service écoulant plus d'alcool que d'essence et qui en vient à voir toutes sortes d'individus franchir la porte. S'il s'était agi d'un des habitués, elle n'aurait pas tiqué. Mais de fait, elle ne connaissait cet homme ni d'Ève ni d'Adam et, dans un endroit comme celui-ci, une fille comme celle-là finissait par connaître le moindre ivrogne du coin. Elle avait pris une pause cigarette après avoir balayé le magasin. À l'extérieur, appuyée contre le mur près des piles de bois de chauffage à cinq dollars, elle avait vu l'homme de l'autre côté de la rue s'affaler sur le capot de sa voiture devant Harold's en maudissant la terre entière.

Cela faisait un mois que l'adjoint Ernie Allison, du bureau du shérif du comté de Jackson, était de nuit. Harold's se trouvait sur le territoire de Sylva et relevait de la juridiction de la police municipale, mais les coupes budgétaires avaient contraint la police de Sylva à réduire le nombre de ses patrouilles, et Ernie n'avait de toute façon pas grand-chose à faire. Le mardi soir, les gardes étaient toujours d'un ennui mortel.

La police municipale était déjà sur place à son arrivée, une seule voiture de patrouille à l'autre bout du parking. Ernie éteignit ses phares tandis qu'il traversait en diagonale les emplacements inoccupés. Il bâilla et se frotta les yeux avec la base du pouce de sa main droite, s'efforçant de se secouer pour se réveiller. Tout en faisant glisser la paume de sa main de son front vers ses cheveux, il se regarda dans le rétroviseur : sa coupe courte, ses yeux verts vitreux et fatigués. En s'arrêtant à côté de la voiture de police, il baissa la vitre et croisa un visage familier. Tim McMahan et Ernie avaient été dans la même classe au lycée.

Depuis qu'ils étaient mômes, McMahan avait été un boulet. En terminale, il avait balancé les membres de l'équipe de base-ball qui s'étaient défoncés dans l'abri des joueurs après les matches. Aujourd'hui encore, Ernie appréhendait qu'il se glisse à ses côtés au bar, redoutait une conversation interminable, les tu-devineras-jamais-sur-qui-je-suis-tombé, mais malgré tout Tim était un bon flic.

« T'as vu quelqu'un ?

– Ouais, il s'est évanoui à l'arrière de ce tas de ferraille. »

Tim pointa du doigt le break garé devant le magasin. La voiture était vert foncé avec des boiseries délavées et une fissure qui zébrait de part en part la vitre arrière.

« T'as essayé de le réveiller ?

– Quand j'ai entendu que t'arrivais, je me suis dit que j'allais t'attendre.

– Je m'ennuyais à mourir, répliqua Ernie. J'avais un mal fou à garder les yeux ouverts. »

Tim ricana et sourit.

« Je suis prêt à parier que je viens de dormir une heure. » Il attrapa une bouteille vide de Mountain Dew dans le porte-gobelet et cracha dedans un jet brunâtre de tabac à priser. « Quand la radio a crépité, je pionçais. Merci pour ton aide.

– Pas de problème. »

Les deux voitures de patrouille traversèrent lentement le parking côte à côte, l'une venant serrer le pare-chocs arrière du Caprice tandis que l'autre faisait marche arrière pour bloquer le véhicule. Ernie sortit et ajusta son ceinturon autour de ses hanches. Ses jambes étaient engourdies d'avoir passé la nuit dans la voiture et il se haussa plusieurs fois sur la pointe des pieds pour s'étirer les mollets. Tim prit le côté conducteur et Ernie le côté passager, chacun balayant l'habitacle de sa lampe torche tout en regardant à travers les vitres maculées.

La banquette était rabattue et tout l'arrière du break disparaissait sous un tas de vêtements. L'homme était torse nu et pieds nus, couché à plat ventre dans un jean noir aux jambes peinturlurées. Un blouson de cuir noir roulé en boule qu'il enserrait des deux bras sous sa tête lui faisait office d'oreiller.

Ernie jeta un coup d'œil par-dessus le toit du Caprice pour voir si Tim était prêt. Ce dernier fit un pas en arrière, délogea la boulette de Skoal du creux de sa joue et propulsa le tabac sur le parking. Reportant son attention sur le break, il frappa trois grands coups secs sur la vitre avec la tête de sa lampe torche. L'homme ne bougea tout d'abord pas, mais Tim tambourina à la vitre avec son poing et l'homme ouvrit les yeux, groggy.

Ernie braqua sa lampe torche sur le visage de l'homme, qui se redressa sur un coude et plissa les yeux, ébloui, la figure chiffonnée et désorientée. Il leva les bras et appuya une main sur la vitre latérale pour bloquer le faisceau de la lampe torche.

« Qu'est-ce que vous foutez là ? Vous êtes qui, bordel ? »

Il avait un drôle d'accent, une voix traînante typique du Sud profond.

« Bureau du shérif du comté de Jackson, dit Ernie. Je vais vous demander de sortir du véhicule. »

Soudain, l'homme pivota sur lui-même et se réfugia sous le tas de vêtements, et aussitôt Ernie dégaina son arme de service tandis que, d'un coup sec, Tim ouvrait la portière opposée. Tim extirpa l'homme de la voiture en le tirant par les chevilles et le jeta à terre, et d'où il était Ernie ne vit plus la scène. Il s'ensuivit un bref tumulte, deux hommes qui grognaient et reniflaient, suivi du cliquetis d'une paire de menottes qui se referme d'un coup sec. Le temps qu'Ernie fasse le tour du véhicule, Tim avait relevé l'homme.

« Pourquoi vous me traitez comme ça, bordel ? J'ai rien fait !

– Qu'est-ce que tu cherchais sous ces fringues ?

– Mon portefeuille, enfoiré. Mon permis est dans mon portefeuille. »

Ernie se pencha dans l'habitacle et écarta le blouson de cuir. En effet, un portefeuille en nylon bon marché était caché sous le blouson. Ouvrant grand le Velcro, Ernie sortit un permis de conduire du Mississippi et examina la photo. William Dean Cawthorn avait une tête trop petite pour son corps, un long cou de poulet et une coupe mulet de cheveux gras qui lui arrivaient aux épaules. Ernie fit basculer le permis d'avant en arrière sous le faisceau de sa lampe torche pour vérifier l'hologramme.

« Vous êtes loin du Mississippi, monsieur Cawthorn. » Il marcha jusqu'à l'avant du break et lança le portefeuille ouvert sur le capot. « Qu'est-ce que vous faites à Sylva, exactement ? »

L'homme se redressa et se balança d'un pied sur l'autre pendant que Tim le fouillait. Il était grand, maigre et large d'épaules. Il tourna brusquement la tête sur le côté et cracha dans l'intervalle entre ses deux incisives supérieures. Son torse était d'un blanc laiteux, ses bras et son visage tannés par le soleil d'un cuir sombre. De la terre et de la poussière mouchetaient sa poitrine à l'endroit où il s'était vautré sur le bitume.

« Dites, pourquoi vous m'avez tiré de ma bagnole comme ça, putain ? Ce type-là derrière moi m'a presque éclaté la tête. Vous pouvez me dire pourquoi, merde ?

– On t'a vu tous les deux fouiller dans ces fringues.

– Je vous ai dit que c'était pour mon portefeuille.

– Mais comment on était censés le savoir ?

– Ahhhhh », grommela-t-il, et il cracha une nouvelle fois sur le côté.

L'homme n'arrêtait pas d'essayer de se tourner pour mieux voir le policier qui le fouillait. Deux symboles minuscules étaient tatoués sur son cou et son bras telles des décalcomanies – un trèfle sur le côté de la gorge, une croix gammée centrée sur son épaule droite. Il avait des yeux bleu vif et des cheveux châtains, l'air débraillé et négligé. Les traits de son visage étaient comme amalgamés, de grands yeux enfoncés derrière un nez qui avait manifestement été cassé, la bouche tassée sous ce bec comme s'il n'avait plus de dents.

Quand Tim eut fini de fouiller l'homme au corps, il le contourna et vérifia le permis qu'Ernie avait lancé sur le capot.

« Très bien, monsieur Cawthorn, vous êtes en état d'arrestation.

– Arrestation ! brailla l'autre. Pourquoi, bordel ?

– Ivresse publique. Vagabondage.

– Vagabond ! Je suis pas un vagabond ! Je suis tombé en panne d'essence et j'avais nulle part où aller. J'ai bu deux ou trois bières à la suite et je me suis endormi. C'est tout. Bon Dieu, vous allez arrêter un type parce qu'il pionçait ? »

Tim entreprit de conduire l'homme à sa voiture de patrouille derrière le Caprice. Ils se trouvaient à peu près au niveau de la roue arrière quand ce salopard tout en jambes fit volte-face et lui décocha un coup de pied dans le genou. Après quoi il se mit à courir comme un dératé.

Les menottes qui maintenaient les bras de l'homme dans son dos l'obligeaient à se pencher en avant tandis qu'il traversait le parking en courant, pieds nus. Ernie le rattrapa en un clin d'œil. Il avait joué au football américain au lycée et était encore aussi costaud et rapide qu'un sanglier. Il plaqua l'homme par-derrière et le chevaucha quelques mètres sur l'asphalte. Avant qu'Ernie ait eu le temps de se dégager, Tim avait collé son genou sur la nuque de

Cawthorn, lui comprimant le visage contre le bitume. L'homme se débattit une ou deux secondes, se tordant dans tous les sens possibles et imaginables, mais après ce baroud d'honneur Ernie le sentit s'affaisser et se relâcher. L'homme puait la transpiration et la bière. Il resta étendu là, épuisé et tordu de rire.

« J'ai failli vous avoir », dit-il. Il toussa et peina à reprendre son souffle. « Un petit mètre et c'était gagné.

– Un petit mètre et ce Taser t'aurait envoyé cinquante mille volts. Voilà ce qu'un petit mètre t'aurait fait gagner. »

Ernie se releva et aida Tim à soulever l'homme en le prenant par les coudes. Cawthorn faisait bien trente centimètres de plus qu'Ernie et une douzaine de centimètres de plus que Tim.

« Vous croyez qu'un truc pareil me fait peur ? »

Sa bouche était en bouillie et du sang coulait de sa lèvre inférieure tandis qu'il souriait. Des égratignures qui s'étaient mises à saigner rougissaient sa poitrine et son ventre à l'endroit où Ernie l'avait plaqué. Une longue éraflure descendait de la racine de ses cheveux sur un côté de son visage.

« Vous croyez que je me suis jamais fait taser ? Je viens du Mississippi, nom d'un chien ! Cinquante mille volts, ça nous donne juste la trique ! »

Cawthorn ne la ferma pas une seconde tandis qu'ils le conduisaient à l'arrière de la voiture de patrouille de Tim et le poussaient à l'intérieur. Après ça, ils restèrent là à reprendre leur souffle et à se dévisager l'un l'autre, amusés.

« Il a la langue bien pendue, pas vrai ?

– Et aussi longue que la liste de courses du mois

– Ça va ? demanda Ernie.

– Ouais, ça va aller, répondit Tim. Il m'a donné un coup dans le tibia comme un sale môme.

– Comme dans la chanson de Charlie Daniels. »

Ernie éclata de rire et hocha la tête tandis qu'ils regagnaient le Caprice, qu'il leur fallait encore fouiller.

Le break empestait les vêtements aigres, les mégots de cigarettes rances et les boîtes de pêches en conserve Del Monte vides qui gisaient sur le plancher côté conducteur. Ils ouvrirent le hayon et les quatre portières, et l'odeur ne leur en piqua pas moins les narines et les yeux. Ernie prit l'arrière et passa les fringues au crible. Il n'y avait pas grand-chose, mais un truc étrange attira son regard – un petit tas de tissu blanc soigneusement plié et repassé. Le reste du véhicule était en désordre sauf cet endroit-là, impeccablement rangé. Il attrapa le vêtement et le brandit à l'extérieur, le tissu se dépliant tel un drap.

Ernie examina attentivement la longue tunique blanche qui, alors qu'il la tenait du bout des doigts par les épaules, se déroula jusqu'au sol. Il y avait un insigne rond à droite à hauteur de la poitrine, une croix avec une goutte de sang, qu'il reconnut pour l'avoir vue dans la presse et en photo. Un autre morceau de tissu était tombé par terre alors qu'il tenait la tunique. Ernie se baissa et ramassa une grande capuche blanche conique.

Tim était occupé à fouiller l'avant de la voiture, le genou posé sur le siège conducteur. Il se pencha hors du véhicule pour voir.

« C'est ce que je crois ?

– C'est clair que c'est pas un costume d'Halloween. »

Ernie accrocha la tunique et la capuche à la portière ouverte et fit le tour jusqu'au côté passager avant pour aider Tim à achever la fouille. Le plancher était jonché de gobelets vides et d'emballages alimentaires, de paquets de Winston et de conserves de viande. Il essaya d'ouvrir la boîte à gants mais elle était verrouillée.

« Passe-moi les clés. »

Tim les retira du contact et les lui tendit. Ernie en glissa une dans la serrure et, quand la boîte à gants s'ouvrit, un revolver à canon court en acier bleui apparut au-dessus des papiers habituels. Les plaquettes de crosse en caoutchouc portaient des marques de dents comme si un chien avait mâché le pistolet, un petit Charter Arms Undercover .38 Special.

« Combien tu paries que c'est un pistolet à bouchon ?

– Une invitation à dîner, je dirais », répondit Tim.

Le siège passager était couvert de lettres mal décachetées – enveloppes aux coins arrachés, factures et relevés de carte bancaire éparpillés négligemment. Sous les papiers se trouvait un carnet noir à spirale. Ernie l'attrapa et l'ouvrit à une page marquée par un avis d'expulsion plié. La page était intitulée « Contacts », rédigée comme un livre de comptes avec des noms et des numéros griffonnés dans une colonne sur la partie gauche.

Ce qui frappa tout d'abord Ernie, ce fut les numéros de téléphone – chacun avec l'indicatif régional 828, puis précédés de 586, 273, 293, 743, dessinant un chemin à travers le comté du nord au sud. Les yeux d'Ernie parcoururent les noms. Il ne les connaissait pas tous, mais le deuxième lui coupa le souffle. Holt Pressley était le chef de la police de la ville de Sylva, le patron de Tim, et son nom et son numéro se trouvaient sur le siège passager de la voiture de ce type. Il y avait d'autres noms qu'il reconnut, un ténor du barreau qui avait permis à des étudiants accusés de conduite en état d'ivresse et de possession de drogue de s'en tirer, un ancien commissaire du comté qui avait été rattrapé par la justice. Ces trois noms étaient ceux d'hommes très en vue que n'importe qui dans le comté de Jackson aurait reconnus, et voilà qu'ils se trouvaient là, noir sur blanc, sans la moindre explication.

Ernie balança le carnet sur le siège conducteur.

« Jette un œil à ça.

– Qu'est-ce que c'est ?

– Ça me dépasse. C'est marqué "Contacts", mais regarde les noms.

– Bon sang. C'est le numéro personnel du chef.

– Ouais, et c'est pas le seul. »

Ernie et Tim se regardèrent. Ni l'un ni l'autre ne savait quoi faire de ce qu'ils venaient de découvrir, puis Tim ferma le carnet et le balança sur le siège passager où Ernie l'avait trouvé. Il décida d'emporter le pistolet comme preuve, mais laissa tout le reste en l'état. Il affirma que c'était évidemment bizarre, mais que bizarre ne voulait pas dire hors la loi. C'était son intervention et son arrestation, et Ernie n'insista pas. Il n'était même pas sûr qu'il aurait fait les choses différemment s'il avait été à sa place.

Ils interrogèrent brièvement l'homme au sujet du revolver et il leur dit qu'il avait dans son portefeuille un permis de port d'arme cachée, que pour ce qu'il en savait, la réciprocité entre États s'appliquait, et qu'il avait mis le pistolet sous clé dans la boîte à gants avant de boire sa première bière. Il y avait de fortes chances qu'on le lui rende quand il serait relâché et, à dire vrai, ils n'avaient pas grand-chose pour le retenir. Une nuit en cellule de dégrisement et il retrouverait la liberté.

3

Le soleil était levé et deux corbeaux croassaient sur le bord du toit du Justice Center alors qu'Ernie en sortait, son service terminé. Il fit glisser ses mains sur son visage et écarquilla les yeux sous le ciel bleu de geai. Du brouillard enveloppait la vallée et la brume s'élevait grise comme de la fumée contre les montagnes. Déjà, une poignée de types traînaient sur le parking avec une cigarette au bec et une tasse à café à la main tout en attendant une date d'audience, une réunion de probation ou n'importe quelle foutaise administrative qui les avait amenés ici.

Une portière de voiture claqua et, jetant un coup d'œil, Ernie vit le shérif se diriger vers l'entrée. John Coggins achevait son dernier mandat avant de partir à la retraite ; fidèle à son habitude, il fichait des raclées et fendait des crânes comme il l'avait fait tout au long de sa carrière. Il n'avait jamais été du genre à prendre un jour de congé et depuis sa prise de fonction, il avait toujours porté l'uniforme standard des agents de patrouille, le même que celui de ses adjoints, pour ne pas se démarquer des femmes et des hommes qui travaillaient sous ses ordres. Ce n'était que depuis quelques mois qu'il s'habillait de façon plus décontractée, portant toujours un polo avec l'insigne du bureau du shérif brodé sur la poitrine, ça et un pantalon cargo.

À dire vrai, s'il l'avait voulu, Coggins aurait pu continuer à jouer au shérif jusqu'à ce qu'il passe l'arme à gauche. Après deux élections, personne ne s'était présenté contre lui, car il était de notoriété publique que le comté l'adorait et que toute campagne aurait été synonyme de perte de temps et d'argent. Mais malgré sa réputation, Coggins était prêt à raccrocher. Il était obsédé par la chasse au dindon et, une fois à la retraite, il entendait sillonner le pays pour réaliser un grand chelem américain, qui consistait à prendre des volatiles dans tous les États à l'exception de l'Alaska. C'était l'exploit le plus difficile de ce sport, disait-il à qui voulait l'entendre, seule une poignée d'individus y étaient parvenus. À soixante-huit ans, il savait que plus tôt il taillerait la route, mieux ce serait.

« Quoi de neuf, Ernie ? La nuit s'est bien passée ?

– Plutôt mortelle, pour être honnête. »

Coggins avait un visage rond et une épaisse moustache grise. Le teint chaud, il arborait la coupe en brosse à huit dollars de Lebern Dills, et il en avait toujours été ainsi aussi loin qu'Ernie s'en souvenait.

« Tu sais comment je sais que t'es un vrai flic ?

– Dites-moi ?

– Parce que tu dis ça comme si c'était une mauvaise chose, comme si t'étais déçu que tout ne parte pas en vrille. » Coggins sourit et le gratifia d'une bonne tape sur l'épaule. « Les affaires vont reprendre. Les gosses ne vont plus tarder à retourner à la fac. »

L'espace d'un instant, Ernie songea à parler au shérif de l'intervention, de l'homme qu'ils avaient arrêté dans ce break et du carnet qu'il avait sur son siège. Les mots étaient sur le bout de sa langue et cela devait se voir sur son visage, car le shérif manqua un pas tandis qu'il commençait à s'éloigner.

« Y a quelque chose qui te préoccupe, Ernie ? »

Ernie se retourna et regarda le shérif dans les yeux. Coggins avait une manière d'être qui exigeait qu'on le regarde quand on lui parlait, et c'était pour le moins déconcertant à ce moment précis. Que savait-il au juste ? Qui pouvait dire d'où sortaient ces noms ou ce qu'ils signifiaient ?

« Non, chef, répondit Ernie.

– Bon, d'accord, fiston. » Le shérif lui donna une nouvelle tape sur l'épaule. « Fais attention en rentrant. Repose-toi. »

Quand Ernie quitta le Justice Center, il se rendit en ville et prit un petit déjeuner au Coffee Shop comme il le faisait la plupart du temps le matin après une garde de nuit. La cuisine n'était plus si bonne depuis que les propriétaires avaient changé, mais les anciennes habitudes avaient la vie dure.

Les mêmes vieux briscards qui mangeaient au restaurant tous les matins râlaient au sujet de la température de leur café comme ils le faisaient tous les jours. Un de ces vieux ne mourait que pour être remplacé par un autre qui lui ressemblait en tout point, si bien que l'image et le son ne changeaient jamais véritablement d'année en année. Ernie goûtait l'uniformité de ce bruit de fond. Il mangea son hachis et ses œufs, sauça son gruau de maïs avec du pain grillé pendant que les vieux donnaient du fil à retordre à la serveuse et, quand son assiette fut terminée, il glissa un billet de dix dollars sous son mug à café sans attendre qu'on lui apporte l'addition.

Il avait beau essayer, il n'arrivait pas à oublier l'homme du Mississippi. Comment quelqu'un comme William Dean Cawthorn avait atterri dans un tel endroit, voilà qui était difficile à comprendre. Bien sûr, il y avait de la drogue et de la criminalité comme partout ailleurs, la seconde presque toujours liée à la première, mais le comté de Jackson n'en demeurait pas moins un trou paumé où l'on n'arrivait pas par accident. La capuche blanche et le carnet étaient étroitement liés, et si Tim McMahan ne comptait pas creuser la question, s'il pensait qu'il ne le pouvait pas à cause de celui pour qui il travaillait, alors peut-être qu'il appartenait à Ernie de le faire à sa place.

Le break se trouvait exactement là où ils l'avaient laissé la nuit précédente mais, à présent, d'autres voitures remplissaient à moitié le parking devant Harold's, de vieilles dames fraîchement permanentées griffonnant à la hâte des listes de courses matinales. Il se gara à côté d'une Subaru Outback grise où une mère entre deux âges récupérait d'une main des sacs de courses réutilisables à l'arrière, un enfant en bas âge calé sur la hanche pesant sur son autre bras. Ernie n'avait pas prévu de prendre quoi que ce soit dans le break. Tout ce qu'il voulait, c'était une photo de cette liste de noms.

Il attendit que la voie soit libre et traversa le parking jusqu'au Caprice, ouvrit la portière passager et se pencha à l'intérieur. Des enveloppes recouvraient le siège et des détritus jonchaient toujours le plancher à hauteur de tibia, mais le carnet noir à spirale qui s'y trouvait encore quelques heures plus tôt n'était plus là où ils l'avaient laissé. Il procéda à une fouille rapide et retourna les immondices mais, au fond de lui-même, il savait que la liste avait disparu.

4

Une cohorte disparate de poules pondeuses suivit Vess Jones dans son jardin. Des sphinx ravageaient les tomates et des punaises de la courge dévoraient les haricots, et les volailles jouaient du bec et grattaient pour manger ces insectes à mesure que la vieille dame les extrayait des plants et les jetait par terre à ses pieds.

Son ouïe n'était désormais plus ce qu'elle avait été et, comme les visites s'étaient faites bien moins nombreuses, elle laissait souvent ses appareils auditifs sur le porte-savon à côté du lavabo pour mettre en sourdine le bruit de la route. C'était là qu'ils étaient ce matin, et elle n'entendit donc pas les voitures de police s'arrêter devant chez elle, pas plus qu'elle ne vit l'adjoint approcher. Lorsqu'il tendit le bras pour lui toucher l'épaule, elle fit volte-face et faillit lui envoyer son poing dans la figure.

« C'est quoi cette façon d'arriver sans crier gare pour faire peur à une vieille femme ? »

Elle était pieds nus et portait la même robe d'intérieur à fleurs que la plupart du temps, un chiffon, comme elle disait. Un foulard était fermement noué autour de sa tête pour empêcher ses cheveux bouclés de pendouiller ; elle essayait de gagner un dimanche supplémentaire avant de retourner chez le coiffeur. Pendant des années, elle s'était fait défriser ses cheveux poivre et sel, puis elle s'était finalement rabattue sur une permanente.

« Je ne voulais pas vous faire peur, madame, mais est-ce qu'il y a une Toya Gardner ici ?

– Toya ? Toya est ma petite-fille. Qu'est-ce que vous lui voulez ? Et qu'est-ce qu'il fait, lui, là-bas, à fouiner près de mon porche ? Qui c'est ? »

La vieille dame se pencha sur le côté pour mieux voir. L'individu en question était un homme blanc d'âge moyen, vêtu d'un polo noir et d'un pantalon à pinces, qui regardait la salopette qu'elle avait étendue sur la balustrade le matin même. Vess habitait cette maison depuis plus de cinquante ans et pas une seule fois la police n'avait mis les pieds chez elle à quelque titre officiel que ce soit. La présence des policiers la rendait nerveuse.

Sa petite-fille était rentrée peu après le lever du jour. La salopette de Toya était alors couverte de boue rouge, et Vess lui avait demandé de la laisser dehors pour éviter de salir la maison. Bien entendu, il n'y avait rien d'anormal à cela, à ce que Toya rentre tard et couverte d'argile.

Toya était une artiste et passait l'été chez sa grand-mère pour effectuer des recherches à l'université tout en travaillant à sa thèse. Ces deux derniers mois, elle était rentrée sans faire de bruit à toute heure de la nuit, se faufilant dans le couloir sur la pointe des pieds telle une adolescente ayant enfreint le couvre-feu. Elle passait ses nuits à éplucher les archives de la bibliothèque, ou à travailler dans un atelier d'art qu'on lui avait permis d'utiliser, et c'était vraisemblablement là-bas qu'elle était la veille. Vess n'avait pas posé de questions. En vérité, c'était tout bonnement agréable d'avoir quelqu'un d'autre dans la maison, pour une fois.

« C'est l'agent Daniels. De la police du campus. »

L'homme près du porche attrapa la salopette et la souleva.

« Est-ce que c'est à votre petite-fille ? »

Elle n'entendait pas ce qu'il disait, mais en saisit l'essentiel.

« C'est à Toya.

– Et est-ce qu'elle est là ? demanda l'adjoint.

– O-oui, bredouilla Vess, perplexe quant à la raison de leur présence. Mais il faut que l'un de vous me dise de quoi il s'agit. Ni l'un ni l'autre vous m'avez dit pourquoi vous êtes là.

– Il faut qu'on lui parle au sujet de quelque chose qui s'est passé sur le campus la nuit dernière. On pense qu'elle pourrait être impliquée dans un incident sur lequel on enquête.

– Un incident ? Qu'est-ce que vous voulez dire ?

– Je crois qu'il est préférable qu'on lui parle, madame Jones. On peut entrer ? »

Vess plissa les yeux pour déchiffrer l'insigne argenté sur la poche de poitrine de l'adjoint.

« Madden, dit-elle. Tu es de la famille de Bennie ?

– Oui, madame. C'était mon grand-père.

– Je suis allée à l'école avec Bennie. Je l'ai toujours connu. Il avait trois enfants, si je me rappelle bien. Catty, Grace, et…

– Thomas. Ou Tommy, comme on l'a toujours appelé. C'est mon père.

– Je te remets à présent », dit Vess.

Ici, se frayer un chemin dans la vie avait toujours été une question de savoir qui était qui. Savoir de qui descendait et d'où venait quelqu'un vous disait tout ce que vous aviez besoin de connaître. Pour Vess, c'était aussi une question de sécurité.

« Crois-le ou pas, j'étais là quand ton père est né. C'est ce que je faisais… j'ai fait beaucoup de choses, c'est vrai, mais j'étais surtout sage-femme. J'aidais Herschell Stillwell dans ses visites à domicile. Tu te souviens du Dr Stillwell ? Il est mort l'été dernier. C'était quelqu'un de bien. Comme ton grand-père. Il nous a apporté une corde de bois de chauffage l'été où ton père est né. Du bon robinier fendu, rien à voir avec ce fichu bois qu'on vend aujourd'hui.

– On croirait l'entendre. » L'adjoint esquissa un sourire. Il se balançait d'avant en arrière, fébrile, d'un pied sur l'autre, ses chaussures noires cirées à en briller. « Ça vous dérange si on entre pour parler à votre petite-fille ?

– Vous restez là tous les deux et je vais la chercher.

– Si c'est d'accord, on aimerait...

– Je t'ai dit que j'allais la chercher. »

La vieille dame traversa le jardin et examina attentivement le policier près du porche. Il était pâle avec des cernes noirs sous les yeux. Quelque chose en lui clochait, et elle ne lui faisait pas confiance. Vess lui arracha des mains la salopette de sa petite-fille et la remit sur la balustrade du porche.

Toya dormait dans la chambre du fond et elle ne bougea pas quand sa grand-mère ouvrit la porte. Les rideaux étaient tirés et le soleil brillait au travers, projetant dans la pièce une sorte de vert brumeux, comme celui des anciennes bouteilles en verre.

« Toya, murmura-t-elle, avant de hausser la voix quand la jeune femme ne se réveilla pas. Toya. »

Elle n'avait dormi que trois ou quatre heures.

« Qu'est-ce qu'il y a, Maw Maw ?

– Deux hommes dehors qui disent qu'ils doivent te parler. Des policiers, Toya. Tu as une idée de ce qu'ils veulent ? »

Toya écarquilla les yeux, apparemment moins en signe de surprise que pour se réveiller. Elle s'assit dans son lit et se tourna de façon à poser les pieds par terre. Il y avait un ordinateur portable sur la table de nuit et elle se pencha en avant pour l'attraper.

« J'arrive dans une minute.

– Faut que tu t'habilles.

– Oui, Maw Maw. Dis-leur simplement que j'arrive dans une minute.

– Qu'est-ce qu'ils veulent ?

– C'est bon, Maw Maw. Pas de quoi t'inquiéter. Tout va bien. »

En traversant la maison en sens inverse, Vess fut prise de panique. Son cerveau s'efforçait de comprendre ce qui se passait, pourquoi Toya n'avait même pas paru étonnée d'entendre qu'ils étaient là. C'était presque comme si la jeune femme les avait attendus. Quand elle sortit par la porte de derrière, les deux policiers patientaient là où elle les avait laissés.

« Alors, elle est où ?

– Elle arrive dans une minute. »

L'adjoint qui l'avait abordée dans le jardin hocha la tête et lui dit que ça allait. Vess regarda le ciel, où une nuée de corbeaux s'étalait telle de l'encre au-dessus des montagnes, et leur présence la frappa comme un mauvais présage. Dès que le dernier oiseau eut disparu au-delà de la ligne de crête, Toya ouvrit la porte de derrière et sortit sur le porche.

La jeune femme avait l'habitude de porter des vêtements si colorés qu'ils faisaient mal aux yeux, et aujourd'hui ne faisait pas exception. Elle était vêtue d'une jupe jaune pissenlit au motif floral éclatant qui lui arrivait aux chevilles ; le tissu étincelait presque à la lumière du soleil de midi. Un col roulé blanc sans manches s'arrêtait au-dessus du nombril. Le chandail était tricoté et avait un col épais qui paraissait trop élégant et déplacé pour le comté de Jackson.

« Toya Gardner ?

– Oui.

– Mademoiselle Gardner, vous allez devoir nous suivre.

– D'accord », répondit-elle sans façon.

Elle avait un regard impassible que rien ne semblait devoir perturber.

« Attendez, pour quoi faire ? De quoi il s'agit ? »

Vess ne comprenait pas ce qui se passait. Cela n'avait aucun sens que sa petite-fille s'accommode de ce qu'ils disaient comme si elle savait pourquoi ils étaient là et ce qu'ils voulaient. Il paraissait aberrant qu'elle ne manifeste ni inquiétude ni hésitation, aucune peur.

Toya commença à descendre l'escalier ; Vess la saisit par le bras et l'arrêta. Elle s'interposa entre sa petite-fille et les policiers.

« Elle va nulle part tant que quelqu'un m'a pas dit de quoi il s'agit.

– On vous l'a dit, madame. »

Si c'était le cas, son cerveau était tellement en ébullition qu'elle avait déjà oublié.

« C'est bon, Maw Maw », dit Toya.

Elle regarda sa grand-mère avec une assurance dénuée de peur que la vieille dame eut du mal à comprendre. Toya se pencha et l'embrassa sur la joue. Vess sentait encore ses lèvres sur sa peau tandis que la jeune femme la contournait et se dirigeait vers les policiers les bras tendus devant elle, les poignets joints pour ce qu'elle savait être la suite logique.

5

Le shérif Coggins s'arrêta net aussitôt qu'il la vit. Il fut surpris de constater à quel point la jeune femme ressemblait à sa mère – ses yeux tirés vers le haut, ses pommettes saillantes et sa peau couleur châtaigne. Mais, plus que tout, c'était l'énergie qui semblait irradier de sa personne. Un seul coup d'œil et vous saviez que cette fille avait un caractère bien trempé.

Le shérif sourit en traversant la salle d'interrogatoire et s'assit. Elle semblait ne pas être à sa place dans une telle pièce, les murs en blocs de béton peints, une chaise où d'autres avaient tout aussi bien nié avoir volé des pots catalytiques qu'avoué un meurtre. Il envisagea de la conduire dans le couloir jusqu'à son bureau, où ce serait plus confortable, où il serait plus à son aise, mais il se contenta de prendre la parole.

« Je n'en reviens pas de voir à quel point tu ressembles à ta mère. »

Toya avait les paumes des mains pressées l'une contre l'autre. Elle regardait fixement ses pouces et, du bout des lèvres, lâcha comme un rire en réponse à ce qu'il avait dit.

« Tu ne te souviens pas de moi, n'est-ce pas ? »

Elle secoua la tête et croisa brièvement son regard.

« La dernière fois que je t'ai vue, c'était à l'enterrement de ton grand-père. Seigneur, tu devais avoir… Tu ne devais pas avoir plus de…

– J'étais au collège, dit-elle.

– Ça semble une éternité. »

Ses tresses collées étaient ramenées vers l'arrière et attachées à la hâte par un simple nœud. Passant ses ongles entre deux tresses, elle se gratta le cuir chevelu mais ne répondit pas.

« Lui et moi on s'est bien amusés, on a pas mal chassé le dindon. Lonnie appâtait les oiseaux avec une feuille de laurier pressée entre ses pouces comme un brin d'herbe. Il pouvait glousser, claquer du bec, glapir, faire tous les bruits d'un dindon avec rien d'autre que cette feuille. Tu le crois, ça ? Il les rendait fous, les dindons, Lon », dit-il, puis il sourit. Il redescendit sur terre ; elle le dévisageait. « Tu n'as pas la moindre idée de ce que je raconte, n'est-ce pas ?

– Pas vraiment.

– Je suppose que tout ce que tu as besoin de savoir, c'est que moi et ta famille ça remonte à loin, reprit-il. Je considérais ton grand-père comme un bon ami, et je pense qu'il aurait dit la même chose de moi. C'est pour ça que je suis là, c'est par respect pour lui. Et par respect pour ta grand-mère. Tu comprends ? »

Elle hocha la tête, rien de plus.

« À propos, je viens de raccrocher avec ta grand-mère.

– Qu'est-ce qu'elle a dit ? »

Pour la première fois depuis qu'elle était entrée dans la pièce, elle semblait désireuse d'écouter.

« Elle est morte d'inquiétude, comme tu peux t'en douter. Elle m'a demandé ce qui s'était passé et je le lui ai dit. Elle voulait savoir où tu étais, ce qui allait arriver ensuite. Et franchement, je n'ai pas vraiment su quoi lui dire. Je ne sais pas ce qui se joue, quelle tournure vont prendre les choses. Elle m'a demandé de veiller sur toi et je lui ai dit que je le ferais. Je lui ai dit que je ferais tout mon possible. Mais c'est le problème, tu vois, il n'y a pas grand-chose que je puisse faire. La loi est la loi et, pour ces choses-là, j'ai les mains liées.

– Eh bien, je vous remercie de lui avoir parlé, dit Toya. Et je comprends la position dans laquelle vous êtes. Mais je veux que vous sachiez que je ne vous demande rien. Je ne m'attends pas à ce que vous fassiez quoi que ce soit pour moi.

– En fait, ce petit canular que tu as monté…

– Canular ? » intervint-elle. Sa voix trahit de la sévérité et de l'émoi tandis qu'elle répétait ce mot. « Ce n'était pas un canular. »

Le shérif voulut reprendre la parole, mais elle l'interrompit.

« Vous pensez que c'était un *petit canular* que cette école force ma famille à déterrer ses morts ? Ou un *canular* pour eux de détruire et déplacer le seul endroit qu'ils avaient, le premier endroit qu'ils avaient réussi à construire tout seuls ? Cet édifice devait être le cœur de leur univers. Cette église devait être leur centre de gravité. »

Coggins ne savait pas quoi dire. Il n'était même pas sûr de savoir de quoi elle parlait.

« Donc, non, ce n'était pas un canular, shérif. » Elle se repositionna sur sa chaise et resserra le nœud qui retenait ses tresses. « Vous vous êtes déjà demandé pourquoi ils n'ont pas déplacé l'une des autres églises ? Il y a deux autres cimetières sur ce campus. Vous vous êtes jamais demandé pourquoi ils n'ont pas déplacé l'un de ces deux-là ?

– Je crains que non.

– Ils ont détruit au bulldozer un tumulus cherokee et rasé une église noire. Voilà ce que cette école a choisi de déplacer.

– Je ne sais rien de tout ça, dit Coggins. C'était il y a longtemps.

– Allez trouver les membres de cette Église et demandez-leur de vous raconter les histoires qui ont bercé leur enfance. Je pense qu'ils voient les choses tout autrement. Et c'est pour ça que je veux qu'il soit bien clair que ce n'était pas un canular. Comme on dit, plaie ouverte ne peut guérir.

– Je dirais que tu l'as plutôt bien ouverte.

– Et moi, je dirais qu'elle a toujours été ouverte, rétorqua-t-elle. C'est juste que les gens qui ont le pouvoir d'intervenir n'ont jamais daigné ouvrir les yeux.

– Tu as quel âge ?

– Vingt-quatre ans.

– Seigneur. » Coggins laissa échapper un petit rire. Il se pencha en arrière sur sa chaise, joignit les mains et les posa sur son ventre. « À vingt-quatre ans, tu devrais être à la plage quelque part. Tu devrais sortir avec tes amis et t'éclater. Tu ne devrais même pas penser à de telles choses.

– Je n'ai pas ce privilège.

– Qu'est-ce que c'est censé vouloir dire ?

– Je veux dire que je n'ai pas d'autre choix que de penser à *de telles choses*. Voilà ce que je veux dire. Et peut-être que c'est quelque chose que vous ne pouvez pas comprendre.

– Peut-être pas, dit Coggins. Mais voilà ce que je comprends. Ce que tu as fait t'a attiré un tas d'ennuis. Intrusion criminelle. Et ce que je m'apprête à te dire, je ne le dis pas à beaucoup de gens. En fait, ça fait des années que je mène des interrogatoires, un paquet d'années, même, et je ne me rappelle pas avoir jamais encouragé une seule personne à faire ce que je m'apprête à te dire de faire, mais tu devrais consulter un avocat.

– Si on en arrive là, je le ferai.

– Qu'est-ce que tu veux dire, si on en arrive là ? On y est déjà. Ta grand-mère est chez elle, morte d'inquiétude, et tu es assise là devant moi.

– En fait, shérif, je mettrais ma main à couper que l'école va retirer sa plainte.

– Et pourquoi diable feraient-ils ça ? »

Coggins but une gorgée de café et attendit qu'elle réponde.

« Facile, lui dit-elle. Question de perception. »

Il afficha un air perplexe, ne sachant trop ce qu'elle voulait dire.

« Parce que, s'ils ne le faisaient pas, de quoi ils auraient l'air ? »

6

À l'ère du *spin*[1], la nouvelle tomba à l'heure du déjeuner et l'université avait déjà repris les choses en main à 18 heures. « Une occasion d'apprendre et une chance pour l'école de réparer enfin une erreur vieille d'un siècle. » C'était plus facile à digérer. Le président de l'université dit qu'il était reconnaissant à Mlle Gardner d'avoir mis ces questions en lumière. « L'heure de vérité sonne enfin. »

Bien sûr, Toya ne l'avait appris qu'indirectement. Le président de l'université ne se présenta jamais au bureau du shérif, pas plus qu'il ne vint s'asseoir pour discuter de la forme que pourrait prendre cette réparation. À la place, il s'adressa aux caméras, tout ce que les journalistes voulaient entendre parfaitement préparé et bouclé avec un « profond regret » à deux balles que les gens goberaient comme sincère. De la poudre aux yeux. C'était ce dont le grand public avait l'habitude, la laideur enjolivée par de la poudre aux yeux.

L'e-mail qu'elle avait envoyé le matin même avant de sortir de la maison pour parler aux policiers avait exposé en détail toute l'histoire qu'elle avait découverte au cours de l'été. Il expliquait

1. Forme de propagande réalisée en fournissant sciemment une interprétation biaisée d'un événement ou en faisant campagne pour influencer l'opinion publique. *(Toutes les notes sont du traducteur.)*

son œuvre et ce qu'elle essayait de faire. De même, il expliquait que si les destinataires recevaient cet e-mail, c'est qu'elle avait été arrêtée. Cet e-mail avait été envoyé à tous les journaux et chaînes d'information de la région, et à quelques médias plus importants au-dehors. Elle mit le président de l'université en copie, bien entendu, ainsi que le directeur de la communication.

Coggins rigola franchement devant la façon magistrale dont elle avait géré les choses. Il proposa de la ramener chez sa grand-mère, mais Toya avait envie de marcher et le centre-ville de Sylva n'était vraiment pas loin. Le Justice Center était à moins de cinq cents mètres de Main Street, une ligne droite avec un trottoir digne de ce nom qui longeait une route à double sens où la circulation était dense en raison du flot de véhicules se déversant de l'autoroute.

Il restait encore une heure de jour mais guère plus, les bois étaient déjà dans l'ombre. Toya pouvait encore nommer certains des arbres à leur écorce, des peupliers pour la plupart, quelques chênes rouges et noyers blancs, même si leurs troncs étaient enserrés de plantes grimpantes et que l'obscurité les rendait difficiles à distinguer. C'était un savoir que son grand-père lui avait transmis quand elle venait chez eux l'été lorsqu'elle était enfant, il s'était toujours efforcé de lui inculquer l'amour de la terre car il avait une peur bleue que la ville ne fasse disparaître les montagnes du sang qui coulait dans ses veines.

La mère de Toya avait pris la fuite à dix-huit ans, abandonnant derrière elle les montagnes d'où elle était originaire comme une garde-robe devenue trop grande. Mais Toya avait toujours eu de l'affection pour cet endroit, sa beauté, sa résonance. La nuit, le ciel paraissait si proche qu'elle pouvait y glisser les doigts, comme si elle plongeait les mains dans de l'eau, alors que chez elle à Atlanta, il lui était impossible de distinguer la moindre étoile à cause de la pollution lumineuse.

Les voitures faisaient un bruit sourd en traversant le petit pont qui enjambait un étroit cours d'eau et elle s'arrêta une minute pour regarder l'onde. Il y avait comme un affleurement à la surface, une vague continue d'insectes volant à rebours du courant si bien que les deux semblaient onduler en opposition l'un à l'autre. Du coin de l'œil, elle vit une forme sombre surgir d'un tourbillon au centre du ruisseau. Le poisson jaillit, replongea, et obliqua de nouveau dans le flot étale, où elle put discerner ses flancs argentés à travers le miroir d'eau. C'était une truite arc-en-ciel de taille moyenne, de trente à trente-cinq centimètres. « Ventre gaude », dit-elle sans même savoir véritablement ce que cela signifiait, juste un terme qu'avait toujours utilisé son grand-père pour qualifier les truites qui n'étaient pas mouchetées.

Le feu tricolore venait de passer au vert et la file de voitures qui attendaient se mit en marche. De petites jardinières bordaient la balustrade du pont et Toya effleura des doigts les pétales des pensées tout en suivant les voitures vers le centre-ville.

Quand elle était enfant, ses grands-parents l'emmenaient à Sylva le dimanche pour manger une glace dans l'une des boutiques touristiques. Son grand-père lui décrivait ce qui se trouvait là autrefois – une quincaillerie, une buvette, un grand magasin, un hôtel –, les noms toujours visibles sur la brique, peinture blanche délavée s'accrochant avec l'obstination d'un fantôme. Les bâtiments n'avaient pas changé, juste les magasins et les accents des gens qui les tenaient. Il y avait davantage de voitures et de monde que dans son souvenir. L'endroit était presque animé.

Le soleil se couchait à présent et les couleurs étaient incroyables. Derrière l'ancien palais de justice, des nuages comme tracés au pinceau zébraient un ciel pourpre et orange. L'édifice, qui avait été transformé en bibliothèque publique une dizaine d'années plus tôt, était l'emblème de la ville, l'image que l'on trouvait sur les panneaux de bienvenue et les cartes postales. Il se dressait au sommet d'une colline qui surplombait le centre-ville. Un portique à quatre colonnes s'élevait dans un style néoclassique, sa corniche s'inclinant pour former une coupole à trois niveaux. Toya fut frappée de constater que bien qu'elle ait toujours connu cet édifice, pas une seule fois elle n'était montée là-haut, et la lumière était telle qu'elle agissait comme un aimant qui l'attirait.

Au pied de la colline, la pente paraissait encore plus abrupte que de loin. Trois volées d'escaliers s'y échelonnaient et elle compta les marches mentalement pendant qu'elle grimpait. Quand elle fut presque en haut, elle vit une grande statue sur un piédestal mais, avec la lumière qui s'estompait, elle fut incapable de distinguer avec certitude ce que c'était. Quand elle arriva enfin à ses pieds et découvrit ce que le monument représentait, ce fut comme si elle avait reçu une gifle.

Un soldat en cuivre patiné se dressait sac à dos à l'épaule, le regard fixe sous un chapeau à large bord, son fusil posé sur la crosse et ses mains agrippant le canon, comme s'il s'agissait d'un bâton de marche. Le soldat, toutefois, était au-dessus de son champ de vision. Elle avait les yeux rivés sur le drapeau confédéré sculpté dans le granit, l'inscription sur le piédestal disant : « À NOS HÉROS DE LA CONFÉDÉRATION ».

Elle essaya de déglutir, mais c'était comme si une boule était coincée dans sa gorge. Son visage s'embrasa brusquement et ses poings se serrèrent si fort que ses bras se mirent à trembler. Elle tourna autour de la statue. Sur la face arrière, il y avait une plaque de bronze :

À NOS VALEUREUX PÈRES
Champions de la réconciliation avec
justice, de l'union avec virilité,
de la paix avec honneur ; ils combattirent
avec loyauté, œuvrèrent avec
gaieté, et souffrirent en silence.

À NOS MÈRES HÉROÏQUES
Spartiates en dévotion, Teutonnes en
sacrifice, en patience supérieures à l'un et à l'autre,
et en modestie et grâce
sans égales parmi les femmes.

Revenant sur le devant de la statue, elle finit par lever les yeux vers le soldat. Derrière lui, la dernière lueur du jour se concentrait au-dessus du palais de justice. La Justice se dressait sur la coupole, son glaive et sa balance se découpant sur le ciel, ses yeux bandés et aveugles. Tant de choses se bousculaient dans la tête de Toya qu'elle eut du mal à comprendre ce qu'elle ressentait. *Réconciliation. Justice. Grâce.* Ces mots flamboyèrent dans son esprit.

Les mots avaient un sens différent selon les gens et, malheureusement, certains mots parmi les plus importants semblaient avoir perdu toute signification.

Derrière elle les voitures allaient et venaient, les touristes déambulaient, et les lampadaires s'allumaient pour repousser la nuit et ses ténèbres. Elle ferma les yeux et songea à ce que le shérif avait dit à peine quelques heures plus tôt, et à ce qu'elle lui avait répondu. Certaines personnes n'ont d'autre choix que de penser à ces choses-là. Chaque jour amenait son lot de rappels et de souvenirs.

7

Le break de William Dean Cawthorn vrombit et toussa telle une machine de guerre à bout de course, un boulon menaçant de se détacher du châssis à la moindre secousse. Le fait même que le Caprice ait réussi à tenir le coup depuis le Mississippi semblait relever de la providence, et la chance dont il avait bénéficié ces derniers temps ne lui avait pas échappé.

À peine s'était-il couché et avait-il fermé les yeux dans la cellule de dégrisement cette nuit-là que le gardien s'était empressé de venir lui dire qu'on le demandait au téléphone. Une demi-heure plus tard on le faisait sortir par l'arrière, tandis qu'il se frottait les poignets là où les menottes lui avaient laissé la peau à vif. Il n'avait encore jamais parlé à l'homme qui l'avait appelé, mais il connaissait son nom car il figurait sur sa liste ; il savait que Slade Ashe était aux commandes. D'un simple claquement de doigts, les charges avaient été abandonnées. Même le revolver lui avait été rendu. Willy Dean était libre et il y avait un motel à deux pas du poste de police où l'attendait une chambre à son nom.

Cawthorn n'avait jamais rien connu qui se rapprochât davantage d'un traitement de faveur. Il prit une longue douche et dormit la plus grande partie de la journée avec les rideaux tirés pour occulter la lumière. En fin d'après-midi, il marcha cinq cents mètres jusqu'à Harold's pour récupérer sa voiture et, le soir venu, se rendit dans un quartier huppé à l'extrémité sud du comté où Slade l'avait invité à dîner. Dans le soleil couchant, avec toutes ces montagnes qui l'entouraient, il ne put s'empêcher de penser que, pour une fois, il semblait tenir une main gagnante.

Au poste de garde, le gardien ouvrit le portail et le bitume céda la place à un macadam brun. Les toits de belles demeures se dressèrent jusqu'à former leur propre horizon. Toutes les maisons se ressemblaient, des résidences de trois étages avec d'immenses fenêtres panoramiques et des toitures en cuivre patiné. Elles étaient faites d'un bardage de bois avec couvre-joints, peintes dans une palette de tons ocre allant de l'ardoise rouge à l'olivâtre, l'ensemble s'insérant plutôt bien dans le paysage malgré leur taille. Si la demeure de Slade Ashe était construite comme les autres, elle était peinte dans un ton gris-bleu foncé, bordée d'une profusion de rocailles et précédée d'un vaste porche qui donnait au loin sur le flanc d'une falaise. Willy Dean descendit de voiture et claqua la portière. Il tourna le dos à la maison et baissa son pantalon pour pisser.

« Pour l'amour de Dieu, fiston ! cria Slade Ashe du porche. Malgré ce que vous avez pu entendre dire, nous avons l'eau courante dans ces montagnes ! Un peu de délicatesse ! »

Cawthorn tourna la tête mais ne vit personne. Il leva la main comme pour s'excuser mais ne se pressa pas pour autant. Quand il eut terminé, il glissa les doigts dans ses cheveux pour lisser les côtés puis se pavana tel un corbeau en direction de la maison. Un agencement de pierres rouges formant un double escalier s'incurvait jusqu'au porche qui s'étendait sur toute la longueur de la façade. Slade Ashe était assis à l'autre bout, baigné par la lumière du soleil couchant qui se frayait un passage à travers les arbres. Il était penché en arrière dans un rocking-chair, les pieds posés sur un petit tabouret tressé. Une jeune femme noire, vingt-cinq ans peut-être, était agenouillée en train de lui polir les chaussures avec un chiffon.

« Ça ira, Amelie, dit-il. Parfait. » Il recula ses pieds et remonta le bas de son pantalon pour qu'il n'effleure pas le cirage. « Allez voir si madame n'a besoin de rien. Après ça, je pense que nous en aurons terminé. »

Cawthorn regarda la femme se diriger vers lui sur la pointe des pieds. Elle avait la peau très foncée, portait une robe noire à manches courtes qui lui arrivait aux genoux avec des revers blancs sur le devant, et un tablier blanc attaché à la taille. Ses cheveux étaient tirés en chignon.

« C'est Amelie, dit Ashe. C'est du français. Ils viennent tous du Sénégal cette année. »

Willy Dean ne savait pas de quoi il parlait et resta planté là, hébété et incongru, tandis que la femme disparaissait à l'intérieur.

« Le club fait acheminer des employés chaque année. Ils peuvent venir en Amérique pour acquérir une petite expérience professionnelle, vous savez, en travaillant à la cuisine, au golf ou au ménage, et les gens dans ces maisons sont fiers de leur donner une telle opportunité. » Ashe se pencha sur une desserte et prit deux glaçons dans un seau à l'aide d'une pince pour les mettre dans un verre carré. Il saisit une carafe ouvragée et se versa deux doigts d'un alcool brun. « Mais vous voulez que je vous dise un secret, monsieur Cawthorn ?

– Quoi donc ?

– Depuis que j'ai acheté cette maison et que je vis parmi ces bienfaiteurs de l'humanité, pas une fois ils n'ont choisi un pays où les employés ne ressemblent pas à ça. Ils peuvent faire venir des gamins de n'importe quel pays du monde, mais non. » Ashe sourit et but une lampée de whisky. Il tourna la tête et plissa les yeux comme s'il essayait de trouver un sens à cela dans la falaise au loin. « Asseyez-vous. »

Willy Dean traversa le porche et se glissa dans le rocking-chair à côté de son hôte. Seule une table basse les séparait. Ashe était un petit homme trapu qui n'aurait été d'aucune utilité dans une bagarre de bar. Il portait un pantalon fraîchement repassé et une chemise ouverte sur une poitrine pâle et imberbe. Il avait un gros nez grêlé comme du gravier et presque bleu comparé à la rosacée de son visage. Une touffe de cheveux blonds flottait autour de sa tête, mais ses yeux pétillaient de malice, d'assurance et d'autorité. Si Willy Dean se sentait rarement mal à l'aise, il y avait quelque chose chez Slade Ashe qui le tenait par les couilles.

« Moi, cependant, je ne suis pas comme ces gens-là.

– Comment ça ? »

Willy Dean prit un verre vide sur la table et se versa une rasade de whisky.

« Eh bien, pour commencer, je suis *d'ici*, dit Ashe. Je ne suis pas né avec une cuillère en argent dans la bouche et je ne suis pas étranger à ces montagnes. Si mon père était encore de ce monde, il serait sorti pisser dans le jardin à côté de vous. » Il leva son verre comme pour boire une gorgée mais l'éloigna de ses lèvres tandis qu'il poursuivait. « Le plus important, néanmoins, c'est la chose suivante, monsieur Cawthorn, et ce n'est pas rien. Je ne prétends pas rendre service à cette fille. Ce n'est pas de la charité et elle le sait aussi bien que moi. »

Willy Dean but une gorgée de whisky et toussota quand l'alcool lui brûla la gorge. Le scotch était sacrément chaud et fumé.

« Il y a de la glace si vous voulez le refroidir. On ne peut pas dire que vous ayez laissé beaucoup de place.

– Ça ira », dit Cawthorn.

Il siffla la moitié de son whisky dans une vaine tentative pour court-circuiter ses nerfs. Être assis dans un tel lieu en compagnie d'un homme comme Ashe le crispait.

« Monsieur Cawthorn, j'irai droit au but si vous voulez bien.

– D'accord, répondit-il avant de passer nerveusement sa langue sur ses lèvres.

– Le but de notre organisation est peut-être encore celui qu'il a toujours été, mais les méthodes ont changé. »

Une fois encore, Willy Dean n'avait pas la moindre idée de ce dont il parlait, mais il n'en hocha pas moins la tête.

« Nous sommes à mille lieues de ces conneries d'adolescent auxquelles vous vous livriez là-bas dans le Mississippi. Voilà ce que je veux dire. L'époque de taguer des insultes sur les églises ou de se pavaner dans des rassemblements est révolue. La méthode a changé. Place aux affaires. Nous transformons le paysage politique. Vous comprenez, le problème est le suivant, tous les gens de ces maisons veulent exactement la même chose que nous. Ils ne veulent tout simplement pas le dire à haute voix, et qui peut leur en vouloir ? On accomplit bien plus de choses dans la discrétion. On accomplit bien plus de choses quand il n'y a pas un millier de paires d'yeux braquées sur vos moindres faits et gestes. »

Cawthorn se pencha en avant et appuya ses coudes sur ses genoux. Il observa attentivement Ashe pendant qu'il parlait, buvant ses paroles.

« Le pouvoir blanc n'est pas une formule toute faite, fiston, un slogan creux qu'on se fait tatouer dans le dos. Non, c'est une chose tout aussi réelle que le cirage sur ces bottes. »

Il se pencha en arrière dans son rocking-chair et but une lampée de whisky. C'étaient les bottes les plus incroyables que Cawthorn ait jamais vues et son esprit s'égara tandis qu'il s'efforçait d'imaginer combien elles avaient coûté. Ashe leva les yeux au plafond et tapa les jointures de ses doigts sur le bras de son fauteuil.

« Le pouvoir blanc est une chose tout aussi tangible que le rocking-chair dans lequel je suis assis, que cette maison, vous saisissez ? Vous comprenez ce que je vous dis ?

– Oui. »

Willy Dean avait l'esprit juste assez vif pour appréhender ce que Slade Ashe essayait de lui faire intégrer, qu'il lui faudrait se conformer aux ordres pour ne pas poser de problèmes tant qu'il serait ici. Le Klan était toujours prêt à protéger les siens, mais la dernière chose dont Cawthorn avait besoin, c'était d'abuser de l'hospitalité qui lui était accordée. Il n'avait nulle part ailleurs où aller et, chez lui, on le lui avait dit clairement. Il s'emplit la bouche de whisky et attendit que l'alcool picote les bords de sa langue avant d'avaler. Ses yeux larmoyèrent et il toussa fort dans son poing pour s'éclaircir la gorge.

Slade Ashe laissa échapper un petit rire et se rejeta en arrière, une main posée sur son ventre.

« Comment est le whisky, fiston ?

– Il a le goût d'une maison brûlée », répondit Cawthorn.

Ashe but une gorgée.

« Et comment pourriez-vous donc savoir quel goût ça a ? »

Il croisa son regard dans le tout petit espace qui les séparait et lui fit un clin d'œil.

Cawthorn baissa les yeux et ne répondit pas.

8

Ernie était assez vieux pour se rappeler l'époque où Caney Fork n'était encore que du gravier. Il était enfant alors, jeté dans le pick-up tel un encombrant quand son père et son oncle partaient à Ruff Butt pour chasser le gibier de saison. Son oncle avait été un bon chasseur de gibier à plume. C'était un grand amateur de gélinotte huppée, même s'il avait toujours appelé ces gallinacés des faisans. Certaines années, il pouvait en débusquer six à l'heure en moyenne, mais à présent les oiseaux étaient partis.

Ernie se rappelait les mots de son oncle, un jour, la panse remplie de bière : « Je vais te dire ce qui a eu la peau de cet endroit. Le bitume. » Avec le recul, Ernie était convaincu qu'il avait raison.

Les voitures qui passaient indiquaient d'où les gens étaient originaires et, de nos jours, ils étaient rarement du coin. Les habitants de Floride et de Géorgie venaient depuis des décennies, mais aujourd'hui les plaques d'immatriculation arrivaient de plus loin. Colorado, Washington – en gros, les gens se pointaient de n'importe où, et une fois qu'ils étaient là ils repartaient rarement. La région tout entière avait vendu le tourisme comme un miracle économique, sans jamais admettre que c'était une activité tout aussi dévastatrice que l'exploitation du bois ou du charbon. Maintenant que les touristes affluaient, l'infrastructure nécessaire pour les accueillir faisait défaut. Pis encore, les prix élevés pénalisaient les gens du cru dont les familles étaient installées depuis des générations.

Ernie ne considérait pas ce changement comme bon ou mauvais, juste pour ce qu'il était. Selon lui, rien ne le freinait et il n'y avait absolument aucun moyen de l'arrêter. Si l'on voulait continuer à vivre ici sans devenir fou, il fallait jouer l'indifférence. L'histoire d'un lieu quel qu'il soit était celle d'un remplacement, et il s'avérait qu'il était le témoin d'un bouleversement.

Tandis qu'il roulait la fenêtre ouverte, l'air de l'été lui prodiguait ses bienfaits. Des brins d'herbe parsemaient ses bras et son visage. Son tee-shirt lui collait à la peau à cause de la transpiration. Toute la matinée, il avait désherbé la berge en bas de chez lui. Le magasin de fournitures agricoles n'était pas ouvert quand il était rentré après son service, aussi retournait-il chercher un sac de cinquante livres d'aliment pour truites.

S'il n'y avait pas eu le Red Bull et le tabac à priser, la plupart des adjoints se seraient endormis au volant. Et le problème quand vous étiez de nuit, c'était que l'ordinaire ne s'arrêtait pas simplement parce que vous aviez besoin de repos. L'herbe devait encore être tondue. L'huile devait encore être changée. Les vêtements pliés. Le repas préparé. La routine. Les tâches ménagères qui remplissaient une vie continuaient de s'accumuler, que vous ayez du temps ou pas. Battre le fer tant qu'il est chaud, disait l'expression et, maintenant plus que jamais, il semblait n'avoir jamais un moment de répit.

Au stop, Ernie se pencha sur le volant pour pouvoir jeter un rapide coup d'œil au Caney Fork General Store et voir qui était dans le coin. Un petit pick-up Mazda rouge était arrêté à la pompe et Ernie sut aussitôt à qui il appartenait. Tim McMahan le conduisait depuis le lycée, un modèle des années 1980 qui avait appartenu à son grand-père et paraissait increvable.

Deux voitures passèrent sur la 107 et Ernie déboîta derrière elles. Tandis qu'il tournait dans la station-service, Tim remplissait deux bidons d'essence de dix-huit litres, leurs bouchons rouges désormais d'un rose blanchi par le soleil tant ils avaient servi. Ernie se gara sur le parking, descendit de voiture et contourna le hayon du pick-up de McMahan. Alors qu'il arrivait à hauteur du pare-chocs, il tapota plusieurs fois de la main la ridelle comme s'il caressait un cheval.

« Qu'est-ce que tu veux, Ernie ? » demanda Tim en levant les yeux.

L'odeur de l'essence flottait autour d'eux.

« Je pensais bien que c'était toi. Y a pas un autre pick-up comme celui-ci qui roule encore.

– Vu combien coûte un neuf de nos jours, c'est sûr que je vais pas me précipiter pour en changer. »

Ernie frappa le sol avec sa botte quelques secondes, cherchant les mots justes.

« Écoute, j'avais une petite question », finit-il par dire.

Tim souleva les bidons d'essence et les posa sur le plateau de son pick-up.

« Ah, oui ? Quoi donc ? »

Ernie sortit une boîte de tabac à priser de sa poche arrière et, en un tour de main, tassa la fine poudre sur un côté. Il en prit une pincée et la mit dans sa bouche, puis poussa la prise dans le creux de sa joue avec sa langue.

« Le type que t'as arrêté l'autre soir, celui devant Harold's. » Il lécha le tabac qui était resté sur le bout de ses doigts et remit la boîte dans sa poche. « Après qu'on est partis, j'ai pas arrêté de penser à ce carnet et à tous ces noms, et donc après avoir terminé mon service, je suis retourné à sa voiture histoire de regarder ça de plus près. Mais quand je suis repassé il était plus là.

– Bon, Ernie, je vois pas où tu veux en venir.

– Je sais pas. Je sais juste qu'il y était plus.

– Non. Je veux dire que je vois pas du tout de quoi tu parles. » Tim appuya sur un bouton de la pompe et récupéra son reçu tandis que la machine crachait un petit bout de papier. « Je me souviens pas d'un quelconque carnet. »

Ernie rejeta la tête en arrière, déconcerté.

« Qu'est-ce que tu racontes ? On était tous les deux sur ce parking et on y a jeté un œil. Bon sang, je te l'ai passé dans la voiture. »

Tim rangea le reçu dans son portefeuille et fourra celui-ci dans sa poche de poitrine. Il avait la main sur la portière de son pick-up comme s'il avait hâte de s'en aller.

« Je sais pas ce que tu veux que je te dise.

– On a fouillé la voiture ensemble. On a trouvé cette tunique à l'arrière, le revolver dans la boîte à gants, et ce carnet sur le siège.

– Ouais, je me rappelle le pistolet. Je me rappelle la tunique pliée à l'arrière, mais je sais rien concernant un carnet et on devrait en rester là. » Tim McMahan ouvrit la portière de son pick-up. « Maintenant, faut que j'aille… »

Ernie l'interrompit au milieu de sa phrase, s'avança et lui attrapa le bras.

« Tu vas pas te barrer comme ça et me laisser planté là comme un imbécile, comme si je débloquais, putain. Tu sais très bien de quoi je parle. »

Tim retira brusquement son bras et se renfrogna.

« Me touche pas, Ernie. On est plus au lycée, bordel. Je t'ai dit tout ce que j'avais à te dire, alors restons-en là. »

Un SUV de taille moyenne s'était arrêté à la pompe voisine et la conductrice qui en était descendue les observa en silence tandis que le ton montait entre eux. Ce n'était ni le moment ni l'endroit pour se disputer, en venir aux mains, mais Ernie bouillait intérieurement. S'il y avait bien une chose qu'il ne supportait pas, c'était le mensonge, et que quelqu'un comme Tim, quelqu'un qu'il connaissait depuis toujours, lui mente en le regardant droit dans les yeux, c'était plus qu'il n'en fallait pour le faire exploser.

Ernie jeta un coup d'œil à la femme et esquissa un sourire, s'efforçant de se ressaisir pour ne pas faire un scandale.

« Très bien, Tim. Je te retiens pas. »

McMahan se glissa dans son pick-up et, quand il claqua la portière, Ernie fit un pas en avant et se pencha pour lui parler par la fenêtre.

« J'ai une dernière chose à te dire, et je m'arrêterai là. » Il se retourna et cracha un jet de tabac sur le béton comme si c'était du venin. « Si tu veux te glisser dans la poche de quelqu'un, assure-toi qu'elle est assez profonde.

– Dégage de là ! »

Tim démarra et Ernie recula tandis qu'il enclenchait le levier de vitesse.

9

Déplacé. C'était le mot que la jeune femme avait écrit. Et pour qui ne connaissait pas l'histoire, ce mot soulevait des questions. C'était la beauté du geste, un mot qui exigeait une réponse. Bien entendu, Vess savait pertinemment ce qui avait été déplacé de cette terre sacrée.

Elle vivait à un kilomètre et demi, sur la route nichée dans un creux de la rivière. Après que le shérif lui eut expliqué ce qu'avait fait sa petite-fille, elle se rendit sur le campus pour voir le résultat de ses propres yeux. Debout sur le site du sanctuaire d'origine, Vess se rappela une ancienne photographie de l'église qui avait disparu des décennies avant sa naissance. L'édifice n'avait rien de spectaculaire ni de beau, c'était juste un bâtiment avec un bardage blanchi à la chaux, doté d'une unique fenêtre et d'un toit en bardeaux, comme découpé à l'emporte-pièce. Elle ferma les yeux et imagina l'église à côté d'elle. Soudain, ce lieu et l'odeur de ce terrain à découvert firent affluer les souvenirs.

Le retour aux sources s'opérait généralement quand on racontait une histoire. Quelqu'un évoquerait Will Rogers, qui avait travaillé en tant que contremaître de l'équipe chargée du réensevelissement. Rogers avait vu le jour à East LaPorte et grandi à Monteith Gap. Il faisait partie des quinze Noirs de Cullowhee qui s'étaient portés volontaires pour se battre pendant la Première Guerre mondiale.

On racontait l'histoire des gens, et ces récits comportaient inévitablement les détails que l'on tenait de ces gens. Visages devenus squelettes, mains devenues os. Cercueils, vêtements, le tout à différents stades de décomposition. Quelqu'un ne manquerait pas de mentionner les cheveux, comment ils avaient continué de pousser dans la tombe. Vess n'imaginait pas ce que cela avait dû être d'y assister. Pour elle, ces détails n'étaient que de simples éléments de destins brisés, et pourtant elle les avait portés toute sa vie telle une couronne d'épines.

Si une partie d'elle-même était fière de ce que sa petite-fille avait fait, elle éprouvait aussi de l'inquiétude et de la peur. La périphérie avait toujours été l'endroit le plus sûr, mais voilà que la jeune femme se tenait en plein centre, et l'endroit était dangereux.

Le lendemain matin, une journaliste débarqua d'Asheville pour parler de son œuvre avec Toya. Vess leur proposa de préparer le petit déjeuner, mais toutes deux déclinèrent son offre, et elle resta donc les bras croisés devant la cuisinière pendant que sa petite-fille était interviewée. Elle appela son œuvre *Le Choix du Verbe* et dit que c'étaient ces mots sur la plaque qui avaient tout déclenché.

« "Se sont déplacés", dit Toya. C'est ce qui est écrit. "Se sont déplacés". Et ça sous-entend un choix, qu'il y avait une volonté derrière ce choix. Mais ils ne *se sont* pas déplacés. Ils *ont été* déplacés. C'est ainsi qu'il faut comprendre cette plaque. C'est ce qui s'est passé. Ils ont été forcés de déterrer leurs morts et de les faire disparaître de cette montagne. Voilà le sujet de cette œuvre. »

Elles étaient assises à une petite table carrée en Formica, Toya dos à sa grand-mère et la journaliste face à elle. La jeune femme avait les cheveux détachés, et ses tresses réparties uniformément dans son dos lui drapaient les épaules de sorte qu'elles couvraient sa poitrine telle une étole. Il y avait une assiette de biscuits enveloppés dans un tissu à carreaux au centre de la table, mais ni l'une ni l'autre n'y avaient touché. La journaliste n'avait même pas bu son café.

« Parlez-moi donc un peu de votre parcours. »

La journaliste devait être proche de la trentaine, ou à peine plus, une Blanche avec des cheveux blond cendré et des lunettes à monture noire. Son fond de teint était plus foncé que sa peau et s'arrêtait au menton si bien que son visage était presque orange comparé à son cou. Elle portait un pantalon à pinces bleu marine et un chemisier à rayures horizontales qui épousait vaguement sa silhouette.

« Je sais que vous avez dit que vous finissez un master en arts et que vous êtes venue cet été pour travailler à votre thèse, mais comment avez-vous commencé ? Vous êtes-vous toujours intéressée à l'art ?

– J'ai commencé par peindre, et ce très tôt, à l'adolescence et pendant mes années de lycée, je ne voulais rien faire d'autre. Quand je suis entrée à l'université, je me suis inscrite à un cours de céramique, j'ai mis les mains à la pâte et quelque chose a changé. Je crois que c'était peut-être juste cette idée de forme tangible, vous voyez ? Avec la peinture, on essaie de la créer, mais avec la poterie et la sculpture, on peut la toucher physiquement. On peut littéralement l'envelopper des mains. Je suis donc passée à l'étape suivante, à la sculpture, et je pense que les choses ont simplement continué de mûrir. Ce que j'essayais de faire, ce que je voulais réaliser.

« Je me rappelle avoir été présentée à cet artiste, Mel Chin, et avoir découvert son installation intitulée *See-Saw*. Il a enterré des systèmes hydrauliques géants si bien que lorsque plusieurs personnes marchent à un endroit précis – je veux dire, l'installation est recouverte d'herbe, comme tout le reste du parc – mais une fois qu'elles se trouvent là leur poids fait s'enfoncer le sol, et simultanément une autre partie du sol s'élève un peu plus loin dans le parc, peut-être à vingt, trente mètres de là. »

Vess vit le visage de la journaliste se crisper tandis qu'elle s'efforçait de comprendre ce que disait sa petite-fille. La vieille dame avait également du mal à suivre, mais elle n'en était pas moins totalement admirative. Elle n'avait jamais entendu Toya parler de son travail avec une telle fougue et une telle éloquence. Cela dit, elle n'avait jamais vraiment posé de questions, du moins pas de façon aussi réfléchie et approfondie.

« Je sais, je sais, c'est difficile à imaginer, dit Toya en riant. Il faudra que vous alliez voir ça pour bien comprendre. Mel Chin. *See-Saw.* Mais c'est cette installation qui m'a permis de découvrir cette forme d'art où l'on expose une œuvre dans un espace public dans le seul but de faire que le public y participe activement.

– Est-ce donc ce que vous essayiez de faire avec cette œuvre ?

– Eh bien, oui, à bien des égards. Je voulais mettre quelque chose dans un espace ouvert au public pour qu'il y soit confronté. Le spectateur n'avait d'autre choix que d'y participer. C'est ce qui rendait ce médium intéressant à mes yeux – le creusement, la terre. C'était l'idée de déterrer quelque chose. L'idée d'exposition, de refuser de laisser quelque chose enterré à jamais sous la surface. La grosse différence est, à mon avis, que l'œuvre de Mel Chin était drôle. Son installation était ludique, et ce que j'essaie de faire ne l'est pas du tout.

« Ce que j'essaie de faire tient en quelque sorte du graffiti. Je veux dire, quand la plupart d'entre nous pensent graffiti, ils imaginent des gens qui taguent des ponts, qui bombent des wagons. Mais le graffiti, philosophiquement, consiste à placer directement l'art dans des lieux où il ne lui est pas permis d'exister. En fait, je ne crois pas que l'on puisse commander des graffitis. On peut passer commande à un graffeur pour qu'il réalise une peinture murale, bien sûr, mais ce n'est pas la même chose, pas vrai ? Ça ne produit pas le même effet.

– C'est vraiment très intéressant, et, oui, je vois ce que vous voulez dire. » La journaliste marqua une pause. « J'imagine donc qu'une des questions que cela soulève, c'est l'idée de permanence, de la durée d'une œuvre d'art. Aussi, à propos de cette installation que vous décriviez, de Mel…

– Mel Chin.

– Oui. À propos de cette installation, je suppose que c'était quelque chose qui est resté là-bas bien plus longtemps. Ce que j'essaie de dire, c'est qu'une œuvre comme la vôtre, ou quelque chose comme un graffiti, ne dure pas. Quelqu'un bombe l'hôtel de ville et la semaine suivante le graffiti a disparu. Ce n'est pas comme un tableau, comme *La Joconde* par exemple, que l'on peut aller voir des années et des années après sa réalisation.

– Je lisais récemment un article au sujet de ces chercheurs qui essaient d'analyser les pigments utilisés pour peindre *La Joconde* et la façon dont les couleurs ont changé au cours du temps, dit Toya. Ce que je dis, c'est que même avec ce genre d'œuvre, quelque chose d'aussi emblématique que *La Joconde*, ce qui a été créé à l'origine, ce à quoi ça ressemblait alors, était éphémère. Rien n'est immuable. Tout change constamment.

« J'aime beaucoup cet artiste qui s'appelle Andy Goldsworthy. Il crée ces magnifiques sculptures à partir d'objets trouvés dans les bois. Il se rend sur un site et rassemble des matériaux pour créer une œuvre d'art. Mais parfois il lui arrive de le faire en bord de mer, par exemple, où il réalisera une sculpture en bois flotté, et alors la marée montera inévitablement et l'eau effacera tout. C'est cette merveilleuse idée d'éphémère, n'est-ce pas ? Ce qu'il fait est de conception très orientale. Et ce que je fais n'a rien à voir, mais je pense posséder cette même sorte de familiarité avec une œuvre qui n'existe physiquement que pendant un temps très court.

« Je pourrais peindre un tableau ou modeler une sculpture avec la même intention, en essayant d'exprimer la même idée que celle que je voulais trouver là-haut sur la colline, et on pourrait mettre cette œuvre dans un musée pour que le public vienne la voir, mais à quoi bon si les gens qui ont besoin de voir cette œuvre, qui ont besoin de s'y confronter, n'y mettent jamais les pieds ? Ça ne sert à rien, non ? Il leur est possible de l'ignorer comme ils l'ont toujours fait.

« À la place, ce que j'ai fait, c'était obliger les gens qui avaient besoin d'être confrontés à cette idée à engager le dialogue avec l'œuvre. Je ne leur ai pas laissé le choix. Il leur fallait s'y confronter quand bien même elle les rendait mal à l'aise. Je suppose que ce que j'essaie de dire, ce à quoi j'essaie d'en venir avec tout ça, c'est que ce qui dure, c'est l'impact. L'impact que l'œuvre produit sur le monde, c'est plus important que l'œuvre elle-même. C'est plus important que la durée de l'œuvre à n'importe quel sens physique. C'est l'art comme instrument de transformation sociale. »

Si on avait demandé à Vess de décrire ce qu'elle ressentait en cet instant, debout dans la cuisine à écouter sa petite-fille parler, elle aurait répondu que c'était comme tomber amoureuse – les papillons dans le ventre, l'impression d'être sur un petit nuage. Elle éprouvait une sensation de chaleur mais, en dehors de cela, elle ne sentait pas vraiment son corps, comme si elle flottait.

Elle se pâmait de fierté. Toutes ces sensations se firent alors trop fortes. C'était plus qu'elle n'en pouvait supporter. Elle eut presque envie de pleurer.

« Je vais dans le potager », dit Vess tout en s'approchant de la table.

Elle posa la main sur l'épaule de Toya et la jeune femme fléchit le bras en arrière et couvrit la main de sa grand-mère avec la sienne. Vess se pencha et l'embrassa sur le sommet du crâne.

« Nous ne devrions plus en avoir pour longtemps, dit la journaliste.

– Prenez votre temps. Appelez-moi si vous avez besoin de quoi que ce soit. »

Dehors, les poules grattaient et picoraient la pelouse, et la vieille femme leva les yeux vers les branches argentées d'un chêne blanc, où un faucon venait très souvent se percher. Le rapace n'était pas là pour le moment et elle en fut soulagée. Elle avait toujours eu des poules et, pendant longtemps, elle avait élevé des lapins. Les faucons étaient une calamité pour les deux. Autrefois, son mari, Lonnie, les tirait au fusil, les hiboux aussi, mais Vess n'en avait pas le cœur. Il était mort depuis longtemps, mais elle gardait encore son fusil chargé – un vieux J. Stevens à double canon – dans un coin du salon derrière son fauteuil, même si cela faisait une éternité qu'elle ne l'avait plus épaulé.

Depuis que Toya était petite, Vess avait travaillé d'arrache-pied pour transmettre des bribes de ce lieu et de cette culture à sa petite-fille. Sa fille, Dayna, avait toujours vu trop grand pour Cullowhee, et après en être partie elle n'avait jamais regardé en arrière. Rien de mal à cela. Lon et elle ne lui avaient pas reproché son départ, ne lui en avaient pas voulu. Ils étaient fiers de leur fille et de ce qu'elle était devenue. Mais cela ne les avait pas empêchés d'avoir du chagrin en voyant le lieu et la culture dont ils étaient issus et qu'ils aimaient leur glisser entre les doigts telle de la farine.

Il y avait une vie ici. Il y avait toujours eu une vie ici. Vess descendait d'une lignée de paysans, de gens de la montagne qui creusaient des rampes et cultivaient des salades, des gens qui cueillaient des pêches indiennes et enveloppaient les pommes dans du papier journal pour les conserver sous leur lit tout au long de l'hiver. Elle se rappelait qu'un jour, quand elle était enfant, ils n'avaient pas eu assez d'argent pour planter des pommes de terre et son père avait alors mendié des épluchures auprès d'un dénommé Dills, qu'il avait élevé tout un monticule à partir de rien comme le miracle de la multiplication des pains. Elle se rappelait qu'il avait conservé un jambon suspendu dans la cabane à sucre, la façon qu'avait sa mère d'en couper des morceaux pour faire trois ou quatre repas.

Plus personne ne faisait cela. La plupart des gens n'avaient même jamais entendu parler de cabane à sucre, encore moins senti la façon dont ce jambon emplissait l'air tel un parfum. Peu de gens avaient encore un potager, ou du moins un potager digne de ce nom. S'ils plantaient quelque chose, cela tenait plus du passe-temps. C'était des Bonnie Plants à trois dollars de chez Lowe's, pas des graines et des oignons gardés de l'année précédente. Les gens dépensaient plus à faire pousser un panier plein de courges Crookneck qu'il ne leur en coûterait de l'acheter au marché agricole, et cela n'avait tout simplement rien à voir. Les façons de faire étaient en grande partie perdues, et Vess en avait le cœur brisé. Mais l'intérêt dont Toya avait fait preuve pour l'endroit d'où elle venait, de qui elle descendait, ce n'était pas rien. Cela voulait dire que ce ne serait pas oublié, du moins pas du vivant de la jeune femme. L'avoir ici cet été, ç'avait été comme faire des provisions, comme stocker quelque chose qui les nourrirait.

La météo prévoyait de l'orage en fin d'après-midi et le potager avait besoin d'eau. Les haricots nains étaient assez hauts à présent pour qu'une forte pluie les abatte, aussi Vess se pressa-t-elle de les tuteurer. Une cabane en parpaing se trouvait à la lisière du bois dans la cour latérale. Les tuteurs étaient attachés ensemble dans le fond et elle s'en empara ainsi que d'un maillet.

Elle avait presque terminé de planter les tuteurs quand Toya et la journaliste descendirent l'escalier qui menait au jardin. Sa petite-fille raccompagna la femme jusqu'à sa voiture et après une minute ou deux vint la rejoindre. Elle était vêtue d une jupe plissée couleur lilas qui lui arrivait en dessous du genou. Elle était pieds nus et portait un débardeur noir qui laissait voir une bande étroite de son ventre juste au-dessus de la taille.

Vess fredonnait une chanson quand Toya traversa le jardin. La vieille femme avait un timbre magnifique entre ténor et alto, un vibrato fluide et naturel résonnant du plus profond d'elle-même.

« C'est quoi cette chanson ?

– Oh, tu la connais pas. » Vess planta le dernier tuteur et ficha le maillet dans la terre. « Passe-moi cette ficelle. »

Toya se dirigea vers le coin du jardin et ramassa une bobine de fil de jute par terre. Elle revint et la tendit à sa grand-mère.

« C'est Nina Simone, non ? »

Vess éclata de rire et repoussa ses lunettes sur l'arête de son nez.

« Qu'est-ce que tu connais à Nina Simone ?

– Maman chantait tout le temps cette chanson. »

Vess sourit. Elle ne s'était pas attendue à cela de la part de sa fille, mais elle en fut ravie. Quand Dayna était petite, elle lui avait chanté cette chanson des centaines de fois. Elles s'étaient éloignées l'une de l'autre depuis la mort de Lon, aussi était-il bon d'entendre que certaines choses demeuraient.

« Tu sais qu'elle a grandi dans ces montagnes.

– Qui ?

– Nina Simone.

– Non, c'est pas vrai.

– Siiii. » Vess traîna exagérément sur la voyelle et gloussa. « Comté de Polk. Nina était une fille des montagnes comme moi. Écoute bien et tu l'entendras. »

Vess extirpa le bout de la ficelle du centre de la bobine et en tira une longueur entre ses mains. Les tuteurs avaient des vis préréglées et elle attacha la ficelle à l'une d'entre elles, à l'extrémité du rang de haricots. Sorties de nulle part, elle entendit quelques notes de piano retentir puis diminuer. Sans bouger de l'endroit où elle était agenouillée dans le potager, elle leva la tête et vit que sa petite-fille regardait son téléphone. Il y eut la lente descente de quatre notes du grave au plus grave, la reprise plus rapide de cette descente tandis que les deux se rejoignaient pour jouer des suites de huit notes, et c'est alors que la voix s'éleva.

« *Ain't got no…* », commença à chanter Nina et, alors que les premiers mots résonnaient, Vess ferma les yeux et les laissa se nicher au centre de sa poitrine.

Toya se balança au rythme de la musique, ondulant surtout des épaules au début, un lent déhanchement tête baissée de sorte que ses tresses oscillèrent devant elle.

Le début de la chanson était une lamentation et elle avait toujours ému Vess de la même manière, avec une tristesse infinie. Mais ce qu'elle avait toujours aimé dans cette chanson, c'était la promesse de ce qui viendrait, l'espoir dans la façon dont elle se terminait.

Elle poursuivit son ouvrage dans le potager pendant que le piano portait cette voix, que cette voix la portait lentement de tuteur en tuteur, attachant la ficelle, si bien que lorsqu'elle eut terminé, le rang de haricots était bordé de tous côtés et soutenu. La musique commença à monter tandis qu'elle serrait fermement le dernier nœud. Vess coupa la ficelle avec un canif qu'elle gardait dans la poche de son tablier au moment où Nina accentuait son jeu au piano et où sa voix prenait son envol.

Quand la musique se déchaîna, Toya sautillait, les mains tendues vers le soleil, et on aurait dit que Dieu lui-même l'avait placée sous les projecteurs. Son corps tout entier parut soudain comme électrisé, la plus infime parcelle de son être en mouvement et les doigts claquant en rythme, le visage radieux tandis qu'elle dessinait un lent huit de la tête. La jeune femme se mit à tourner, sa jupe vola autour d'elle tels les pétales d'une violette et Vess se leva, se mit à frapper des mains en rythme et à chanter. Il y avait des larmes dans ses yeux et elle riait, et ce bonheur l'emplit jusqu'à ce qu'il n'y ait plus assez de place en elle pour contenir toutes ses émotions. Cela faisait longtemps qu'elle n'avait pas effleuré cette sorte de magie, qu'elle ne l'avait pas tenue dans ses mains tel un oiseau. Pendant quelques instants le monde laissa place à la beauté pure. La joie la submergea, tout simplement.

10

La porte du shérif était ouverte et Coggins était assis à son bureau, les coudes sur le plateau, les mains jointes devant son visage. Sa tête était inclinée vers le bas et, comme la lumière du plafonnier se reflétait sur ses lunettes bon marché, d'où il se tenait, Ernie ne voyait pas ses yeux. Il donnait l'impression d'être en train de prier.

Le shérif tendit la main, tourna la première feuille d'une liasse de papiers posée devant lui, puis recroisa les doigts. Quand Ernie vit cela, il frappa doucement à la porte avec un doigt et Coggins leva les yeux de sa lecture.

« Ernie Allison. » Il ôta ses lunettes et en replia les branches contre sa poitrine. Il les posa sur le bureau et but une gorgée de café. « Qu'est-ce que tu fais à traîner ici pendant ton jour de congé ? T'as rien de mieux à faire ?

– J'avais quelque chose dont je voulais vous parler, si vous avez une minute.

– Bien sûr. »

Coggins croisa les mains sur le sommet de son crâne et se pencha le plus en arrière possible ; son corps s'inclina à quarante-cinq degrés et son menton vint s'appuyer contre sa poitrine.

« Entre et assieds-toi. »

Alors qu'Ernie pénétrait dans le bureau, il se retourna pour fermer la porte.

« Laisse ouvert si ça te dérange pas, dit Coggins. Ça fait circuler l'air. »

Il n'y avait personne dans les parages à cette heure de la journée en dehors du personnel de bureau et des hauts gradés, mais ce dont il était venu parler exigeait une certaine confidentialité. Ernie hésita et songea à répondre quelque chose, mais le shérif le devança.

« Assieds-toi », dit Coggins.

Ernie entra et prit l'une des deux chaises qui faisaient face au bureau.

Accroché au mur près de la porte, un dindon paraissait étrangement grand et incongru dans un espace aussi confiné. Ses ailes étaient déployées et inclinées comme s'il était figé en plein vol. Peu importait de quel côté vous vous tourniez, l'oiseau planait dans votre vision périphérique et vous aviez toujours l'impression que quelqu'un regardait par-dessus votre épaule. Ernie jeta un coup d'œil derrière lui puis s'avança sur le bord de sa chaise, les mains posées sur les genoux. Toute la matinée, il avait été hanté par la façon de présenter ce qu'il avait à dire.

« Qu'est-ce qui peut bien te rendre si nerveux ? demanda Coggins. Il se passe quelque chose dont je dois être informé ? Ta mère et ton père vont bien ?

– Oui, ils vont bien.

– T'as pas mis une fille en cloque, n'est-ce pas ?

– Non.

– Alors j'espère que c'est pas pour une augmentation, Ernie, parce que c'est pas moi qui fixe la grille salariale. C'est le budget du comté, et Dieu sait…

– Non, non, shérif, l'interrompit Ernie. C'est pas ça.

– Eh bien, qu'est-ce que c'est ? » Coggins n'avait pas bougé. Il était toujours penché en arrière avec les mains sur le sommet de son crâne, comme s'il s'apprêtait à être mis en état d'arrestation. « Bon sang, fiston, on dirait que tu vas avouer que t'as tué quelqu'un. »

Le shérif éclata de rire puis se pencha brusquement en avant. Il but une autre gorgée de café et croisa les bras sur sa poitrine.

Il était inutile de tourner autour du pot, aussi Ernie cracha-t-il le morceau. Il raconta au shérif qu'il ne s'était pas passé grand-chose cette nuit-là, qu'il avait fait son possible pour garder les yeux ouverts, de sorte que lorsqu'il avait entendu l'appel pour Harold's, il était allé prêter main-forte à la police de Sylva, avant tout pour éviter de s'endormir. Il lui parla de l'homme du Mississippi, de la tunique qu'ils avaient trouvée et du carnet. Ernie énuméra les noms qui y étaient inscrits et qui sortaient du lot, puis concéda qu'il était retourné prendre des photos. Il expliqua que le carnet n'était plus là le lendemain matin, que tout le reste était tel qu'ils l'avaient laissé, et que Tim McMahan lui avait menti en le regardant droit dans les yeux quand il l'avait questionné à ce sujet un peu plus tard. Une fois qu'il eut terminé, il se sentit soulagé, mais ce répit fut de courte durée.

Coggins ne s'empressa pas de répondre, et plus le silence s'éternisait, plus Ernie devenait mal à l'aise. Le shérif s'accouda à son bureau. Il plissa les yeux et regarda fixement le mur comme s'il pesait prudemment ses mots.

« T'as de la chance que je te suspende pas sur-le-champ. »

Ernie se fit tout petit sur sa chaise.

« À quoi tu pensais en retournant là-bas ? Quand bien même il y *avait* quelque chose dans la voiture. Il y a une chaîne de conservation des preuves et là, c'est n'importe quoi, bon sang. Intrusion criminelle. Voilà ce que c'est. T'étais même pas de service, et quoi, tu croyais que t'allais simplement ouvrir la portière de la bagnole d'un type et fouiller dans ses affaires ? Bon sang, à quoi tu pensais ?

– Shérif, je sais que je m'y suis pas pris comme il fallait, mais vous avez entendu les noms. Ce sont des gens qui comptent dans ce comté. Est-ce que vous me dites que vous n'auriez pas voulu savoir qui d'autre figurait sur cette liste ?

– Je parie que je connais la grande majorité d'entre eux. Tu crois que c'est une grande découverte que Slade Ashe est un salaud de première ? N'importe qui dans ce comté qui n'est pas né de la dernière pluie aurait pu te le dire. Pareil pour Holt Pressley et la moitié des autres que t'as cités. Un nid de vipères, fiston. C'est pas nouveau.

– Mais ce que je vous dis, shérif, c'est qu'on retrouve ces noms à tous les niveaux de l'administration locale, hier comme aujourd'hui. Le conseil municipal, la commission du comté, le chef de la police, l'inspection des bâtiments, le centre des impôts, et ainsi de suite. Tous les permis, tous les contrats, l'argent des contribuables, tout dans ce comté passe potentiellement entre leurs mains.

– Tu fais d'assez grossières suppositions en te basant sur deux ou trois noms de ce carnet.

– C'était pas deux ou trois noms, shérif. Et c'était pas *n'importe quels* noms. »

Coggins secoua la tête et laissa échapper un petit rire.

« Creusez ça, shérif. C'est tout ce que je demande. C'est tout ce que je veux que vous fassiez. Car si ce que je vous dis est vrai, ça pourrait…

– Et qu'est-ce que tu veux que je fasse exactement ? Tu veux que j'aille réduire en miettes la vie de ces gens sur la base d'une quelconque théorie du complot que t'as concoctée après avoir lu leurs noms dans un carnet qu'existe peut-être même pas ? C'est ça que tu veux que je fasse ? »

Ernie savait que cela paraissait dingue mais il était intimement convaincu qu'il tenait quelque chose et qu'il ne pouvait pas en rester là.

« Écoutez, je sais de quoi ça a l'air. Et je sais que la façon dont je m'y suis pris était pas la bonne. Mais on parle du Klan, shérif. Il s'agissait pas d'une liste pour une équipe de softball. C'était un répertoire de contacts pour le Ku Klux Klan. Et les noms qui y figuraient sont ceux de gens qui opèrent à tous les niveaux de l'administration locale depuis des années. Si ça éveille pas la curiosité, alors je sais pas ce qu'il faut. Tout ce que je dis, c'est creusez ça. Appelez un de vos potes du bureau d'enquête d'État et qu'ils se penchent dessus. C'est tout ce que je…

– Putain, Lovedahl ! Tu vas rester planté là toute la journée ou tu vas me dire ce que tu veux ? »

Ernie pivota sur sa chaise et, ce faisant, aperçut un autre adjoint debout sur le pas de la porte. Nick Lovedahl était l'une des dernières personnes sur terre qu'il aurait voulu voir derrière lui à ce moment précis. Il se demanda aussitôt ce qu'il avait entendu, mais c'était trop tard pour revenir en arrière. Tout ce qu'il pouvait faire, c'était partir du principe que Lovedahl n'en avait pas perdu une miette.

« Je suis désolé, chef. Je voulais pas vous interrompre.

– Eh bien, tu viens de le faire, alors qu'est-ce qu'il y a ?

– Voilà les rapports que vous avez demandés. »

Main tendue, le shérif attendit que Lovedahl lui remette les papiers. Ce dernier baissa les yeux en passant.

« Ernie. »

Ernie lui répondit par un signe de tête mais ne dit pas un mot.

« C'est ça ? »

Coggins chaussa ses lunettes et jeta un œil aux rapports.

« Oui, chef. Tout y est.

– Bon, parfait. » Coggins montra la porte de la main. « File. »

Quand ils furent de nouveau seuls, un silence gênant s'installa entre eux, et ce fut le shérif qui finit par le rompre. Il se pencha sur le côté et appuya sa tête sur son poing, le coude collé au bureau. Il tenait toujours ses lunettes dans l'autre main et plaça l'extrémité arrondie de l'une des branches dans le coin de sa bouche avant de parler.

« D'accord, Ernie, je vais creuser ça. »

L'adjoint fit glisser ses mains sur son short pour sécher la sueur qui inondait ses paumes.

« Mais si tu t'avises encore d'aller fouiller la bagnole de quelqu'un sans mandat, je te retire ton insigne et te passe les menottes moi-même. C'est compris ?

– Compris. »

11

Les routes étaient mouillées et les reflets des lampadaires dessinaient des perles sur la chaussée, un collier qui s'étirait d'une extrémité de la ville à l'autre. Le plus gros du trafic diminuait vers minuit, mais quelques voitures circulaient encore et leurs pneus chuintaient dans les rues humides. Elle avait toujours aimé l'odeur de la pluie d'été sur le bitume. Comme elle avait grandi en ville, il lui suffisait de fermer les yeux et cette odeur la ramenait chez elle.

Les derniers mois avaient été difficiles, loin de ses amis, des lieux qui lui étaient familiers depuis toujours. On lui avait dit qu'il y avait un groupe assez conséquent d'étudiants noirs à l'université, mais pas pendant l'été. Elle avait passé du temps avec sa grand-mère, et à plusieurs reprises elles avaient rendu visite à des cousins et à des tantes, des parents qu'elle connaissait à peine. Elle fut frappée de la façon dont elle usait du changement de code parmi eux, de la facilité avec laquelle elle adaptait sa manière de parler à son auditoire. Elle s'exprimait d'une certaine façon quand elle rentrait chez elle à Atlanta, d'une manière totalement différente quand elle était seule avec sa grand-mère, et d'une autre encore avec le groupe qu'elle retrouvait le soir. Il n'y avait là rien d'inauthentique ou d'irrespectueux, c'était quelque chose qui lui venait naturellement, par la force des choses. Et cependant, c'était vertigineux de sauter ainsi de l'un à l'autre, c'était presque comme passer du temps dans un pays étranger.

Le groupe qui avait aidé Toya à creuser les tombes était composé d'étudiants de troisième cycle de l'université, dont la plupart, comme elle, terminaient un MFA, mais aussi de quelques amis d'amis qui s'étaient portés volontaires à la dernière minute quand d'autres avaient renoncé ou ne s'étaient pas présentés. C'était Brad Roberts, un céramiste, qui les avait réunis. Toya avait fait sa connaissance quand elle s'était adressée au département artistique afin de savoir si elle pouvait disposer d'un atelier pour travailler à sa thèse. Il lui en avait trouvé un et ils étaient rapidement devenus amis. Ces deux derniers mois, il était sa seule constante en dehors de sa grand-mère, l'unique personne au-delà de la sphère familiale qu'elle voyait tous les jours.

Les potiers se répartissaient généralement en trois groupes. Il y avait les boueux, qui adoraient se salir les mains, et Toya en avait toujours été quand elle tournait de l'argile. Puis il y avait les cuistots, qui se concentraient sur le processus de cuisson – cuisson à la soude, cuisson en fosse, sciure, raku. Mais Brad appartenait à un troisième groupe. Il était chimiste. Il était obnubilé par la glaçure et étudiait la façon dont les produits chimiques réagissaient à la chaleur.

Cette nuit-là, ils se retrouvèrent dans une brasserie de bières du coin, et même si Toya n'avait jamais été une grande buveuse, elle pensait qu'il était de son devoir de sortir avec eux pour s'amuser. Elle s'en tint à la *ginger ale* maison pendant que les autres descendaient des India Pale Ale, leurs conversations devenant de plus en plus bruyantes au fur et à mesure que la soirée avançait, et à la fin elle était presque ivre de paroles. Un auteur-compositeur donna un concert acoustique jusqu'à minuit, puis sans que nul s'en aperçoive, il était 2 heures du matin et ce fut la dernière tournée, après quoi ils se séparèrent pour rentrer chacun chez soi – certains à plusieurs, d'autres se faisant reconduire, quelques-uns repartant en titubant car ils habitaient pas loin.

Dans un parking public de l'autre côté de la rue, un chat de gouttière dormait recroquevillé au sec sous le SUV de Toya. La jeune femme conduisait un vieux Pathfinder argenté et, ce soir-là, une échelle en aluminium était attachée par une corde jaune à la galerie du toit. Le chat détala quand elle appuya sur le bouton de déverrouillage de sa clé.

« T'es sûre que ce tas de boue va te ramener chez toi ? » demanda Brad.

Au cours des dernières semaines, son SUV lui avait donné des sueurs froides. Le moteur faisait un bruit sourd et, comme il avait parfois refusé de démarrer, Brad lui avait alors servi de chauffeur.

Toya donna un coup de pied dans le pneu avant et sourit.

« Bon, je vais pas te mentir, Petit Blanc, mais y a sans doute une chance sur deux pour qu'il faille le démarrer à la manivelle. »

Brad éclata de rire. Il rougissait toujours quand elle l'appelait ainsi et elle trouvait cela adorable. C'était pour elle un terme affectueux et il le savait, puisqu'il était le seul que Toya avait laissé se rapprocher d'elle. Il avait les cheveux mi-longs et était large d'épaules, musclé à force de travailler l'argile, hâlé par les heures passées en plein air. Son visage anguleux était rasé de près et, même s'il n'était pas son genre, elle ne pouvait s'empêcher de le trouver séduisant.

Il s'avança vers le SUV et secoua l'échelle comme pour s'assurer qu'elle était bien fixée.

« Tu nettoies les gouttières ?

– Ouais, exactement. »

Il la regarda d'un air sceptique et éclata de rire.

« Bon, d'accord, dit-il, s'arrêtant à quelques pas d'elle comme s'il attendait quelque chose tout en sachant qu'elle ne lui donnerait pas.

– Bon, Petit Blanc, à demain. »

Brad tapa le capot de la main et se retourna pour s'en aller.

« C'est du racisme », lança-t-il par-dessus son épaule comme s'il chantait de l'opéra.

Toya éclata de rire et hocha la tête, attendant devant le pare-chocs qu'il se soit suffisamment éloigné pour ne plus la voir. Il prenait la direction opposée à la sienne.

Sylva était vraiment une jolie ville, surtout la nuit. En dehors de la circulation et de la population, rien n'avait vraiment changé depuis qu'elle était enfant. Imaginez une petite bourgade américaine, avec son centre-ville de deux étages en brique peinte, mais nichée dans une vallée où une ligne de crête ourle une lèvre ondulée autour de vous. Faites de Main Street une rue droite comme un fusil de chasse avec un palais de justice perché à un bout, splendide édifice néoclassique qui surplombe la ville en contrebas. Telle était Sylva, et ce palais de justice était l'image imprimée sur les cartes postales, les tee-shirts et les panneaux. En y regardant de plus près, même sur les représentations, vous pouviez voir la statue dressée devant – sombre silhouette séparant l'édifice en deux telle une fissure qui court de ses fondations en son centre.

Il y avait quelque chose cet été-là, quelque chose qui concernait la place que Toya occupait désormais en tant qu'artiste et qui l'avait changée. Tous les livres qu'elle avait lus, les choses qu'elle avait étudiées et apprises ces six dernières années avaient été soigneusement empilés tels les ingrédients d'un feu de camp et, au cours des deux derniers mois, son œuvre était devenue l'allumette. Elle avait senti brûler cette flamme face au shérif, tout filtre ou toute hésitation se consumant. Et cependant, elle comprenait parfaitement que la ligne entre intrépidité et imprudence était très fine.

Toya se gara dans le parking à côté de l'édifice. Elle transporta le pot de peinture en premier et, tandis qu'elle déchargeait l'échelle, prit soin de ne pas faire de bruit. Il y avait des maisons à proximité et, l'été, les gens dormaient les fenêtres ouvertes pour profiter de la fraîcheur de la nuit. Si elle s'était écoutée, elle aurait attaqué au marteau piqueur le drapeau qui était gravé dans le granit du socle de la statue mais, question subtilité, il y aurait eu à redire. Elle dressa l'échelle contre les avant-bras en cuivre, puis grimpa jusqu'à hauteur des mains du soldat.

Toya prit appui sur les barreaux, enveloppa fermement l'échelle de ses bras, puis se servit d'un petit tournevis à tête plate pour ouvrir le couvercle du pot de peinture. Elle avait choisi une couleur nommée « Gloss Banner Red », un rouge aussi brillant qu'un champ de coquelicots. Tandis qu'elle versait la peinture sur les mains de la statue, le sang coula le long du fusil et forma une flaque aux pieds du soldat, puis déborda tels de longs doigts qui dégoulinèrent du sommet du socle en granit jusqu'au sol.

L'idée et l'image étaient simples, mais elle craignait que l'on perde de vue qu'il ne s'agissait pas simplement du sang que la Confédération avait sur les mains, ni du sang de l'esclavage, qui avait duré près de deux cent cinquante ans avant même que la Confédération ne voie le jour. C'était l'héritage, la plaie béante qui continuait de saigner près de cent cinquante ans après les faits.

C'était le lynchage de Jesse Washington, un gamin de dix-sept ans qui avait été traîné derrière une voiture, émasculé, les doigts et les oreilles coupés, brûlé vif, et photographié, les clichés vendus ensuite comme cartes postales. C'était Emmett Till, quatorze ans, roué de coups et mutilé, abattu d'une balle en pleine tête, et coulé dans la Tallahatchie River.

C'était la mère d'Emmett exigeant un cercueil ouvert.

C'était Eliza Woods, kidnappée de la prison du comté, dénudée et pendue dans la cour du palais de justice à l'endroit même où se trouvait Toya, son cadavre déchiqueté par les balles. C'était les cent trente autres femmes lynchées par la foule entre 1880 et 1930. Pour citer Malcolm : *La personne la plus négligée en Amérique est la femme noire.*

Un saut dans le temps et c'était Eleanor Bumpurs. C'était Aiyana Stanley-Jones, sept ans, au printemps de la première année de lycée de Toya. C'était James Craig Anderson l'été suivant, roué de coups et écrasé par un pick-up à Jackson, Mississippi. C'était Eric Garner, Michael Brown, Tamir Rice, Rekia Boyd, Kayla Moore, Margaret Mitchell, Eric Harris, Freddie Gray. C'était un chapelet de noms, qui évoquaient tous des visages, des visages qui surgissaient dans son esprit à la simple mention qui en était faite, comme si on lui avait jeté un sort douloureux. On était à l'été 2019 et peu de choses avaient changé.

Toya regarda l'endroit où la peinture avait dégouliné et formé une flaque sous ses pieds. Le sang coulait toujours, donnant l'impression qu'il pourrait ne jamais s'arrêter, et ce continuum, la prise de conscience que ce flot semblait proprement interminable, fut plus qu'elle n'en pouvait supporter à ce moment précis. Elle sut que ce monde ne pouvait pas durer.

12

Un troglodyte de Caroline voleta sur le porche et sautilla sur les planches patinées avant de s'arrêter presque aux pieds de la vieille dame. L'oiseau inclina la tête et l'observa de ses petits yeux ronds et noirs, le dos d'un brun mordoré, la gorge aussi dorée qu'un peuplier en automne. Comme elle l'avait fait toute la matinée, Vess Jones demeura complètement immobile pendant que l'oiseau récoltait de quoi se confectionner un nid à partir du fouillis de fils amoncelés entre ses pieds. Elle avait passé la majeure partie de la journée à équeuter un tas de haricots Greasy Cutshort qu'elle prévoyait de mettre en conserve plus tard dans la semaine.

Quand l'oiseau reprit son vol, elle le suivit des yeux jusqu'à ce qu'il disparaisse dans une corde de bois de chauffage empilée près du cabanon. À ce moment précis, un véhicule déboula dans l'allée et s'immobilisa en dérapant, le gravier crissant sous ses pneus. La portière claqua et, avant que Vess ait eu le temps de se redresser sur son rocking-chair pour voir qui arrivait, le shérif fit le tour de la maison en trombe, fou furieux.

« Où est-elle ? » gronda-t-il.

Quand il était en colère, sa façon de parler donnait l'impression qu'il avait la bouche pleine de billes, et son visage était en feu tandis qu'il grimpait l'escalier menant au porche.

« Qui, John ?

– Ta petite-fille. Alors, où est-elle ?

– Elle est à l'intérieur. Mais qu'est-ce qui t'a mis dans un tel état ?

– La statue est là depuis une centaine d'années. Une centaine d'années et jamais un truc pareil n'était encore arrivé. Elle se pointe pour l'été et pense qu'elle a le droit de changer ça.

– Changer quoi ? De quoi tu parles ? Quelle statue ?

– La statue devant le palais de justice, Vess. La statue qu'on a toujours connue là-bas. »

La porte moustiquaire s'ouvrit et Toya s'avança sur le porche. Elle portait l'ample short de basket-ball et le débardeur avec lesquels elle dormait toujours, et elle tenait un mug de café des deux mains devant son visage, soufflant pour chasser la vapeur qui s'en élevait.

« T'as complètement perdu l'esprit ? hurla le shérif. Y en a pas un à la commission qui va te laisser tranquille après ça. On va savoir ce que t'as fait et la moitié du comté de Jackson va se pointer à leur bureau et les menacer d'avoir leur tête s'ils font pas tout pour te faire inculper. Tu comprends ? Je peux rien pour toi. Je veux pas…

– Je ne demande à personne de me faire le moindre cadeau, shérif. En fait, je ne crois pas vous avoir jamais demandé quoi que ce soit.

– T'as un sacré culot de me parler comme ça après la façon dont je t'ai traitée. J'ai fait tout ça par respect pour la femme assise là. J'ai fait tout ça…

– Tout ça quoi ? Vous avez fait quoi exactement ? »

Le shérif serra les dents, s'avança les poings fermés le long du corps et, en voyant cela, Vess sauta de son rocking-chair et s'interposa entre eux.

« John, tu ne vas rien régler en débarquant chez moi et en te jetant sur ma petite-fille comme ça ! Tu m'entends ? »

Vess avait les yeux rivés sur lui, mais Coggins lança un regard furieux à la jeune femme par-dessus son épaule.

« Tu ferais mieux de te ressaisir ! Je me fiche de ce qu'elle a fait, reprends-toi ! »

Vess sentait la colère monter des deux côtés, mais elle resta entre eux, tel un mur.

« Vous avez tous les deux besoin de vous calmer, et ensuite on rentrera dans cette maison pour parler comme des gens sensés. Mais vous n'allez pas rester plantés là à vous aboyer dessus comme des chiens. Je ne le tolérerai pas. Je suis trop vieille pour ces bêtises. »

Vess Jones s'exprimait naturellement d'une voix douce mais ce qu'elle disait était toujours parole d'évangile. Elle se tenait là, le menton levé, et inspira lentement et profondément par le nez, expira, puis recommença à plusieurs reprises comme pour évacuer la tension ambiante. Lentement, elle retrouva son calme et, au bout d'un long moment, du dos de la main elle écarta sa petite-fille du chemin et ouvrit la porte moustiquaire pour entrer.

13

Le shérif fit glisser sa tasse de café sur la table en Formica et bascula la chaise sur ses pieds arrière de façon à être presque à l'horizontale, les mains posées sur le ventre. Toya était assise face à lui et Vess était appuyée contre le plan de travail devant l'évier, à l'endroit où le soleil qui entrait par la fenêtre l'enveloppait d'une sorte de halo.

« Écoute, dit Coggins. Ce qu'il y a, c'est que la statue a une grande importance pour tout un tas de gens dans ce comté…

– Et c'est bien le problème. » Toya l'interrompit avant qu'il puisse finir sa phrase, et cette façon qu'elle avait de le faire sans cesse le minait. Il la trouvait méprisante et arrogante, mais il ravala son irritation. « Des gens qui idolâtrent les propriétaires d'esclaves. Des gens qui vénèrent une époque où ceux qui me ressemblaient étaient enchaînés. Cent cinquante ans après les faits, des gens arborent un drapeau qui n'a jamais représenté qu'une seule chose, et pire encore, ce même drapeau se trouve sculpté dans la pierre qui surplombe votre ville. Qu'est-ce que c'est censé vouloir dire pour quelqu'un comme moi qui monte là-haut ? Qu'est-ce que je suis censée en penser ?

– Je ne sais pas ce que tu en penses, mais pour autant que…

– Je vais vous dire ce que ça signifie. Ça signifie foutez le camp. Et je suis désolée de le dire comme ça, Maw Maw. Je suis désolée d'employer cette expression dans ta maison. » Toya se tourna vers sa grand-mère, puis elle recula sur sa chaise et croisa les bras. Elle avait les yeux hagards et tremblait de colère. « C'est exactement ce que ce drapeau signifie pour moi.

– Mais pour beaucoup de gens, ce n'est pas du tout le sens de ce drapeau. Moi compris. Ce n'est pas ce que représente cette statue. La plupart des gens qui vivaient dans ces montagnes n'ont jamais possédé d'esclaves.

– Alors d'où vous croyez exactement que vient ma famille, shérif ? »

Coggins n'avait pas de réponse.

« Au début de la guerre, il y a quarante-six propriétaires d'esclaves et deux cent vingt-six esclaves ici même, dans le comté de Jackson. Après l'émancipation, ils apparaissent comme ouvriers agricoles lors du recensement. Par la suite, quelques personnes sont venues de Caroline du Sud et de Géorgie mais, au début du XIXe siècle, il y a quatre cents Noirs qui vivent dans ce comté. Vous avez un groupe démographique qui est plus élevé à cette époque qu'aujourd'hui. Alors ne me dites pas qu'ils n'étaient pas là. D'où vous croyez qu'ils sont venus ?

– Je ne sais pas. Je…

– Et vous voulez rester assis là à dire que ce n'est pas ce que ce drapeau représente ? Alexander Stephens a dit : "Ses fondements sont posés, sa pierre angulaire repose sur la grande vérité que le nègre n'est pas égal à l'homme blanc ; que l'esclavage, la subordination à la race supérieure, est sa condition naturelle et normale." Voilà ce qu'il a dit. Il a dit : "basé sur cette grande vérité physique, philosophique et morale". Et vous voulez me faire croire que ce n'est pas ça que ça représente. C'est le même révisionnisme de merde qui a été transmis de génération en génération, dont on nous a nourris jusqu'à la nausée, et je suis encore censée en redemander ? »

Plus elle parlait, plus Coggins avait l'impression qu'il allait exploser. Il enfouit son visage dans ses mains.

« Ce n'est pas ce que ce drapeau représente pour moi, maugréa-t-il. Ce n'est pas ce…

– Alors dites-moi ce qu'il représente. Dites-moi ce que ce drapeau représente pour vous, shérif.

– Tu ne m'as pas laissé finir une seule phrase depuis qu'on est assis à cette table. Tu ne m'as pas laissé aller au bout de ma pensée. » Coggins leva les yeux tristement. « Je ne crois pas que ça t'intéresse le moins du monde d'entendre ce que je pense de quoi que ce soit, et la seule raison pour laquelle j'ai tenu ma langue jusqu'à présent, c'est par respect pour la femme près de l'évier.

« Bon, il y a beaucoup de vrai dans ce que tu as dit, et tu en sais probablement plus que moi à ce sujet, poursuivit-il. Tu es intelligente, Toya Gardner. Comme ta mère. Et je parie que tu as lu plus de livres que je n'en ai jamais ouvert. Tu peux t'asseoir là et citer des extraits de ces livres et déballer ton laïus, mais il y a une chose dont tu ne sais rien de rien. Tu ne sais rien de ce que c'est de vivre ici, d'avoir grandi ici. Tu n'as jamais vécu ici un seul jour de ta vie, et moi je ne suis jamais sorti d'ici. On n'est que deux dans cette pièce à pouvoir dire ça. Alors pourquoi tu ne demandes pas à ta grand-mère comment c'était ? Demande-lui comment elle a été traitée.

– John, ne me mêle pas à ça », intervint aussitôt Vess, et il en fut tout retourné.

Il croyait qu'au minimum elle ne resterait pas là à le laisser se faire interrompre et rabrouer comme un gamin.

« Ce qui se passe là, c'est entre vous deux. C'est entre cet insigne que tu portes et ce qui t'a amené ici dans ma maison. Toi et moi, ça remonte à loin, John, à très très loin. Mais la gamine qu'est là, c'est ma chair et mon sang, et si quelqu'un ici-bas devrait savoir ce que ça veut dire, c'est bien toi. »

Dit comme cela, Coggins comprit, mais la pilule n'en était pas moins amère. Vess Jones le connaissait mieux que quiconque. De la façon dont il voyait les choses, elle savait qu'il n'y avait pas une once de racisme en lui. Si quelqu'un pouvait l'attester, c'était bien elle. Mais il comprenait aussi qu'elle ne puisse pas le dire. Il savait ce qu'étaient les liens du sang.

« "La grande vérité est que le nègre n'est pas égal à l'homme blanc" », cita de nouveau Toya. Voilà ce que ce type a dit. Et c'est pour ça que rien ne peut changer ce que représente cette statue. "Ses fondements sont posés, sa pierre angulaire repose dessus." Voilà ce qu'il a dit. Le contexte même du pourquoi et du comment ces statues ont été érigées ne dit pas autre chose. C'était simplement un rappel des lois Jim Crow, de qui était toujours aux commandes, de qui avait toujours mené la danse. Alors pour être honnête, vous avez totalement raison. Peu m'importe ce que ce drapeau ou cette statue représente pour vous, shérif. Je ne veux pas l'entendre car je l'ai déjà entendu. Je l'ai entendu jusqu'à la nausée, jusqu'à n'en plus pouvoir. À vrai dire, ça ne signifie qu'une seule chose. Une seule. Et être assis là à justifier ça, c'est du suprémacisme blanc. Ce qui n'est jamais que du racisme.

– Alors maintenant, tu me traites de raciste. C'est ce que tu dis. » Le shérif s'esclaffa et grinça des dents. Ses poings étaient crispés et, à l'intérieur, il fulminait. « Juste parce que je ne suis pas d'accord avec toi, ça fait de moi un raciste ?

– Honnêtement, je ne vous connais pas assez pour dire si vous l'êtes ou pas.

– Alors demande à la femme qui est là. Je connais ta grand-mère depuis toujours. Ton grand-père était un des meilleurs amis que j'aie jamais eus, et s'il était là pour en témoigner, je suis certain qu'il te dirait la même chose. Alors, tu as raison. Tu ne me connais pas. Mais la femme qui est là me connaît et ça doit vouloir dire quelque chose. »

Il se retourna et regarda de nouveau Vess, mais elle se ratatina contre l'évier comme si elle voulait disparaître de la pièce. Son attitude réaffirmait qu'elle n'avait rien à dire, et le fait qu'elle refuse de prendre position le frappa tel un coup de poignard. La colère qu'il éprouvait à l'égard de la jeune femme et de ce qu'elle avait dit se mua alors en quelque chose de plus douloureux, et il ne sut plus quoi penser.

« Une fois encore, je ne vous connais pas, shérif, mais ce que je sais, c'est qu'il y a tout un tas de gens, y compris des gens bien intentionnés, qui sont plus gênés par le mot "raciste" qu'ils ne le sont par le racisme. Il y a tout un tas de gens qui se préoccupent davantage d'être traités de racistes que de s'attaquer à la chose instituée.

– Alors c'est tout ? C'est aussi simple que ça pour toi ?

– Ce que je sais, c'est que le racisme revêt tout un tas de visages.

– C'est censé vouloir dire quoi ?

– Ça veut dire que ce pays a été fondé sur et perpétué par le suprémacisme blanc. Ça veut dire que… » La jeune femme marqua une pause comme si elle s'efforçait de choisir soigneusement ses mots. Elle regarda fixement la table et posa ses mains à plat sur le plateau. Tandis qu'elle se remettait à parler, ses mains s'agitèrent comme si elle faisait un dessin. « L'arbre qui possède les racines les plus profondes dans ce pays est l'arbre du suprémacisme blanc. Et le fait est qu'il n'est pas nécessaire d'être celui qui a planté cet arbre ou qui a veillé à l'arroser ou qui en a taillé les branches pour être celui qui bénéficie personnellement de l'ombre qu'il fournit. Il y a tout un tas de gens qui sont assis confortablement sous cet arbre, et certains d'entre eux savent fort bien où ils sont assis et restent tout simplement là à ne rien faire car ils aiment cet endroit où ils sont assis, et puis il y en a d'autres qui n'admettent même pas l'existence de cet arbre. Peut-être qu'ils ne l'admettent pas parce qu'ils ne le voient pas, ou peut-être qu'ils ne veulent pas le voir mais, en fin de compte, rien de tout ça n'a d'importance, parce qu'ils profitent tous de la même chose.

– Et alors, qu'est-ce que tu veux qu'il se passe ? Qu'est-ce que tu veux faire ?

– Je veux leur tendre une hache. »

Sa voix trembla en disant cela. La jeune femme leva les yeux et le dévisagea en le fusillant du regard.

Coggins ne comprit pas tout à fait ce qu'elle disait, ou plutôt la magnitude de ses propos ne le frappa pas sur-le-champ, mais la puissance de ce qu'elle avait dit l'ébranla malgré tout. Les mots qu'elle avait prononcés étaient percutants et il lui fallut une minute pour recouvrer ses esprits.

Après un long silence, le shérif en revint à la seule chose à laquelle il pouvait se raccrocher avec certitude.

« Eh bien, le fait est, Toya Gardner, que dans ce pays, je représente la loi. » Il se pencha en avant et posa les coudes sur la table. « C'est ça, ma hache. Et au bout du compte, peu importe ce que tu penses de moi ou ce qu'elle pense de moi ou même ce que je pense de moi. Tout ça n'a aucune importance. Ce que je veux, ce que je pense qui est bien ou mal, est sans importance. J'en ai rien à faire de rien. Dès l'instant où je porte cet insigne, il n'y a plus que la loi. »

Le shérif prit sa tasse pour boire une gorgée, mais le café avait refroidi et il n'avait plus envie d'être là. Il se leva de table et fit un signe de tête à Vess comme pour dire qu'il allait partir, mais elle fixait le sol d'un regard vide et ne leva pas les yeux.

« Va te changer, qu'on puisse y aller. »

14

La photo en première page était un gros plan des mains du soldat, du sang les imbibant des jointures aux poignets et dégoulinant le long du canon du fusil qu'il tenait comme s'il essorait un chiffon mouillé. Le gros titre disait simplement : « L'ONCLE SAM DE SYLVA PRIS LA MAIN DANS LE SAC ». Avant même que l'histoire ne sorte, la nouvelle se répandit et un groupe de Sudistes en salopette organisa un roulement pour dormir sur les marches du palais de justice.

Dès le deuxième jour, le comté avait érigé une barrière autour de la statue et, désormais, l'Oncle Sam de Sylva était tenu à l'écart tel un chien. Du jour au lendemain, un fossé se creusa dans le comté et coupa la montagne en deux. Le samedi suivant, il y aurait une manifestation au pied de la statue, et une contre-manifestation à couteaux tirés. Une ligne de démarcation fut fixée et les deux camps rongèrent leur frein.

Heureusement pour le shérif, la gestion de ce casse-tête incombait essentiellement à la police municipale, mais ce n'en était pas moins le territoire du comté, et d'après ce qu'Ernie avait entendu dire, le téléphone de Coggins n'arrêtait pas de sonner. L'adjoint fit glisser le journal au centre de la table de la salle de repos et prit sa première bouchée du roulé à la cannelle qu'il avait acheté au distributeur automatique pour son petit déjeuner. Il devait passer la plus grande partie de la journée au tribunal pour une affaire de drogue – deux ouvriers du bâtiment de Géorgie ayant déclenché une fusillade sur le bas-côté de l'autoroute environ un mois plus tôt. D'habitude, les accusés plaidaient n'importe quel accord proposé par le procureur mais, dans ce cas précis, le conducteur avait pris un avocat et pourri la vie de toutes les personnes concernées.

Trois adjoints entrèrent dans la salle de repos, celui qui venait en tête étant un chieur de première. Tout ce qui sortait de la bouche de Nick Lovedahl était débité à quatre-vingts décibels, comme s'il croyait que le monde entier était dur d'oreille. Les emmerdeurs de son espèce étaient les derniers qu'un shérif aurait voulu voir porter un insigne, et pourtant, pour une raison ou pour une autre, ce métier avait toujours semblé attirer ces types tel un aimant. Tapez 1, pour connard de première.

« Mieux vaut faire gaffe à ce qu'on dit, les gars. » Lovedahl afficha un sourire narquois, un coin de sa bouche se soulevant pour rejoindre un œil qui louchait. « Le type qu'est assis là risque bien de vous dénoncer. »

Il regarda ses acolytes par-dessus une épaule puis l'autre et gloussa. Aucun des deux ne broncha. L'un d'eux, un jeune adjoint du nom de Fowler, baissa les yeux.

« Arrête de tortiller du cul pour chier droit et dis-moi ce que t'as sur le cœur ! »

Ernie avait déjà eu vent que Lovedahl le calomniait dans le bureau, répandant des rumeurs au sujet de ce qu'il avait entendu sur le pas de la porte de Coggins cet après-midi-là. Tôt ou tard, la situation allait s'envenimer.

« La fine ligne bleue[1], Allison. Pour certains d'entre nous ça veut dire quelque chose. » Lovedahl roula des mécaniques jusqu'à

1. La *Thin Blue Line* (« fine ligne bleue ») est une référence au fait de concevoir la police en tant que ligne qui empêche la société de sombrer dans le chaos, le bleu renvoyant à la couleur des uniformes de nombreux services de police.

la table et serra les poings. Il appuya les jointures de ses doigts sur le plateau et se pencha par-dessus. « Ce que j'ai à dire, c'est que cette ligne, là, elle est censée représenter la solidarité. Mais toi, tu vas balancer des noms comme si tout ça n'avait pas d'importance. »

Ernie baissa les yeux sur son uniforme et l'insigne accroché à sa poitrine.

« Tu sais, Nick, la différence, c'est que je me soucie bien plus de ce que cet insigne représente que de ce que pense un connard qui l'accroche le matin juste pour pouvoir jouer à Dieu quelques heures par jour.

– Et c'est censé vouloir dire quoi ?

– Ça veut dire que je serais pas surpris si t'avais une de ces putains de tuniques pendue dans ton placard, mon pote. Pas surpris du tout.

– Ah bon ?

– Absolument. »

Ernie engouffra son roulé à la cannelle et le mâcha en arborant un grand sourire.

« Au moins je suis pas un ami des nègres qui joue contre son camp. Au moins je suis pas... »

À ce moment précis, le roulé à la cannelle vint s'écraser sur le côté de la tête de Lovedahl.

Ernie avait fait volte-face comme pour entarter un clown dans une baraque foraine et le coup fit vaciller Lovedahl. Quand ce dernier eut retrouvé son équilibre, il bondit en avant pour décocher un uppercut ravageur, mais Ernie fonçait déjà sur lui, l'envoyant bouler de l'autre côté de la pièce. La grosse tête de crétin de Nick vint s'écraser contre le distributeur de snacks telle une boule de démolition, et tous deux roulèrent aussitôt par terre, Ernie chevauchant son adversaire qui se tortillait.

Lovedahl chercha à s'emparer du Taser qu'il portait à la ceinture, mais Ernie referma ses deux mains autour de son poignet pour l'empêcher d'en atteindre l'étui. Les mains ainsi occupées, il mit un violent coup de tête dans le nez de Nick et le sang jaillit comme d'un ballon éclaté. Un des autres adjoints passa ses bras sous ceux d'Ernie pour l'arrêter et, quand Ernie se retourna, il vit que c'était Fowler qui l'avait maîtrisé. L'autre adjoint se précipita afin de s'interposer, mais Lovedahl ne parvint pas à se relever. Il roula sur le côté et tint son nez pincé dans sa main.

« Qu'est-ce qui se passe ici, bon sang ? »

Au son de cette voix, tout le monde se tut et s'immobilisa dans la pièce comme un groupe d'écoliers. Le shérif apparut sur le seuil de la porte, ayant entendu le vacarme depuis le couloir.

« Qu'est-ce qui est arrivé au distributeur ? C'est la troisième machine que vous bousillez cette année, bande d'abrutis. »

Ernie avait du mal à respirer par le nez et de la bave s'écoulait au coin de sa bouche. Il s'essuya les lèvres avec le dos de la main.

« Demandez-lui. »

D'un signe, il indiqua Nick allongé par terre.

« Dieu tout-puissant, Lovedahl, tu fous du sang partout. Que quelqu'un lui passe une serviette en papier. Non, mieux encore, tu traînes ton cul dans les toilettes et tu te nettoies. Seigneur ! cria-t-il. Vous arrêtez ça tout de suite et je vous veux tous les deux dans mon bureau, vous m'avez compris ?

– Oui, chef, gémit Lovedahl, le nez pincé entre ses doigts.

– Je répète, vous m'avez compris ? »

Ernie leva les yeux et le regard du shérif Coggins le transperça de part en part.

« Oui, chef, dit-il, convaincu que son compte était bon et qu'il aurait rendu son arme et son insigne avant la fin de la journée.

– Maintenant, vous deux. » Le shérif reporta son attention sur les autres adjoints. « Y en a un qui prend un balai et l'autre une serpillière.

– Ils y sont pour rien, shérif.

– Monsieur Allison, est-ce que je vous ai demandé s'ils y étaient pour quelque chose ?

– Non, chef.

– Alors je te conseille de la fermer et de faire ce que j'ai dit. J'ai trop de choses à gérer pour surveiller une bande de crétins. »

Le shérif tourna les talons et s'engouffra dans le couloir, ses pas claquant contre le carrelage.

Lovedahl se traîna sur les genoux et se releva en s'aidant d'une main de façon à garder l'autre sur son nez. Le poing contre son visage était couvert de sang. Des perles rouge vif gouttaient de son menton sur sa poitrine. Il regarda Ernie et ses yeux étaient vitreux. Ernie n'aurait su dire si c'était à cause des coups ou parce qu'il avait pleuré, et cela n'avait pas la moindre importance. Au fond de lui, il espérait que son nez était cassé.

15

Il fut un temps où le père de Coggins élevait cinquante à soixante têtes de Black Angus sur la propriété familiale, même si à cette époque c'était déjà plus que la terre n'en pouvait nourrir. De la superficie qu'ils possédaient, environ quatre-vingts pour cent étaient des pâturages exploitables, pour l'essentiel de longues bandes verticales en pente, si bien que vu du ciel, l'ensemble devait ressembler à des doigts enveloppant la crête et dévalant vers la plaine.

En réalité, quarante têtes étaient à peu près tout ce qu'ils pouvaient nourrir sans complément de foin toute l'année. À présent, Coggins n'avait plus qu'un troupeau d'une quinzaine de bêtes, principalement pour entretenir les pâturages. Une année sans bétail et les robiniers, les hackélies de Virginie et les smilax auraient raison des terres. C'est ce qui arriverait très vite quand il ne serait plus là.

Quatre veaux étaient nés cet été dont l'un était aussi roux qu'une marmotte. Coggins vendait toutes les génisses qui naissaient chaque année et cela lui rapportait normalement juste assez d'argent pour payer les impôts. Plus que tout, il aimait ce travail. Il aimait voir la propriété telle qu'elle avait toujours été et appréciait qu'une occupation en particulier puisse lui faire oublier son lot quotidien d'inepties au bureau du shérif.

Toute la soirée, deux veaux l'avaient suivi le long de la clôture pendant qu'il travaillait à remettre les barbelés en état. Les vaches avaient le chic pour venir se gratter contre la clôture de sorte que maintenir les poteaux bien droits et les fils tendus revenait à faire rouler le rocher de Sisyphe. Une semaine auparavant, un de ses voisins avait attrapé une vieille génisse à mi-chemin de la quatre-voies, partie se balader en ville, supposait-il.

En bas de la corniche, il entendit un pick-up qui montait la route et distingua un nuage de poussière s'élever du gravier bien avant que le véhicule ne soit visible. L'instant suivant, un Toyota foncé avec une cage de transport pour chiens à l'arrière négociait en brinquebalant un virage raboteux, et Coggins agita le bras pour faire signe au conducteur quel qu'il soit de s'arrêter. Le pick-up s'immobilisa en dérapant, la poussière tourbillonna autour d'eux et Coggins dut se protéger les yeux en attendant que le nuage se dissipe.

La portière du pick-up claqua et, quand le shérif put enfin regarder, un dénommé Rupert contournait le pare-chocs avant.

« Je voulais pas vous couvrir de poussière, shérif. Je pensais que vous seriez chez vous.

– Non, répondit Coggins. Je répare la clôture.

– Si j'y allais pas mollo avec ce bon gros quatre-cylindres, je pourrais pas remonter votre allée.

– Il a pas la transmission intégrale ? »

Coggins savait qu'il l'avait et sa question voulait plutôt dire : *Passez votre pick-up en quatre roues motrices et vous niquerez pas mon gravier.*

« Ouais, il l'a. Il l'a. »

Deux plott hounds passèrent le museau entre les barreaux de la cage de transport pour renifler l'air.

« Qu'est-ce qui vous amène ? »

Coggins se remit à tendre un rang de barbelés avec un tire-fort.

« Vous et moi, il faut qu'on parle d'un truc.

– Ah bon ? »

Il avait passé la journée à répondre à des gens qui appelaient de tout le comté, contrariés par la statue, et il se dit qu'il s'agissait plus ou moins de la même chose.

« Je veux juste savoir pourquoi vous avez libéré cette fille après ce qu'elle a fait. »

Coggins actionna une fois de plus le tire-fort et encaissa. Rupert Bates était adossé à l'aile avant, bras croisés sur la poitrine. Il avait la peau bronzée du travailleur de plein air et portait une épaisse paire de lunettes dont les verres se teintaient à la lumière.

« Bien, écoutez, shérif. Je sais que vous et la grand-mère de cette fille, ça remonte à loin. Je sais que vous et Lon vous chassiez ensemble et que vous étiez bons amis, et bon, tout ça c'est bien beau, mais il doit y avoir des conséquences pour ce que cette fille a fait. Vous pouvez pas la libérer à cause que vous êtes proche de sa famille.

– Qu'est-ce que vous voulez que je fasse au juste ? Dites-le-moi, Roop.

– La loi c'est la loi, shérif…

– Et la fille a payé sa caution. »

Coggins l'interrompit, et il le fit d'une façon qui donna l'impression que la discussion était close.

Pendant une ou deux secondes, Rupert Bates ne dit rien. Il avança de quelques pas, les yeux rivés au sol.

« Tiens tiens, c'est pas ce que j'ai entendu dire, finit-il par marmonner.

– Eh bien, pour être honnête, Rupert, j'en ai rien à foutre de ce que vous avez entendu dire. C'est ce qui s'est passé. La fille a été arrêtée. C'est moi qui l'ai arrêtée. La caution a été fixée par le juge et elle l'a payée. Dites-moi donc ce que je suis censé faire après ça ? »

Rupert Bates ne répondit pas.

« J'ai fait tout ce qui est en mon pouvoir. Je peux pas garder les gens en prison au motif que vous voulez que je le fasse. Ça marche pas comme ça. Vous le savez aussi bien que moi.

– Voilà ce que je sais, shérif. Les gens sont pas contents. En fait, les gens sont furieux contre vous, et la plupart d'entre eux pensent que vous l'avez laissée partir.

– Et ce qu'elle a fait me fait pas plaisir pour autant. En fait, je ressens probablement la même chose que vous à cet égard. Mais en toute franchise, je me fous complètement de ce que vous ou qui que ce soit *pensez* qu'il s'est passé. La fille a payé sa caution. Point final.

– Vous devriez faire gaffe, shérif. Vous devriez vraiment faire gaffe. À votre avis, c'est à qui que vous devez d'être où vous êtes depuis tout ce temps ? À votre avis, c'est à qui que vous devez votre insigne ?

– Au cas où vous le sauriez pas, Rupert, je vais prendre ma retraite. Alors comme j'ai dit, je me fous complètement de ce que vous ou qui que ce soit pensez qu'il s'est passé. J'en ai fini avec la politicaille. J'en ai fini de devoir me taire et courber l'échine en baissant mon froc pour vous laisser me poudrer le cul, tas de connards. J'en ai ma claque. Vous m'entendez ? J'en ai fini avec tout ça. Alors si vous le permettez, je vous serais reconnaissant de bien vouloir remonter dans votre pick-up et de rentrer chez vous, bordel de merde. Le soleil va pas tarder à se coucher et j'ai encore du boulot. »

Coggins commençait à s'énerver et ça se voyait, mais Rupert Bates n'était pas le genre de fier-à-bras à céder facilement

« Voilà ce que je sais, shérif. Vous auriez mieux fait de garder cette fille derrière les barreaux, pour son bien. Vous avez pensé à ça ? Elle serait probablement plus en sécurité en prison qu'à se balader dehors.

– C'est censé vouloir dire quoi ?

– Ça veut dire que les gens sont furieux, comme je vous ai dit. Et ça veut dire que si vous voulez pas y faire quelque chose, y a plein de gens qui sont partants. Voilà ce que ça veut dire »

Coggins franchit la brèche dans la clôture et descendit le petit talus qui menait à la route. Les deux hommes n'étaient plus qu'à quelques pas l'un de l'autre et, si quelque chose devait arriver, une telle proximité garantissait que cela se produirait sans attendre.

« Comme j'ai dit, Rupert, remontez dans votre foutue bagnole et rentrez chez vous. J'ai du boulot à finir et j'en ai marre de vous écouter. »

Rupert plissa les yeux derrière ses verres teintés et ses sourcils se froncèrent. Il décroisa les bras et se redressa en bombant le torse. Son menton avançait comme si quelque chose le rongeait, comme s'il mourait d'envie de dire ou de balancer quelque chose, mais il se contenta de se retourner, de faire le tour de son pick-up et de se mettre au volant.

Le pick-up dérapa sur le gravier jusqu'à ce que les pneus finissent par adhérer, et les plott hounds aboyèrent bruyamment dans la cage de transport. Coggins gagna le haut de l'allée et observa Rupert Bates réduire la route en bouillie en faisant marche arrière jusqu'à ce qu'il trouve un sentier agricole coupant à travers le pâturage pour faire demi-tour. Un sifflement vrilla les oreilles de Coggins et il resta planté là, les poings serrés, jusqu'à ce que le pick-up disparaisse.

16

Cawthorn avait laissé plus d'une dizaine de messages au bureau de Slade Ashe au cours des trois derniers jours. Une femme à la voix douce finit par l'appeler pour lui dire que M. Ashe ne voyait pas l'intérêt de discuter de sa proposition et le priait de considérer la question comme réglée.

Slade Ashe tenait une petite agence immobilière en plein cœur de la ville. Dès que Willy Dean en eut forcé la porte d'entrée, il vit celui-ci se lever de son bureau. Une petite salle d'attente avec des canapés, des fauteuils et une banque d'accueil en guise de réception était tout ce qui les séparait. Le visage de la réceptionniste se décomposa, mais son patron sortit aussitôt de son bureau d'un pas traînant et lui tapota l'épaule.

« Pourquoi n'iriez-vous pas déjeuner, Cindy ? » Il sourit tandis qu'elle le regardait pour se rassurer. « Je vais m'asseoir avec M. Cawthorn et discuter d'un bien qui l'intéressait.

– Entendu, monsieur Ashe. »

La femme d'âge moyen avait une coiffure volumineuse et une robe moulante. Son teint était hâlé par le bronzage en cabine et, de là où il se trouvait, Willy Dean sentait son parfum.

« Et si ça ne vous dérange pas, appelez Donnie en partant. Dites-lui de passer à l'agence dès qu'il le pourra. »

Elle rassembla ses clés et son sac à main puis regarda de nouveau Cawthorn planté là, en sueur et essoufflé dans son blouson de cuir noir.

« Vous êtes sûr que ça va ? »

Willy Dean sentit la transpiration couler sur son visage et il n'aurait su dire si la question lui était adressée.

« Très bien, répondit Ashe. Appelez juste Donnie quand vous en aurez l'occasion. »

Elle traversa l'agence, balançant des hanches et claquant bruyamment ses hauts talons sur le sol. Ashe la suivit des yeux et, quand elle eut franchi la porte, verrouilla le pêne dormant derrière elle.

« Monsieur Cawthorn, dit-il tandis qu'il se retournait et tendait le bras comme pour le conduire à l'arrière. Pourquoi ne pas passer dans mon bureau ?

– Vous êtes trop occupé pour prendre mes appels ? »

Slade Ashe parla par-dessus son épaule tout en se dirigeant vers son bureau.

« Pour être parfaitement honnête, oui. Oui, c'est le cas. »

Willy Dean le suivit tel un chiot pleurnichard.

« Fermez la porte derrière vous », dit Ashe.

Il passa nonchalamment de l'autre côté d'un grand bureau encombré de piles de papiers et d'un petit ordinateur portable noir, puis se laissa tomber dans un fauteuil devant une grande baie vitrée qui donnait sur l'arrière de la ville.

Cawthorn ferma la porte et examina les deux fauteuils face au bureau mais ne s'assit pas.

« Des gens de tout le comté arrivent ce samedi et ils ne devraient pas avoir à défendre seuls cette statue. On devrait être là-bas à leurs côtés. On devrait être là-bas pour manifester. »

Slade Ashe éclata de rire. Il posa son visage sur sa main, masquant ainsi ses yeux, puis se massa les tempes avec le pouce et le majeur.

« Pour quelle raison, monsieur Cawthorn ? À quoi cela servira-t-il exactement ? »

La question semblait purement rhétorique, la raison si évidente que Willy Dean ne souffla mot.

« Monsieur Cawthorn, si vous voulez défiler en criant et en hurlant, en agitant des putains de torches tiki, alors je vous suggère de monter dans votre bagnole de merde et d'aller faire une virée en Virginie. Mais aussi longtemps que vous resterez dans ce comté, vous allez la fermer et vous tenir tranquille au motel jusqu'à ce qu'on vous informe que vous pouvez rentrer chez vous. Voilà. C'est tout ce que j'ai à dire à ce sujet.

– Une bande de lâches, dans ce bled. Rien qu'une bande de putains de lâches.

– Non, fiston, je ne suis pas un lâche. Mais j'ai des priorités. Et comme je vous l'ai dit sur le porche ce soir-là, le temps de défiler dans les rues comme une bande de brutes épaisses est révolu. Nous avons troqué nos tuniques contre des costumes d'hommes d'affaires. C'est ce que le monde voit.

– Et c'est comme ça que les gens ils sont censés savoir qu'on est encore là ?

– Exactement.

– Alors vous vous contentez de rien faire et de rien dire pendant qu'ils détruisent tout ce pour quoi nos ancêtres ont combattu et sacrifié leurs vies ?

– Je ne fais rien et je ne dis rien pendant que nos adversaires s'occupent de choses qui sont sans grand intérêt. Mais en ce qui concerne ce pour quoi mes ancêtres ont combattu, c'est précisément ce sur quoi je m'appuie.

– Et c'est censé vouloir dire quoi ?

– Ça signifie ceci, monsieur Cawthorn. Ça signifie que dans ce comté, le plus grand changement démographique de ces vingt dernières années concerne les Latinos. Ça signifie que les gens que je côtoie chez l'épicier sont de plus en plus basanés, que cela me plaise ou non. Ça signifie que dès l'instant où ces gens-là se mettront à voter, la situation politique deviendra bien plus compliquée que de se contenter de découper des circonscriptions pour faire en sorte que la bulle autour de l'université reste circonscrite et négligeable.

« Donc, pendant que tout le monde se presse autour de cette statue en se hurlant dessus à qui mieux mieux comme une bande de gamins, je serai derrière ce bureau à faire le travail, car c'est là le vrai champ de bataille. C'est là que la guerre se mène et se gagne. À petite échelle, ce sont les conseils municipaux, la commission du comté, la police, et tout ce qui est censé rapporter de l'argent. Mais à plus grande échelle, c'est le Congrès. C'est la Maison-Blanche. Et c'est ce que vous êtes trop stupide ou trop peu perspicace pour comprendre. »

Plus il parlait et plus Cawthorn enrageait.

« Tout ça, ça voulait dire quelque chose, et aujourd'hui ces gens marchent sur la pointe des pieds, la queue entre les jambes comme s'ils avaient honte de qui ils sont et d'où ils viennent.

– Permettez-moi de vous rappeler, monsieur Cawthorn, que cette statue a été érigée en l'honneur de ma famille, pas de la vôtre. Alors évidemment que ça me dérange. Mais au bout du compte, cette statue n'est rien de plus qu'un bloc de granit et de cuivre qui se dresse devant une bibliothèque. Cette statue importe bien moins que l'objectif ultime. La préservation du passé est loin d'être aussi importante que ce vers quoi nous tendons. La fierté compte moins que le pouvoir.

– On préserve pas le passé et d'ici peu on aura plus rien sur quoi s'appuyer.

– Vous croyez que je ne sais pas d'où nous venons, fiston ? Vous croyez que je ne comprends pas comment nous avons été fondés ? Ce que je vous dis, c'est que l'objectif à l'époque était le même qu'aujourd'hui. Il était question de gouvernement. Il était question de contrôler les élections et conserver le pouvoir. Il était question de vue d'ensemble, et c'est ce que vous autres bandes de ploucs qui préférez enfiler un costume et défiler en ville n'avez jamais été capables de comprendre ou de ne pas perdre de vue depuis bien longtemps. On dirait un chien d'ours qui court après un raton laveur. Ils veulent abattre cette statue, parfait. Qu'ils l'abattent. Maintenant, sortez de mon bureau. »

Slade Ashe se leva de son fauteuil et, au même instant, Cawthorn se précipita vers lui en hurlant :

« Sale fils de pute ! Je vais t'éclater la tête, putain ! »

Quand il atteignit le bureau, il martela du poing les piles de papiers puis se jeta en avant et agrippa Ashe par le col. À ce moment précis, la porte s'ouvrit brusquement derrière lui et il se retourna juste à temps pour prendre un violent crochet en plein sur le front. Le coup le frappa telle une batte de base-ball et il fit quelques pas en titubant. Il essaya de se redresser trop vite et tomba brièvement en syncope. Cawthorn s'écroula sur un genou et, sans lui laisser le temps de reprendre ses esprits ou son équilibre, l'homme qui l'avait frappé l'étreignit si fort que l'air lui manqua.

Slade Ashe s'agenouilla près de lui et déplia un couteau Buck avec une longue lame effilée qui étincela tel un miroir à la lumière. Il en appuya le tranchant sur la gorge de Willy Dean et murmura :

« L'extrémité pointue ne constitue qu'une partie de la lance, mon garçon. Mais ne vous y trompez pas, elle est là. »

Cawthorn tourna les épaules, tentant de se libérer, mais chaque mouvement le menaçait davantage de se trancher lui-même la gorge. Essayer de tourner la tête pour voir l'homme qui le retenait aurait relevé du suicide, aussi s'affaissa-t-il et regarda-t-il Slade Ashe droit dans les yeux.

Ashe se rapprocha jusqu'à ce qu'ils soient joue contre joue. Il murmura à l'oreille de Cawthorn :

« Ce que nous faisons exige l'anonymat. Et il y a deux personnes qui ont levé le voile ces dernières semaines, deux personnes qui ont menacé de révéler qui nous sommes. » Son souffle était lourd et ses paroles sifflées entre ses dents serrées. « Bon, estimez-vous heureux, ce n'est pas après vous que j'en ai. »

Slade Ashe recula, replia le couteau et se leva.

Willy Dean frissonna en sentant une goutte de sang couler le long de son cou.

17

Le soir précédant la manifestation, le shérif rendit visite à Vess Jones. Il ne savait pas exactement ce qu'il cherchait, ni même ce qu'il dirait, mais tout semblait partir en vrille et elle avait toujours su faire face à ce genre de situation.

9 heures du soir et le soleil était couché, mais la lumière diffuse teintait le ciel d'un bleu saphir comme s'il transparaissait derrière le cristal d'une pierre précieuse. Des lucioles voletaient à la lisière du bois où mûriers et salsepareilles mêlés formaient une haie compacte. Malgré le ronronnement des voitures sur la route et le bruit sourd des pneus sur le pont, Coggins entendait la rivière, et c'est ce murmure de l'eau coulant sur les pierres comme elle le faisait depuis la nuit des temps qui expliquait qu'à cette époque de l'année Vess se tenait généralement sur le porche le soir venu.

Elle était assise là tout comme elle l'avait fait les nuits où Lonnie et lui revenaient avec des chaînes à poissons lourdes de poissons-chats attrapés à l'embouchure de la rivière, dans le lac Fontana. Tout comme autrefois, elle fredonnait une chanson.

« Si tu cherches Toya, elle est à l'école », dit Vess tandis que Coggins montait l'escalier.

La fenêtre éclairée nimbait le porche d'une faible lueur, et il vit qu'elle était en robe de chambre et pieds nus. Un livre posé sur ses genoux, elle avait un doigt glissé entre les pages pour savoir où elle en était.

« Non, c'est toi que je viens voir, si ça te va. J'ai pensé qu'on pourrait passer un moment tous les deux.

– Tu es toujours le bienvenu ici, shérif. »

Coggins s'agrippa à l'un des poteaux du porche et poussa un gémissement en s'asseyant sur les marches.

« Pourquoi tu m'appelles shérif, tout d'un coup ? » Il y avait un fauteuil vide à côté d'elle, mais c'était sur les marches qu'il s'était toujours assis. « Toutes ces années, c'était juste John, et voilà que tout d'un coup c'est shérif.

– Eh bien, c'est à ce titre que t'es venu ces derniers temps, non ? En shérif.

– Vess, je n'avais pas le choix. Tu le sais aussi bien que moi.

– Je sais. » Elle repoussa son fauteuil presque à l'horizontale et le laissa basculer vers l'avant. « Quand faut le faire, faut le faire. Je t'en veux pas.

– Alors pourquoi tu te montres brusquement aussi distante ?

– John, je ne me montre rien du tout. Je suis juste assise là sur mon porche à lire la Bible. À regarder les lucioles là-bas près du bois quand il fait trop noir pour y voir. C'est tout ce que je fais. Comme presque tous les soirs. Alors pourquoi tu ne me dis pas ce qui t'amène ici ?

– Je ne sais pas, répondit Coggins. Je suppose que je voulais juste parler.

– De quoi ?

– De la façon dont tout part en vrille. Je ne me souviens pas d'un seul moment où il se soit passé ce qui se passe aujourd'hui. Ailleurs, oui, mais pas ici. » Coggins marqua une pause, mais Vess ne dit rien. « C'est juste que je… je ne sais pas ce qui passe par la tête de tous ces gens.

– Même chose que d'habitude, j'imagine.

– Qu'est-ce que tu veux dire ? »

Vess ôta la bible de ses genoux et la plaça sur une petite table à côté d'elle. Elle se pencha et écrasa un moustique qui s'était posé sur sa cheville.

« Je me souviens d'un jour quand Dayna était petite, je suis rentrée à la maison après avoir fait une course et il y avait une boîte à chaussures posée sur le plan de travail. Bon, elle passait son temps à faire des bêtises, je l'ai donc appelée et elle est jamais venue. Je suis sortie et j'ai sifflé aussi fort que j'ai pu, et personne s'est montré non plus sauf ce feist galeux qu'avait Lon, il restait tout le temps sur le porche. » Vess se balança un peu sur son fauteuil. « Alors ma curiosité l'a emporté et je suis rentrée, j'ai ouvert cette boîte à chaussures et il y avait un serpent. Tu peux me croire, John, j'ai bien failli tomber dans les pommes. Tu me connais, je ne supporte pas les serpents, et celui-là il me regardait droit dans les yeux. J'ai refermé le couvercle aussi sec et je me suis presque mangé la porte en sortant de la maison. »

Coggins laissa échapper un petit rire et appuya la tête contre la balustrade du porche. Il sortit un cure-dent de la poche de sa chemise et le glissa dans un coin de sa bouche.

« Tu comprends ce que je dis, John ?

– Non, Vess, pas vraiment.

– Ce serpent était dans la boîte, que je l'ouvre ou pas. Il y avait un serpent juste là sur le plan de travail de ma cuisine. »

Il fallut une ou deux minutes à Coggins pour voir où elle voulait en venir mais, une fois qu'il eut compris, il trouva que la vérité était difficile à admettre.

« Tu penses sérieusement que ça a toujours été comme ça ? »

La mine de Vess était sombre, mais elle ne répondit pas.

« Enfin, toi et moi, on a pas une si grande différence d'âge. Sept, huit ans. On est allés à la même école. On a joué sur les mêmes terrains de balle. Tu es venue chez moi et je suis venu chez toi. Ton église est venue à mon église et la nôtre est venue à la vôtre. Et je me rappelle que pendant toutes ces années, il n'est pas arrivé très souvent que des propos aient dépassé les bornes. Je nous revois couper du bois et je nous revois pêcher. Je nous revois jouer au softball. Je me souviens de la musique, des chansons, de la cuisine, je me souviens de tout ça, de nous tous en train de rire, mais je ne me souviens pas d'un seul moment où il se soit passé ce qui se passe aujourd'hui. C'est comme si cet endroit était coupé en deux.

– On n'a pas à parler de ça, John. Je sais quel est ton cœur. Je le sais. Et on peut tout à fait en rester là.

– Mais pourquoi, Vess ? Pourquoi on ne peut pas en parler ? »

La vieille dame éclata de rire et tendit la main gauche vers la petite table. Elle passa nerveusement les paumes de ses mains sur la couverture de sa bible.

« T'as toujours été têtu, pas vrai ? »

Il leva les yeux et elle le regardait mais, quand leurs regards se croisèrent, elle reporta son attention sur le jardin.

« Toutes ces années, toi et moi on a parlé de tout et de rien, mais on n'a jamais parlé de ça, n'est-ce pas ? Il y a probablement une bonne raison. Donc je suppose que je ne vois pas pourquoi on devrait en parler maintenant.

– Parce que les choses n'ont pas toujours été comme ça, Vess, du moins pas à ma connaissance. Et comme tu l'as dit, on a parlé de tout et de rien.

– Je ne vois pas pourquoi c'est moi qui devrais t'ouvrir les yeux, John. Pourquoi ça tombe sur moi ?

– Vess, ce n'est pas ce que je veux dire. Je ne veux pas t'embêter. Je te le demande en tant qu'ami, en tant qu'ami intime, et parce que je veux vraiment entendre ce que tu as à dire.

– Oui, mais tu ne voudras peut-être plus l'entendre une fois que tu l'auras entendu. Voilà le problème.

– Mais peut-être qu'il faut que je l'entende. Tu as déjà pensé à ça ? »

Elle resta cinq bonnes minutes les yeux rivés sur la lisière du bois. Les voitures passaient et, entre deux, le murmure de la rivière s'élevait, infatigable et régulier. Coggins commençait à croire qu'il l'avait contrariée. Il savait à quel point c'était pénible de parler de telles choses, mais il était également convaincu qu'ils étaient suffisamment proches pour qu'elle lui dise ce qu'elle pensait. Après un long moment, elle compta jusqu'à quatre en tapotant du bout des doigts le bras de son fauteuil.

« Tu te rappelles, l'autre jour on était dans la cuisine et Toya a dit quelque chose sur la façon dont le racisme avait de nombreux visages. Tu te rappelles ?

– Oui, m'dame.

– Bon, je sais comment tu l'as pris, John, et je sais que ça t'a blessé quand elle l'a dit. Je l'ai vu à ta figure. Mais le fait est, il y a beaucoup de vrai dans ce qu'elle a dit.

– Comment ça ?

– Les gens aiment croire que le racisme se manifeste de telle ou telle façon, que c'est une pancarte "RÉSERVÉ AUX BLANCS" sur la devanture d'un restaurant ou une croix qui brûle dans le jardin de quelqu'un, mais c'est pas forcément ça. Ça peut être bien plus subtil que ça. Ça peut s'allumer de temps en temps comme ces lucioles là-bas, vraiment très subtil, de sorte que si tu faisais pas attention tu le remarquerais probablement même pas.

– Je ne vois toujours pas, Vess.

– Je ne sais pas quoi te dire, John. » Un verre de thé était posé sur la table à côté de sa bible et elle en but une gorgée, puis elle se balança un peu d'avant en arrière de la pointe au talon. « C'est la façon dont Lon devait attendre dehors dans le pick-up jusqu'à ce que le mari rentre à la maison avant de pouvoir y entrer à son tour pour réparer la pompe à chaleur, l'évier ou n'importe quoi d'autre, alors qu'on l'avait appelé pour ça. Je te raconte pas le nombre de fois où il a raté le dîner parce qu'une femme seule chez elle ne voulait pas de lui à l'intérieur, ou peut-être que ça ne la gênait pas mais que c'est le mari qui voulait pas qu'il soit seul avec elle. C'est les non-dits. Ce que l'on tait. Mais tu fais avec et tu sais les reconnaître. Tu les remarques partout où tu regardes et ça suffit à te rendre fou si tu t'y attardes, alors à la place tu en plaisantes. Tu en ris. Lonnie en avait tellement marre qu'il ne voulait même plus aller chez ces gens-là, mais on avait besoin d'argent, et je lui disais que je leur en voulais pas du tout, à ces maris. Je lui disais que c'était parce qu'il était bel homme, que ces femmes elles ne pouvaient tout simplement pas garder leurs mains dans leurs poches, et il en riait. Mais on savait tous les deux très bien ce qu'il en était. C'est des petites choses.

– Mais comment tu sais que c'était ça qu'ils voulaient dire ?

– Parce que ça n'arrivait pas qu'une fois. Même pas deux fois. C'était tous les jours. Une fois que tu en as fait un peu l'expérience, il ne faut pas être bien malin pour comprendre ce que ça signifie, qu'ils le disent avec des mots ou pas. Ça n'a même pas vraiment d'importance, la façon qu'ils avaient de le dire. Probablement qu'ils n'y réfléchissaient pas. Probablement que c'était même pas délibéré, parce que c'est comme ça. C'est pareil que quand vous veniez tous à notre église, c'était toujours "Vous savez tous cuisiner", "Vous savez tous chanter", et je sais qu'il n'y en avait pas un parmi vous qui pensait à mal en disant ça. Je le sais, John. Mais tu n'imagines pas la façon dont ces paroles résonnent à mes oreilles. C'est des détails subtils. Ça passe presque inaperçu si t'y fais pas attention, tu le vois pas. »

Coggins ne savait pas quoi dire et, pendant longtemps, ils restèrent sans parler sur le porche tandis que le bois frémissait des bruits des insectes nocturnes.

« Niggerskull Road, dit Vess tout à coup, et entendre ce mot dans sa bouche le frappa comme la foudre. Toute notre vie, c'était comme ça que s'appelait cette route. »

Coggins connaissait l'endroit et il connaissait l'histoire. Selon l'explication qu'en donnaient les vieux de la vieille, deux esclaves s'étaient enfuis vers le nord de la Caroline du Sud et se frayèrent tant bien que mal un chemin dans la plaine à travers les champs de ronces et les fourrés de rhododendrons pour gagner les montagnes. Une tempête de neige se mit à souffler, la nuit tomba et, alors que la température chutait dramatiquement, ils se réfugièrent dans le creux d'un arbre évidé et se serrèrent l'un contre l'autre pour partager la moindre once de chaleur que dégageaient leurs corps. Ils n'en gelèrent pas moins si bien que, des mois ou des années plus tard, on ne retrouva que deux squelettes entrelacés telle une plante grimpante.

Ç'avait été le nom officiel de la route nationale jusqu'au début des années 1990. Pendant un temps, il y avait même eu un Niggerskull 4-H Club[1]. Un professeur de l'université demanda officiellement à ce que cela change et la route finit par être

1. Les clubs 4-H sont des mouvements de jeunesse administrés par le ministère de l'Agriculture américain, dont le but était à l'origine de faire des jeunes des campagnes des citoyens responsables.

rebaptisée Cedar Valley, mais bien entendu cela n'empêcha pas les gens du coin de continuer à l'appeler comme ils l'avaient toujours fait. Parfois, il voyait encore ce nom resurgir sans crier gare quand d'anciens pompiers volontaires lançaient des directions en cas d'accident ou d'incendie dans la région, mais que ce soit elle qui le dise à ce moment précis le sidéra.

« Quand ils sont montés changer le nom de cette route, j'étais allée chercher au magasin de fournitures agricoles un sac de granulés pour les poules, et cette femme que je connaissais depuis toujours me dit qu'elle ne comprend pas pourquoi ils avaient besoin de changer ce nom, qu'il y avait rien de raciste là-dedans, que c'était juste ce qu'on avait trouvé là-haut. Voilà ce qu'elle m'a dit. Et tu peux me croire, il a fallu que je fasse appel à toute la foi que j'ai en mon cœur pour ne pas attraper cette femme par les cheveux et sortir son cul du magasin.

« Même après, ça fait pas vingt ans, l'État a décidé de changer le nom de tout ce coin, Niggerskull Mountain, Niggerskull Creek. Ils changeaient ces noms partout dans l'État, et tu sais ce que notre député a dit – un député de l'État, hein, qu'est né et qu'a grandi ici même à Sylva –, tu sais ce qu'il a dit dans le journal ? Il a dit qu'il n'avait entendu personne se plaindre que c'était offensant, que ça avait toujours été comme ça. Bon, il a peut-être parlé à des gens et ils ont très bien pu lui dire ça, mais est-ce que tu crois qu'il est venu me demander ? C'est quelqu'un qui s'est présenté dans notre église quand il allait à la pêche aux voix, mais tu crois qu'il est venu nous demander si ce nom signifie quelque chose ou pas ?

– Je ne sais pas quoi répondre », dit Coggins, et c'était la vérité.

Il était venu les mains vides et maintenant elles étaient pleines, et il ne savait pas quoi faire avec ce qu'il tenait. Ce qu'elle lui avait donné était lourd et il n'avait nulle part où le poser.

Vess prit appui sur son fauteuil et se leva.

« Il y a des choses comme ce mot et ces non-dits et beaucoup de choses entre les deux. C'est tout ce que je dis, John. » Ses pieds nus glissèrent sur le plancher du porche et elle s'arrêta, les mains posées sur la porte moustiquaire. « Je reviens dans une minute, reprit-elle. J'ai quelque chose que je voulais te donner. »

Coggins resta là dans l'obscurité au milieu des bruits de la nuit et mâchonna son cure-dent. Beaucoup d'idées se bousculaient dans sa tête et il n'arrivait pas à en cerner ne serait-ce qu'une seule. Il ne savait plus quoi penser.

Le porche s'éclaira et il plissa les yeux le temps de s'y adapter. Quand Vess revint, les papillons de nuit voletaient déjà autour de la lumière, et elle ferma rapidement la porte moustiquaire pour les empêcher d'entrer dans la maison.

« Dis-moi qui sont ces jeunes gens », fit-elle en s'approchant.

Elle tenait une photo dans sa main et, tandis que Coggins la lui prenait, elle pouffa.

Lonnie Jones avait eu un pick-up Chevrolet LUV marron, et Coggins et lui étaient assis tous les deux sur le hayon avec un cerf étendu entre eux.

« Dieu tout-puissant. »

Il se rappelait ce jour dans le moindre détail. C'était un grand mâle à cornes fourchues que Lonnie avait tiré de très loin dans un creux sur l'arrière de Chink Knob. Il avait demandé à Coggins de venir l'aider et il leur avait fallu toute la journée pour l'en sortir en le traînant. Quand ils avaient enfin ramené le cerf au pick-up, ils lui avaient râpé le pelage sur un côté. Sur la photo, Lonnie tenait la tête de la bête par la ramure et la langue du cerf pendait. Coggins louchait et tirait la langue, et Lonnie riait de toutes ses dents, un rire que Coggins entendait encore résonner du fond de sa mémoire.

« T'avais déjà vu cette photo avant ?

– Je ne crois pas. J'ai un tas de photos de nous à la chasse au dindon, mais je ne crois pas avoir déjà vu celle-ci.

– Eh bien, garde-la. J'ai dû faire faire des doubles. J'en ai une autre quelque part dans la maison. »

Coggins n'arrivait pas à détourner les yeux de la photo. Lonnie lui manquait terriblement et il savait que c'était un sentiment qui devait ronger Vess chaque minute de chaque jour. Il arrivait un moment où tous ceux que vous connaissiez et aimiez commençaient à disparaître, et c'était presque une malédiction que de leur survivre.

« Bon, voilà ce que je voulais te donner. »

Il leva les yeux et vit qu'elle tenait une petite boîte à friction, un appeau à dindons que Lonnie avait taillé dans un bloc de peuplier arc-en-ciel, avec un petit morceau d'ardoise qui avait servi de percuteur attaché sur le haut. Coggins n'avait jamais réussi à se servir d'une telle boîte, mais il était impossible de savoir combien de mâles Lonnie avait attirés ou dénichés avec celle-ci au fil des ans. Il posa la photo sur ses genoux et lui prit l'appeau des mains.

« Vess, je ne peux pas accepter.

– Bien sûr que si. Qu'est-ce que tu veux que j'en fasse ? Cet appeau fait rien d'autre que rester dans une boîte parmi tout un tas d'autres choses que je n'ai aucune raison de garder. T'es le seul que je connaisse qu'est autant passionné par ces oiseaux que l'était Lonnie. Tu le prends. Il aurait voulu que tu l'aies. En fait, il aurait voulu que tu t'en serves.

– Ouais, pour se marrer un bon coup.

– Peut-être. »

Vess sourit.

Ils restèrent assis là ensemble encore quelque temps à se raconter des anecdotes au sujet de l'homme qu'ils avaient tous deux aimé et, tandis que les minutes s'égrenaient, le fardeau se fit plus léger. Quand arriva le moment de partir, Coggins n'était plus dans le même état second qu'une heure plus tôt. Bien sûr, rien n'avait vraiment changé. Son cerveau avait seulement trouvé un nouveau moyen d'avoir un peu de baume au cœur. Le monde ne s'en s'écroulait pas moins et, au matin, ça le rattraperait

La boîte à chaussures était toujours sur le plan de travail. Le serpent était toujours tapi à l'intérieur.

18

Il n'y avait personne dans le bâtiment cette nuit-là à part elle. La plupart du temps, Brad restait dans le coin et travaillait dans son propre atelier pendant qu'elle était là, mais il était occupé à autre chose. Il était passé un peu plus tôt pour ouvrir les portes et la laisser entrer mais, depuis, Toya était seule. Ça ne la dérangeait pas. En fait, c'était ce qu'elle préférait, le silence et la solitude canalisaient sa concentration sur un point en particulier.

Ce n'était pas qu'elle n'aimait pas être avec des gens. Parfois, elle allait même jusqu'à savourer le flux d'idées qu'elle échangeait avec d'autres créateurs. Mais quand venait le moment de se mettre au travail, la présence de qui que ce soit avait toujours été une source de distraction. Sa créativité imposait qu'elle demeure totalement en osmose avec elle-même, et c'était en partie ce qui lui avait rendu la tâche si difficile cet été. Ce qu'elle faisait nécessitait l'aide d'autrui, une expérience inédite pour elle en tant qu'artiste. La collaboration exigeait la confiance, et il était difficile d'accorder un tel crédit à quelqu'un pour un projet aussi intime et personnel.

Elle était venue dans les montagnes pour retrouver ses racines, savoir d'où elle venait et de qui elle descendait. Au cours des mois précédents, elle avait purgé son esprit de toute idée préconçue, de tout préjugé, afin d'être en mesure de pénétrer cet espace sans repères et sans complexes. Quand elle était arrivée d'Atlanta, elle n'avait aucune idée de ce à quoi cette recherche ressemblerait, ni d'où elle la conduirait. Elle avait sincèrement espéré que tout ce qu'elle découvrirait lui servirait d'inspiration pour son art, pour sa thèse, que cette quête en elle-même puisse devenir une histoire d'origine.

L'idée surgit finalement un soir alors qu'elle se trouvait à la bibliothèque de l'université. Elle explorait les microfiches de vieux journaux à la recherche d'éléments concernant l'église quand elle tomba sur une photographie en noir et blanc de son arrière-grand-mère. Ce n'était pas qu'elle n'avait encore jamais vu cette femme. Il y avait au moins une douzaine de clichés éparpillés dans les albums de famille. Mais cette photo-là était différente. C'était comme si elle regardait de l'eau calme et y contemplait son propre reflet.

Cette femme s'appelait Tawni, même si tout le monde la surnommait Bird. Sur la photo, elle se tenait au bord de la rivière, peinant à tenir un poisson qui frétillait le long de sa jambe. Le poisson n'était qu'ombre et lumière, gris foncés et blancs éclatants en un profond contraste, même s'il restait assez de détails pour distinguer sa cuirasse d'écailles sur les côtés. La légende disait simplement : *Bird Clawson attrape le premier esturgeon jamais mentionné dans la Tuckasegee*. L'article expliquait comment elle avait attrapé le poisson avec un petit morceau de chevesne destiné à un chevalier de rivière. Elle rayonnait sur la photo, un large sourire fendait son visage foncé, ses yeux étaient plissés et brillants, et c'était cette expression qui avait frappé la jeune femme.

Dès qu'elle vit ce cliché, elle fit défiler les instantanés sur son téléphone à la recherche d'un selfie qu'elle avait pris le printemps précédent à Atlanta avec une de ses amies après un concert de Tobe Nwigwe. En plaçant les deux photos côte à côte, elle fut décontenancée. La ressemblance était troublante. Quiconque n'était pas au courant aurait juré que c'était la même personne. À cet instant, elle fut surprise par la force du sang. Tout ce qu'elle avait passé l'été à chercher, les réponses concernant d'où elle venait et de qui elle descendait, était une réalité bien vivante qui battait à l'intérieur de sa poitrine.

Dès que cette pensée se matérialisa, le concept de l'œuvre la consuma. Elle rassembla toutes les photographies de Bird qu'elle put trouver et étudia les expressions du visage de cette femme. Elle façonna les premiers moules elle-même en se regardant dans un miroir, avec un film plastique tiré sur ses tresses et de la vaseline sur sa peau pour empêcher les bandes de plâtre de coller. C'était déjà difficile de faire cela toute seule, mais conserver la même expression tout du long s'avéra impossible. Après quelques tentatives infructueuses, elle comprit qu'il lui fallait demander de l'aide.

Brad fut un don du ciel. Il perçut immédiatement ce qu'ils pouvaient faire pour que cela marche. Ils façonnèrent des moules avec de l'alginate, le même matériau qu'utilisent les dentistes pour prendre les empreintes, et même s'il leur fallut avancer en tâtonnant, ils finirent par mettre le processus au point. Toya s'asseyait sur une chaise pendant que Brad travaillait la matière sur son visage. Elle imitait les expressions captées par les photographies et il y eut bientôt un moule pour chaque cliché Quand elle coula le plâtre dedans et tint les moules dans ses mains, elle commença à voir non seulement son visage et celui de Bird, mais aussi ceux de sa mère et de sa grand-mère, des expressions qui avaient été transmises à travers quatre générations de femmes.

La musique était diffusée par un petit haut-parleur Bluetooth derrière elle. De la poussière lui recouvrait le bras telle de la craie. Elle était occupée à lisser un des moulages en plâtre avec un patin de ponçage. L'album qui passait était un de ceux que Brad lui avait fait connaître, un groupe d'Asheville, les Honeycutters. Tout l'été ils avaient échangé de la musique, la conversation étant partie d'une passion partagée pour David Bowie et Sam Cooke, le Velvet Underground et Outkast. Elle lui fit découvrir Add-2. Il lui fit découvrir les Chocolate Drops.

Du coin de l'œil, elle vit son téléphone s'allumer avec un texto et sut sans regarder que c'était Brad. Il ne l'avait pas lâchée de la nuit à propos de la manifestation. Toya ne voulait pas y aller, mais il avait insisté pour qu'elle soit présente. L'écran s'éteignit brièvement, puis se ralluma. Quand elle regarda, il lui avait envoyé treize textos et elle comprit qu'elle ne pouvait plus continuer de l'ignorer.

Ce qu'elle aurait aimé pouvoir expliquer, c'était cette ligne ténue entre intrépidité et stupidité, cette corde raide sur laquelle elle avait marché tout l'été. Cette ligne était pour elle aussi profonde et dangereuse qu'un canyon, alors que pour Brad elle n'existait même pas. Il n'y avait pas à se tromper sur la façon dont serait perçu le fait qu'elle se rende à la manifestation.

Toya parcourut du regard la pièce qu'elle avait utilisée comme atelier tout l'été. Quand elle s'était adressée au département artistique pour obtenir un lieu où travailler, on l'avait envoyée promener, et c'était Brad qui lui avait trouvé cet atelier et s'était occupé de tout. Même s'il n'était guère plus grand qu'un placard, c'était tout ce dont elle avait besoin.

Les murs étaient recouverts de photographies de Bird, de sa grand-mère et de sa mère. Il y avait d'autres images de gens et de lieux qu'elle ne connaissait pas mais qu'elle avait découverts alors qu'elle explorait les archives en s'efforçant de mieux comprendre une communauté qui avait pratiquement disparu. Ici, elle était entourée d'histoires. Elle était entourée de toutes ces choses enfouies quelque part en elle. Ce qu'elle faisait là avait pris un sens spirituel. Elle avait transformé cette pièce en un sanctuaire.

À ce moment précis, ses yeux se posèrent sur la photographie de Bird, cet immense sourire et ce gigantesque poisson. Elle abandonna le patin de ponçage sur la table et promena ses mains sur le plâtre de son visage, sur les courbes à présent lisses et douces comme la peau.

Au final, il n'y avait que l'œuvre, et c'était cela que personne d'autre ne semblait comprendre. Seule l'œuvre importait, elle seule, elle et rien qu'elle.

19

La maison d'Ernie avait appartenu à ses grands-parents. Ce n'était pas grand-chose, une ferme avec deux chambres et une salle de bains, une bonne ossature sur des fondations en parpaing. Sa punition pour avoir cassé le nez de Nick Lovedahl était une suspension de deux semaines sans salaire, ce qui se serait avéré bien pire si la maison n'avait pas été payée. En l'état, cependant, ce temps libre était une bénédiction.

Compte tenu du travail qu'il avait fourni ces derniers mois, Ernie était épuisé et avait besoin de repos. Il avait hâte d'expédier les tâches ménagères en retard, de faire la sieste et de nourrir les poissons dans le ruisseau du jardin. Il avait hâte d'aller à la chasse aux chanterelles, aux trompettes-de-la-mort et aux bolets, de partir en reconnaissance dans les bois pour traquer le cerf à l'automne. Lovedahl, quant à lui, avait été viré dès que le shérif avait appris ce qu'il avait dit, et la rapidité avec laquelle Coggins avait pris cette décision confortait Ernie dans le respect qu'il portait à l'homme avec lequel il travaillait.

La vaisselle dans l'évier trempait depuis le dîner et Ernie alla dans la cuisine pour s'en débarrasser avant que l'eau refroidisse. Quand il eut terminé, il se sécha les mains, prit une bière dans le réfrigérateur, puis retourna au salon pour attendre les informations de 22 heures. Il était impatient de voir si on y parlerait des manifestations. Des rumeurs circulaient selon lesquelles des gens arrivaient de tout l'ouest de la Caroline du Nord et, que ce soit vrai ou non, il était sûr que toute cette histoire tournerait à la mascarade.

De l'autre côté du salon, une fenêtre donnait sur le jardin de devant, où des chênes blancs cachaient le clair de lune et rejetaient la maison dans l'ombre. La lumière du porche était allumée si bien que la vitre était uniformément noire, exception faite du faible reflet de la pièce où il était assis dans un vieux fauteuil inclinable. Au-delà des chênes blancs, l'allée longeait un pâturage que le voisin laissait en jachère tout l'été pour le foin. Ernie regardait la télévision, mais il aperçut du coin de l'œil une paire de phares surgir dans le champ. Quand il tourna la tête, les lumières s'éteignirent.

Peu d'endroits le long de cette route permettaient de s'arrêter et il était fréquent que des gens utilisent son allée pour faire demi-tour. Ce véhicule, cependant, semblait s'être immobilisé. Ernie traversa la pièce pour regarder dehors, mais il faisait trop sombre pour voir au-delà des arbres. Il ouvrit la porte et sortit sur le porche. Il était pieds nus sur la dalle de béton froide. Il portait un tee-shirt en lambeaux et un pantalon de charpentier en toile, le bas des jambes replié sous ses talons tandis qu'il se dirigeait vers les arbres.

Le pâturage avoisinant appartenait à un dénommé Knotty Luker et Ernie pensa tout d'abord qu'il était sans doute venu rattraper un retard quelconque. Knotty avait pour habitude de laisser le moteur tourner et les phares allumés afin de voir ce qu'il faisait lorsqu'il déverrouillait la serrure du portail. Normalement, Ernie entendait son diesel haleter bruyamment de la maison, mais pour l'heure il n'y avait aucun bruit à part le chant des grillons et des rainettes crucifères.

Arrivé aux chênes, il distingua la silhouette d'une longue berline garée en travers au bout de l'allée. Si la voiture n'était qu'à quelques centaines de mètres, l'obscurité était telle qu'il n'en discernait que la forme. Le capot n'avait pas l'air d'être levé et personne ne semblait tourner autour, mais il pouvait néanmoins s'agir de quelqu'un qui était tombé en panne.

Pour éviter le gravier, il passa le long de la ligne de clôture dans l'herbe coupée au ras du sol, la rosée mouillant le bas de son pantalon. Alors qu'il se rapprochait, il put distinguer le haut des épaules d'un individu et le contour de sa tête. Il semblait regarder par-dessus le toit de la voiture et, l'espace d'un instant, Ernie eut l'impression qu'il tenait peut-être des jumelles. En se faufilant le long de la clôture, il était certain qu'on ne pouvait pas le voir, aussi quand il eut réduit de moitié la distance qui le séparait de la voiture, il avança à découvert, car il ne souhaitait prendre personne par surprise.

Il cria « bonsoir » et, dès que son salut résonna dans l'allée, l'individu contourna la voiture par l'arrière. Il faisait encore trop sombre pour distinguer autre chose que des ombres, mais il le vit s'installer au volant et entendit le moteur démarrer. Les phares balayèrent le foin dans le champ, les pneus patinèrent brièvement sur le gravier et, tout à coup, il n'y eut plus personne. Ernie en resta perplexe, se demandant s'il avait bien vu que quelqu'un regardait la maison ou si ses yeux lui jouaient des tours.

Il n'avait rien aperçu d'autre qu'une silhouette et ne pouvait être certain que l'inconnu regardait dans sa direction ou ailleurs. Ce n'était sans doute qu'un type bourré qui s'était arrêté pour pisser, se dit-il, et sinon, ça n'avait guère plus d'importance. En regagnant la maison, il n'y pensait déjà plus.

20

À 3 heures du matin, Coggins comprit qu'il n'avait aucune chance de trouver le repos. Il s'était couché sur le canapé vers minuit pour ne pas réveiller sa femme et, depuis trois heures, il faisait défiler Facebook sur son téléphone, lisant les commentaires des dernières nouvelles même si cela ne lui apportait rien.

Ses pieds nus firent un bruit mat sur le linoléum tandis qu'il se rendait dans la cuisine et ouvrait l'armoire à café. Il s'assit à la table pendant que le café passait et fixa bêtement une corbeille de fruits – pommes, mandarines et quelques bananes rassemblées dans une coupe en émail qui avait appartenu à sa mère.

« Tu viens te coucher ? »

Regardant par-dessus son épaule, il vit sa femme sur le pas de la porte. Ses yeux étaient mi-clos et elle bâilla tout en attendant qu'il lui réponde. Elle avait une main posée sur le mur, ses cheveux gris ramenés derrière la tête en un chignon de la taille d'une balle de softball. Sa robe de chambre rose duveteuse était cintrée, fermée par une ceinture à la taille.

« Non, Evie, dit-il. Je ne crois pas. »

Elle s'appelait Evelyn mais il l'avait toujours surnommée ainsi, depuis qu'il avait glissé des petits mots dans son casier quand ils étaient en première année de lycée.

Evie entra d'un pas traînant dans la cuisine, les pieds dans une paire de pantoufles usées, et décrocha un mug à café d'un crochet dans l'armoire. Elle remplit une tasse, l'apporta à table et la glissa devant lui. Elle lui caressa la joue avant de s'asseoir et de rapprocher sa chaise.

« Qu'est-ce qu'il y a, John ? » Elle avait l'air inquiète. « Qu'est-ce qui t'énerve autant ?

– Plein de trucs », répondit-il.

Il se passait tellement de choses et tellement de choses s'étaient passées qu'il n'avait pas eu le temps de tout digérer, sans parler de comprendre les sentiments qui l'agitaient.

« Je suis allé voir Vess.

– Oh ! s'exclama Evie. Et comment elle va avec tout ça ?

– Tu connais Vess. Il lui en faut plus pour la déstabiliser. »

Elle avait la tête penchée sur le côté, reposant sur le bout de ses doigts, le coude fermement ancré sur la table. L'âge venant, ses yeux bleus avaient changé, presque gris acier désormais, à peine plus foncés que ses cheveux. Coggins la regarda intensément et, comme toujours, le simple fait de la voir fit que les poils de ses bras se hérissèrent.

« Tu sais, on a parlé de plein de choses et je lui ai demandé si elle avait déjà été victime de racisme en grandissant ici, en vivant ici depuis toujours. Pendant toutes ces années par monts et par vaux avec Lon, je ne crois pas que lui et moi on ait jamais abordé un tel sujet. Je crois même que ça ne m'est jamais venu à l'esprit de lui poser la question. Je suppose que je pensais que s'il avait voulu me parler d'un truc, il l'aurait fait.

– Et qu'est-ce qu'elle a dit ? »

Coggins avait posé sur la table la photo que Vess lui avait donnée, Lonnie et lui assis à l'arrière du pick-up avec le cerf entre eux. Il but une gorgée de café et poussa le cliché devant Evie.

« Seigneur. » Elle sourit et laissa échapper un petit rire. « Où diable as-tu trouvé ça ?

– Vess me l'a donnée, dit-il. Elle m'a aussi donné la vieille boîte à friction de Lon.

– Ce n'est pas rien, John. »

Coggins avait tout un tas de choses qui lui brûlaient la langue mais il ne savait pas comment les formuler. À vrai dire, c'étaient des sujets qu'il n'avait jamais abordés, et peut-être même avait évités parce que c'était tout simplement plus facile comme cela.

« L'autre jour on était assis dans sa cuisine, Vess, sa petite-fille et moi, et on parlait de cette statue et de ce qu'elle représentait. J'essayais d'expliquer à la gamine que ce n'était pas ce qu'elle croyait, que c'était plus compliqué que ça, et elle n'arrêtait pas de parler et de m'interrompre et, crois-moi, Evie, ça m'a tellement gavé que j'ai eu l'impression que j'allais exploser.

– C'était quoi, à ton avis ?

– Je ne sais pas.

– Je veux dire, qu'est-ce qui t'a agacé comme ça ?

– Ouais, je comprends ta question, mais je ne sais pas quoi te dire.

– C'était parce que ça venait d'une femme ?

– Bien sûr que non, Evie. Tu me connais mieux que ça.

– Tu crois que c'était parce qu'elle est noire ?

– Bon sang, Evie ! Comment tu peux me demander ça ? Ça fait deux fois ces derniers jours que quelqu'un croit que je suis raciste...

– Bon, ce n'est pas ce que j'ai dit, John. Et tu sais que ce n'est pas ce que je voulais dire. Tu le sais. Mais ça vaut la peine de te poser la question si ça t'aide à comprendre ce qui se passe. Je suis là pour ça, pour poser les questions difficiles, les questions que tu ne te poses peut-être pas. Et je te pose la question parce que tu n'es vraiment pas du genre à perdre ton sang-froid. Quand ça t'arrive, c'est sérieux, mais c'est rare. Donc pour qu'elle t'ait poussé à bout comme elle l'a fait, ça ne devait pas être rien. Quel âge elle a ? C'était juste parce que tu ne la connais pas ? Quoi ? »

Il ne le voyait pas, bien sûr, mais c'était un peu tout ça. Le problème était que les termes qui allaient avec le fait de reconnaître et admettre ce genre de chose, ces termes avaient tendance à vous mettre tellement sur la défensive que vous en deveniez aveugle.

« Je ne sais pas. Peut-être. Peut-être parce qu'elle n'a que vingt-quatre ans. Enfin, qu'est-ce qu'elle en sait ?

– Tu ne peux pas laisser un truc pareil t'atteindre, John. Ces gosses, ils ne voient pas ces choses-là comme nous. Ils n'ont pas grandi comme nous, ni comme Vess ou Lon.

– Ce n'est pas si simple. »

Il ne savait plus où il en était. Ce qu'il voulait vraiment savoir mais n'arrivait pas à formuler était quelque chose de bien plus grave. Il voulait savoir si oui ou non ce qu'il ressentait pour des choses comme cette statue importait encore si, au final, quelqu'un d'autre en souffrait. Il n'arrivait pas à cerner avec précision ce qui l'avait mis tellement en colère. Bien entendu, c'était parce qu'elle l'avait interrompu et qu'il n'avait pas réussi à dire ce qu'il voulait dire, et bien entendu, c'était sans doute lié à sa jeunesse et au fait qu'elle avait réponse à tout, mais ensuite il s'était senti perdu. C'étaient les questions que ce qu'elle avait dit avait fait naître en lui, et à quel point ces questions le mettaient mal à l'aise.

« Qu'est-ce que tu essayais de lui dire, John ? Enfin, qu'est-ce que tu voulais dire ?

– Je ne sais pas, Evie. » Il hocha la tête. « Je ne sais pas. Et plus j'y réfléchis, moins je sais si ça aurait eu la moindre importance.

– Mais ça n'a pas besoin d'avoir de l'importance pour quelqu'un d'autre, John. Pas dans l'immédiat. Dans l'immédiat c'est toi et moi qui parlons. C'est toi et moi. Donc si ça te prend tellement la tête que tu n'as pas pu le dire, que tu n'as pas eu la possibilité de t'expliquer, alors explique-le-moi maintenant. Manifestement c'était important, ou du moins c'était important pour toi à ce moment-là, alors qu'est-ce que c'est ?

– C'est comme je t'ai dit. C'était qu'elle répétait que ce drapeau et cette statue, que tout ça ne voulait dire qu'une chose, et c'est faux. C'est faux.

– Alors ça veut dire quoi ?

– Ça veut dire plein de choses, Evie. Enfin, je conduisais un vieux Stepside avec ce drapeau sur le pare-chocs avant. Bon sang, Lonnie s'est baladé dans ce pick-up avec moi pendant des années et il n'a jamais rien dit là-dessus. Il n'a jamais hésité une seconde à monter.

– Tu ne lui as jamais demandé si ça le gênait ou pas ?

– Non, dit-il. Bien sûr que non, et pourquoi je l'aurais fait ? Il n'y avait rien qu'il ne m'aurait pas dit. Il savait qu'il pouvait dire n'importe quoi et qu'au bout du compte ça n'aurait pas changé mon affection pour lui. Alors si ça l'avait gêné il l'aurait dit. Il aurait dit quelque chose. J'en suis sûr. »

Coggins posa les yeux sur la photo puis regarda sa femme

« Mais pense à un type comme H. K. Edgerton, qui chaque année venait en voiture d'Asheville et mettait cet uniforme gris et traversait la ville en brandissant le drapeau confédéré. Ce type était noir comme l'ébène. Il était le chef de la NAACP[1], nom de Dieu. Alors comment ça pourrait être aussi simple ? Comment ça ne pourrait représenter qu'une seule chose ?

– Donc je répète, John, qu'est-ce que ça représente ? Qu'est-ce que ce drapeau représente pour toi ?

– Je ne sais pas. Je ne sais pas quoi te dire. » En s'efforçant de mettre des mots sur ce qu'il ressentait, son cerveau entra en ébullition jusqu'à ce que la réalité finisse par s'imposer à lui. « Il s'agit d'héritage, dit-il. Il s'agit d'être fier d'où l'on vient et de qui l'on descend. Je pense à cette statue et je pense à la photo de son inauguration, je vois mon arrière-arrière-grand-père qui se tient là le torse bombé et les yeux creusés à cause de ce qu'il a vu et fait, et je ne dis pas que la guerre n'avait rien à voir avec l'esclavage parce que ce n'est sûrement pas le cas. Ce n'est pas le cas. Mais il ne pouvait pas y avoir que ça. Ce n'est pas possible. Parce que l'homme sur cette photo gagnait à peine de quoi se nourrir en travaillant la terre et qu'il y parvenait en se tuant à la tâche. Alors pour quoi se battait-il ? Pourquoi est-il parti se battre ?

– Je ne sais pas, John.

– Et je ne le sais pas non plus, mais je sais que je suis fier de descendre d'hommes comme lui. Je suis fier de descendre de gens qui sont liés à cet endroit et à ces montagnes et à ce comté depuis si longtemps. Tu sais, je pense à la raison pour laquelle j'avais ce drapeau sur mon pick-up en premier lieu et que pour l'essentiel ça n'avait rien à voir avec cette guerre. Ça avait à voir avec la fierté d'être né ici, d'avoir grandi ici. »

1. L'Association nationale pour la promotion des gens de couleur (National Association for the Advancement of Colored People) est une organisation américaine de défense des droits civiques.

Evie demeura un moment les yeux baissés, à tirer sur les extrémités de la ceinture qui retenait sa robe de chambre, le long d'une de ses jambes.

« Je me rappelle qu'un jour j'étais dans la salle d'attente du dentiste, et tu sais qu'il a toujours eu tous ces tableaux de la guerre de Sécession accrochés partout sur les murs. » Elle sourit en racontant cette anecdote. « Eh bien, j'en regardais un ce matin-là et il avait les dates de la Confédération, et pour je ne sais quelle raison ça m'a frappée qu'on avait passé le même nombre d'années au lycée, John. Je n'y avais encore jamais pensé. On a passé autant de temps au lycée que ce drapeau a vraiment représenté quelque chose. Et ça m'a fait me demander pourquoi cent ans plus tard les gens n'ont toujours pas dépassé ça, et donc il y a une partie de moi qui pense que tu as raison. Je crois que ça ne se limite pas à la guerre. Je crois que ce drapeau en est venu à représenter tout un tas de choses.

– Bon, voilà ce qu'elle m'a dit. Voilà ce qu'elle m'a dit, Evie. Défendre ce drapeau, "c'est du suprémacisme blanc". Voilà ce que cette gamine a dit.

– Et pour un tas de gens, elle a probablement raison. C'est sûrement ce que ça représente pour beaucoup de monde. Il y a des types qui brandissent ce drapeau qui n'ont jamais mis les pieds dans le Sud, alors pourquoi ils font ça, bon sang ? Qu'est-ce que ça représente pour eux, bon sang ?

– Je ne sais pas, dit-il. Mais je continue de penser que si c'est ce que ça représente pour certains, ou que si cette gamine s'approche de cette statue et que c'est ce que ça représente pour elle, ou disons que c'est ce que ça représente pour un gosse qui prend l'I-40 avec sa famille pour partir en vacances et qui voit ce drapeau flotter au bord de la route, qu'est-ce que ça change ce qu'il représente pour moi ? Si mon sort est lié au fait d'avoir mis ce drapeau sur le devant de mon pick-up, quelle importance ? »

Coggins savait qu'il ne pouvait expliquer ce qu'il voulait dire, ou plutôt que cela le forçait à remettre en question des choses qu'il avait toujours tenues pour acquises, et que ce n'était pas la faute de sa femme et vraiment pas la sienne. Comment pourrait-il lui expliquer quelque chose qu'il n'arrivait pas à cerner lui-même ? Tout à coup, il y avait toutes ces pensées et ces émotions qui le faisaient chavirer, auxquelles il n'avait jamais réfléchi et qu'il n'avait encore jamais ressenties, et peut-être était-ce au cœur de ce qu'avait dit la jeune femme, peut-être était-ce ce qu'elle voulait dire par obliger quelqu'un à se confronter à une idée. Tout ce qu'il savait, c'était que tout cela le mettait mal à l'aise. Et c'était *cela,* plus que toute autre chose, qui l'avait embrasé. Le malaise.

« Tu veux que je t'apporte une autre tasse de café ?

– Non, répondit-il. Je crois que je vais rester ici un moment.

– Bon, je vais me recoucher. » Evie lui prit la main et fit glisser son pouce sur les jointures de ses doigts. « Tu es quelqu'un de bien, John Coggins. Ne perds pas ça de vue. Tu réfléchis trop, mais tu es quelqu'un de bien, avec un grand cœur. »

21

Le matin de la manifestation, Vess Jones faisait revenir du *livermush* dans une poêle en fonte quand sa petite-fille entra nonchalamment dans la pièce. Elle avait cuisiné un steak cube pour le dîner la veille au soir et conservé dans un bol la semoule de maïs qu'elle fouettait à présent en pâte pour faire des *hoecakes*. Les poules pondaient une douzaine d'œufs par jour et à ce rythme elle ne pouvait même pas les donner.

Vess passa une spatule sous chaque rectangle de *livermush* et les retourna sur du papier absorbant pour les laisser refroidir. Elle versa des ronds de pâte dans une poêle et fit dorer les *hoecakes*, et après cela les œufs furent prêts en un rien de temps.

« Vaudrait mieux prendre un petit déjeuner », dit-elle.

Toya s'approcha de la cuisinière, remplit son assiette et, quand elle eut terminé, Vess se servit ce qu'il restait. Elles s'assirent à table et prirent leur temps. Pour une fois, la jeune femme ne semblait pas particulièrement pressée.

Vess agrippa sa tasse à café et la haussa de ses deux mains à hauteur de son visage, le mug réchauffant ses paumes.

« Tu vas en ville cet après-midi ?

– Sans doute », répondit Toya.

Elle prit un morceau de *livermush* avec les doigts et en tapota un coin contre son assiette, puis le porta à ses lèvres pour en avaler une bouchée.

Vess passa nerveusement ses mains sur ses cuisses. Elle attendit un moment avant de parler.

« Tu penses vraiment que c'est une bonne idée ? »

Toya leva les yeux.

« Tu ne veux pas que j'y aille ? » demanda-t-elle.

Vess ne sut pas quoi répondre.

« Si tu ne veux pas, dis-le-moi.

– Je ne peux pas faire ça. Tu es une grande fille. Tu es capable de prendre tes décisions toute seule. Mais je dirais ceci. C'est une chose de donner un coup de pied dans la fourmilière et c'en est une autre de rester à côté une fois qu'on l'a fait. »

Toya tira ses tresses d'un côté pour les laisser retomber sur son épaule droite et sur sa poitrine. Elle les entrelaça avec ses doigts tels des sarments de vigne.

« Tu penses que je n'aurais pas dû le faire, n'est-ce pas ? Tu penses que je n'aurais pas dû m'en prendre à la statue.

– Non, ce n'est pas ce que je dis. Ce n'est pas du tout ce que je dis. »

Vess savait sa cause perdue d'avance. Elle savait aussi que ce qu'elle tentait de lui faire comprendre était quelque chose que Toya ne cessait de ruminer depuis qu'elle avait été en âge d'écouter. Cependant, elle éprouvait le besoin de jouer franc jeu et de le répéter encore une fois.

« Tu as demandé ce que je veux et la seule chose que je veux, c'est que tu sois en sécurité. C'est tout. Donc la question que je veux que tu te poses, c'est combien tu crois qu'il y a de gens qui nous ressemblent, à toi ou à moi, que tu vas voir là-bas si tu y vas ?

– Je sais, Maw Maw. » Toya hocha la tête. « Je sais. Et j'y ai pensé. En fait, je ne pense qu'à ça depuis trois jours.

– Ma chérie, je sais que ta mère t'a inculqué un peu de bon sens et j'aime à penser que moi aussi. » Vess avait la tête inclinée sur le côté et elle espérait que sa petite-fille prenait ses paroles à cœur. « Donc qu'est-ce qui te fait penser qu'il faut que tu y ailles ? »

Toya laissa échapper un grognement et rejeta la tête en arrière comme si elle avait longuement réfléchi à ses raisons.

« Brad tient absolument à ce que j'y aille. Et je me suis posé la question et j'ai réfléchi à ce que tu dis, et c'est juste qu'une partie de moi a l'impression que je le lui dois. »

Vess regarda vers la fenêtre au-dessus de l'évier. Elle passa le bout de ses doigts dans les boucles de ses cheveux et se gratta la tête.

« Qui est donc ce Brad avec qui tu passes tant de temps ?

– Juste un étudiant de troisième cycle de l'école.

– C'est tout ? »

Vess se tourna vers Toya avec un petit sourire en coin comme si elle n'était pas dupe.

« Non, Maw Maw, ce n'est pas ça. » Toya sourit et secoua la tête. « J'ai trop de choses à faire pour m'encombrer d'un garçon.

– T'encombrer. » Vess frappa la table et gloussa. « Ma fille, c'est ta mère tout craché.

– Et regarde tout ce qu'elle a fait. » Toya haussa les sourcils et baissa la tête. « Elle est déjà devenue associée dans son cabinet.

– Ce n'est pas un reproche, mon enfant. Crois-moi. C'est juste que je ne veux pas te voir passer à côté de ta vie, c'est tout ce que je dis. C'est bien d'avoir un but, mais c'est loin d'être la seule chose qui compte dans la vie. C'est tout ce que je dis. »

Toya martela nerveusement les dents de sa fourchette contre ses dents de devant.

« Maw Maw, pourquoi vous vous prenez toujours la tête toutes les deux ?

– Ta mère a toujours été une tête de mule, dit-elle. Elle était déjà comme ça quand elle était petite. »

Vess creva le jaune d'un œuf au plat qui se trouvait au milieu de son assiette. Elle coupa un morceau de *livermush* avec le côté de sa fourchette et fit glisser la viande sur le jaune comme si c'était de la sauce. Les œufs de ses poules étaient tellement plus riches que tous ceux qu'elle aurait pu acheter, et elle ferma les yeux pour en savourer le goût avec la langue.

« Tu sais que je n'ai eu ta mère qu'à presque trente ans. C'était pas qu'on ne voulait pas d'enfants. On avait essayé encore et encore et ça ne marchait jamais. Des têtes de mules, je suppose, et au final c'est une tête de mule qu'on a eue. » Vess éclata de rire. « Je me rappelle qu'un matin, ta mère ne tenait plus en place à l'église et a commencé à s'agiter. Je lui ai donné une tape sur la jambe et elle a continué. Après ça, Lon est sorti avec elle et l'a réprimandée. Il m'a dit plus tard qu'il l'avait regardée et lui avait demandé si elle était prête à bien se comporter, et ta mère l'a regardé droit dans les yeux et a secoué la tête pour dire non. Il l'a de nouveau réprimandée et lui a demandé la même chose et elle a secoué la tête pour dire non. Ton grand-père n'a jamais été très strict question discipline, mais il a dit qu'il n'avait pas arrêté de la sermonner jusqu'à s'en briser le cœur et que ta mère était restée de marbre. Elle n'avait même pas cinq ou six ans. Elle a toujours été comme ça.

– Et tu crois que je tiens ça d'elle ? » Elles rigolèrent de concert pendant une minute avant que Toya ne reprenne la parole. « Je crois que je tiens ça de mon père.

– Eh bien, tu tiens ton rire de ton père, il n'y a aucun doute. Ton père a toujours eu un rire qu'était un vrai rayon de soleil. »

Vess posa les mains à plat sur la table et en caressa la surface, comme si elle effleurait un coupon de tissu. « Mais pour le reste, eh bien, ça vient que d'un côté. Tout ce qui se bouscule dans ta tête, tous ces rêves, ce cœur à mettre-le-monde-à-feu-et-à-sang qui bat dans ta poitrine, c'est ta mère. Personne d'autre ne peut s'en attribuer le mérite.

– Et de qui elle tient ça ?

– C'est ce que j'essaie de comprendre depuis le jour où elle est née. J'en ai pas la moindre idée, ma douce, mais sûr que ce n'est pas de moi. »

Elles prirent leur petit déjeuner et, quand Toya se leva pour se servir un verre de jus d'orange au réfrigérateur, elle revint avec la cafetière et remplit la tasse de sa grand-mère. Elle portait un jean moulant remonté jusqu'au-dessous du genou. Un débardeur noir ressortait sur sa peau couleur châtaigne.

« Tu as tellement de ta mère en toi que c'en est effrayant, dit Vess. Et il y a beaucoup de bien là-dedans, vraiment beaucoup. Mais ce qui explique en partie qu'on s'est toujours pris le bec, c'est qu'elle trouvait que j'aurais dû avoir davantage mon franc-parler, et ça ne me ressemblait pas du tout. Elle trouvait que le fait de me taire et de m'occuper de mes affaires, c'était de la soumission. Ce qu'elle n'a jamais pu comprendre, c'est que ce n'était pas de la soumission. C'était de la survie. Les choses étaient différentes à l'époque où elle a grandi. Elles le sont encore plus pour toi aujourd'hui. Surtout en dehors d'ici. Mais pour moi, c'était toujours la tête haute, les yeux droit devant, un pied devant l'autre. C'était comme ça qu'on traversait ce monde. C'était comme ça qu'on survivait à chaque jour. Tu comprends ce que je te dis ?

– Plus ou moins. »

Vess songea à la conversation qu'elle avait eue avec Coggins la veille au soir. Il y avait tant de choses dont elle n'avait pas parlé. Tout ne s'était pas toujours aussi bien passé qu'il voulait bien se le rappeler, et la vérité était qu'il n'aurait pas pu le comprendre même s'il l'avait voulu. Ils avaient bien grandi dans le même comté mais, d'un autre côté, ils n'avaient pas grandi du tout au même endroit.

Elle se souvenait par exemple d'avoir attrapé une chaîne à poissons de perches jaunes à Bear Lake avec Lon un samedi près des docks et de la façon dont le garde-chasse qui avait contrôlé leurs permis avait alors parlé de poissons-nègres[1], et comment il avait dit cela avec fierté simplement pour voir leurs visages se décomposer. Elle se souvenait de la façon dont elle avait physiquement senti son enthousiasme expirer à ce moment précis, la façon dont elle avait ravalé ce sentiment sans rien dire comme elle le faisait chaque fois qu'elle entendait quelqu'un mentionner Nigger Town ou Nigger Hill, les lieux où les communautés noires étaient établies depuis des générations. C'étaient des choses que Coggins ne pouvait pas savoir, des sentiments qu'il n'aurait jamais pu espérer comprendre. Il y avait deux mondes séparés et elle n'en avait jamais connu qu'un seul. Et malgré tout cela, ou plutôt en dépit de tout cela, elle n'aurait échangé cette vie pour rien au monde.

« Au bout du compte, reprit Vess, mon bonheur était ma façon de protester. Ma joie était mon acte de dissidence. » Elle joignit les mains et posa son menton sur les jointures de ses doigts. « Et c'est ce qui nous différencie, ma douce, pour le meilleur et pour

1. Poissons avec beaucoup d'arêtes et/ou d'écailles (carpe, perche, etc.) que, contrairement aux Noirs, les Blancs ne mangent pas.

le pire. C'est ce que ta mère n'a jamais pu accepter. Et ce n'est pas grave. Elle n'a pas à le faire, et toi non plus. À chacun sa vérité. »

Vess se leva et sortit de la cuisine. Il y avait une vieille machine à coudre Singer dans le couloir et elle en ouvrit un des tiroirs pour prendre quelque chose qu'elle avait mis de côté. Finalement, ce matin paraissait être le bon moment. Quand elle regagna la cuisine, Toya avait nettoyé la table et lavait la vaisselle dans l'évier. Vess vint se placer derrière elle et ouvrit le fermoir d'un délicat collier d'argent fin. Elle passa la chaîne autour du cou de sa petite-fille et, de ses doigts, Toya pressa le pendentif quand il vint se poser sur son cœur.

La jeune femme se retourna et tendit la breloque pour essayer de mieux la voir. C'était un petit carré suspendu par la pointe pour apparaître sous la forme d'un diamant. Le bord extérieur était plaqué d'argent terni d'un gris mat. Un petit morceau de verre poli et bombé avait été monté sur quelque chose d'un noir intense, veiné comme du bois.

« Qu'est-ce que c'est, Maw Maw ?

– C'était à ton arrière-arrière-grand-père, dit Vess. Quand il s'est engagé et qu'il est parti pour la guerre, ton arrière-arrière-grand-mère, ma grand-mère, le lui a fait faire pour qu'il ait toujours quelque chose d'elle sur lui. Est-ce que tu savais qu'on avait envoyé quinze hommes de Cullowhee se battre pendant la Première Guerre mondiale ?

– Je ne crois pas.

– Eh bien, ton arrière-arrière-grand-père était l'un d'eux, et ce que tu portes autour du cou est une mèche de cheveux de ma grand-mère. »

Toya leva les yeux et des larmes perlèrent au coin de ses paupières.

« Je ne peux pas le prendre, Maw Maw.

– Bien sûr que si, ma douce. » Vess tendit la main et, de la jointure de ses doigts, effleura le coin des yeux de Toya pour empêcher les larmes de sa petite-fille de couler. « Tu vas le prendre et tu vas le porter autour du cou et tu n'oublieras jamais d'où tu viens. Tant que tu le garderas, tu ne manqueras de rien. »

Toya se pencha et déposa un baiser sur les lèvres de sa grand-mère. Elle enroula ses bras autour du cou de Vess. Pendant un long moment, elles restèrent là à se balancer d'avant en arrière comme si elles dansaient. Cela faisait bien longtemps qu'elle n'avait pas senti son cœur déborder ainsi et, alors même qu'elle vivait ce moment, elle comprit que c'était une émotion qu'elle n'éprouverait peut-être plus jamais.

22

Les premiers se rassemblèrent autour de la statue à l'aube. C'étaient majoritairement des hommes âgés en salopette avec une casquette de camionneur vissée sur la tête arborant des logos de magasins de pneus et d'équipement lourd. Ils faisaient passer un Thermos de café, chiquaient et riaient de gens et de choses dont Cawthorn n'avait jamais entendu parler.

Les Daughters of the Confederacy arrivèrent en milieu de matinée avec des biscuits, du beurre de pomme et encore du café, et Cawthorn se servit à boire, même si on le dévisagea comme s'il était un vagabond se pressant à la soupe populaire. Quelques hommes se présentèrent vêtus d'un lourd uniforme gris et coiffés d'un képi taché de sueur, et bien qu'il s'en fallût encore d'une bonne heure avant que le soleil ne soit à son zénith, l'air était humide et tous transpiraient comme s'ils venaient de terminer de tondre leurs jardins.

Le temps faisait que les moucherons « pénis-du-chien » pullulaient, et un homme entre deux âges avec des cheveux bruns et un tee-shirt de pompier bénévole les maudit tandis qu'il en chassait un de son œil avec la jointure d'un doigt.

« Je vais t'expliquer comment t'en débarrasser, dit Cawthorn.

– Comment ça ?

– Fais donc un trou dans le fond de ta culotte. »

Il éclata de rire, mais tous les gens autour de lui grimacèrent de dégoût.

« Il y a des femmes ici », lança un homme.

Willy Dean faillit lui répondre vertement mais se ravisa aussitôt. Il faisait de son mieux pour s'intégrer et s'aligner sur ceux qui l'entouraient, pour se fondre dans la masse.

La barrière que le comté avait érigée autour de la statue formait un petit carré de panneaux grillagés, et la foule se pressait autour, les conversations et les voix se faisant de plus en plus fortes. Il y avait peut-être une centaine de personnes à présent. Quelques individus agitaient des drapeaux et, dans quelques heures, des représentants du comté et des politiciens devaient prendre la parole et faire campagne. Jusqu'ici, le calme semblait régner, et c'était en partie pour cela que Cawthorn aurait aimé que les Chevaliers du Ku Klux Klan soient là, parce que ça aurait changé la donne. Leur seule présence aurait embrasé l'atmosphère.

Il y eut une légère tension en milieu d'après-midi quand les contre-manifestants commencèrent à se rassembler au pied de l'escalier qui menait au palais de justice et à la statue, mais la police s'était déjà interposée. Des cris fusèrent des deux camps et la foule rassemblée autour de la statue grogna quand le groupe d'en bas se mit à scander : « *Black lives matter!* » Un homme d'une trentaine d'années qui se tenait près de la statue, les doigts passés entre les fils de fer de la clôture, cria en retour « Toutes les vies comptent ! » et Cawthorn beugla aussitôt « Les vies des Blancs comptent ! », et les gens autour de lui se turent un instant.

Tout à coup, il sentit qu'il n'était pas à sa place. Il n'y avait pas que Slade Ashe qui était un lâche. Toute cette putain de ville était amorphe. Ils étaient là, assis sur un baril de poudre, et personne n'avait même envisagé de craquer une allumette.

Willy Dean monta l'escalier et déambula autour de l'ancien palais de justice. Il découvrit une haie de buis où s'enfoncer pour régurgiter tout le café qu'il avait bu au cours de la matinée. Le sang battait dans ses tempes. Toute cette caféine l'avait rendu plus nerveux que d'habitude, ses mains tremblaient et il avait comme une boule au ventre.

Alors qu'il faisait le tour du bâtiment, une voiture quitta le parking et, d'une chiquenaude, le conducteur se débarrassa d'une cigarette par la fenêtre. Un vaurien sur un skateboard sortit de l'ombre. Il ramassa le mégot et tira quelques taffes en vitesse pour l'empêcher de s'éteindre. Tandis que le gamin portait la cigarette à ses lèvres, il surprit le regard de Cawthorn mais n'afficha nulle honte, juste un rictus du genre « je t'emmerde » que Willy Dean jugea parfait pour le plan qu'il était en train d'échafauder.

Il avait toujours à l'esprit tout ce que Slade Ashe lui avait dit. Il sentait encore la lame du couteau sur sa gorge et il savait qu'il devait filer droit. Le moment venu, Ashe aurait ce qu'il méritait mais, dans l'immédiat, Willy Dean devait se tenir à carreau. Toutefois, ce qui se passait devant le palais de justice, ou plutôt ce qui ne se passait pas, était une parodie.

Il songea aux hommes qui étaient là-bas avec leurs drapeaux. Il y avait un tel potentiel pour que les choses aillent bien plus loin. Sans personne pour éperonner le cheval, ils remonteraient tous en voiture à la fin de la journée et rentreraient chez eux pour se goinfrer de sandwiches de Bologne et de chips. Ils s'assoupiraient dans leurs fauteuils inclinables en regardant d'un œil une rediffusion de *All in the Family*, pouffant de rire à des blagues qui passeraient entre les mailles du filet de la somnolence jusqu'à ce qu'ils ronflent et s'endorment, les événements de la journée presque oubliés. Ces gens traitaient cette affaire comme une étude biblique.

Willy Dean traversa le parking en direction du gamin.

« Si tu continues à ramasser des clopes comme ça, tu vas choper un bouton de fièvre gros comme cette montagne.

– Je t'emmerde ! »

Cawthorn éclata de rire et s'approcha encore. Plus il avançait, moins le môme avait l'air rassuré. Ses épaules s'affaissèrent et on aurait dit qu'il croyait que Willy Dean allait l'engueuler ou le frapper, mais, alors qu'il s'approchait, Cawthorn sortit un paquet souple de Cheyenne Red de la poche de son jean et en fit jaillir une cigarette.

« Tiens, dit-il. Prends-en une. »

Le gamin l'observa pendant une fraction de seconde puis écarta ses cheveux de son visage avant de faire glisser deux cigarettes du paquet. Willy Dean en prit une pour lui, battit le briquet et alluma sa clope. Il souffla un filet de fumée au-dessus d'eux, puis offrit du feu au gamin.

Cawthorn appuya son bras sur l'arrière d'un hayon.

« C'est dingue ce qui se passe là-bas, pas vrai ?

– Mouais, dit le gamin, indifférent et sans vraiment lui prêter attention.

– Je vais te dire ce qui vaudrait le coup, qui serait vachement drôle.

– Quoi donc ?

– Nan, t'oserais pas. Suffit de te regarder pour voir que t'es qu'une mauviette.

– Je t'emmerde, mec.

– T'as pas ce qu'y faut.

– Quoi ? »

Cawthorn rigola dans sa barbe et regarda le môme bien en face.

« Je parie ce paquet de clopes plus un billet de vingt dollars que t'as pas les couilles de faire ce que je pense. »

Le gamin se rapprocha et jeta un œil à la plate-forme du pick-up auquel Cawthorn était appuyé. Il y avait une pelle cabossée et une brique rouge posées sur le tapis en caoutchouc de la plate-forme.

« M'sieur, pour vingt dollars et ces clopes, je balancerais cette putain de brique à travers la vitre de ce pick-up. »

Willy Dean exulta et jeta sa cigarette par terre comme s'il abattait une main gagnante au poker.

« T'auras pas à faire un truc pareil », dit-il.

Il regarda le soleil et sentit sa chaleur sur son visage grêlé. Les choses étaient sur le point de prendre une tournure intéressante. Ce gamin était l'allumette.

23

Une colère palpable entêtait l'atmosphère telle une brume de chaleur. Mais si cela n'avait pas été le cas, car cette exaspération flottait dans l'air prête à tout enflammer, la situation aurait pu paraître comique. Les gens regardaient la statue à travers le grillage comme s'ils venaient voir quelque animal encagé dans un zoo. C'était ridicule. C'était tout simplement ridicule.

La peinture appliquée quelques jours plus tôt était partie à l'exception de rares taches minuscules qui persistaient dans les plus petits coins et recoins du cuivre. Toya avait utilisé de la peinture au latex à dessein, et la plus grande partie s'était tout de suite décollée quand l'équipe d'entretien du comté avait été dépêchée sur place l'après-midi même. C'était ce qu'elle avait voulu que l'on puisse l'enlever facilement après que les gens l'auraient vue et que les photos auraient été prises.

Le juge avait fixé la caution au point médian du barème en vigueur, soit six mille deux cent cinquante dollars, et plutôt que de faire appel à un garant, elle s'était acquittée de l'intégralité du montant. Brad Roberts avait recueilli la somme en une demi-journée. Il avait démarré une cagnotte sur GoFundMe qui était devenue virale sur les réseaux sociaux et Toya était de retour chez sa grand-mère pour le dîner. À présent, il se tenait à ses côtés en brandissant une pancarte « BLACK LIVES MATTER » au-dessus de sa tête.

La police municipale avait séparé les deux groupes, ceux qui défendaient la statue montant la garde en haut de l'escalier, les contre-manifestants près de la fontaine au bord de Main Street. Des policiers étaient en position à intervalles réguliers entre les deux groupes et, jusqu'à présent, la paix avait régné à l'exception de vifs propos échangés de part et d'autre.

Au milieu de l'après-midi, plusieurs politiciens saisirent le prétexte de la statue pour faire campagne. Ils branchèrent un amplificateur de voix portable et un micro pour prendre la parole. Tout d'abord, un commissaire du comté débita le cliché « le-patrimoine-pas-la-haine » que tout le monde attendait, accueilli par des hochements de tête, des « mmh-mmh », et des « tout à fait » de la part de l'assistance. Après quoi un fumier quelconque qui annonça qu'il serait candidat au poste de shérif mit un terme aux subtilités et appela un chat un chat. Il en avait marre du politiquement correct. Il en avait marre de la cancel culture. Il en avait marre qu'on réécrive l'histoire et que la gauche libérale lave le cerveau des mômes à l'école. Il en avait marre de la guerre contre les hommes blancs et l'Histoire, et il ne fallait quand même pas qu'une salope woke d'Atlanta se pointe ici pour effacer l'histoire du comté. Et tandis que l'assistance applaudissait, son visage vira au rouge, son ton devint irascible jusqu'à en postillonner dans le micro et vomir des propos qui réussirent l'exploit de hérisser la foule. Il était quasiment hors d'haleine quand un homme chauve et trapu en costume qui n'en pouvait plus s'avança pour lui couper le micro, puis il grimpa l'escalier et disparut au sommet de la colline, moins déconfit que furieux, au point de frapper dans un mur. Il y eut une sorte de brève excuse

« désolé-pour-ça-les-amis » puis le spectacle reprit son cours, la foule applaudissant à nouveau, avec quatre ou cinq déploiements de drapeaux confédérés sous un ciel couvert.

Le shérif Coggins se tenait en haut de la première volée de marches. Il y en avait trois entre la fontaine et la statue, et Toya ne savait pas s'il avait choisi cet endroit à dessein, s'il s'agissait d'une façon plus ou moins subliminale de déclarer de quel côté il se rangeait, ou s'il avait simplement élu cet emplacement parce que c'était le meilleur poste d'observation. Elle savait ce qu'il avait dit dans la cuisine de sa grand-mère et elle avait été témoin de sa colère. Mais si la barrière qui les séparait avait pu tomber, s'ils avaient pu dépasser leurs divergences, surmonter la tension, la passion et l'émotion qu'ils éprouvaient l'un comme l'autre à ce moment-là, elle était convaincue qu'il y avait autre chose en lui. Il devait y avoir autre chose. Pour que sa grand-mère ait passé tant de temps avec cet homme, il fallait qu'il y ait autre chose.

Toya jeta un coup d'œil à tous ces gens qui étaient venus manifester contre ce que représentait cette statue et elle fut frappée de l'importance du changement qui s'était opéré ces dernières années. À part ceux qui l'avaient aidée à creuser les tombes, à part Brad, elle ne connaissait personne, et pourtant il y avait une centaine de Blancs, hommes et femmes, rassemblés au pied de cet escalier avec des pancartes et le sourire aux lèvres. Ils la remercièrent pour ce qu'elle avait fait. Ils la prirent dans leurs bras et lui dire de leur faire savoir s'ils pouvaient l'aider en quoi que ce soit, et, pendant une fraction de seconde, cet amour l'avait remplie d'espoir.

Mais aussi vite que ce sentiment l'avait envahie, il fut remplacé par la prise de conscience qu'elle était la seule Noire. C'était bien beau, elle était entourée de bonnes intentions, mais en fin de compte aucune des personnes présentes ne courait les mêmes risques qu'elle. Elles n'étaient pas confrontées à la possibilité d'en subir les conséquences. Toya Gardner portait seule ce fardeau. Elle le savait. Elle l'avait su en venant et, à présent, elle ne pouvait s'empêcher de se demander si elle n'avait pas fait une énorme erreur.

À ce moment précis, tout ce monde, tout ce bruit et toute cette énergie se transformèrent en un poids collectif qui pesa sur ses épaules, qui lui enserra la poitrine tel un corset, au point qu'elle eut du mal à respirer. Il y avait de l'électricité dans l'air, on aurait dit qu'un fil avait été tellement tendu qu'il allait casser net. Elle le sentait. Elle sentait l'odeur des corps qui l'entouraient, l'odeur de la fumée de la mèche allumée. Elle s'éloigna légèrement de la foule pour pouvoir respirer.

En regardant en haut de la colline, elle aperçut un homme au sommet de l'escalier dont le regard noir la fit se tasser sur elle-même. Il était grand et sec avec un long cou et une petite tête. Il portait un jean et un blouson de cuir noir qui intriguait par cette chaleur. Des cheveux gras lui arrivaient aux épaules mais étaient coupés court sur le dessus et, comme mû par un instinct de prédateur, il parut relever le fait qu'elle l'avait remarqué, qu'elle l'avait vu la regarder, et un sourire se dessina sur son visage. À ce moment précis, un bruit assourdissant se fit entendre derrière lui.

Sur la droite, un adolescent s'était emparé d'un des étendards. Il avait les poings enveloppés dans le tissu et essayait de l'arracher tandis que l'homme qui le tenait fermement s'agrippait à la hampe à laquelle il était fixé. Pendant quelques secondes il y eut une lutte acharnée, puis le tissu se déchira et les deux protagonistes perdirent l'équilibre. L'homme qui avait porté le drapeau tomba par terre, tandis que le gamin qui s'en était emparé vacillait vers l'arrière, trébuchait et dévalait la colline sur son skate. La pente était raide et il prit de la vitesse, puis ses pieds le trahirent et l'envoyèrent valdinguer cul par-dessus tête, le drapeau rouge fouettant l'air telles des langues de feu.

À cet instant, le groupe près de la statue se mit en branle. Du haut de la colline, les gens se déversèrent comme des fourmis d'un monticule. Toya chercha le shérif, il fonçait au-devant la vague. Tous les policiers se ruèrent pour la contenir, mais ils étaient en infériorité numérique à un contre dix et furent facilement balayés. La foule dévalait l'escalier et les gens qui entouraient Toya semblèrent se préparer à affronter le choc. Ils se serrèrent autour d'elle le plus possible, chacun tenant fermement sa position. En cet instant crucial, elle n'aurait pas pu s'enfuir si elle l'avait voulu.

Elle jeta un coup d'œil à la statue ; l'homme qui l'avait regardée se tenait seul en haut de l'escalier. Une étincelle de folie brillait dans ses yeux et, alors que la foule se rapprochait, il lui apparut qu'il riait. Là encore, il sembla relever le moment où leurs regards se croisèrent et l'expression de son visage se fit plus inquiétante. Il se mit à descendre l'escalier comme si de rien n'était, devancé par la multitude grouillante qui fonçait tête baissée. Elle soutint son regard jusqu'au dernier moment, quand les corps s'entremêlèrent et que la foule se referma sur elle tel un poing. D'un coup, ils fondirent sur elle.

24

Lors des périodes de canicule, les truites se réfugiaient dans les trous les plus profonds et restaient au fond telles des pierres froides pour échapper à la chaleur de l'été. Il y avait encore d'imperceptibles mouvements quand les poissons se repositionnaient dans le courant, le repli délicat des nageoires leur permettant de demeurer immobiles, mais pour l'œil non averti, le ruisseau aurait pu paraître dépeuplé. Ernie le savait parfaitement quand, d'un mouvement tournant, il lança dans l'eau le contenu d'un gobelet en carton de nourriture pour truite. Les granulés ondulèrent tel un croissant à la surface et, tout à coup, le ruisseau bouillonna de poissons. Comme toujours, ce simple spectacle qui semblait tenir d'un miracle le remplit d'une joie immense.

Selon les informations de 17 heures, les choses avaient mal tourné devant l'ancien palais de justice. Il y avait eu vingt-trois arrestations mais, curieusement, personne n'avait été sérieusement blessé à l'exception d'un homme qui s'était fendu la tête en tombant sur le trottoir. Tout compte fait, la police avait eu de la chance. Avec autant de monde et des esprits aussi échauffés, la situation aurait pu dégénérer au-delà de tout contrôle. Ernie était soulagé de n'avoir pas eu à gérer cela.

Quand les truites cessèrent de monter à la surface, Ernie retourna à la cabane à outils et jeta le gobelet vide dans une poubelle en métal contenant la nourriture qu'il leur donnait. Il ferma le couvercle pour en tenir éloignés les ratons laveurs et les rats des quais puis traversa le jardin jusqu'à l'orée du bois où se trouvait sa boîte de captage. La source dont il se servait pour l'eau avait craché dix-neuf litres par minute pendant trois générations, sans jamais faillir même en période de sécheresse. Le problème avec ces boîtes de captage était, néanmoins, qu'elles nécessitaient un entretien constant. Les fortes pluies poussaient généralement des sédiments à l'intérieur et en obstruaient l'entrée.

Il y avait eu des pluies torrentielles tout l'été et, tout comme il s'y était attendu, le trop-plein se déversait dans le ruisseau. Il souleva le couvercle de la boîte et découvrit une salamandre sombre à peu près aussi longue que son doigt nichée sur le rebord. La bestiole sauta dans l'eau et nagea jusqu'au fond tandis qu'Ernie tendait le bras et refermait sa main sur le tuyau de sortie. Il tâta le conduit dans un sens puis dans l'autre, sentant contre sa paume les trous d'épingle qui filtraient l'eau, et après plusieurs passages il secoua sa main pour l'égoutter tout en refermant le couvercle.

Sorti de nulle part, un claquement sec faucha l'arrière de son crâne, quelque chose s'abattant sur lui comme un faiseur de veuves depuis la cime d'un pin et, dans le bref laps de temps qui précéda la perte de conscience, il comprit que quelque chose l'avait frappé. Il demeura lucide une bonne minute. Il sentit quelque chose de froid sur le côté gauche de son visage. Il entendit des échos étouffés qui auraient tout aussi bien pu être de l'eau que des voix. Rien de tout cela ne dura. Quelques secondes tout au plus. Puis le noir complet.

Quand il revint à lui, il se trouvait dans le coffre d'une voiture, le hayon ouvert et la lumière du soleil d'un blanc éblouissant au-dessus de lui. Il y avait un bâillon dans sa bouche, un chiffon quelconque, car il pouvait respirer à travers et sentait la texture rêche du tissu contre sa langue. Ses bras étaient ligotés dans son dos et ses chevilles attachées ensemble. Il mordit dans le chiffon et cligna des yeux, encore sonné, mais la lumière était aveuglante.

Par-dessus le bourdonnement des cigales, Ernie entendit marcher sur du gravier, puis deux silhouettes surgirent telles des cibles à forme humaine sur un champ de tir. Il essaya de s'extirper du coffre, mais à peine eut-il esquissé un mouvement que l'une des ombres se pencha et serra les poings devant son tee-shirt. L'homme appuya fermement sur la poitrine d'Ernie, le plaquant sur le plancher du coffre, et l'autre ombre, un individu plus trapu, s'avança. À la lumière du soleil, Ernie entrevit brièvement une aiguille. Il cria dans son bâillon tandis que la seringue trouvait son bras et qu'une sensation de chaleur l'envahissait tout entier. Il prit une grande bouffée d'air comme un poisson échoué sur la rive et, alors que les silhouettes reculaient, il perdit connaissance.

La lumière était aveuglante quand le monde refit surface, mais la nuit était tombée depuis longtemps. Ernie gisait sur le flanc, au pied d'une croix géante. Il roula sur son épaule pour avoir une vue complète de la structure qui s'élevait à une petite vingtaine de mètres au-dessus de lui. La croix était bordée de lampadaires fluorescents. Un grillage dont le sommet était tendu de fil de fer barbelé formait un carré à la base de la croix. Non loin se dressaient des sapins baumiers. Il était au sommet d'une montagne et, quand il leva les yeux vers le ciel, il ne vit que l'obscurité.

Bien qu'il lui fallût un moment pour en prendre conscience, il se trouvait sur le Mount Lyn Lowry, site d'un mémorial érigé par un couple qui avait perdu sa fille adolescente d'une leucémie dans les années 1960. Les gens du coin l'avaient toujours appelé la croix Baumier, et par nuit claire ce monument était visible à près de cinquante kilomètres de distance. Depuis plus d'un demi-siècle, quiconque empruntant le tronçon d'autoroute entre Haywood et Jackson avait vu ces lumières briller au sommet de la montagne telle une balise.

Les poings d'Ernie étaient toujours solidement attachés ensemble, mais le bâillon avait été ôté de sa bouche. S'il avait le goût du sang, il était soulagé de pouvoir reprendre son souffle et d'être à l'extérieur. Roulant sur le sol, il réussit à s'agenouiller. Au pied de la croix il ressemblait à un pécheur appelé à l'autel, prosterné devant une église. Quelle que soit la drogue qu'ils avaient utilisée pour le maîtriser il avait encore l'esprit embrumé.

À ce moment-là, douze hommes apparurent à l'orée du bois. Tous portaient des tuniques qui tombaient jusqu'au sol et de longues capuches pointues masquaient leurs visages. Ils s'avancèrent et Ernie leur cria d'enlever leurs masques et de se montrer, mais nul ne lui répondit. Ils s'approchèrent de concert et en silence, leurs pas parfaitement synchronisés tel un lugubre roulement de tambour et, quand ils furent tout près, Ernie put voir les chaînes, les matraques et les démonte-pneus qu'ils tenaient dans leurs mains.

Quand le premier coup s'abattit, Ernie retomba sur le flanc. Il ramena les jambes contre sa poitrine mais son corps se déplia comme un accordéon quand quelque chose de lourd fit craquer ses côtes. La douleur irradia en lui telle une décharge électrique, ses yeux flamboyèrent et, pendant une seconde, il regarda fixement une paire de santiags en cuir marbré comme si elles étaient faites en peau de serpent. Le pied recula et, quand le bout de la botte revint à la charge, il le frappa juste sous le sourcil gauche. Ce fut la dernière chose qu'il vit.

Sans qu'aucun mot fût prononcé, ils le tabassèrent jusqu'à le réduire en bouillie.

DEUXIÈME PARTIE

25

Ce fut un dénommé Curtis Darnell qui trouva le corps. Il était sur une berge près de la source de Dicks Creek. Au printemps, Curtis avait vu un serpent dans sa maison, il avait donc dormi tout l'été dans la cabine de son pick-up.

Certaines nuits, il avait eu froid et avait fait tourner le moteur pour se réchauffer, mais comme le plancher était rouillé et que la tubulure d'échappement fuyait, il s'était réveillé au matin parfois vaseux et nauséeux, et il avait dû marcher trois kilomètres au grand air avant d'être pleinement d'attaque. Quoi qu'il en fût, c'était ce qu'il avait dit qu'il faisait quand il avait trouvé le corps.

« Au début que je l'ai vu, j'ai cru que je regardais un petit ourson qu'avait été heurté sur la route », déclara Curtis. Son frère lui-même disait qu'il était fou comme un spermatozoïde à l'assaut d'un ovule. « La façon que ses jambes étaient sous ce rondin, j'ai pas vu voir son jean avant que je sois descendu là-bas. »

Le corps se trouvait sur la berge, à une dizaine de mètres en contrebas de la route, sur le rebord d'un terrain plat à peine plus large qu'un canapé. Le plus étrange était la façon dont il avait été camouflé. Si par endroits il avait été recouvert de feuilles avec les pieds, la majeure partie du dos et du torse était dissimulée sous de petits ronds de mousse que l'on avait coupés et assemblés à la manière d'un patchwork.

Leah Green n'avait jamais rien vu de tel. Elle était passée inspectrice deux mois plus tôt et c'était son premier homicide. Elle resta un long moment au bord de la route à regarder le cadavre, essayant de s'imprégner du moindre détail. Sur la gauche s'étendait un sillon creusé dans la boue, là où Curtis Darnell – et ensuite l'adjoint qui avait été le premier à se rendre sur les lieux – avait glissé jusqu'à la berge pour s'approcher du corps. Selon lui, il n'y avait pas eu de traces avant les siennes.

Vers le bas, il y avait des endroits où les feuilles étaient sens dessus dessous comme si un dindon avait gratté là. Elles étaient bien plus éparpillées qu'on aurait pu s'y attendre si quelqu'un les avait simplement foulées aux pieds mais, tandis que Leah mettait un genou à terre et inclinait la tête sur le côté, elle distingua nettement l'alternance droite gauche d'une empreinte de pas. Après quoi la victime était tombée puis avait dérapé sur la fin, avant de s'immobiliser contre un rondin. Ce que ces éléments laissaient entendre, toutefois, c'était qu'elle n'avait pas été déposée sur la berge *post mortem*. Elle était en vie quand elle avait quitté la route et c'étaient là ses derniers pas, ou plutôt sa dernière tentative de rester debout sur une pente trop abrupte pour ne pas tomber.

Leah contemplait la scène, intriguée par la façon dont les morceaux de mousse avaient été placés si méthodiquement, comme si chacun d'entre eux avait été posé avec autant de minutie qu'un pavé. C'était la seule chose qui la sidérait véritablement.

« Vous savez ce qu'a fait ça, pas vrai ? » dit Curtis Darnell comme s'il lisait ses pensées.

Il était planté sur le macadam, fumant une cigarette d'une main, son autre main posée au creux de ses reins de sorte que son bras gauche était rabattu telle une aile repliée. Il plissa les yeux comme s'il attendait qu'elle lui réponde mais, comme elle n'en fit rien, il tira une taffe et souffla un nuage de fumée juste au-dessus de sa tête.

Leah se releva et ramena ses cheveux derrière ses épaules. Elle portait un tailleur-pantalon bleu marine avec un chemisier beige, et c'était bien sa chance de s'être habillée ainsi le matin même pour finalement être appelée sur une telle scène de crime. Il lui était impossible de descendre sur la berge chaussée de ballerines avec des semelles glissantes. L'avant-veille encore, elle gardait une paire de chaussures de randonnée dans son coffre, mais elle l'en avait retirée durant le week-end pour jardiner et avait oublié de l'y remettre. Elle n'avait d'autre choix que de descendre pieds nus.

« Je sais pas si ils ont essayé de couvrir l'odeur ou juste de camoufler le corps pour qu'aucune autre bête le trouve. » Curtis vint se placer à ses côtés. Il tapait du pied sur le gravier comme s'il battait la mesure d'une chanson qu'il était le seul à entendre. « Tout ce que je sais, c'est ce qu'a fait ça. Y a rien d'autre dans ces montagnes pour couvrir la mort de cette façon. Sacrées bestioles, ces lynx. »

Sur la droite, un enchevêtrement de vignes montait en spirale le long de la colline en direction de la route, puis grimpait le long d'un robinier mort où une plaque de lichen recouvrait le tronc des racines aux branches. Leah s'approcha et retira ses ballerines. Elle ôta sa veste, la plia soigneusement et la posa sur ses chaussures dans l'espoir que cela empêcherait la boue et autres saletés d'abîmer le tissu. Son chemisier était sans manches et ses bras à la peau claire frissonnèrent tandis qu'elle ramenait ses cheveux blond miel en une queue-de-cheval haute.

« Un coup de main ? »

Curtis écrasa sa cigarette sur le gravier avec sa botte.

« Non, restez où vous êtes. » Leah agrippa la vigne et tira dessus à plusieurs reprise pour en tester la solidité. « Nous reprendrons cette discussion dans quelques minutes », ajouta-t-elle.

Quand elle fut certaine que la vigne supporterait son poids, elle appuya les talons sur le sol meuble et s'élança vers la berge comme si elle descendait en rappel avec une corde.

« Merde, c'est parti », beugla Curtis. Il se plia en deux et se tapa la cuisse, totalement fasciné par ce qui se passait sous ses yeux. « Une dure de dure, pas vrai ? Une vraie fille de la montagne », brailla-t-il, mais Leah s'abstint de tout commentaire et poursuivit sa descente.

Elle aurait donné cher pour qu'il la ferme et rentre chez lui. À vrai dire, la seule chose qui sortait de l'ordinaire à ce moment précis, ce n'était pas ce qu'elle faisait mais cette tenue que les inspecteurs devaient porter à la demande du shérif. Elle était plutôt faite pour les pantalons de chasse antironces et les bottes de bûcheron que pour les robes de bal et autres habits du dimanche.

Quand elle arriva à hauteur du corps, elle prit ses marques et lâcha la vigne, mais elle n'en fut pas moins encore obligée de garder sa jambe gauche fléchie pour pouvoir tendre sa jambe droite et s'arrimer. S'approcher du corps exigeait moins de marcher que de s'efforcer de rester debout, et elle avança lentement, en agrippant des fougères pour se stabiliser et en étudiant le sol avant de poser le pied pour ne pas compromettre le moindre élément de preuve.

Maintenant qu'elle était tout près, les choses lui apparaissaient plus clairement : les jambes repliées et coudées sous le rondin comme un joueur de base-ball après une glissade, le jean taché et luisant d'argile. Un bras était dissimulé sous le corps et l'autre tendu à l'horizontale. Ce bras tendu était la seule partie du corps non recouverte de feuilles ou de débris. Il était fin et brun foncé, la main refermée sur une poignée de terre. La tête reposait sur le côté mais, comme elle était recouverte de feuilles, l'inspectrice ne distinguait pas le visage, seulement les feuilles et des tresses de cheveux noirs.

« Norris, cria Leah de la berge. Norris !

– Oui », répondit une voix venant de la route.

Elle leva les yeux. L'adjoint qui avait été appelé sur les lieux se tenait en saillie, regardant la scène d'en haut tel un vautour.

« Dites à Sam de prendre son appareil photo et de me rejoindre. Je ne veux rien toucher avant d'avoir des photos. »

L'adjoint se retourna et disparut, puis Leah jeta un coup d'œil à l'endroit où se tenait Curtis Darnell près de la vigne dont elle s'était servie pour descendre. Il avait les mains posées au creux des reins et se balançait d'avant en arrière, de la pointe au talon, de la pointe au talon, affichant un regard à la fois curieux et amusé.

« Curtis, pourquoi ne pas rentrer chez vous, je viendrai vous rejoindre plus tard. Nous en avons pour un bon moment.

– Si ça vous dérange pas, je crois que je vais rester. J'ai rien de spécial à faire. Rien à faire chez moi. Ici c'est mieux qu'à la télé.

– Curtis, je vous ai dit de rentrer chez vous, immédiatement. Inutile de rester là en faisant des yeux de merlan frit. »

Leah dit cela comme si elle réprimandait un chien et, la minute d'après, il rebroussait chemin pour rentrer chez lui.

Elle se tourna vers le corps et observa les mouches et les guêpes se disputer pour trouver un endroit où se poser. Même sans enlever les feuilles, elle sut qui gisait là. Un mois plus tôt elle n'en aurait pas eu la moindre idée mais, au cours des dernières semaines, ce visage avait été partout dans les journaux et aux informations de 17 heures, si bien que n'importe qui dans le comté aurait pu l'identifier d'où elle se tenait. Toya Gardner avait été abattue de plusieurs balles dans la poitrine.

Pendant des années, Leah s'était défoncée, jetée sur tous les os qu'on lui donnait à ronger, parce que c'était ce boulot-là qu'elle voulait. Toute sa carrière, c'était la promotion qu'elle n'avait eu de cesse d'obtenir. À présent, pour la première fois depuis qu'elle était passée inspectrice, le doute s'insinuait en elle, un sentiment qui la gangrenait tel un cancer. Ses jambes tremblaient. Elle ne savait pas si elle était de taille. Le sol était humide et froid sous ses pieds et un frisson la parcourut. Elle en eut la chair de poule. Elle banda ses biceps et les maintint contractés pour essayer de se réchauffer, mais en vain, et elle n'en trembla pas moins, incapable de dire si elle avait de la fièvre ou si elle avait peur.

D'ici quelques minutes, elle allait devoir appeler le shérif et elle ne savait vraiment pas comment lui annoncer qui ils avaient trouvé. Et comme si cela ne suffisait pas, d'ici la fin de la journée, il lui faudrait prévenir la famille. Nulle formation ne préparait quelqu'un à annoncer ce genre de nouvelle. Comment dire que le ciel vous tombait sur la tête ? Il n'y avait aucun moyen d'amortir le choc.

26

En faisant les cent pas dans la salle d'attente de l'hôpital, Coggins avait l'impression de n'être plus lui-même, comme un ivrogne qui titubait dans un rêve. Il n'avait pas dormi plus d'une heure en deux jours. Peu après l'aube ce matin-là, un photographe s'était arrêté pour pisser sur une aire de repos de la Blue Ridge Parkway et avait trouvé un de ses adjoints tabassé et laissé pour mort sur le parking.

Ernie Allison avait été balancé sous un panneau de la Confederate Veterans Memorial Forest, un terrain de cinquante hectares où l'on avait planté cent vingt-cinq mille baumiers et épicéas à un mètre quatre-vingts les uns des autres en mémoire du nombre de soldats que la Caroline du Nord avait fournis à la Confédération pendant la guerre de Sécession. La forêt était un lieu de promenade du comté de Jackson, à l'extrémité sud de Haywood, près d'un sommet escarpé connu sous le nom de Devil's Courthouse. C'est sur cette paroi rocheuse que le photographe s'était rendu de bon matin pour capturer le lever du soleil.

Les ambulanciers avaient trouvé la carte professionnelle d'Allison dans son portefeuille et, comprenant qu'il s'agissait d'un adjoint du shérif, avaient appelé Coggins en premier. Ernie n'était pas marié, n'avait pas d'enfants, mais ses parents étaient toujours en vie et son frère travaillait comme chauffeur de camion benne pour une boîte de Tuckasegee. Le shérif connaissait toute la famille depuis toujours, sa mère avait été institutrice à Smoky Mountain et son père mécanicien au hangar d'entretien du comté. Il les avait déjà appelés et ils avaient quitté Johns Creek, mais il leur faudrait au moins une heure avant d'arriver à l'hôpital d'Asheville.

Il y avait trois autres personnes dans la salle d'attente : une mère latina qui ne parlait pas anglais avec deux jeunes garçons remuants en train de se battre sur le carrelage ciré. Coggins passa devant eux et la femme détourna les yeux quand il les regarda, puis il marcha jusqu'au mur et appuya le front contre les parpaings peints. Il laissa la froideur du mur le réveiller, écarquilla les yeux puis cilla à plusieurs reprises pour essayer de se ressaisir, mais il était claqué, vidé.

Quand il se retourna, un médecin en blouse blanche l'avait rejoint, tenant un porte-bloc à la main. C'était un jeune homme pâle avec d'épais cheveux noirs et des lunettes rondes, et il avait une curieuse façon de froncer le nez sans arrêt comme s'il allait éternuer.

« Je suis le docteur Hoffman. »

Il tendit la main, mais Coggins était tellement perdu dans ses pensées qu'il dodelina de la tête tel un automate.

« D'accord.

– Son état est stable, mais nous allons le garder en observation, probablement au moins quelques jours, jusqu'à ce que nous en sachions davantage. Pour l'instant, le réveiller ferait plus de mal que de bien.

– D'accord, dit Coggins. Et ses blessures ?

– Vous avez de quoi noter ? plaisanta le médecin, mais le shérif se contenta de le regarder d'un air absent. Je suis désolé, mais la liste est longue. » Il regarda son porte-bloc. « Fracture des deux poignets. Fracture de deux côtes inférieures du côté droit, qui appuient sur le foie, mais heureusement il ne semble pas que les organes soient touchés à l'exception d'importantes contusions. Fracture de deux côtes de l'autre côté, vertèbres comprimées. »

Il parlait vite et Coggins avait du mal à le suivre. Il y avait tant de choses et il était tellement épuisé que tout se fondait en une bouillie de mots qu'il était sûr de ne pas se rappeler.

« Il y a de nombreuses blessures au visage. Fracture orbitaire du côté gauche, deux profondes entailles à l'arrière du crâne, mais surtout beaucoup d'enflures et d'ecchymoses. Il y a aussi un œdème et des contusions au cerveau, et c'est quelque chose qui nous préoccupe vraiment. Nous devons rester vigilants.

« Mais sa respiration est bonne. Rythme cardiaque, tension artérielle, tout ça est stable pour le moment, et c'est en partie pourquoi nous allons le garder en observation, pour pouvoir contrôler ces choses-là. Je ne peux pas affirmer qu'il est tiré d'affaire, mais il a plutôt de la chance. La plupart des blessures sont osseuses et musculaires, rien qui mette sa vie en danger. Ce qui ne veut pas dire qu'il n'y a plus rien à craindre, et, comme je l'ai dit, il faut qu'on surveille de près l'œdème cérébral, mais à part ça les choses se présentent plutôt bien.

– Je peux le voir ?

– Oui, je pense que oui. Donnez-moi une minute et je reviens vous chercher. »

Le médecin traversa la pièce et disparut derrière une porte dont les deux battants oscillèrent après son passage comme ceux d'un saloon dans un western. Coggins se pencha en arrière et laissa le mur le soutenir. Il inclina la tête pour que le sommet de son crâne vienne s'appuyer contre les parpaings et regarda fixement les lumières du plafond jusqu'à se laisser aveugler par leur éclat. Il était hébété et avait la tête vide. Son corps était engourdi et ses oreilles bourdonnaient. Quand le médecin prononça son nom, il sortit enfin de cet état second. Il savait que le praticien lui avait parlé, mais il n'avait pas saisi ce qu'il avait dit.

« Pardon ?

– Je demandais si vous alliez bien.

– Oui, oui, ça va », bredouilla-t-il. Il cligna des yeux et se réaccoutuma à son environnement. « Juste fatigué, c'est tout.

– Vous êtes sûr ? Rien ne me ferait plus plaisir que de m'en assurer. »

Coggins lui fit signe d'y aller puis le suivit dans le couloir, le bruit lourd de leurs pas se perdant parmi les bips, les alarmes et les respirateurs dont le ronronnement forcené émanait de chambres vitrées où des patients reposaient immobiles et mourants. Chaque fois qu'ils passaient devant l'une d'elles, il regardait à l'intérieur et essayait de s'imprégner des détails, mais il y avait trop de choses à assimiler. Les lieux étaient déconcertants.

Quand ils atteignirent la dernière chambre au bout du couloir, le service s'ouvrait sur un petit accueil que des infirmières traversaient en courant d'une urgence à l'autre. Les stores de la chambre étaient baissés mais la porte était ouverte, et Coggins découvrit Ernie Allison allongé, le corps couvert de tubes et de fils tel un fouillis de lignes de pêche.

« Vous pouvez entrer », dit le Dr Hoffman.

Le shérif demeura immobile sur le pas de la porte. La chambre était faiblement éclairée et, comme il avait dans son dos la lumière blanche zénithale du service, son ombre s'étirait sur le sol devant lui.

« En cas de besoin, adressez-vous aux infirmières. Entendu ? Si jamais elles ne peuvent pas vous aider, elles sauront où me trouver. »

Quand il finit par entrer dans la chambre, Coggins se planta au chevet d'Allison et examina les ecchymoses et les coupures qu'il avait au visage. Ernie donnait l'impression d'avoir eu la tête broyée par un concasseur de roche. Son œil gauche était aussi gonflé qu'une prune, une boursouflure violacée marquait l'emplacement de la fente de sa paupière. Sur son front, une entaille avait été nettoyée et recousue, mais le bandage s'était défait d'un côté et pendait sur son sourcil droit. Son visage était surréaliste, presque méconnaissable.

Dans ce métier, on voyait toutes sortes de choses et, un jour ou l'autre, on en venait à croire qu'on avait tout vu. Mais quand on l'avait exercé aussi longtemps que Coggins, on finissait par comprendre qu'on n'en avait jamais fini, qu'on n'était jamais au bout de ses peines, que la méchanceté de ce monde était sans fin, sans limite. Il y avait toujours une noirceur encore plus noire.

Son téléphone sonna dans sa poche. Il regarda qui appelait et vit que c'était Leah Green, une adjointe du tonnerre qu'il avait nommée inspectrice quelques mois plus tôt. Elle avait contribué à l'une des plus grosses saisies de drogue jamais effectuée dans l'ouest de la Caroline du Nord, et le rôle capital qu'elle avait joué dans cette affaire avait conduit à sa promotion.

Avant qu'il ait eu le temps de répondre, quelqu'un cria son nom du bout du couloir. Il se retourna et vit qu'il s'agissait de Clara Allison, la mère d'Ernie, qui venait à sa rencontre aussi vite qu'elle le pouvait en tendant les bras. Le shérif sortit de la chambre et rassembla ses forces. Il allait lui falloir déployer toute son énergie pour amortir le choc.

27

On confia le corps de Toya à un médecin légiste d'Asheville. Comme il s'agissait d'une affaire très médiatisée, il y resterait vraisemblablement une bonne semaine pour être autopsié. Sa mère avait quitté Atlanta aussitôt après que l'inspectrice Green l'avait appelée, mais elle arriva trop tard pour voir le corps le jour même. Ni Vess ni Dayna ne dormirent. Elles se blottirent l'une contre l'autre sur le canapé comme pour essayer de se réchauffer.

L'inspectrice Green se présenta au lever du jour le lendemain matin et les conduisit en ville. Vess n'arriva pas à croire que tout cela était réel avant de se trouver devant le corps. Toya était allongée sur un brancard gris et froid, dissimulée sous un drap blanc des pieds à la poitrine. De vifs néons étincelaient sur le carrelage blanc et se réfléchissaient sur les surfaces en acier des armoires, si bien qu'une fois dans la pièce, Vess se sentit comme nimbée d'un halo onirique. Elle enveloppa Dayna de ses bras, le droit passé autour de sa taille, la main gauche posée sur son ventre. La lumière illuminait le visage de Toya, dont les tresses étaient ramenées sur son épaule gauche.

Les larmes les secouèrent par vagues et, pendant que Vess faisait les cent pas dans la pièce, Dayna demeura près de sa fille et lui caressa le visage avec son pouce, depuis le front en suivant la courbe de la mâchoire. Vess s'approcha une fois et posa une main sur l'épaule de Toya, mais ce fut plus qu'elle n'en pouvait supporter. Elle ne pouvait se faire à l'idée que le corps de sa petite-fille soit désormais froid. Comme si elle plaçait sa main au-dessus d'une flamme et ne ressentait aucune chaleur. Elle dut s'asseoir dans un coin pour ne pas tomber. La pièce était aussi glaciale qu'une armoire frigorifique.

Elles restèrent près de quatre heures, jusqu'à ce que le médecin légiste dise à l'inspectrice qu'elles devaient partir. Dayna s'y opposa bec et ongles mais finit par se laisser convaincre qu'elle ne voulait pas assister à ce qui allait suivre et, à cet instant, un vide glacial l'envahit. En regagnant le comté de Jackson, Vess posa la main sur la jambe de sa fille. Dayna regardait fixement par la vitre derrière, de larges lunettes de soleil cachaient ses yeux et elle ne parlait pas. Elle contemplait les montagnes, la façon dont elles se dressaient et cascadaient, ondulaient en une ligne continue et sans fin, comme si elle traversait une étendue d'eau.

Quand elles s'engagèrent sur la route qui menait à la maison de Vess, la vieille dame découvrit qu'une file de véhicules longeait le fossé juste après son allée. Dayna et elle étaient assises à l'arrière de la voiture de l'inspectrice Green, et Vess se pencha vers l'avant pour mieux voir à travers le pare-brise. Il y avait des camionnettes avec de petites antennes satellite fixées au toit, les logos des chaînes d'information locales peints en lettres vives sur les côtés. Elle n'arrivait pas à en croire ses yeux et, quand la voiture s'arrêta dans l'allée, l'inspectrice Green se tourna vers elles et dit simplement :

« Restez dans la voiture, je m'en occupe.

– C'est bon », dit Dayna.

Ces paroles prirent Vess par surprise. C'étaient les premiers mots que sa fille prononçait depuis presque deux heures.

Quand elles descendirent de voiture, elles firent face à un silence irréel et pesant, une atmosphère de mort lourde à affronter. Vess passa son bras autour de la taille de sa fille et l'inspectrice Green resta légèrement en retrait tandis que les trois femmes gagnaient le porche de derrière en contournant la maison. Une jeune journaliste finit par dire quelque chose, une simple question de trois mots qui les fit s'arrêter dans leur élan.

« C'est elle ? » demanda-t-elle.

Et en l'absence de réponse, les autres journalistes lui firent écho et le silence céda la place à un brouhaha chaotique comme si un vol d'étourneaux avait fondu sur elles.

Vess accéléra le pas et, arrivée devant la porte, essaya d'une main tremblante de trouver ses clés dans son sac. Tandis qu'elle glissait la clé dans la serrure, elle laissa tomber son trousseau par terre. Elle fut prise de panique et les larmes lui montèrent aux yeux. Dayna plaça doucement sa main dans le creux des reins de sa mère et se pencha pour ramasser les clés. Quand elle se redressa, elle se tourna vers la foule amassée dans le jardin.

« Vous n'êtes pas obligée de leur parler », dit l'inspectrice Green, mais Dayna ne daigna même pas accorder un regard à la journaliste.

Elle portait une robe noire sans manches et une paire de ballerines dont les brides s'entrecroisaient juste au-dessus des chevilles. Ses cheveux étaient coupés court avec un dégradé à mi-hauteur qui courait juste au-dessus des oreilles. Sa façon de marcher dégageait une force et une confiance indéniables, quelque chose de déterminant et de singulier, mais Vess eut du mal à imaginer qu'elle pût s'en prévaloir en un tel moment.

Quand elle arriva devant les journalistes, Dayna ôta ses lunettes de soleil, les replia et les garda contre sa poitrine, un doigt tapotant un des verres, alors qu'elle paraissait chercher ses mots. Elle laissa tomber ses mains le long de son corps quand elle les eut trouvés.

« Je ne vais pas répondre à vos questions », dit-elle. Ses yeux étaient rivés au sol. « Je ne vais pas faire de déclaration officielle de quelque sorte que ce soit. Mais je vais vous dire une chose. » Dayna leva les yeux et les embrassa tous du regard. « Regardez où vous êtes. Vous êtes dans le jardin de ma mère sans y avoir été invités. Nous ne vous avons pas demandé de venir. Nous ne voulons pas de vous ici. » Elle marqua une pause. « Je suis sûre qu'il y a encore plein de gens que vous pouvez mener par le bout du nez, mais je peux vous assurer une chose : je n'en fais pas partie. Je ne vais pas tolérer ça. Pas aujourd'hui. Ni demain. Ni jamais. Maintenant, si vous avez une once d'humanité ou de décence, alors vous allez plier bagage et partir d'ici. »

Les journalistes face à elle donnèrent l'impression d'avoir reçu un coup de couteau dans le ventre. Ils étaient bouche bée et leurs épaules s'affaissèrent tandis qu'elle tournait les talons et les plantait là.

Quand elles furent à l'intérieur, Dayna se dirigea vers l'évier, fit couler l'eau et s'en remplit les mains. Elle s'aspergea le visage, recommença, chaque fois s'étirant les yeux et inspirant le plus profondément possible. Ses mains agrippèrent fermement le bord du plan de travail et elle parut sur le point de défaillir. C'est à ce moment-là qu'elle craqua. Son corps céda et elle s'affaissa. Elle vacilla sur ses jambes, s'appuya dos au placard – l'eau coulait toujours dans l'évier – et laissa échapper un cri guttural qui donna l'impression que la maison s'effondrait autour d'elles.

Vess se précipita et se laissa tomber à ses genoux. Elle attira sa fille contre sa poitrine et toutes deux se mirent à trembler comme si elles ne faisaient plus qu'une. L'inspectrice Green qui se tenait près de la porte s'approcha d'elles, s'agenouilla et posa la main sur l'épaule de Dayna. Les yeux de cette dernière se rouvrirent alors brusquement.

« Je n'ai pas besoin de vous dans cette maison, dit-elle les dents serrées. J'ai besoin de vous dehors à traquer celui qui a fait ça à ma fille. »

Et tandis qu'elle marmonnait cette dernière phrase, le mot « fille » se brisa en mille morceaux.

L'inspectrice Green tourna les talons et, alors que la porte moustiquaire se refermait en grinçant derrière elle, Dayna se releva et partit en trombe dans ce qui avait été sa chambre. Elle verrouilla derrière elle et Vess sut qu'il était inutile de la suivre. Dans l'immédiat, sa fille avait besoin de temps et d'être seule, et c'étaient sans doute les deux seules choses qu'elle pouvait lui offrir.

Sur le porche de derrière, Vess trouva l'inspectrice Green debout dans le jardin, les yeux rivés sur la lisière du bois. Au-dessus de sa tête, de petits morceaux de nuages s'agglutinaient à l'horizon et formaient quelque chose de plus menaçant. Un orage allait éclater. Vess descendit du porche et, après avoir rejoint l'inspectrice, se plaça à ses côtés, tournant le regard vers les montagnes.

« Je sais que je vous ai déjà posé la question hier, madame Jones, mais est-ce qu'il y a quelque chose qui pourrait nous être utile ? Quelqu'un à qui je devrais parler ?

– Comme je vous l'ai dit, la seule personne avec qui Toya était liée, c'est un garçon qui s'appelle Brad, qu'elle a connu là-bas à l'école. Je ne l'ai jamais rencontré. À peine aperçu une fois ou deux quand il est venu la chercher. La voiture de Toya était en panne. Un problème de joint de culasse, je crois. Mais il est venu plusieurs fois et lui a servi de chauffeur. Elle est montée en voiture avec lui et c'est la dernière fois que je l'ai vue. »

En se rappelant ce détail, l'air qu'avait sa petite-fille, la façon dont elle pressait du bout des doigts contre sa poitrine la breloque que Vess lui avait donnée le matin même, elle sentit cette image peser sur son cœur tel un joug.

« Comment a-t-elle connu Brad ?

– Elle ne le connaissait pas, dit Vess. Ou plutôt, pas avant cet été. Elle est allée là-bas à l'école pour savoir si elle pouvait utiliser un atelier pendant qu'elle était ici. Je crois qu'il l'a aidée à ce sujet et ils se sont juste bien entendus.

– Il y avait autre chose entre eux ?

– Je ne crois pas. Je crois qu'il l'aimait peut-être, mais Toya, Toya n'avait pas de temps à consacrer aux garçons. » Vess marqua une pause. « Il y a eu un après-midi, pourtant, où ils m'ont paru se disputer dans sa voiture.

– Vous avez une idée de la raison ?

– Pas la moindre, dit Vess. Ils s'en allaient. Je n'ai jamais songé à poser des questions et elle n'en a jamais parlé.

– Il a levé la main sur elle ?

– Non. Non, pas comme ça. Je dis juste qu'ils avaient l'air de se chamailler. Mais comme j'ai dit, j'étais à l'intérieur et je regardais par la fenêtre, alors ça aurait pu être n'importe quoi.

– Vous vous rappelez quand c'était ?

– La semaine dernière, je ne sais plus quand, mais je n'en suis pas très sûre. »

Vess regarda d'un air absent le SUV en panne de Toya dans l'allée. Tout l'été défila dans sa tête et elle s'efforça de voir s'il y avait quoi que ce soit d'autre de notable qui puisse être d'une aide quelconque. En revoyant sa petite-fille à travers le pare-brise cet après-midi-là alors que la voiture quittait l'allée, elle se souvint de quelque chose qu'elle avait voulu demander quelques heures plus tôt.

« Est-ce que Toya avait un collier quand vous l'avez trouvée ?

– Non, madame. Je ne crois pas, répondit l'inspectrice Green.

– Je lui avais donné un vieux collier qui appartenait à ma grand-mère, un cadeau qu'elle m'avait fait quand j'avais à peu près l'âge de Toya. Je le lui ai donné samedi matin. Samedi matin... »

Elle se mit à répéter sa phrase sans pouvoir la terminer. À la place, le dernier souvenir qu'elle gardait de sa petite-fille lui revint en mémoire. Elle songea combien elle avait été bien au chaud dans ses bras, la douceur des tresses de Toya entre ses doigts tandis qu'elle les avait effleurées depuis le sommet de sa tête jusque dans son dos.

« C'était quel genre de collier, madame Jones ?

– C'était juste une vieille chaîne en argent avec un pendentif en forme de diamant à peu près gros comme ça. » Vess leva les doigts pour montrer la taille de la breloque. « De l'argent massif, l'arrière du pendentif, mais il ne valait rien. Pas de valeur financière, en tout cas. Je n'imagine pas quelqu'un le prendre. Il y avait un petit morceau de verre serti dans cette monture en argent et il était posé sur une boucle de cheveux. Ma grand-mère l'avait donné à mon grand-père quand il est parti pour la guerre.

– Dans mon souvenir, elle ne portait pas de collier, mais si on le trouve je ferai en sorte qu'on vous le rende. » L'inspectrice Green fouilla dans sa poche et vérifia l'heure sur son téléphone portable. « Avant que j'oublie, j'ai quelque chose dans la voiture que je voudrais vous donner. »

Vess l'accompagna à sa voiture et l'inspectrice Green se pencha par la vitre ouverte pour attraper quelque chose qu'elle avait laissé sur la console centrale. Elle en sortit un petit appareil qui ressemblait à un vieux Walkman comme les enfants en avaient dans les années 1980.

« Qu'est-ce que c'est ? demanda Vess.

– C'est un enregistreur, dit l'inspectrice Green. Et je veux que vous le gardiez près du téléphone. Si on vous appelle pour une quelconque information, mettez le haut-parleur et enregistrez la conversation, vous pouvez aussi répéter la conversation pendant que vous l'avez encore bien en tête. Quoi qu'il vous revienne que vous pensez être utile, n'importe quoi, comme cette histoire de collier, enregistrez-le. Peu importe que ça vous ait l'air peu ou pas important, il vous suffit d'appuyer sur ces deux boutons, juste là, et ça enregistrera tout ce que vous direz. J'ai mis une nouvelle bande. »

Vess regarda l'enregistreur et la rangée de boutons. Elle n'y connaissait absolument rien et craignait d'être incapable de le faire marcher.

« Ces deux boutons-là ?

– Oui, madame. Les deux juste là.

– Ça vous embêterait de l'écrire ?

– Pas du tout. Si ça peut vous aider. Je ne veux pas vous compliquer la vie. » L'inspectrice Green monta dans sa voiture et démarra. « En attendant, si vous avez besoin de quoi que ce soit, vous m'appelez, dit-elle. Vous avez mon numéro. De jour comme de nuit, madame Jones. Quoi que ce soit.

– Il y a une chose que j'aimerais vous demander, si vous voulez bien.

– Je vous écoute, dit l'inspectrice Green.

– Vous croyez que vous pouvez me conduire là où vous l'avez trouvée ? J'aimerais... » Elle s'interrompit, ne sachant comment exprimer précisément ce qu'elle voulait dire. « J'aimerais voir par moi-même, c'est tout. »

Vess ne savait pas trop ce qu'elle s'attendait à trouver là-bas, mais elle était certaine qu'il lui fallait voir l'endroit, elle avait besoin d'y être physiquement.

« Bien sûr, madame Jones. »

28

Se trouver là, dans le virage de cette route, lui donnait une impression de déjà-vu. C'est ce que Vess Jones fit remarquer quand Leah l'emmena sur les lieux où l'on avait trouvé le corps. Depuis soixante-quinze ans qu'elle vivait dans ce comté, il y avait peu d'endroits où elle n'avait jamais mis les pieds, aussi, d'une certaine manière, c'était bien du déjà-vu. Leah demanda s'il y avait autre chose, si elle pouvait relever un détail qui aurait fait que cet endroit n'était pas anodin, mais la vieille dame resta plantée là sur le gravier le regard perdu, l'air désorientée. Au final, elle n'ajouta rien de plus.

Bradley Roberts fut assez facile à trouver. À l'université, la cheffe du département n'avait pas grand-chose à dire à son sujet, seulement qu'il donnait des cours d'introduction à l'art aux étudiants de première année et qu'il passait son temps au four à céramique. Il s'était porté volontaire pour ouvrir et fermer les ateliers la nuit, une responsabilité dont personne d'autre ne voulait, et dans l'ensemble il ne semblait pas avoir vraiment de vie en dehors de l'école.

Il accepta de rencontrer Leah Green au bureau du shérif dans l'après-midi et attendait déjà dans la salle d'interrogatoire quand elle rentra de déjeuner. L'inspectrice était nerveuse. C'était le premier interrogatoire qu'elle menait dans une enquête pour meurtre.

En tant que suspect, Brad Roberts cochait toutes les cases. Vess avait vu sa petite-fille monter dans sa voiture cet après-midi-là. Elle se rappelait même qu'ils s'étaient disputés. Il était la dernière personne à avoir vu la jeune femme encore en vie. Moins de neuf pour cent des femmes étaient assassinées par quelqu'un qu'elles ne connaissaient pas. C'était presque toujours un crime passionnel. De l'avis de Leah, un amour non partagé était le mobile le plus sérieux qu'une personne puisse avoir, ce qui voulait dire que l'homme assis de l'autre côté de la porte pouvait fort bien être le meurtrier de Toya Gardner.

Il n'était pas du tout comme elle se l'était imaginé. Pour une raison ou pour une autre, elle s'était attendue à ce qu'il soit plus petit et moins séduisant. Au lieu de ça, tourner l'argile avait tonifié les muscles de ses bras. Brad Roberts était large d'épaules et portait un maillot de corps blanc tendu autour du cou, le devant éclaboussé de petites taches d'émail. Des veines apparentes couraient de ses avant-bras jusqu'à ses biceps. Ses mains étaient posées à plat sur la table et, quand elle entra dans la pièce, il rejeta en arrière d'un mouvement de tête une masse de cheveux qui lui arrivaient aux épaules pour la regarder. Leah n'afficha aucune émotion, et ils se dévisagèrent d'un regard impassible tandis qu'elle se dirigeait vers la table et s'asseyait à côté de lui.

La pièce était tout en parpaings et moquette dans des teintes similaires de gris, les murs légèrement plus sombres que le sol. C'était un espace délibérément uniforme, conçu pour anesthésier les suspects au fil du temps. Il n'était pas question de leur donner quelque chose à regarder ni de quoi fixer leur attention. Il fallait qu'ils restent centrés sur eux-mêmes.

« Merci d'être venu, monsieur Roberts. Je suis l'inspectrice Green. » Elle fit glisser un dossier cartonné sur la table devant elle et lui tendit la main. La poigne du jeune homme était ferme, mais il n'essaya pas de lui en imposer. « Vous savez pourquoi je vous ai demandé de venir aujourd'hui ?

– Oui, dit-il. Pour aider à l'enquête.

– Vous savez ce qui est arrivé à Toya ?

– Juste ce qui a été dit aux infos. » Brad serra son poing droit et le glissa dans sa main gauche pour en faire craquer les doigts. Il avait des yeux verts perçants et le visage rasé de près. « Pour ne rien vous cacher, tout ça me semble irréel.

– Commençons par la façon dont vous vous êtes rencontrés, dit Leah.

– Nous nous sommes rencontrés au début de l'été. Elle a envoyé un e-mail à la cheffe du département...

– Susan ? » l'interrompit Leah.

Elle voulait lui faire comprendre qu'elle avait déjà parlé à des gens qui le connaissaient.

« Ouais, Susan Blaylock, la cheffe du département. Toya lui avait écrit pour savoir s'il lui serait possible d'utiliser un atelier pendant son séjour ici cet été et Susan m'a transmis son message pour voir si je pensais qu'on pouvait l'accueillir. Le département m'a en quelque sorte refourgué la responsabilité des ateliers. Apparemment c'est un cauchemar pour la plupart d'entre eux, mais j'y prends mon pied. J'aime voir ce sur quoi bossent les gamins. J'aime être au cœur de ce processus. J'ai donc rencontré Toya à la Tea House de Sylva et on a parlé. Elle m'a dit ce qu'elle mijotait et j'ai vraiment kiffé ce qu'elle essayait de faire. On n'avait rien de vraiment génial à lui proposer, sauf ce petit espace qu'avait utilisé un étudiant de troisième cycle qui venait d'avoir son diplôme. Le local avait été vidé et personne n'allait l'utiliser avant l'automne, on l'a donc installée là pour qu'elle puisse travailler.

– Sa grand-mère a dit que vous avez passé pas mal de temps ensemble. Que vous lui serviez de chauffeur en quelque sorte.

– Ouais, son SUV était mort. Pas que ma bagnole vaille beaucoup mieux. » Il inspira profondément et fit gonfler ses joues tandis qu'il soufflait, les yeux écarquillés. « Mais, ouais, je lui servais de chauffeur quand je pouvais. Surtout pour venir à l'école et repartir chez elle. Elle ne tenait pas à rentrer à pied tard le soir toute seule.

– Et vous êtes allés ensemble au palais de justice l'après-midi de la manifestation ?

– Ouais, je suis allé la chercher chez elle…

– À quelle heure ?

– Je ne sais pas. » Brad plissa les yeux et scruta le plafond comme s'il essayait de se rappeler. « 13 heures. Peut-être 13 h 30. C'était censé commencer vers 14 heures, je crois.

– Vous avez pris quelqu'un d'autre en chemin ?

– Non. Rien que nous deux.

– De quoi vous avez parlé ?

– Rien de spécial. Elle n'arrêtait pas de changer de fréquence sur la radio et de rire du fait qu'il n'y avait vraiment rien ici.

– Et vous l'avez raccompagnée chez elle après ?

– Non, dit Brad. Quand la baston a commencé, je l'ai cherchée des yeux mais elle n'était plus là. Les flics ont commencé à passer les menottes aux gens et on a foutu le camp. J'ai pensé qu'elle était rentrée avec quelqu'un d'autre.

– Qui d'autre aurait pu la raccompagner ?

– Peut-être un de ceux avec qui on était. On était quelques-uns à l'avoir aidée à creuser les tombes là-bas à l'école.

– Mais personne parmi ceux-là ne se rappelle l'avoir vue ?

– Non, dit Brad. Et j'ai parlé à chacun d'eux. On s'est retrouvés pour beaucoup d'entre nous autour d'une bière à la brasserie de Dillsboro, et personne ne se rappelait l'avoir vue. Je l'ai appelée une dizaine de fois et je suis tombé chaque fois sur sa boîte vocale. J'ai envoyé des textos.

– Vous pouvez me donner une liste de noms, et peut-être leurs numéros de téléphone ?

– Tout à fait, dit-il.

– Et ensuite ?

– Je suis passé chez moi, j'ai mangé un morceau en vitesse et puis je suis allé à l'école. Je suis resté à l'atelier jusqu'à minuit, comme d'habitude.

– Il y avait quelqu'un avec vous ? Ou sinon un enregistrement de tout ça ou un truc du genre ?

– Ouais. On remplit une feuille de présence. Je ne me rappelle pas si quelqu'un est venu travailler ce soir-là. Je tournais de l'argile. Mais il y a une feuille de présence. Et je suis sûr que la femme de ménage se souviendra de m'avoir vu. Souvent on est juste tous les deux. »

C'était une bonne chose qu'il ait un alibi qui puisse être vérifié, mais il restait la question du mobile.

« La grand-mère de Toya pensait que vous en pinciez pour sa petite-fille, et que peut-être elle ne ressentait pas la même chose à votre égard. C'est vrai ?

– Ah, ouais. » Brad laissa échapper un petit rire. « Elle était superbe et intelligente, et elle était drôle et douée. Bien sûr que j'en pinçais pour elle. Comment faire autrement ? » Il passa et repassa le bout des doigts de sa main droite sur les jointures de sa main gauche, produisant un bruit de planche à laver sourd et irritant. « Je l'ai invitée à sortir, je ne sais plus, peut-être au bout d'une semaine ou deux cet été.

– Et qu'est-ce qu'elle a répondu ?

– Elle m'a donné un coup de poing dans le bras comme si j'étais son frère ou un truc du genre. » Brad sourit et baissa la tête. « Elle m'appelait toujours "Petit Blanc".

– Ça vous a fait quoi ? Je veux dire, que vous en pinciez autant et qu'elle ne ressentait pas la même chose, que c'était juste un sujet de plaisanterie pour elle ?

– Vous voulez savoir quoi exactement ?

– Je demande ce que ça vous a fait.

– Vous voulez savoir si ça m'a mis en colère ? Vous croyez que j'aurais fait un truc pareil parce qu'elle ne voulait pas sortir avec moi ?

– Écoutez, ça n'a rien de personnel, monsieur Roberts. Nous suivons toutes les pistes que nous avons et nous posons le même genre de questions à tous ceux que nous interrogeons.

– Eh bien, non. Ça ne m'a pas mis en colère. Pas du tout. Après ça, on était amis et je savais que ça n'irait jamais plus loin, et que c'était déjà beaucoup. C'était un honneur de côtoyer quelqu'un comme elle.

– Qu'est-ce que vous voulez dire par *comme elle* ?

– D'aussi doué. Quelqu'un qui voyait les choses comme elle les voyait.

– Vous avez une arme, monsieur Roberts ?

– Non, dit-il, comme agacé par la question. Bien sûr que non. Je ne me suis même jamais servi d'une arme.

– Vous avez grandi où ?

– Je suis allé au lycée à Hendo.

– Et vous ne vous êtes jamais servi d'une arme, jamais ?

– Écoutez, mes parents sont arrivés ici de Seattle. Mon père enseigne la poésie à l'université. Ma mère possède un magasin de produits diététiques et donne des cours de yoga. Je n'ai pas vraiment grandi avec des autocollants de la NRA sur la vitre arrière de notre mini van. On mangeait local et on faisait attention à notre alimentation. J'ai été élevé par un couple de hippies qui avaient quarante ans de retard sur le mouvement de retour à la terre.

– Sa grand-mère a parlé de ce qui ressemblait à une dispute. »

Brad grimaça.

« Je ne vois pas trop de quoi elle parle. » Il tapota avec les doigts sur la table. « Est-ce que Toya lui a parlé d'un truc ?

– C'était plus quelque chose qu'elle s'est rappelé avoir vu un après-midi où vous étiez tous les deux dans la voiture. »

L'espace d'un instant, il parut se creuser la tête pour savoir de quoi il s'agissait, puis ses traits se détendirent et il hocha la tête.

« Ouais, d'accord. Elle nous a probablement vus vendredi dernier, l'après-midi avant la manifestation, mais on ne se disputait pas vraiment. Ce n'était rien.

– C'était quoi exactement ? Vous vous disputiez à quel propos ?

– Je ne dirais pas qu'on se disputait. C'était juste qu'elle ne voulait pas aller à la manifestation et je pensais qu'elle se devait d'y aller.

– Et pourquoi donc ?

– Parce qu'elle était à l'origine de ce pour quoi les gens y allaient. C'est son œuvre qui a provoqué ces réactions, et si le comté se bouge le cul et décide enfin d'agir au sujet de cette statue, ce sera grâce à ce qu'elle a fait. Elle a fini par céder. Elle m'a appelé le matin pour me dire qu'elle y allait, que c'était grâce à moi. » Ses yeux s'écarquillèrent. « Nom de Dieu, dit-il. Si c'était à refaire, je ne sais pas si je lui dirais d'y aller.

– Et pourquoi donc ?

– Comment ça pourquoi ? Ce sont ces gens qui lui ont fait ça.

– Qu'est-ce qui vous fait croire ça, monsieur Roberts ?

– Mais qui d'autre aurait fait un truc pareil ? Putain, mais qui d'autre aurait autant de haine dans le cœur pour faire un truc pareil ? »

Leah n'avait pas encore abattu son plus bel atout. Elle posa sa main à plat sur le dossier qui était sur la table. Elle voulait lui montrer quelques photographies de la scène de crime pour juger de sa réaction. Elle savait qu'en procédant ainsi elle n'y allait pas de main morte, et que ça pouvait faire pencher la balance d'un côté comme de l'autre. La réaction du jeune homme pouvait révéler un défaut dans la cuirasse, mettre à nu un éventuel point faible. Mais s'il n'était pour rien dans ce qui s'était passé, c'était l'exposer à quelque chose de traumatisant. Des clichés semblables à ceux qui se trouvaient dans ce dossier pouvaient vous coller à la peau, affleurer sans cesse à la surface pour le restant de vos jours. Elle le savait d'expérience.

« J'aimerais vous montrer quelques photographies, dit-elle.

– De quoi ?

– De Toya. J'aimerais vous montrer quelques clichés pour que vous sachiez ce qui lui est arrivé. Vous seriez d'accord ?

– Non. » Brad prit l'air dégoûté et secoua la tête. Il repoussa ses cheveux derrière ses oreilles. Une mèche en forme de faucille retomba sur son front. « Si vous n'y voyez pas d'inconvénient, je ne veux pas voir une seule photo de ce qui lui est arrivé.

– Pourquoi ?

– Comment ça, pourquoi ? Parce que je ne veux pas voir un truc pareil. » Il changea de position et croisa les bras sur la poitrine. « Je ne veux pas voir ce qui lui est arrivé. C'est morbide. Qui aurait envie de voir ça ? Je préfère me souvenir d'elle telle qu'elle était. Un peu gauche et en train de rire. Toujours en train de chanter. C'est comme ça qu'elle était, même en allant en ville, et c'est de cette façon que je préfère me souvenir d'elle. »

Leah ne put s'empêcher de penser que ce qu'il disait était sincère. Bien sûr, quelqu'un capable de tuer serait vraisemblablement en mesure de mentir ainsi, au moins pendant un temps, jusqu'à ce que le poids d'un tel fardeau le brise en deux. Toutefois, il avait un alibi, et ce n'était pas une connerie du genre je-suis-rentré-chez-moi-et-j'ai-joué-à-des-jeux-vidéo. Il y avait des pistes qu'elle pouvait suivre pour vérifier les faits. Il avait des noms et des numéros de téléphone. Il y avait des gens qui avaient été avec lui et des documents prouvant qu'il se trouvait ailleurs à ce moment-là.

« Vous pensez qu'on peut se procurer ces feuilles de présence auprès de l'école ?

– Absolument. On peut y aller tout de suite. »

Brad n'arrêtait pas de regarder le dossier sur la table et Leah le fit glisser sur ses genoux.

« Allons-y », dit-elle.

L'inspectrice se leva et se dirigea vers la sortie. Elle lui tint la porte pour le laisser passer et le suivre dans le couloir, mais quand il arriva sur le seuil il s'arrêta et prit la parole.

« Vous voulez voir ?

– Quoi donc ? »

Elle crut qu'elle avait peut-être raté quelque chose, car elle n'était pas sûre de savoir de quoi il parlait.

« Vous voulez voir ? répéta-t-il.

– Voir quoi ?

– Ce sur quoi Toya a travaillé tout l'été. Vous voulez voir ? Je ne sais pas si ça pourrait vous aider en quoi que ce soit, mais...

– Oui, dit Leah tandis qu'elle éteignait la lumière et fermait la porte derrière elle. Absolument. »

29

Les murs étaient saturés de photographies. L'atelier où Toya avait passé l'été à travailler mesurait peut-être deux mètres cinquante sur trois mètres cinquante et le plafond lui-même en était recouvert, de sorte qu'il y avait bien trop d'images pour toutes les saisir à la fois.

Leah se concentra sur le mur de gauche. Il s'agissait pour l'essentiel de photos noir et blanc de bâtiments et de groupes composés de nombreuses personnes. Elle reconnut quelques endroits. Il y avait l'ancienne River View Baptist Church avec son bardage et son clocher singuliers, la partie supérieure triangulaire de ses fenêtres assortie à la forme des outeaux. L'édifice se dressait toujours à l'écart de North River Road et la plupart des gens ne savaient même plus que ce bâtiment avait été une église ; il n'en restait qu'une coquille décrépite abandonnée au temps et au kudzu.

Il y avait également des photos d'autres églises, Liberty, Zion et une qu'elle ne reconnaissait pas, car elle avait brûlé au début des années 1980 quand elle était encore trop jeune pour s'en souvenir. Il y avait des groupes de gens en train de cuisiner et de rire, des couples debout devant des voitures, des familles alignées avec le sourcil bas et le visage impassible, une foule de plus d'une centaine de personnes rassemblées au bord d'un ruisseau pour un baptême.

Quand elle se tourna vers le mur de droite, elle découvrit une bonne dizaine de photos, toutes de la même femme. Des tirages de formats différents, accolés de sorte que l'un entrait directement en contact avec le suivant, certains se chevauchant. Sur l'un des clichés, la femme souriait. Sur un autre elle était résignée. La panoplie complète des émotions humaines était captée dans cette série, les rires, les pleurs, la profondeur des choses. Le mur juste devant avait une fenêtre en son centre qui éclairait d'une lumière déconcertante la pièce plongée dans l'obscurité. Autour de cette fenêtre, les mêmes photos se répétaient, mais cette fois elles étaient recadrées de façon que seul le sourire ou seuls les yeux prennent toute la place. Un petit bureau formait un coude avec une table plus longue disposée le long du mur.

La table était couverte de blocs d'elle ne savait trop quoi qui ressemblaient à de gros morceaux de stéatite ou de craie, chacun ayant à peu près la taille et la forme d'un ballon de football américain fendu dans le sens de la longueur, de sorte qu'ils semblaient flotter là tels des bateaux renversés. Leah se dirigea vers la table et, quand elle baissa les yeux, le visage de la jeune femme s'y trouvait sous la forme d'un bloc de plâtre, une série d'expressions figées comme autant de masques mortuaires. Découvrir le visage de Toya la prit au dépourvu.

« Qu'est-ce que c'est ? demanda-t-elle.

– Ce sur quoi travaillait Toya. Le sujet de sa thèse.

– Mais qu'est-ce que c'est ? » redemanda-t-elle.

Brad frôla Leah en passant et prit un des moulages qui se trouvaient sur la table. Il en effleura le contour du doigt comme s'il suivait le bord d'un bol.

« Toutes ces photographies viennent du comté de Jackson, dit-il. Et cette série-là sur le mur, c'est son arrière-grand-mère. La mère de Mme Jones. Bird. Ce qu'elle essayait de faire, c'était d'en saisir les expressions. Il y en a dix en tout et elle a travaillé tout l'été à essayer d'obtenir les bons moulages. On avait enfin réussi à maîtriser à peu près le procédé. Elle n'en avait pas encore parlé à Vess, mais elle avait l'intention de faire la même chose avec sa mère et sa grand-mère pour obtenir cette série de trois générations, quatre générations si on inclut les photos, de la même lignée et des mêmes expressions. »

Leah avait du mal à suivre ce qu'il essayait de lui expliquer. C'était conceptuel et son cerveau ne s'était jamais livré à un tel exercice. Elle était tactile. Elle était cartésienne.

« Qu'est-ce qu'elle allait faire avec ça ?

– Eh bien, c'est ça le truc. » Brad reposa le moulage sur la table et regarda par la fenêtre avec un drôle de sourire. « À son arrivée à l'université, elle était céramiste comme moi, et j'ai donc essayé de la convaincre qu'elle n'avait pas besoin de faire autre chose, qu'elle pouvait les vernisser tels quels, ou peut-être en faire des récipients et suivre en quelque sorte la tradition de ces montagnes de façonner des pichets de visage, d'en décliner toute une série. » Il laissa échapper un petit rire. « Elle a trouvé que c'était la chose la plus stupide qu'elle ait jamais entendue. Voilà ce qu'elle m'a dit : "C'est idiot, Petit Blanc." Alors je me suis contenté de la fermer et d'écouter. »

Il éclata de rire.

« Quelle était donc son intention ?

– Elle allait les fondre en bronze. Elle allait faire une énorme sculpture et la fondre en bronze. Elle avait cette idée folle de réutiliser un vieux monument. D'amener une ville à déboulonner une statue comme le soldat de Sylva pour la fondre et la recouler sous une forme nouvelle.

– Et vous croyez sincèrement qu'elle aurait pu y arriver ?

– Absolument. Enfin, peut-être pas avec la statue d'ici, mais elle aurait déniché quelqu'un susceptible d'adhérer à son projet. Elle savait trouver les mots. On ne pouvait pas lui dire non. » Il parcourut la table du regard et s'arrêta sur un grand carnet de croquis où Toya avait esquissé son projet. « Elle retraçait ses origines, d'où elle venait et de qui elle descendait, mais ça allait bien plus loin. Elle retraçait la lignée des émotions, comme quelque chose d'aussi subtil et essentiel qu'un sourire. »

Leah s'appuya à la table et examina soigneusement les moules. Elle associa ensuite l'expression de chacun aux photographies sur le mur qui les avaient inspirés. Quand elle eut terminé et que l'image se matérialisa lentement, elle fut abasourdie par la beauté et la puissance d'une telle idée. Épousant du bout des doigts la forme d'un des moulages, elle ferma les yeux et se concentra sur les arêtes du nez, les fossettes et les lèvres. À ce moment-là, elle eut du mal à respirer.

« Maintenant vous comprenez pourquoi je ne voulais pas regarder vos photos. »

Quand il parla, ses paroles rompirent la transe de courte durée qui s'était emparée de Leah. Brad tendit le bras et prit un des moulages en plâtre sur la table.

Les yeux de Toya étaient plissés et saillaient tels des croissants sur ses joues, son sourire s'élargissait en une expression qui curieusement semblait porter un son.

« Elle était belle. » Sa voix se brisa en disant cela et, quand il regarda Leah, il avait les larmes aux yeux. « Tout ce que je sais, c'est qu'elle était belle. Et quand je dis ça, je l'entends au sens le plus profond du mot. Il y a très peu de personnes qui naissent avec un tel esprit. »

30

De l'autre côté de Moody Bridge, une route coupait à droite pour suivre la rivière en direction de Caney Fork. Des hirondelles noires voltigeaient au-dessus de l'eau et, dans un ourlet du courant au beau milieu de l'onde, Coggins crut apercevoir une truite gagner la surface pour se nourrir. Cette partie de la rivière avait toujours été poissonneuse mais, pour l'heure, il faisait bien trop chaud pour pêcher.

Tim McMahan habitait une jolie propriété juste au-dessus de la route, dans une maison modulaire érigée sur des fondations en blocs de béton peints. Il n'y avait pas d'arbres d'ombrage et le soleil tapait sur son dos couvert de taches de rousseur tandis qu'il versait un litre d'huile de moteur dans le petit Mazda rouge, le seul pick-up qu'il ait jamais possédé. Quand il eut terminé, il s'essuya les mains sur un chiffon graisseux et secoua quelques courroies pour en vérifier la tension. Il n'entendit pas Coggins arriver, pas plus qu'il ne le vit traverser le jardin.

« Il brûle de l'huile ? »

McMahan sursauta en entendant la voix du shérif. Celui-ci s'approcha du compartiment moteur et y jeta un œil. On aurait dit que le petit quatre-cylindres avait été prélevé sur une tondeuse à gazon ou un kart.

« Non… non, il ne brûle pas d'huile », bredouilla McMahan. Il avait les cheveux coupés en brosse, une fane de carotte clairsemée en passe de rendre l'âme. «Y a quelque chose que je peux faire pour vous, shérif ?

– Je suppose que tu as appris ce qui est arrivé à Ernie Allison.

– Non, monsieur. Je crains que non. » Il décrocha la béquille du capot et le laissa s'abaisser doucement. Quand celui-ci eut presque terminé sa course, il appuya dessus et laissa le poids faire le reste. Il se retourna et s'adossa à l'avant du pick-up de façon à être face au shérif. « Attendez, vous parlez de ce qui s'est passé entre lui et Nick Lovedahl ? J'ai...

– Non, je ne parle pas de ça.

– Alors, non, monsieur. Je ne sais pas de quoi vous parlez. »

Coggins eut du mal à croire qu'il n'avait pas regardé l'une des chaînes locales ni entendu quelqu'un en parler en ville. Tout le comté était en effervescence à cause de ce qui était arrivé à Ernie et Toya.

« Avant-hier matin, un type a trouvé Ernie passé à tabac sur la voie rapide.

– Qu'est-ce que vous dites ?

– Le mec s'arrête sur le parking pour pisser et trouve Ernie étendu là, le crâne explosé. Tu n'as pas la télé chez toi ? Tu ne regardes pas les infos ?

– Je n'étais pas là, shérif. J'ai pris quelques jours de congé et j'ai emmené les gosses camper et pêcher à Hazel Creek avant que l'école reprenne. Je suis rentré ce matin. »

Coggins regarda la porte d'entrée, où trois ou quatre cannes à pêche étaient appuyées contre la balustrade. Une boîte de pêche était posée sur le porche.

« Il va bien ?

– Ils ne se prononcent pas, dit Coggins. Son état est stable. Mais il a un œdème au cerveau.

– Merde, shérif. Je ne savais pas.

– Eh bien, c'est ce qui m'amène.

– Pardon ? »

McMahan dit cela comme s'il posait une question.

« Ernie m'a dit que vous vous étiez un peu embrouillés la semaine dernière à la station-service. Je pensais que tu pourrais peut-être me dire pourquoi.

– Vous voulez qu'on rentre à l'intérieur pour être au frais ? » Il s'épongea le front. Ses épaules étaient rouges et brûlées par le soleil. « Je crois que ma femme a mis du thé au frigo.

– Je n'en ai pas pour longtemps, dit Coggins. Je me demandais juste si tu pouvais me dire à propos de quoi vous vous disputiez.

– Pour rien, vraiment. Il m'avait donné un coup de main sur une arrestation. Je suppose qu'il n'a pas aimé ma façon de gérer ça. Il pensait qu'on aurait dû faire autrement. C'est tout.

– Ce n'est pas exactement ce qu'il a dit. » Coggins le sondait. « D'après ce qu'Ernie m'a raconté, vous aviez trouvé quelque chose dans cette voiture. »

Le visage de McMahan devint livide.

« Je ne sais pas de quoi vous parlez, shérif.

– Je crois que si. Je crois que tu sais très exactement de quoi je parle. En y réfléchissant, l'endroit où il a atterri me fait penser que ces deux choses pourraient bien être liées. En fait, je suis prêt à parier que cet endroit n'est pas sans rapport avec le carnet que vous avez trouvé dans la voiture, celui qui a disparu comme par magie.

– Qu'est-ce que vous voulez dire par "où il a atterri" ?

– On l'a retrouvé à la Confederate Veterans Memorial Forest. Ça ne ressemble pas à une coïncidence. Ça ressemble à un message, tu ne crois pas ? Où je veux en venir, c'est que je suis convaincu qu'il a démasqué des gens qui n'ont pas apprécié de voir leurs noms ainsi divulgués. »

La gravité de ce qu'insinuait le shérif tomba sur McMahan comme un arbre abattu. Son visage s'affaissa et il eut l'air terrifié. La porte de la maison s'ouvrit et un petit garçon de quatre ou cinq ans passa la tête.

« Maman a dit de te dire que le déjeuner est prêt », lança-t-il à son père, mais celui-ci avait les yeux rivés sur Coggins.

Le shérif sourit et le gamin baissa la tête, cachant un regard malicieux derrière sa main.

« Dis-lui que j'arrive dans une minute. »

Le petit garçon rentra dans la maison et la porte se referma. Les cigales s'égosillaient dans les arbres au bord de la rivière. Il n'y avait pas un souffle d'air.

Tim McMahan se dirigea vers le porche et attrapa un tee-shirt et une casquette de base-ball qui étaient accrochés au poteau du palier. Il enfila le tee-shirt et se passa la main sur le sommet du crâne pour enlever la sueur avant de mettre sa casquette.

Il s'était assis sur les marches et le shérif s'approcha, si bien qu'il le dominait de toute sa hauteur quand il prit la parole.

« Tu sais, c'est comme le dit le proverbe. Le mal triomphe quand l'homme de bien ne fait rien, ou un truc du genre. » Coggins fourra sa main dans la poche de son pantalon et fit cliqueter ses clés. « Bon, je ne suis pas là parce que je crois que tu as quelque chose à voir avec ce qui est arrivé à Ernie. Je suis là pour découvrir pourquoi tu as menti au sujet de ce carnet et de ces noms. Tu as une chance de faire ce qui est juste. Tout ce que je veux savoir, c'est ce que tu as trouvé et qui t'a dit d'étouffer l'affaire. »

McMahan fixa le jardin d'un air absent quand il se mit à parler. Il ne regarda pas une seule fois le shérif pendant qu'il expliquait ce qui s'était passé cette nuit-là, comment ils avaient répondu à un appel pour ébriété et trouble à l'ordre public devant Harold's et comment, à son arrivée, il avait trouvé l'étranger endormi dans la voiture. Il parla à Coggins de ce qu'ils avaient découvert au cours de la fouille, de la tunique, du carnet et du pistolet. Et tandis que Tim McMahan confirmait tout ce qu'Ernie lui avait dit ce jour-là dans son bureau, le shérif tourna et retourna dans sa tête les noms qu'il avait cités.

« J'ai débauché le lendemain matin et vers midi j'ai reçu un coup de fil de mon lieutenant qui voulait que je revienne au poste. Il n'a pas dit à quel sujet c'était et, comme il y avait des bruits de licenciements qui couraient, j'ai eu peur que ça ait quelque chose à voir avec ça. Mais quand je suis arrivé, il m'a annoncé que l'homme que j'avais arrêté la nuit précédente avait été relâché et les charges abandonnées. Il n'a pas dit pourquoi et au début j'ai cru que j'avais fait une erreur, mais il a précisé qu'il avait lu mon rapport, et qu'il voulait juste que je sache que ce n'était pas un truc que j'avais fait.

« Bon, je n'avais rien mentionné dans mon rapport concernant ce qu'on avait trouvé dans la voiture, à l'exception du flingue, puisque je n'avais rien pris d'autre comme preuve, mais j'en avais touché un mot à un autre policier au changement d'équipe, et je suppose que c'était remonté à mon lieutenant. Il m'a dit de ne plus en parler. Il a dit qu'à partir de maintenant, ce n'était jamais arrivé.

– Et ça ne t'a pas paru bizarre ?

– Bien sûr que si. Je n'arrêtais pas de penser que le nom et le numéro de téléphone du chef figuraient sur cette liste, mais j'aurais dit quoi ? Que ça vous plaise ou non, c'est pour lui que je travaille. Et c'était mon supérieur qui me disait de laisser tomber. »

Coggins ne répondit pas.

« Écoutez, shérif, je savais que quelque chose clochait, mais j'ai deux petits à la maison et un autre en route pour l'automne. C'est à peu près le seul boulot qu'on trouve aujourd'hui où il y a de vrais avantages, du moins le seul pour lequel je suis fait. Je pourrais peut-être continuer de bosser pour le comté ou trouver un boulot de merde à la papeterie, mais j'aime ce que je fais. J'aime ce boulot et j'aime aider les gens.

– Est-ce que par hasard il t'a dit qui lui avait demandé de t'appeler ?

– Comment ça ?

– Je suppose que cet ordre est venu d'en haut, alors quand ton lieutenant t'a ordonné ça, est-ce que par hasard il a dit pourquoi ?

– Non », dit McMahan. Il sortit une boîte de Copenhagen Long Cut de sa poche, l'ouvrit mais n'y toucha pas. « J'ai supposé que ça avait un rapport avec Holt. Enfin, c'est le nom du chef qu'on avait vu. Ça semble logique qu'il ait voulu étouffer ça.

– Tu vois autre chose, un truc qu'il aurait pu dire ou d'autres noms qui auraient pu te faire tiquer cette nuit-là ?

– Non, monsieur. » McMahan secoua la tête. Il ouvrit la boîte et pinça une boulette de tabac entre ses doigts. « Vous ne pensez quand même pas que le chef puisse être impliqué dans ce qui est arrivé à Ernie ?

– Je n'en ai aucune idée, fiston, dit Coggins. Mais tant qu'Ernie ne se réveille pas, on n'a pas vraiment de piste. Comme je te l'ai dit, je ne crois pas que ce soit une coïncidence qu'on l'ait trouvé là où on l'a trouvé. »

McMahan plaça le tabac sur sa lèvre puis le poussa avec la langue dans le creux de sa joue. Il regarda fixement la rivière comme s'il s'abîmait dans sa contemplation.

« Si tu penses à autre chose, tu me passes un coup de fil, d'accord ?

– D'accord, shérif. »

McMahan se leva et lui tendit la main, mais Coggins s'était déjà retourné pour regagner son pick-up.

« Shérif ! » appela-t-il quand celui-ci fut à mi-chemin.

Coggins s'arrêta.

« Si jamais un poste se libère, j'aimerais avoir la chance de travailler pour vous. »

Le fait qu'il ait le culot d'énoncer une telle demande à ce moment-là heurta Coggins au plus haut point. Le shérif rebroussa chemin, car il tenait à ce que ce qu'il allait dire ne soit pas pris sur le ton de la plaisanterie.

« Tu sais, je suis généralement assez doué pour cerner les gens, Tim, mais je me suis planté une ou deux fois. J'ai fait des erreurs et parié sur des types à qui je n'aurais sans doute pas dû faire confiance. Mais si on laisse assez de temps à quelqu'un, il montrera presque toujours son vrai visage. Parfois, c'est surprenant. »

McMahan afficha un air idiot tandis qu'il essayait de décrypter ce que le shérif voulait dire, mais Coggins tenait à ce que les choses soient claires.

« En fait, Tim, tu m'as déjà montré qui tu es. » Coggins le dévisagea jusqu'à ce que McMahan détournât les yeux. « Je ne m'attendrai pas à un coup de fil. Voilà ce que je veux dire. »

31

Près de deux cents personnes se rassemblèrent au centre-ville pour la veillée aux chandelles. Tous ceux de Zion, ses amis proches et une bonne dizaine de visages familiers qu'elle reconnut comme étant de Liberty Baptist avaient répondu présent, mais la foule était en majeure partie composée de gens que Vess ne connaissait pas. Certains étaient vêtus de noir, comme pour une veillée mortuaire, d'autres donnaient l'impression d'être venus tout droit du travail, de chez eux, ou d'avoir momentanément échappé à leur routine pour être là. Tous les visages affichaient un regard solennel et tous se tenaient là en silence comme s'ils attendaient des instructions.

Ils s'étaient rassemblés à l'endroit où s'était déroulée la manifestation. Cinq chaises faisaient face à la foule, un pupitre et un microphone étaient disposés sur la gauche. Le shérif était assis à un bout, une chaise vide à côté de lui. Il avait passé toute la journée avec la famille et, même s'il n'était pas du genre à laisser transparaître ses émotions, il avait semblé au bord des larmes dès l'instant où il était entré dans la maison. Coggins portait un costume noir avec une chemise blanche et une cravate rouge. Il était penché en avant, les coudes appuyés sur les genoux, le visage impassible tandis qu'il regardait fixement devant lui l'autre côté de la ville, les yeux fatigués et injectés de sang. Vess était assise avec sa fille d'un côté et sa meilleure amie, Lula Shepherd, de l'autre. Le révérend se tenait sur l'estrade, son allocution à présent presque achevée.

C'était un jeune pasteur d'une quarantaine d'années nommé Carson Tillman. Ses cheveux ondulaient en vagues et brillaient telle de l'eau noire à la lumière des réverbères. Sa barbe était taillée de près et épousait ses traits anguleux, le tout au cordeau comme s'il sortait de chez le barbier. Tillman affichait en permanence un petit sourire, ses yeux noirs constamment en mouvement. La plupart du temps, il portait un pantalon, une chemise blanche et un gilet à carreaux en laine, mais rarement une cravate. Il ne fermait jamais son col et chantait le dimanche matin avec l'une des plus belles voix que Vess eût jamais entendues.

Elle sentit une main toucher la sienne et, sans se retourner, sut que c'était celle de son amie. Lula Shepherd portait une jupe bleu sarcelle qui lui arrivait juste au-dessous des genoux, une veste vert foncé et un chapeau assorti à sa jupe. Un lourd collier en or pendait jusqu'au creux de sa poitrine et ressortait sur son chemisier noir.

Lula s'asseyait à côté de Vess depuis des années le dimanche à l'église, lui faisait face à table quand elle était sa partenaire à atout pique du temps où leurs maris étaient encore en vie et qu'ils se retrouvaient pour jouer aux cartes les vendredi et samedi soir. Vess se tourna pour regarder sa meilleure amie et fut frappée de la trouver si vieille – les rides, le léger affaissement de ses épaules tandis que son dos se voûtait, la peau parcheminée de ses mains. Elles n'avaient que trois mois de différence, et Vess fut alors troublée de penser que l'âge n'avait pas dû l'épargner elle non plus.

À présent, presque tous les dimanches à l'église, Vess et Lula représentaient à elles seules un tiers de leur congrégation. Si autrefois près d'une centaine de personnes remplissaient les bancs, désormais, avec un peu de chance, il y en avait entre six et dix. Dans l'ensemble, les enfants étaient partis, certains par choix, d'autres chassés par la gentrification rurale et la raréfaction des emplois. Peu importait la raison de leur départ, Vess et Lula étaient les dernières d'une génération, et cette génération la dernière de cette communauté. Quand elles ne seraient plus là, voilà ce qui resterait, un mode de vie et un peuple scintillant tel un météore.

Quand le révérend eut terminé son allocution, il vint s'asseoir entre le shérif et Dayna. Il enroula les feuilles qu'il tenait à la main en une petite batte, puis croisa les jambes. Dayna se leva et s'approcha lentement du pupitre. On lui avait dit que rien ne l'obligeait à prendre la parole, que rien ne l'obligeait à venir si elle ne le voulait pas, mais elle avait insisté sur le fait que si les gens se rassemblaient en mémoire de son enfant, alors elle se devait d'être là.

La plupart du temps, elle portait des vêtements sombres, des tailleurs-pantalons et des jupes crayon ternes. Elle disait que le but n'était pas d'attirer l'attention dans la salle d'audience, qu'il fallait que les preuves et les arguments parlent d'eux-mêmes. Mais ce soir elle était vêtue d'un chemisier sans manches couleur mandarine et d'un pantalon taille haute ajusté aux hanches, ample et fluide le long des jambes, resserré aux chevilles. Le pantalon était taillé dans un léger tissu en chanvre couleur avoine qui semblait flotter quand elle marchait. C'était une tenue qui portait la griffe de Toya, et cela se voyait. Dayna chatoyait tel un asphodèle devant la foule.

« Pendant que j'étais assise à écouter le révérend Tillman, je ne savais pas exactement ce que j'allais dire, ni même si j'allais dire quoi que ce soit, et honnêtement je ne sais toujours pas quoi dire. Mais une chose me touche, c'est que beaucoup d'entre vous, probablement la plupart d'entre vous, ne connaissaient pas ma fille. Et pourtant vous êtes là. Vous êtes là, et c'est un témoignage de qui elle était. C'est un témoignage de ce qu'elle était et du pouvoir qu'elle exerçait sur les autres. Vous ne pouviez pas être à côté d'elle, vous ne pouviez pas être dans la même pièce et respirer le même air, et ne pas sentir sa présence. Toya a irradié cette sorte d'énergie toute sa vie. Elle était incandescente, et être près d'elle c'était être imprégné de cette chaleur.

« J'ai donc décidé que ce que je voulais faire ce soir, c'était vous parler d'elle afin que vous puissiez repartir en ayant appris à la connaître un peu mieux. »

Dayna posa la paume de ses mains sur le pupitre. Elle regarda le ciel un instant avant de poursuivre. Le soleil était presque couché si bien que, le long de la ligne de crête, l'horizon était bordé d'un blanc tirant sur le bleu, qui s'assombrissait progressivement, les premières étoiles commençant à peine à percer la nuit. L'assistance était réunie à la lueur des réverbères qui venaient de s'allumer et bourdonnaient pendant que leurs ampoules se réchauffaient à l'intérieur des globes de verre ondulé.

« Tout le monde a déjà entendu ou posé cette question, j'en suis sûre, reprit-elle. On demande à un enfant ce qu'il veut être quand il sera grand et on est à même d'entendre tout et n'importe quoi. Un jour un petit garçon m'a dit qu'il voulait être strip-teaseur. »

Quelques personnes dans la foule pouffèrent et Dayna sourit brièvement.

« Mais dès que Toya a su parler, elle a voulu être une artiste. C'est ce qu'elle a dit. Et la différence entre elle et la plupart des enfants, c'est que c'est très exactement ce qu'elle est devenue.

Comme si elle avait su dès le départ ce pour quoi elle avait été envoyée ici-bas, comme si c'était une vocation… »

Ses paroles devinrent inaudibles quand un gros Dodge diesel à doubles roues arrière et aux vitres teintées surgit en rugissant sur la route de Dillsboro. Deux drapeaux claquaient et fouettaient l'air à l'arrière, fixés de part et d'autre du hayon. Le conducteur fit hurler le moteur, si bien que Dayna fut forcée de s'interrompre. Elle baissa les yeux sur le pupitre et se balança lentement d'un côté à l'autre, tout en se mordant la lèvre et en attendant de pouvoir poursuivre. Vess s'efforça de lire ce qui était écrit sur l'un des drapeaux tandis que le pick-up ralentissait derrière une file de voitures arrêtées à un feu.

C'était un drapeau américain avec une croix centrée entre deux fusils d'assaut, les mots « DIEU, ARMES, TRUMP » écrits en haut et en bas. De l'autre côté, les étoiles et les bandes ployaient mollement. Le feu passa au vert et le conducteur écrasa le champignon pour libérer un nuage de fumée noire dans l'air et sur l'assemblée. L'instant suivant, le pick-up était parti, et la foule ondula pesamment et murmura avant de se calmer. Vess n'était pas certaine que sa fille allait ajouter quelque chose mais, sans attendre, Dayna reprit là où elle s'était arrêtée comme si rien ne s'était passé.

« Je me souviens du jour où elle est née et où le docteur me l'a mise dans les bras pour la première fois. Il m'a regardée et a dit "Cette enfant a quelque chose de spécial", et sur le moment j'ai cru qu'il disait ça à toutes les mères qui venaient d'accoucher, mais plus le temps passait et plus j'étais convaincue que ce n'était pas le cas. Je pense qu'il était sincère. Je pense qu'il a ressenti exactement la même chose que ce que vous ressentez, vous tous qui êtes là ce soir. Elle était spéciale. Elle était incandescente et on ne pouvait pas s'empêcher de vouloir être près d'elle... »

Tout à coup, le diesel fut de nouveau sur eux. Le conducteur avait fait le tour du pâté de maisons. Le feu n'était pas au rouge mais le pick-up s'arrêta à côté de la foule et fit vrombir son moteur jusqu'à donner l'impression que des pétards explosaient çà et là, crachant chaque fois de la fumée d'un pot d'échappement de la taille d'un ballon de basket tandis que le turbo allait *crescendo*, rugissait. Les gens se couvrirent le visage avec les mains. Ils se protégèrent les yeux et fourrèrent le nez dans leurs chemises pour ne pas avoir à respirer ou être aveuglés par les gaz d'échappement.

Le shérif se leva d'un bond et s'élança vers le véhicule, mais Vess ne le vit pas, elle était dans un état second et sa tête bourdonnait. La vieille dame ôta ses chaussures. Elle retira ses boucles d'oreilles et les posa par terre, puis replia sa chaise de façon à pouvoir la transporter. Elle jeta un coup d'œil à Lula Shepherd, qui était assise les jambes croisées et les mains posées sur les genoux, avec sur le visage l'air de savoir ce qui allait arriver.

Quand Vess passa devant le shérif, il essaya de l'agripper par l'épaule mais elle se dégagea d'un coup sec, le repoussant de la même façon qu'elle écarta tout le monde autour d'elle, avec une telle brusquerie qu'ils furent aussitôt séparés et qu'il n'eut d'autre choix que de lui crier de s'arrêter. Vess n'entendait plus rien et, tandis qu'elle s'approchait du pick-up dont le moteur se mit à hurler, elle prit son élan et balança la chaise de toutes ses forces dans la fenêtre latérale, et alors on aurait dit qu'elle avait lancé un bâton de dynamite. La vitre explosa, le verre vola en éclats et retomba comme une pluie de sable. À ce moment-là, il n'y eut plus qu'un sifflement dans ses oreilles.

Elle regarda à l'intérieur de la cabine, où deux adolescents étaient tapis bouche bée, tous les deux morts de trouille et muets. Tout à coup, cela la frappa, ce qu'elle avait fait, son esprit ayant été totalement vide jusque-là. Ses épaules s'affaissèrent, et la chaise heurta le bitume avec un bruit sec en retombant. Le conducteur ne devait pas avoir plus de seize ans, et tandis que leurs regards se croisaient, son visage devint d'un blanc spectral ; on aurait dit qu'il allait fondre en larmes. Vess était tellement remontée que le souffle lui manqua.

« Nom de Dieu, Vess ! »

Le shérif posa sa main sur son bras et, quand il la toucha, elle faillit s'évanouir.

Les gens se mirent à bouger et à murmurer derrière elle, le diesel tournant toujours au ralenti, puis, brusquement, elle ne put en supporter davantage et ses jambes se dérobèrent. Vess trébucha en reculant de quelques pas et, quand elle atteignit le trottoir, elle s'effondra les jambes repliées sous elle, le monde brouillé et à fleur de sol. Cela faisait une éternité qu'elle n'avait pas éprouvé une telle rage.

32

La route serpentait à travers des pâturages accidentés, des petits champs de genêts à balais et de foin reliés les uns aux autres par des sentiers de tracteur tracés à travers de grands bois. Au fil du temps, la situation s'était avérée pratiquement intenable tant pour les fermiers que pour le bétail. Les Coggins vivaient ici depuis six générations, dans la communauté de Savannah du comté de Jackson, où la ville de Cowee avait abandonné une partie de ses coteaux aux lauriers des montagnes et aux parois rocheuses.

Eupatoires et verges d'or s'inclinaient le long du fossé, les mauvaises herbes se balançaient brièvement au passage de la voiture de Leah et la poussière tourbillonnait dans son sillage. La ville avait mis quelques jours à leur remettre les images des manifestations prises par les caméras piétons. À vrai dire, elles n'étaient pas d'une grande aide. L'avantage, c'était que ces caméras étaient en réseau, si bien que dès qu'un premier policier avait commencé à enregistrer, ses collègues présents sur les lieux s'étaient retrouvés connectés. L'inconvénient, néanmoins, c'était qu'il y avait eu bien trop de monde, bien trop de bousculades et de confusion pour en tirer quelque chose. Ce que l'on voyait, c'était Coggins qui, au dernier moment, dévalait l'escalier devant la foule.

La caméra d'une banque voisine avait enregistré le reste des incidents. Elle était inclinée vers le haut de la rue et était donc orientée droit sur la fontaine, où l'émeute avait éclaté. Le shérif Coggins se tenait entre les deux groupes et, au moment où la foule dévala la colline, il partit en courant comme s'il fuyait devant une avalanche. Arrivé au pied de l'escalier, il lutta pour se frayer un passage avant de disparaître dans la multitude, puis les deux groupes fusionnèrent en une masse vibrionnante impossible à démêler. Mais alors que les manifestants en venaient aux mains, le shérif réapparut, portant Toya Gardner sur une épaule. Il l'éloigna de la foule pour la mettre en sécurité et, une fois à l'écart, la déposa à terre, puis tous deux disparurent à gauche du cadre dans Keener Street.

Leah passa cet extrait de la vidéo une dizaine de fois – en zoomant, au ralenti, en accéléré. Les détails ne laissaient aucune place au doute. Par la suite, quand elle regarda les images de la webcam du *Sylva Herald* au bas de la rue, le pick-up de Coggins apparut et, comme il passait, elle distingua quelqu'un sur le siège passager à côté de lui. L'angle de la prise de vue ne permettait pas de l'affirmer avec certitude, mais il semblait bien qu'elle était avec lui. Coggins était la dernière personne identifiée en compagnie de Toya Gardner encore en vie.

Le shérif vivait dans un ranch de brique d'un étage qui se déployait sur le rebord d'une colline. L'allée débouchait devant la maison, puisqu'il n'y avait pas de place derrière vu que la pente était aussi raide que le museau d'une mule. Quelques marches menaient au porche et, alors que Leah passait devant, elle vit la femme de Coggins battre la poussière d'un tapis avec un balai. Une petite grange se dressait de l'autre côté de la maison, précédée d'un parking en gravier, et c'est là qu'elle se gara.

La femme de Coggins, Evelyn, portait une salopette Key remontée à mi-tibias, sur un tee-shirt dont les manches s'arrêtaient juste en dessous des épaules. Elle était pieds nus et ses bras bronzés avaient la couleur du liège.

« Ma parole ! Serait-ce Leah Green ? » Elle afficha un large sourire. « Rentrons à l'intérieur, dit-elle. Ça grouille de guêpes toute la journée. À cette époque de l'année, on dirait qu'elles sont comme folles. »

Dans la cuisine, elle leur fit du café et elles rattrapèrent le temps perdu car elles ne s'étaient pas vues depuis longtemps. Elles parlèrent des gens qu'elles connaissaient. Evelyn raconta à Leah comment Jerry Watson avait été pris en train de tromper sa femme, et l'inspectrice lui raconta comment la femme de Watson avait été surprise en train de voler de la viande à Ingles. Elle avait fourré tout un rôti de mandrin sous sa robe et essayait de le garder coincé entre ses cuisses. Selon le gérant, elle avait parcouru l'allée en se dandinant tel un pingouin.

Elles rirent et prirent leur café. Coggins n'était nulle part.

« L'autre soir, il est rentré après tout ce bazar à l'hôpital avec Ernie et il avait acheté une bouteille de whisky. » Evelyn marqua une pause et regarda son interlocutrice d'un air soucieux. « Leah, il n'a pas bu une goutte en presque trente ans.

– Il a beaucoup de choses à gérer en ce moment, madame Coggins.

– Je sais bien. Et on dirait qu'il y en a un peu plus chaque jour. Je suppose que vous avez appris ce qui s'est passé hier soir, que Vess a brisé la vitre du pick-up de ce garçon.

– J'y étais. » Leah faillit éclater de rire en se rappelant le regard du gamin quand il était descendu du véhicule. « Si vous voulez mon avis, il l'a bien cherché.

– Je ne dis pas le contraire, mais tout ce que je sais, c'est que John est resté debout la moitié de la nuit pour dissuader le père du gosse de porter plainte. Finalement, il a réussi à lui faire accepter de la laisser payer les dégâts et d'en rester là.

– Merde ! Je parie que c'est son père qui lui a acheté ce pick-up. » Leah se fichait comme d'une guigne du gamin ou de son père, mais elle comprenait la pression qui pesait sur les épaules du shérif. « Et maintenant c'est au tour du révérend Tillman de jeter de l'huile sur le feu. »

Leah ne voyait pas de quoi parlait Evelyn.

« Je ne suis pas au courant.

– Il prépare une manifestation en ville. Il essaie d'attirer l'attention des médias. Enfin, je sais que ses intentions sont bonnes, mais je ne vois pas pourquoi rendre les choses plus difficiles qu'elles ne le sont déjà. À quoi ça va servir ? C'est juste un truc de plus que John va devoir gérer. »

Tout cela était nouveau pour Leah et elle voulait en savoir davantage, mais ce n'était vraiment pas le moment d'insister pour avoir des précisions. Elle préféra orienter la conversation sur un autre sujet.

« Voyez le bon côté des choses, madame Coggins. Il ne va pas tarder à prendre sa retraite et vous pourrez faire tout ce que vous voudrez. Il n'aura plus à s'occuper de tout ça. Ce ne sera plus son problème.

– Se taper sur les nerfs, c'est sans doute ce qui nous attend. » Elle enveloppa le mug à café de ses mains et regarda quelque chose à travers la fenêtre au-dessus de l'évier. « Quand on s'est mariés et qu'il effectuait des patrouilles, il buvait pas mal. Il l'a toujours bien géré mais, dès qu'il franchissait la porte, il s'attendait à ce que je lui serve un verre et à ce que je patiente. » Elle but une gorgée de café et poursuivit. « Quand il a pris la décision de se présenter comme shérif, il a arrêté et n'a plus bu une goutte depuis. C'est la meilleure chose qui lui soit jamais arrivée.

– C'est sans doute le stress, dit Leah. Il retombe probablement dans ses mauvaises habitudes parce qu'il ne sait pas comment faire autrement.

– Je crois que c'est le manque de sommeil. Il passe des jours sans dormir, dit-elle. L'autre soir quand il s'est remis à boire, c'était la première fois que je l'ai vu tomber comme une masse depuis je ne sais plus quand. C'était comme regarder un ours. » Elle éclata de rire, et la porte moustiquaire claqua à l'avant de la maison. « En parlant du… »

Coggins s'arrêta à l'entrée de la cuisine. Il parut surpris d'y trouver Leah.

« Green. Qu'est-ce qui vous amène ?

– Je voulais vous parler d'un truc.

– Bon, d'accord, dit-il. Donnez-moi une minute pour me changer. »

Quand Coggins revint dans la cuisine, il avait troqué son treillis et son polo contre un pantalon de chasse antironces avec des jambières de protection. Il avait enfilé un ample tee-shirt râpé et coiffé une casquette de base-ball dont la visière lui cachait les yeux.

« Depuis le temps que je vous connais, shérif, je ne crois pas vous avoir déjà vu avec une casquette.

– Quand on arrive à mon âge et que les docteurs commencent à ne plus voir en vous qu'un cobaye, on se met à faire tout un tas de choses qu'on ne faisait pas jusque-là. On se met à faire tout ce qu'ils disent.

– Cancer de la peau, murmura Evelyn au cas où Leah n'aurait pas saisi l'allusion.

– Venez, dit Coggins en invitant l'inspectrice à le suivre d'un signe de la main. Allons faire un tour. »

Dans la grange, ils grimpèrent dans un SSV poussiéreux équipé de pneus à crampons et d'une énorme suspension. Coggins hissa quelques sacs de nourriture sur la plate-forme du véhicule et les amortisseurs rebondirent sous le poids. Il retourna à son pick-up et en rapporta une glacière Lil Oscar d'où il sortit deux cannettes de Busch, et tendit le bras pour en offrir une à Leah. Elle secoua la tête et il en siffla une première comme s'il venait de passer quarante jours à parcourir le désert avec Moïse. Coggins froissa la cannette et la jeta à l'arrière. Il fit sauter la languette d'une deuxième, en posa deux de plus sur la banquette entre eux.

Quand ils démarrèrent, l'air qui s'engouffra par les côtés ouverts leur fit un bien fou tant il faisait chaud, et Leah s'agrippa à l'une des barres pour ne pas tomber tandis que Coggins zigzaguait sur la route sinueuse. Le moteur était bruyant et elle cria plus qu'elle ne parla.

« Pourquoi vous ne m'avez pas dit que vous avez raccompagné Toya après les manifestations ? »

Le shérif lui jeta un coup d'œil mais reporta aussitôt son attention sur la route. Sa bière était posée entre ses cuisses et il but une longue gorgée avant de répondre.

« Je vous l'ai dit, Leah.

– Non, shérif, je suis certaine que je m'en souviendrais. Je me suis pris la tête à essayer de trouver où elle est allée cet après-midi-là. Personne n'en avait la moindre idée. Finalement, la ville m'a remis les enregistrements des caméras piétons. J'ai fini par récupérer ceux des caméras du centre-ville et je vous ai vu la sortir de là.

– Oui, je l'ai raccompagnée, mais je suis sûr de vous l'avoir dit. J'en suis certain. » Coggins avait l'air perdu. Le SSV dérapa brièvement tandis que le shérif prenait un virage un peu trop vite. « Merde, je ne m'en souviens plus. Une fois sur deux je ne me rappelle pas ce que j'ai pris au petit déjeuner ni même si j'ai mangé. Si je ne l'ai pas fait, j'en suis navré. Je suppose que je me suis plus ou moins emmêlé les pinceaux.

– Vous avez beaucoup de choses à gérer, monsieur.

– Oui, mais c'est une excuse de merde, Leah, et vous le savez. J'ai toujours eu beaucoup de choses à gérer et ça ne m'a jamais posé de problèmes. Je me fais vieux, j'imagine. Je me rouille. C'est difficile à admettre, mais c'est la vérité. » Il avait l'air démoralisé que sa mémoire lui ait fait défaut. « J'étais sûr de chez sûr de vous l'avoir dit. Mais entre mes allers-retours à l'hôpital et courir partout pour essayer de veiller sur Vess, je suppose que je me suis dispersé. Je ne sais pas quoi dire. »

Elle lut une expression douloureuse sur son visage qu'elle eut du mal à supporter. Après toutes ces années à travailler sous ses ordres, elle ne lui avait jamais connu aucune faiblesse.

« Vous êtes allés où après avoir quitté la ville ? Vous l'avez raccompagnée chez sa grand-mère ?

– Non, elle a voulu que je la dépose à l'école. Elle a dit qu'elle voulait retourner là où elle avait creusé les tombes, là où se dressait l'ancienne église, qu'elle rentrerait à pied ensuite. Je l'ai déposée puis je suis retourné au bureau pour gérer le merdier. » Il s'interrompit une seconde. « Elle n'est jamais rentrée chez Vess ?

– Non. Pas selon sa grand-mère, en tout cas.

– Merde, j'aurais mieux fait de ne pas la laisser rentrer à pied. J'aurais mieux fait de la raccompagner. Mais elle avait emprunté ce chemin-là tout l'été. Ça ne m'a même pas traversé l'esprit. Ça aurait dû, mais comme je l'ai dit, je suis rouillé. » Coggins se dandina sur son siège. « Quoi qu'il en soit, je dirais que la personne qui l'a tuée, qui que ça puisse être, l'a vraisemblablement trouvée entre l'école et la maison de sa grand-mère. »

La vitre arrière du SSV était entrouverte et, quand il termina sa deuxième bière, il jeta la cannette vide sur la plate-forme par l'ouverture.

« Bon sang, ça pourrait être n'importe qui. »

Il avait raison. Les esprits étaient échauffés et tout le monde dans le comté l'aurait reconnue en train de marcher au bord de la route. Leah avait toujours vécu ici et elle ne se rappelait pas avoir vu les gens aussi exaspérés et sur les nerfs qu'ils l'étaient les jours précédant la manifestation. Ces derniers temps, elle n'avait pas arrêté de se dire que ce qui était arrivé à Ernie Allison était d'une façon ou d'une autre lié à la mort de Toya Gardner. Il avait été retrouvé à la Confederate Veterans Memorial Forest. Elle avait été assassinée à cause de la statue.

« Vous pensez que ce qui est arrivé à Ernie Allison a quelque chose à voir avec ce qu'il vous a raconté ? »

Coggins tint nonchalamment le volant de la main droite et se cramponna au toit du véhicule de la main gauche.

« Accrochez-vous », lança-t-il et, avant que Leah ait eu le temps de le faire, il avait viré brusquement et était descendu dans un fossé.

Le SSV se cabra et les pneus patinèrent brièvement avant d'accrocher le fond boueux et de remonter une colline escarpée le long d'une piste étroite. Le sentier était envahi de buissons et de ronces qui claquèrent et fouettèrent les flancs du véhicule si bien que Leah dut se pencher sur Coggins pour éviter d'être lacérée par les épines.

« Comment vous savez ce qu'Ernie m'a dit ?

– Allons, shérif ! Tout le bureau est au courant. Lovedahl l'a répété à qui voulait l'entendre. J'ai supposé que ça avait quelque chose à voir avec le fait qu'ils se sont disputés, ça et ce qu'il a dit. » Leah avait du mal à croire qu'il ignorait les rumeurs qui circulaient. « Mais vous ne me ferez pas croire qu'il n'y a aucun rapport entre cet incident et l'endroit où on l'a retrouvé gisant par terre. »

Ils se trouvaient à présent au sommet de la crête dans un peuplement de chênes rouges et de peupliers. La piste s'était dégagée en arrivant à un portail. La futaie était entretenue et le sol ombragé parsemé de fougères à hauteur de genou. Coggins descendit du SSV et ôta une chaîne. Il revint à la voiture, passa le portail, puis sauta à terre et referma derrière lui. Il décapsula une troisième bière avant d'aller plus loin. Ils étaient en haut d'un pâturage et un chapelet de bovins gravissait la pente à leur rencontre.

« C'est un beau salopard, pas vrai ? dit Coggins tandis qu'ils repartaient.

– Pardon ? »

Leah n'avait pas bien compris ce qu'il avait dit à cause du bruit du moteur.

« Ce Lovedahl. Je disais que c'est un beau salopard, pas vrai ? »

Il descendit sa bière sans attendre et, alors que l'alcool produisait son effet, il se détendit.

Leah laissa échapper un petit rire et regarda les vaches leur courir après.

« Oui, répondit-elle. Sans aucun doute. »

Ils ne tardèrent pas à s'arrêter devant deux grandes auges et Coggins coupa le moteur. Une fois à terre, il chargea un sac de nourriture sur son épaule. Quand il fut devant l'auge, il tira un Sod Buster de sa poche, coupa un coin du sac et vida les granulés pour bétail dans la mangeoire. Ils se trouvaient à présent au milieu des vaches, et la plus grosse bouscula les autres pour leur passer devant et manger en premier.

« Je continue de penser, shérif, que dans un cas comme dans l'autre, tout ça pourrait bien être lié. Ce qui est arrivé à Ernie et ce qui est arrivé à Toya. Si Ernie avait raison à propos de ce qu'il vous a raconté, alors je vous parie tout ce que vous voulez que nous recherchons les mêmes personnes.

– Vous n'y allez pas de main morte, inspectrice.

– Allons, shérif ! Vous savez où on l'a trouvé. Et vous savez pertinemment que ce n'est pas sans rapport avec ce qu'il vous a raconté. S'il s'agit bien du Klan, vous allez me dire que ces gens-là ne seraient pas du genre à avoir tué Toya Gardner ?

– Je dis qu'il n'y a rien d'autre qu'une intuition pour faire le lien dans l'immédiat. » Coggins tendit le bras et saisit le second sac. Il se fraya un chemin au milieu des vaches et en vida le contenu dans l'auge. « Les idées, c'est bien, Leah, mais au bout du compte ce ne sont pas des preuves.

– Je dis seulement que nous pourrions collaborer là-dessus.

– Ce n'est pas mon boulot, inspectrice. Menez votre enquête, dit-il. Menez votre enquête, et si ces deux pistes se rejoignent, alors vous pourrez compter sur moi. Mais en attendant, vous devez suivre les preuves. Regardez-les… »

Coggins montra du doigt le champ en bas de la colline où deux veaux se donnaient la chasse. Les deux bêtes s'arrêtèrent et regardèrent alentour comme pour juger de la qualité du spectacle auprès de leur public.

Leah descendit du SSV et ses chaussures s'enfoncèrent dans la boue remuée par les sabots. Un des veaux était couleur cannelle et l'autre noir comme la nuit avec une tache blanche de poils rebelles en plein milieu du front. Le veau brun-roux grimpa la colline puis, quand Leah fit un pas en avant, recula aussitôt. La bête s'avança, s'arrêta, s'approcha davantage. C'était une question de confiance.

« Il y a quelqu'un à qui vous devriez parler.

– Ah, oui ? Qui ça ? »

Le veau était presque à sa hauteur.

« Rupert Bates, dit le shérif. Pas plus tard que deux jours avant que tout ça n'arrive, il est venu me trouver ici même chez moi pour me dire que j'aurais dû garder Toya sous les verrous pour la protéger. Il a dit qu'elle n'était pas en sécurité à se balader dehors comme ça. »

33

L'église chatoyait telle une chandelle dans le bleu moiré du crépuscule. À l'intérieur, les bancs étaient combles, le reste du sanctuaire était bondé. D'autres gens étaient rassemblés sur le parvis et dans la cour. On avait ouvert les fenêtres pour que l'air circule et que la foule à l'extérieur puisse entendre ce qui se disait.

Cela faisait bien longtemps que Vess n'avait pas vu l'église ainsi, pleine de gens et de voix, de chaleur et de tension. Tous étaient entassés là, serrés comme des sardines.

Au cours des dernières décennies, la congrégation s'était réduite à ses aînés tandis que les jeunes générations la délaissaient, certains ayant quitté les montagnes, d'autres ayant cessé d'assister à l'office. Vess ne reconnaissait pas la plupart des visages qui l'entouraient mais, ce soir, l'atmosphère était celle qu'elle avait connue autrefois. Les gens s'éventaient avec des faire-part pliés et les gestes de ceux qui étaient debout faisaient régulièrement vibrer le plancher. Le bâtiment datait de près d'un siècle et elle n'était pas certaine que les jointures tiendraient.

Depuis une heure, le révérend Tillman prononçait un sermon sur l'amour et la perte, le chagrin et l'apaisement. Il parlait de passivité et il parlait d'action. Il portait un pantalon à pinces noir et une chemise blanche cintrée qui épousait son torse épais et ses larges épaules. Des gouttes de transpiration perlaient sur son front et scintillaient à la lumière tel du cristal.

Vess était assise sur le banc qu'elle occupait toujours, Lula Shepherd d'un côté, sa fille Dayna de l'autre. Les yeux de cette dernière étaient cachés derrière des lunettes de soleil. Elle se tenait tête baissée et sur ses genoux s'entassaient des mouchoirs en papier qu'elle réduisait en lambeaux depuis qu'elles avaient pris place, comme si elle effilait des haricots. Vess posa la main sur le genou de sa fille et sentit la tension qui la figeait telle une statue. Elle inspira profondément et tourna de nouveau son regard vers Tillman.

Il avait enjoint à la communauté de défiler tous les dimanches depuis l'escalier de l'ancien palais de justice jusqu'aux portes du Justice Center tant qu'on n'aurait pas retrouvé l'assassin de Toya.

« Il y a des gens autour de nous qui préféreraient voir le meurtre de Toya descendre derrière cette crête et disparaître tel le soleil dans l'obscurité, prêcha-t-il. Il y a des gens qui passent devant cette église en ce moment et qui préféreraient que l'on ne prononçât plus jamais son nom. Et c'est pour cette raison que nous sommes réunis ici ce soir, car c'est la tâche qui nous incombe. »

Tillman se tourna dos à l'assistance et agrippa fermement à hauteur de taille la balustrade qui séparait l'autel de la chaire. Il était penché en avant et donnait l'impression de peser de tout son poids. Il avait toujours le dos tourné quand il reprit la parole, et ce qu'il dit alors retentit dans un grondement sourd.

« Je graverai son nom sur la falaise avant que de laisser cela se produire. »

Quelques personnes sur les bancs répondirent d'un « amen ». Tillman se redressa et leva les yeux au plafond.

« Je crierai le nom de cette enfant du sommet de cette montagne jusqu'à ce qu'il résonne aux oreilles du monde entier. »

D'autres ajoutèrent alors leurs voix au « amen » et, cet écho semblant l'aiguillonner, il se retourna vers l'assemblée.

« C'est la tâche qui nous incombe. C'est le chemin que nous devons emprunter, clama-t-il. Nous ne devons pas permettre que le nom de Toya soit tu à jamais. Nous ne devons pas permettre que notre souffrance soit balayée comme si tel était notre lot.

« Comme l'a dit King ce jour-là sur les marches du Lincoln Memorial : "Nous rêvons qu'un jour toute la vallée sera relevée, toute colline et toute montagne seront rabaissées, les endroits escarpés seront aplanis et les chemins tortueux redressés, la gloire du Seigneur sera révélée à tout être fait de chair."

« Mais ne vous trompez pas, il est aussi écrit dans le Livre d'Isaïe : "Une voix crie : Dans le désert tracez le chemin de l'Éternel, percez l'avenue de notre Dieu."

« Nous ne pouvons pas nous permettre de rester assis et d'attendre passivement, car rien ne nous sera donné. Il nous conduira, mais Il ne nous portera pas sur Son dos. King le savait. Je le sais. Et au plus profond d'elle-même, chaque âme de cette assemblée le sait. Nous devons travailler. Nous devons marcher. Nous devons percer l'avenue de notre Dieu. »

34

Rupert Bates avait conduit une niveleuse pour le compte de l'État pendant trente ans. Comme la plupart de ceux qui avaient passé leur vie dans les montagnes, il ne savait pas ce qu'était l'oisiveté, si bien qu'une fois à la retraite il resta sans rien faire à peine une semaine et demie. Une entreprise locale de nivellement et d'excavation l'approcha et le supplia de la rejoindre. Il accepta à la condition de pouvoir fixer lui-même son emploi du temps et d'être payé au noir. L'observer travailler, c'était assister à une sorte de performance artistique.

Le matin où Leah alla le trouver, il nivelait un réseau de routes en gravier dans une résidence fermée de milieu de gamme à mi-chemin entre Canada et Rosman. Elle resta dans sa voiture de patrouille banalisée à manger un beignet et boire un café pendant qu'il manœuvrait la lame avec une facilité déconcertante pour aplanir la route. La machine faisait un bruit assourdissant et elle remonta les vitres à son approche. Quand la niveleuse fut à sa hauteur, elle descendit de voiture et fit signe à Bates de s'arrêter, ce qu'il n'avait apparemment pas envie de faire.

Il appuya sur le coupe-circuit et le moteur s'éteignit dans un bruit de ferraille. Il ouvrit la portière et, de son perchoir, se pencha au-dehors d'un air excédé, du genre *qu'on en finisse.*

« Vous êtes Rupert Bates ?

– Oui.

– Je suis l'inspectrice Green, du bureau du shérif du comté de Jackson. » Bates grimaça en entendant cela. « Je me demandais si je pouvais vous parler quelques minutes. »

Rupert revérifia les commandes pour s'assurer que la niveleuse était à l'arrêt. Il sauta à terre et regarda Leah d'un air interrogateur. C'était un homme assez petit avec des bras épais et de larges épaules, une bedaine qui tendait son tee-shirt rouge vif telle la peau d'une tomate bien mûre. Il portait un jean bleu délavé et des bottes forestières, des bretelles qui enserraient la rondeur de son ventre et lui rentraient dans les épaules.

« Qu'est-ce que je peux faire pour vous au juste, mademoiselle Green ? »

Il sortit une tresse de tabac de la poche de poitrine de son tee-shirt et en arracha un morceau avec les dents comme s'il croquait dans une barre chocolatée. Leah n'avait plus vu quelqu'un mâcher ainsi depuis qu'elle était enfant et que les vieux se réunissaient autour de glacières dans des rocking-chairs devant les stations-service.

« Vous êtes plutôt doué avec cette machine », dit-elle.

C'était une piètre tentative pour l'amadouer.

« Quand on a passé autant de temps que moi sur ce siège, ça devient un jeu d'enfant. »

Il avait une casquette de base-ball usée et trempée de sueur vissée sur la tête tel un pancake. Il l'ôta par la visière et, avec son biceps, essuya la transpiration sur le sommet de son crâne.

« Plutôt impressionnant à regarder.

– Je fais comme si je slalomais d'un virage à l'autre au Daytona 500. » Il éclata d'un rire tonitruant avec du tabac coincé entre les dents et cracha par terre à ses pieds. « Bon, me dites pas que vous avez fait tout ce chemin pour me complimenter pour mon travail ?

– Non, monsieur.

– Alors pourquoi vous en venez pas au fait. Je déteste être brusque, mais j'ai pas mal de boulot qui m'attend.

– Je voulais vous parler de Toya Gardner.

– Qui ?

– Toya Gardner, répéta Leah. La jeune femme qui a été retrouvée en début de semaine à Dicks Creek.

– Bon, et qu'est-ce que je pourrais bien en savoir ?

– On m'a dit que vous avez récemment tenu des propos au sujet de sa sécurité. On m'a dit que vous avez déclaré qu'il aurait mieux valu qu'elle reste derrière les barreaux pour qu'il ne lui arrive rien.

– Oh, pour l'amour de Dieu ! » Bates retira sa casquette et la fit claquer sur sa jambe. Il leva les yeux vers le ciel sans nuages et jura dans sa barbe. « C'est Coggins qui vous envoie ? Ce fils de pute a perdu la boule !

– Le shérif a dit que vous êtes passé le voir chez lui quelques jours avant que tout ça n'arrive.

– Ouais, c'est vrai.

– Et vous vous rappelez avoir dit qu'elle aurait été plus en sécurité sous les verrous ?

– Évidemment.

– Qu'est-ce que vous entendiez par ça au juste, monsieur Bates ?

– Très exactement ce que ça veut dire, et j'avais sacrément raison, baragouina-t-il à cause du tabac dans le creux de sa joue. Pas besoin d'être voyant pour savoir qu'elle roulait à tombeau ouvert dans une impasse. La moitié du comté détestait cette fille.

– Vous aussi ?

– Carrément.

– Monsieur Bates, est-ce qu'il y a quelqu'un qui peut se porter garant de l'endroit où vous étiez samedi dernier ?

– Ma femme.

– Et vous vous rappelez où vous étiez ?

– Là-bas, près de la statue, toute la journée. Heureusement, on est partis avant ces conneries. Ma femme avait faim. Elle manque de sucre et elle a la tête qui tourne si elle a pas mangé avant 16 heures. Alors on est partis et on a dîné, on est rentrés, puis on est allés à l'église le lendemain matin. C'était notre tour pour la garderie. »

Leah avait sorti un petit bloc-notes et consignait les détails.

« Écoutez, je détestais pas cette fille parce qu'elle était noire… »

L'inspectrice s'arrêta d'écrire et leva les yeux.

« Si c'est ce que vous pensez, vous avez tout faux.

– Alors pourquoi, monsieur Bates ?

– Je détestais cette fille parce qu'elle s'est pointée ici et qu'elle a essayé de détruire quelque chose qu'avait absolument rien à voir avec elle. Elle a pas grandi ici. Cette statue honore pas quelqu'un de sa famille. C'est pour ça que je l'aimais pas, et c'est pas juste cette fille. Y a plein de gens blancs de chez blanc qui veulent la même chose qu'elle, et eux aussi je les déteste. Tous ceux qui veulent faire croire que, cette guerre, elle avait seulement à voir avec l'esclavage. Ma famille avait pas d'esclaves. »

Leah n'avait aucune envie de se disputer à propos du passé, mais elle savait où il voulait en venir avant qu'il ait terminé. Elle avait entendu la même histoire maintes et maintes fois. Tous ceux qui avaient grandi avec une famille attachée à cette époque et à cet endroit l'avaient entendue. Elle comptait dans sa parentèle trois des cent soixante-quatre soldats originaires du comté de Jackson qui avaient servi dans l'armée confédérée.

« Qu'est-ce que vous en savez, monsieur Bates ? »

Sa question le prit au dépourvu.

« Qu'est-ce que vous voulez dire au juste ? Regardez autour de vous. Vous trouvez que ces montagnes ont l'air d'un pays de plantations ? Mon grand-père a construit sa première maison grâce à une récolte de tabac. Sol en terre battue. Papier goudronné. Voilà ce que je sais. Du fait d'où je viens et de ce qu'on m'a raconté depuis que je suis né. Et du fait que depuis que je respire y a des gens qui se pointent ici pour s'approprier tout ce qu'on a comme si ça leur revenait de droit. C'est pour ça qu'y a eu cette guerre et rien n'a changé.

– Tout ce que je dis, monsieur Bates, c'est qu'on m'a raconté la même histoire depuis que je suis née. Et qu'à la mort de mon père, quand j'ai fait des recherches sur notre famille et rassemblé les pièces du puzzle, voilà ce que j'ai trouvé : Benjamin Green possédait une esclave, une femme noire, de soixante-dix ans.

– Et qu'est-ce que ça a à voir avec moi, hein ? Qu'est-ce que ça a à voir avec la guerre, ou avec la statue, ou avec quoi que ce soit ?

– Je dis seulement que ce qu'on nous a raconté depuis qu'on est nés n'est peut-être pas tout ce qu'il y a à savoir. Parfois, certaines choses qu'on nous a racontées depuis qu'on est nés sont totalement fausses.

– Eh bien, on doit simplement accepter de ne pas être d'accord.

– Je ne comprends pas ce que ça veut dire.

– Ça veut dire que j'en ai marre de me disputer à ce sujet. Cette route sera pas moins longue parce qu'on est là à parler et je suis sûr qu'elle va pas se lever et se niveler toute seule.

– Est-ce qu'il y a moyen de parler à votre femme ?

– Vous m'avez trouvé là, je dirais que vous trouverez notre maison sans problème. »

Rupert Bates fouilla dans sa joue et en sortit sa chique. Il lança la boule de tabac dans le bois et remonta dans la cabine de sa machine.

35

Assis sur le hayon de son pick-up, Curtis Darnell balançait ses pieds comme un enfant. Il mangeait des saucisses de Vienne, les tirant d'une boîte de conserve à l'aide de la lame pied de mouton d'un couteau pliant Stockman avant de les écraser sur des biscuits soda.

Il y avait déjà trois de ces petits biscuits salés alignés sur sa cuisse, et il ajouta sur chacun un filet zigzagant de relish vert néon qu'il fit jaillir d'un échantillon vraisemblablement fauché au stand de hot dogs d'une station-service. Quand il eut terminé, il les empila puis n'en fit qu'une bouchée. Le creux de ses joues ainsi bourré, il se lécha les doigts et prit la parole, des éclats de biscuits s'échappant de ses lèvres telle de la grenaille.

« C'est comme je vous l'ai déjà dit, vous dormez une nuit dans ce pick-up en laissant le moteur tourner et vous avez toutes les chances de vous réveiller mort. » Il engloutit tout ce qu'il avait dans la bouche et on aurait dit qu'un œuf lui descendait le long de la gorge. « Mais c'est un risque qu'il me faut courir, voyez ! Faut pas compter sur moi pour me coucher dans cette maison avec un serpent dans le mur. Je supporte pas ces bestioles. J'aimerais autant sniffer de l'essence que dormir avec un serpent. »

Leah n'avait pas l'intention de rester là à l'écouter radoter Dieu sait quoi. Quelque chose chez Curtis Darnell lui donnait la chair de poule mais, dans l'immédiat, elle n'avait guère de piste à suivre et elle n'était pas repassée chez lui pour l'interroger le jour où l'on avait découvert le corps de Toya Gardner.

« Si vous dormez dans votre pick-up, alors vous devez voir qui passe par cette route, n'est-ce pas ?

– Je vois toutes sortes de gens. Un tas de Mexicains ces derniers temps. Je me demande ce qu'ils peuvent bien trafiquer là-haut. Et puis il y a les ivrognes et les drogués, c'est pas nouveau. Toutes les aires de stationnement par là sont jonchées de cannettes de bière et de seringues.

– Vous vous rappelez avoir vu quelqu'un cette nuit-là ?

– Quelle nuit ?

– La nuit avant de trouver la fille, Curtis. Vous vous rappelez avoir vu quelqu'un passer par cette route ?

– Non, dit-il. Non. Je peux pas dire ça. » Il alignait une nouvelle rangée de biscuits sur la cuisse de son jean tout en remuant les dernières saucisses dans la boîte avec son couteau. « Si vous en voulez un, fillette, vaudrait mieux le dire.

– C'est bon, Curtis. J'ai déjà mangé.

– Il reste peut-être du chili Hormel dans la boîte à gants, mais c'est à peu près tout ce que j'ai à offrir. J'ai déjà mangé toutes les salades de fruits qu'on m'a données. Une denrée rare », dit-il.

Quand les biscuits furent fin prêts, il les fourra dans sa bouche comme la première fois et regarda les montagnes d'un air à la fois émerveillé et ébahi, comme s'il assistait à un feu d'artifice. Après un long moment, il reprit la parole.

« Vous savez, maintenant que j'y pense, je me rappelle avoir vu un véhicule sur la route cette nuit-là. Je rêvais que j'étais au cinéma, au Ritz, le cinéma qui se trouvait au centre-ville. On le surnommait le Ratz, parce qu'il y avait toujours une flopée de rats des quais qui couraient partout pendant le film, mais un pick-up est arrivé par la route en faisant un boucan de tous les diables et c'est ça qui m'a sorti de mon rêve.

– Bien, Curtis. Très bien. Vous vous rappelez autre chose ?

– Bien comment ? demanda-t-il. Je vous ai dit que cette foutue bagnole m'a réveillé et sorti du rêve que je faisais. J'avais un rencard avec cette femme aux cheveux noirs de *Femmes d'affaires et dames de cœur*, sauf qu'elle était jeune. Elle avait l'air d'être au lycée. Delta Burke. C'est comme ça qu'elle s'appelait, voyez ? Pas dans la série, mais dans la vraie vie. Delta Burke. On regardait *Le Convoi* et elle m'a acheté un bon vieux sachet de pop-corn avec du beurre qui dégoulinait partout. Elle remuait les grains là-dedans avec ses doigts. Laissez-moi vous dire que ses mains luisaient.

– Il était de quelle couleur ? »

Leah était sur le point de devenir folle. Essayer d'empêcher Curtis Darnell de digresser, c'était un peu comme parler avec un extraterrestre. Elle s'attendait à lui voir pousser des antennes sur la tête.

« Comment ça, quelle couleur ? La couleur normale du pop-corn, j'imagine.

– Le pick-up, Curtis. Vous vous rappelez de quelle couleur il était ? Quelle marque ? Quel modèle ?

– Vous allez me filer la migraine, dit-il. Un Ford gris ardoise, un de ces nouveaux trucs. Cabine multiplace. Il est passé, m'a réveillé, et le froid m'a saisi comme si j'étais un rat-taupe nu. J'ai pas pu me rendormir, je grelottais trop. J'ai dû faire tourner le moteur pour avoir chaud et voilà comment tout s'est passé, voyez ? C'est pour ça que j'ai dû aller marcher le matin. Comme je vous l'ai dit, voyez ?

– C'est bien, Curtis. Ça m'aide beaucoup. » Leah ne savait pas si elle pourrait tenir encore très longtemps. Elle était presque soûle de l'écouter parler, mais il lui avait appris bien plus de choses qu'elle ne l'avait espéré. « Vous vous rappelez quelle heure il était ?

– Pas vraiment.

– Vous avez vu le pick-up repartir ?

– Une fois que ce truc-là est lancé, dit-il en claquant le plat de la main sur le hayon, ce gros bébé fait plus de bruit qu'un avion. Je vous le dis, on entend rien de chez rien. »

Leah sortit un petit bloc-notes de la poche arrière de son pantalon bleu marine à pinces et inscrivit la description du véhicule.

« À propos d'avions, j'y pense, le lendemain après que vous avez tous débarqué, ce drôle d'oiseau un peu bizarre est venu traîner par ici en demandant s'il pouvait emprunter de l'eau. Un grand type dégingandé. Il avait un cou allongé comme une souche fendue.

– Je ne suis pas sûre de vous suivre, Curtis. Quel rapport avec ce dont on parle ? Quel rapport avec les avions, d'ailleurs ?

– Ben, vous me laissez pas finir. Donc ce type arrive à pied par la route, transpirant à grosses gouttes, et j'étais assis là dehors au même endroit que maintenant, en train de manger. Je déjeune toujours à peu près à la même heure. J'ai un régime à respecter, voyez. Je dois manger à peu près à cette heure-là tous les jours à cause de mes tripes. Mais alors il vient et me demande s'il peut avoir de l'eau. Il se trouvait que je venais à peine d'ouvrir une boisson fraîche. J'avais encore même pas bu une gorgée. Alors je la lui ai tendue en lui disant de boire un coup, mais il a dit que c'était pas pour lui, que c'était pour sa voiture. Il a dit que son moteur avait surchauffé à environ un kilomètre et demi d'ici et qu'il avait besoin d'eau pour le radiateur.

« Je lui ai demandé s'il avait une bouteille ou un truc du genre et il a répondu que non, et je lui ai demandé comment il pensait qu'il allait transporter l'eau jusque là-bas, et il a répondu qu'il savait pas, et je lui ai demandé : "Dans vos mains ?" J'ai dit ça, il a répondu qu'il pensait qu'il aurait aussi besoin d'une bouteille, et je lui ai dit qu'à mon avis il avait raison. On arrivait enfin à quelque chose. Faut savoir se servir de sa tête, voyez ? Mais on commence à fouiller pour chercher une bouteille et voilà qu'il me pose toutes sortes de questions sur cette fille et les policiers qu'étaient venus, et ce qu'ils avaient trouvé, et à qui j'avais parlé et qu'est-ce que j'avais dit. Vraiment bizarre, le type. Vous voyez ce que je veux dire ? Vous avez déjà rencontré quelqu'un qui vous flanque la trouille ?

– Oui, répondit-elle.

– Bon, je veux que vous sachiez que j'ai fouillé de fond en comble tous les endroits que je connaissais y compris mes poubelles et que j'ai pas réussi à mettre la main sur une seule bouteille. J'ai trouvé un seau qu'avait un trou, comme dans la comptine, que l'écureuil avait tout rongé. Finalement, on a rempli une paire de bottes en caoutchouc que j'avais quand je travaillais dans les fosses septiques. C'était mon boulot, je nettoyais les fosses septiques avant d'être déclaré invalide.

« Bref, on a pris ce pick-up pour aller là-bas, et il tient les bottes de manière à empêcher l'eau de déborder, et pendant tout ce temps il me pose des questions sur cette fille et sur ce que vous autres avez trouvé. Je lui ai dit que j'en sais trop rien, et pendant tout ce temps il arrête pas de me harceler, un peu comme vous le faites. Mais on arrive là-bas et il avait ce break qu'est aussi long qu'un cuirassé. C'était ça sa voiture. Garée juste dans le virage où je l'ai trouvée. Alors on a versé l'eau dans le radiateur, j'ai récupéré mes bottes et il a démarré ce break qui fait autant de bruit qu'un avion. Je l'ai quitté là. Je l'ai plus revu depuis.

– Vous avez retenu son nom ?

– Non. Non, je peux pas dire ça. » Curtis suçota une de ses dents du fond et farfouilla dans sa bouche avec sa langue. « Un type louche, cela dit. Vous voyez ce que je veux dire ? Le genre à vous flanquer la trouille. »

Curtis ouvrit une cannette de soda à l'orange et but d'un trait jusqu'à ce que les bulles manquent de l'étouffer. Il était toujours assis sur le bord de son hayon à tousser et balancer les pieds quand Leah s'en alla, et c'est vraisemblablement là qu'il serait quand son vaisseau spatial viendrait le chercher.

36

Les médecins plongèrent Ernie Allison dans un coma artificiel pendant une semaine. Au bout de trois jours, si son œdème cérébral n'avait pas empiré, il n'avait pas pour autant diminué. Ils s'apprêtaient à effectuer une craniotomie décompressive. Sans intervention, son cerveau pouvait se comprimer et appuyer sur le tronc cérébral, une évolution susceptible de s'avérer fatale.

Heureusement, le quatrième jour, l'œdème se résorba tel un accès de fièvre. Quand les médecins le sortirent du coma, ses parents étaient dans la chambre. Sa mère, Clara, se tenait au pied du lit, les mains en coupe autour de sa bouche et de son nez. N'ayant aucune idée de l'endroit où il se trouvait ni de la façon dont il était arrivé là, Ernie se débattit et donna de violents coups de pied, tout en émettant force grognements tandis qu'il faisait son possible pour quitter son lit. Sa mère appela à l'aide et, alors que son père se levait de sa chaise, plusieurs infirmières se précipitèrent dans la chambre pour le maîtriser et éviter ainsi qu'il ne se blesse. Il resta allongé là un long moment, examinant la chambre de ses yeux exorbités, suffoquant comme il refaisait lentement surface.

Au cours des vingt-quatre heures suivantes, il posa une foule de questions et obtint des réponses qui n'avaient pas grand sens à ses yeux. Il demanda combien de temps il avait été dans le coma et on le lui dit. Il demanda où on l'avait trouvé, qui l'avait trouvé, comment il était arrivé ici, et on répondit également à ces questions-là. Quand ce fut lui qu'on interrogea pour savoir ce qu'il se rappelait, Ernie fut incapable de répondre.

« Rien, dit-il. Je ne me souviens de rien. »

Quelques jours plus tard, le shérif Coggins entra dans la chambre sur la pointe des pieds et, quand il vit Ernie, un grand sourire illumina son visage.

« Ta maman a dit qu'ils ne te donnent rien d'autre à manger que de la bouillie. » Il avait un *doggy bag* à la main. « Je me suis dit que j'allais te prendre un petit quelque chose au Coffee Shop ce matin. » Il posa le sac sur le plateau près du lit et tapota la main d'Ernie. « Bon, j'ai dit à June que je t'apportais le petit déjeuner et elle m'a assuré que c'était ce que tu commandais toujours. Du hachis, deux œufs, gruau de maïs et pain grillé. J'ai roulé avec le gyrophare depuis Sylva pour que ça reste chaud, alors tu ferais mieux de commencer. »

Le shérif laissa échapper un petit rire et lui tapota de nouveau la main, plus franchement cette fois, comme s'il testait la température de l'eau.

Ernie déposa le plateau sur ses genoux et fouilla dans le sac. Il mit du hachis sur un triangle de pain grillé, le plongea dans le gruau de maïs comme s'il trempait une frite, puis engloutit le tout.

« Vous direz merci à June, shérif. Quand ils m'ont réveillé, j'étais mort de faim, juré. Je parie que je pourrais manger…

– Si tu continues à te goinfrer de la sorte, tu vas finir par t'étouffer, voilà ce qui va se passer. »

Ils écoutèrent ensuite pendant quelques minutes les nouvelles que leur apportait le médecin. Ernie guérissait plus vite que prévu. Il souffrait encore beaucoup et son œil gauche avait perdu un peu d'acuité visuelle, mais ils avaient bon espoir que ce ne soit pas permanent. Avec de la chance, à en croire les médecins, il pourrait rentrer chez lui pour le week-end et rester à la maison où sa famille s'occuperait de lui. Il attendait cela avec impatience.

Quand Ernie eut fini de manger, le shérif se leva pour jeter la boîte et le sac vides dans une poubelle près de la porte. Tandis qu'il regagnait sa place, il alla droit au but.

« Ernie, je sais qu'on t'a dit où ce type t'avait trouvé et que ta maman t'a raconté qu'ils se sont acharnés sur toi à t'en laisser pour mort, mais il fallait que je vienne pour te le demander moi-même. Est-ce que tu te rappelles quoi que ce soit de cette nuit-là ?

– Ça commence à me revenir par bribes, mais ce n'est pas grand-chose, shérif. Je me souviens de pratiquement rien. »

Il but une gorgée d'eau, puis reposa la tasse sur le plateau, qu'il poussa sur le côté du lit.

« D'accord, alors dis-moi ce dont tu te souviens.

– Je me souviens juste d'être devant chez moi. Je venais de donner à manger aux poissons. Il y avait eu ce gros orage quelques jours plus tôt et je suis allé vérifier la boîte de captage. Quelque chose m'a frappé derrière la tête et j'ai perdu connaissance. Je ne me souviens de rien après ça.

– Bon, le médecin a dit qu'il y avait de la drogue dans ton organisme, de la xylazine. Il paraît que c'est ce que les vétérinaires utilisent pour assommer les animaux, les chevaux principalement. Est-ce que tu te rappelles quoi que ce soit sur la façon dont elle a pu se retrouver dans ton organisme ?

– Non, shérif, absolument pas. » L'esprit d'Ernie s'embrouillait de nouveau. « Je ne sais pas de quoi vous parlez.

– C'est bon, Ernie. Ce n'est pas la peine de se prendre la tête pour ça. Je voulais juste te poser quelques questions. Je pensais que d'en parler t'aiderait peut-être à te souvenir, c'est tout. »

Le shérif resta encore un peu et persévéra, mais Ernie n'avait rien à lui dire. En son for intérieur il savait qu'il y avait quelque chose, mais il n'arrivait tout simplement pas à trouver ce que c'était dans cet énorme vide. Alors qu'il luttait pour se rappeler le moindre détail, sa confusion se transforma en frustration, cette frustration en colère grandissante.

Coggins paraissait se rendre compte de la tension qu'il générait, aussi après un certain temps il prit congé d'Ernie. Il lui dit qu'il reviendrait dans quelques jours pour prendre des nouvelles, d'appeler s'il avait besoin de quoi que ce soit. Ernie lui répondit qu'il avait appris aux infos que la fille avait été assassinée, qu'il était navré et savait à quel point il était proche de la famille.

Plus tard ce soir-là, Ernie commença à souffrir beaucoup. Le physiothérapeute avait travaillé avec lui la plus grande partie de l'après-midi et il en avait trop fait. Les infirmières le sevraient alors de la morphine, mais il avait si mal qu'elles lui dirent que la drogue l'aiderait probablement à combattre la douleur. Il céda et, dans le coin de la chambre, l'une d'elles augmenta la dose avant de s'approcher du lit pour l'injecter dans la perfusion.

Quand Ernie aperçut l'aiguille, ce fut comme si une digue se rompait, et tous les souvenirs de cette terrible nuit lui revinrent en mémoire d'un seul coup. Il se revit dans le coffre de la voiture. Il vit les deux hommes, dont un le maintenait, et sentit la brûlure de la piqûre dans son bras. Il se rappela s'être réveillé au sommet de la montagne et le souffle glacé du vent qui le fouettait. Toute cette lumière dévorant l'obscurité.

Ernie distingua la croix géante, et il reconnut très précisément l'endroit. Mais à ce moment-là, son esprit s'arrêta sur un détail sans queue ni tête, une image fixe qui n'avait absolument aucun sens. Il comprit qu'il était allongé sur le flanc et il sut que c'était la dernière chose qu'il avait vue. Il s'agissait d'une paire de bottes de cow-boy ornées d'un motif à damier en relief semblable à un filet. Le cuir était brun amande et parfaitement huilé, mais c'était ce dessin qui faisait l'originalité des bottes. On aurait dit la peau de quelque chose de surnaturel.

« Ernie, vous allez bien ? s'enquit l'infirmière, dont la voix mit un terme à sa transe.

– O-oui, bégaya-t-il, les mains tremblant tandis qu'il blêmissait. Oui, ça… ça va.

– On dirait que vous allez être malade. Vous êtes sûr que ça va ?

– Il me faut mon téléphone. » Il se pencha sur le côté afin de voir derrière elle et grimaça de douleur pour avoir bougé trop vite. Elle se recula et il repéra son portable sur la table. « Il me faut mon téléphone », répéta-t-il.

L'infirmière prit le portable sur la table et le lui tendit.

« Vous êtes sûr que ça va ? Vous êtes blanc comme un linge.

– Ça va, confirma-t-il. Je vais bien, juré. Mais laissez-moi une minute, d'accord ? Je dois parler au shérif. Il faut que je lui parle avant de tout oublier encore une fois. »

37

Bien qu'il vît depuis des dizaines d'années ces lumières briller la nuit sur Jones Knob, Coggins ne s'était jamais tenu au pied de la croix Baumier. À contempler cet éclairage depuis Sylva, il savait que le monument devait être massif, mais là, il était d'autant plus impressionné. La croix du Mount Lyn Lowry se dressait sur l'équivalent de six étages dans un ciel bleu sans nuages, tubes blanchis tels des os de baleine complétés de lampadaires disposés verticalement à peu près tous les trois mètres, plus deux sur la barre transversale, un de chaque côté.

Il n'avait que douze ou treize ans quand la famille Lowry l'illumina pour la première fois. Une église de Webster avait organisé une randonnée jusqu'à la crête surplombant une des maisons des diacres, un fait dont il se souvenait car un gamin, Odie Nichols, n'avait pas arrêté d'en parler à l'école pendant une semaine. Il se rappelait également qu'environ un an plus tard, l'évangéliste Billy Graham était venu consacrer la croix, et il s'en souvenait parce que ses parents et grands-parents avaient dit le plus grand bien de la mission de ce jeune prédicateur. Dans ces montagnes, Graham était un saint.

Le sommet donnait sur un petit pré au pied de la croix. Un vaste panorama s'étendait vers l'est et il contempla des montagnes dont il ne connaissait pas le nom, leurs crêtes se découpant dans l'ombre aussi sombres que des cicatrices. La plupart des visiteurs accédaient au site en marchant depuis le sentier Waterrock Knob en marge de la voie rapide, mais une route fermée par une barrière débouchait devant la croix, et c'était sans doute par là qu'ils avaient amené le corps d'Ernie Allison jusqu'en haut. La probabilité que quelqu'un puisse traîner un homme inconscient sur plus de huit kilomètres de terrain aussi accidenté était pratiquement nulle, d'autant qu'il aurait fallu le porter.

La croix comme la Confederate Veterans Memorial Forest, où l'on avait abandonné Ernie, se trouvaient à proximité du comté de Haywood, et Coggins se doutait que tout cela avait été fait à dessein pour que l'affaire ne lui soit pas confiée. De fait, il s'en foutait royalement. Le prétexte de la juridiction servait généralement à se défiler, à refiler les cas dont on ne voulait pas, une excuse du genre "C'est pas à nous, c'est à vous". Mais il n'était pas homme à respecter une règle qui l'empêcherait d'obtenir des réponses s'il voulait en avoir.

Le matin même, il avait retrouvé le shérif du comté de Haywood, Bruce Sellers, au Buttered Biscuit et, tout en mangeant des œufs en sauce à la saucisse et un biscuit *cathead*, il lui avait raconté tout ce qu'Ernie lui avait dit la veille au soir. Après avoir terminé leur petit déjeuner, ils avaient fait un saut jusqu'à la croix et rencontré l'administrateur à l'entrée. Le Mount Lyn Lowry était en principe un domaine privé que la famille permettait aux randonneurs de visiter, mais la route était fermée par une barrière dont seules quelques personnes avaient les clés.

Près d'une semaine et demie après les faits, si la moindre preuve avait été laissée sur place, elle avait été effacée par la pluie ou les empreintes de pas. Toutefois, Sellers avait fait appel à la police scientifique pour passer le pré au peigne fin, et Coggins était resté là pour superviser l'opération pendant que son collègue était redescendu s'entretenir avec l'administrateur. Quand Sellers remonta, il marchait lentement avec les mains dans les poches. Il était grand, large d'épaules et portait un pantalon noir impeccablement repassé. Il affichait toujours un air triste, comme s'il en avait trop vu ou ne pouvait s'empêcher de réfléchir. Tandis qu'il approchait, Coggins s'aperçut qu'il cogitait.

« Ils ont trouvé quelque chose ?

– Pas encore. Et je doute qu'ils trouvent quoi que ce soit avec la pluie qu'il est tombé.

– Il a plu tout l'été.

– Et toi ? Tu as découvert quelque chose ?

– Pas mal de choses en fait. » Sellers avait toujours les mains enfoncées dans les poches. Il se déplaça d'avant en arrière pour bien s'ancrer dans le sol, comme s'il prenait place dans la boîte du batteur. « Je sais qui a les clés et ça pose un problème. Disons qu'il y a la gestion des urgences, le service des Forêts et moi, mais je dirais que j'ai à peu près autant de chances de les retrouver que celles de la Chevelle que je conduisais quand j'étais au lycée.

« Le problème, c'est que l'administrateur a dit qu'un gars du service des Forêts a fait des doubles pour un type avec lequel il chasse l'ours, un cousin ou je ne sais quoi, pour qu'il puisse traquer une bête, et que cette clé a mené à une autre clé qui a mené à une autre clé. » Il sortit la main gauche de sa poche et fit glisser ses doigts sur son front à travers la pointe en V de ses cheveux. « Résultat, John, il n'y a pas un chasseur d'ours d'ici à Murphy qui ne puisse pas mettre la main sur une de ces clés.

– Merde », lâcha Coggins.

Il cracha entre ses dents et frappa le sol avec la pointe de sa botte.

« Cela dit, pendant que j'étais là-bas à démêler tout ça, le type s'est rappelé qu'il y a une caméra de chasse installée dans les bois et pointée vers le portail. »

Sellers sourit et hocha la tête.

« Et bien sûr, il aurait pas pu le dire quand on est arrivés. On voit quelque chose ?

– La carte mémoire a été effacée la nuit même. Il s'avère qu'elle est reliée à un petit panneau solaire pour fonctionner et il n'aurait pas été très difficile de repérer si quelqu'un regardait, surtout si ce quelqu'un s'était trouvé là une fois ou deux. Mais il n'y a pas une seule image prise avant cette nuit-là. Le lendemain matin, on voit sur la route une biche avec deux petits, tout tachetés, qui ne devaient pas avoir plus de quelques jours. Il a dit qu'il n'avait pas vérifié la carte mémoire depuis mai, il ne fait donc aucun doute qu'elle a été effacée, mais selon la façon dont ils ont procédé, il nous sera peut-être encore possible d'obtenir des images. J'ai un gars au bureau qui devrait être capable d'y accéder si elles sont toujours là. Il n'est pas rare que ces manipulations électroniques ne soient pas faites avec autant de soin que les gens le pensent. »

Ils restèrent au pied de la croix encore à peu près une heure, mais la police scientifique ne trouva pas le moindre indice permettant d'espérer relier Ernie Allison à cet endroit. Problème, il n'y avait que deux croix ainsi éclairées dans les environs de Jackson ou Haywood ; l'autre se dressait sur un parking de Lake Junaluska et sa taille n'atteignait pas le quart de celle-ci. Si c'était ici qu'Ernie avait dit qu'il se trouvait cette nuit-là, Coggins ne doutait pas un instant d'être au bon endroit. En apporter la preuve, cependant, s'avérait beaucoup plus difficile.

38

De l'aube au crépuscule, Leah avait battu le pavé et frappé à toutes les portes depuis le campus jusqu'à la maison de Vess. Personne n'avait vu Toya Gardner marcher le long de la route cet après-midi-là. Ce n'est qu'en rentrant chez elle qu'elle apprit la nouvelle concernant Ernie. Ce fut comme un rayon de soleil à la fin d'une journée qu'elle s'était empressée d'oublier.

Après avoir écouté ce dont il se rappelait, elle se rendit au sommet d'une crête d'où elle put voir la croix Baumier briller au loin tel un phare et, pour des raisons qu'elle fut incapable de s'expliquer sur le moment, elle fondit en larmes et se mit à prier. Elle passa ensuite en revue les détails qu'il avait fournis au shérif : la croix géante qui rayonnait d'un éclat si vif que c'en était aveuglant, les hommes en tunique et capuche qui se dressaient devant lui tels des revenants. Ces images se mêlèrent à la scène dont elle avait été le témoin direct ce matin-là, Toya Gardner abattue et abandonnée comme un cerf braconné. Le monde sembla soudain se dérober sous ses pieds.

Elle se rappela une anecdote que son père lui avait racontée un jour à propos d'un de ses amis, un dénommé Silas Crane qui vivait à Wolf Mountain, capable de réparer absolument n'importe quelle arme à feu. Son père avait dit en passant que Silas avait été approché par le Klan pour être leur gardien d'armes. C'était un infime détail d'une histoire qui était restée gravée dans sa mémoire car, jusqu'à aujourd'hui, elle n'avait jamais plus entendu parler du Klan dans la région.

Que le shérif veuille ou non l'admettre, les deux affaires étaient liées. Maintenant qu'ils savaient qui était responsable de ce qui était arrivé à Ernie, elle était convaincue que cela valait également pour Toya Gardner.

Silas Crane vivait au-dessus de Tanasee Lake dans une caravane Teardrop, des bâches bleues tendues entre les arbres pour garder l'endroit au sec. Sa maison avait brûlé une dizaine d'années auparavant et, plutôt que de la reconstruire, il avait investi l'argent de l'assurance dans un plan d'épargne de façon à pouvoir partir à la retraite quelques années plus tôt. Une pluie fine tombait depuis l'aube et les nuages recouvraient les montagnes tel un édredon. Elle l'aperçut dans la brume alors qu'elle se garait. Il était assis sur un fauteuil pliant près de sa caravane et tisonnait les charbons d'un petit feu avec l'extrémité d'une canne.

« Je suis sûr que je t'ai pas vue depuis que t'avais dix ans et que tu jouais au softball au Mark Watson Park. » Silas était moins vieux qu'il ne le paraissait, sans doute à peine plus âgé que le shérif, mais il payait cher les années passées à travailler à la minoterie. Il avait une barbe ébouriffée et des cheveux blancs bouclés qui lui arrivaient aux épaules. « Avec Prelo Pressley, on a roulé jusque là-bas pour te voir car ton papa arrêtait pas de rabâcher que t'étais une sacrée batteuse. On a parié et t'as réussi quatre frappes sur quatre avec deux doublés, et Prelo a dû payer mes bières pendant une semaine.

– J'aimerais pouvoir te dire que je m'en souviens, répondit Leah, mais ça fait bien trop longtemps.

– Pour sûr. » Silas sourit et ouvrit une petite glacière qui conservait un pack de six dans la glace. Il n'était que midi, mais il était à la retraite et il n'y avait pas grand-chose d'autre à faire sous la pluie. « Ce bon vieux Prelo a payé mes bières pendant une semaine. » Il dégagea une cannette du film plastique, l'ouvrit, puis la porta à ses lèvres pour aspirer la mousse. « Je parie qu'il en a eu pour deux cents dollars. » Il gloussa et se pencha sur le côté pour poser la cannette par terre. « J'ai bien ralenti depuis, mais à l'époque je pouvais écluser jusqu'à plus soif.

– Toi, Prelo et mon père, vous deviez faire une sacrée bande.

– Tu ajoutes Raymond Martin et on était le diable incarné, tous autant qu'on était. » Silas se gratta les dents avec son doigt. « Un miracle qu'on ait pas fini en taule. Je pense que c'est toi et ta maman qu'avez sauvé ton père. Doris a probablement sauvé Ray. Mais ça devait être le bon Dieu qui s'est occupé de Prelo et moi. Pour sûr qu'on lui a donné du fil à retordre. »

Leah aimait écouter Silas parler de personnes qu'elle connaissait, mais elle n'entendait pas le laisser trop s'égarer. Quand les gens d'ici se penchaient sur leur passé, un souvenir en amenait un autre qui en amenait un autre, et les heures s'écoulaient et la journée était pliée.

« Si je suis là, c'est parce que je me suis souvenue d'un truc que papa m'a dit un jour.

– Seigneur, va savoir. » Silas but une gorgée de bière et contempla le brouillard qui filtrait à travers les arbres. La fumée du feu de camp flottait prisonnière de la bâche, faute d'air pour la dissiper. « Je dirais qu'y a à peu près quatre-vingt-dix pour cent de chances que ce soit vrai.

– Bon, en fait je ne me souviens pas trop des détails. Je me rappelle simplement qu'il a dit que le Klan t'avait approché pour que tu sois leur gardien d'armes. »

Silas renifla, éclata de rire et s'affala dans son fauteuil, puis il posa sa bière sur sa poitrine pour pouvoir facilement la porter à ses lèvres.

« Ouais, c'est vrai, dit-il. Un dénommé Dumpy Rice m'a demandé ça. Le vieux Dumpy est mort à présent. Depuis, je sais pas, cinq ou six ans. Mais ton papa et les autres m'ont carrément engueulé pour ça. À l'époque, je faisais comme si j'appartenais secrètement au Ku Klux Klan.

– Qu'est-ce qui s'est passé ?

– J'ai envoyé chier Dumpy. Voilà ce qui s'est passé. C'est pas allé plus loin. » Silas termina sa bière et tisonna les charbons jusqu'à ce qu'ils rougeoient. Il jeta sa cannette vide dans le feu et en ouvrit une autre. « Tu sais, je donnais pas mal dans les ventes d'armes à l'époque, un peu comme un second boulot, j'achetais, je vendais et je me rendais dans les foires aux armes. J'avais un permis de classe III, et c'était ça qui les intéressait. Ils voulaient se procurer à peu près une dizaine d'armes automatiques au cas où les choses tourneraient mal. Mais on rentre pas comme ça dans une armurerie en disant : "Salut, je voudrais une mitrailleuse." Y a beaucoup de paperasse, c'est une véritable course d'obstacles. Ils voulaient simplement se servir de mon permis pour couper à toutes ces formalités administratives. »

Leah sauta sur l'occasion pour tenter de faire le lien.

« Je suis sûre que tu as entendu parler de tout ce qui se passe. Ce qui est arrivé à l'un de nos adjoints, Ernie Allison, et puis le meurtre de Toya Gardner.

– Oui.

– On sait qu'Ernie était dans le viseur du Klan parce qu'il avait découvert certains noms, et je ne peux m'empêcher de penser que si ces types sont responsables de ce qui lui est arrivé, alors il y a de fortes chances qu'ils soient aussi responsables de ce qui lui est arrivé à elle. Et de fait, avant que tout ça ne se produise, il ne m'a jamais traversé l'esprit que de telles choses étaient possibles dans ce comté. Jusqu'à il y a deux semaines, la seule fois où j'avais entendu parler du Klan, c'était cette histoire.

– Enfin, ils ont toujours été là à un titre ou à un autre. » Silas tira sur sa barbe. « Ça a jamais été bien loin. Pas comme dans certains endroits, pas comme quand ils défilent en ville, quand ils se montrent au grand jour. Quand on les entend dire qu'à l'époque c'était comme s'ils formaient un club social. C'est ce qu'ils ont voulu me faire croire, que tout ça tournait autour du passé et de Jésus, et ce que j'arrêtais pas de me demander c'était si tout ça c'est bien vrai, alors pourquoi ils ont besoin d'un gardien d'armes ?

– Pourquoi tu penses qu'ils t'ont approché ?

– À cause de ce permis, répondit Silas. À cause des armes qu'ils cherchaient, car c'était pas le genre de trucs qu'on peut prendre comme ça sur le rayonnage d'un magasin.

– Oui, mais pourquoi est-ce qu'ils ont pensé que tu serais d'accord avec tout le reste ?

– C'est une sacrée bonne question, et c'est pour ça que ton papa et les autres têtes de nœud ont pas arrêté de me faire chier pendant des années. Ils savaient que ça avait aucun sens de croire que j'aurais pu faire partie d'un truc pareil. » Il approcha ses mains des flammes. Les charbons étaient chauds et la cannette de bière qu'il avait jetée dans le feu s'était ratatinée comme du papier carbonisé. « Tu sais, on a tous grandi ensemble, Dumpy, moi et quelques autres. Et quand j'étais au lycée j'avais des drapeaux sudistes sur mon pick-up et aussi dessinés sur mes cahiers. J'imagine qu'ils s'en sont souvenus et qu'ils ont supposé qu'on partageait les mêmes idées. Je sais pas, au juste.

« C'est bien le problème, pourtant. Enfin, j'ai grandi en connaissant l'histoire de ma famille, mais pour moi il a jamais été question de ça. Pour moi c'était juste un drapeau rebelle. Ça a jamais été autre chose, un doigt d'honneur en quelque sorte. Je me souviens de ce gamin y a quelques années qui s'était fait arrêter pour avoir peint à la bombe un symbole anarchiste sur un des immeubles du centre-ville. Il a eu sa photo dans le journal. Il avait une grande crête iroquoise et l'air bête comme ses pieds, mais bon, qu'est-ce que tu penses que ce gamin savait de la philosophie ? Bon sang, je suis allé à Sylva le mois dernier et j'ai vu une ado avec le crâne rasé et une photo de Che Guevara sur son tee-shirt. Ce que j'essaie de dire c'est que les gosses s'associent à tout un tas de choses qu'ils comprennent pas totalement juste parce qu'ils trouvent que ça a l'air cool, que ça fait gros dur, ou je sais pas quoi. »

Leah revit soudain le gamin qui conduisait le pick-up lors de la veillée aux chandelles.

« Alors la différence c'est peut-être que j'ai grandi, que je me suis mis à lire et que j'ai compris que la moitié des conneries qu'on m'avait racontées c'était pas l'idéal pour débuter dans la vie. Peut-être que c'est la plus grande différence entre eux et moi. » Silas observa les flammes lécher l'air devant lui. Une brise s'était levée et emportait la fumée vers les bois. « On peut être fier d'où l'on vient et pas de tout ce que l'histoire implique. C'est ce que tant de ces gens semblent pas capables de piger. »

Leah ne put s'empêcher de penser à la conversation qu'elle avait eue avec Rupert Bates à peine quelques jours plus tôt. Elle aurait aimé qu'il soit là, assis autour du feu à écouter ce que disait Silas, et elle se demanda si le fait qu'un homme comme lui tienne de tels propos aurait fait la différence ou si dans le fond ça n'aurait rien changé.

« Dumpy Rice a raté deux fois l'examen d'algèbre de troisième. Il a pris des cours de vacances tous les étés et jamais obtenu le moindre diplôme. Il a laissé tomber en seconde Bon, tu crois vraiment qu'il s'est jamais posé pour ouvrir un bouquin après ça ? » Silas pencha la tête en arrière et vida la moitié de sa bière. « Ces gars lisent pas. La seule histoire qu'ils connaissent c'est celle que leur a racontée leur papa, qui connaît lui-même que les conneries que son papa lui a racontées. Ils prennent juste ce qui les arrange et jettent le reste, comme ces gens à la télé avec la Bible. Ça a jamais rien eu à voir avec l'histoire, tout comme ça a jamais eu quoi que ce soit à voir avec un homme sur une croix.

« Voilà ce que personne te dira, ce que personne veut admettre. Un grand nombre de gens de ces montagnes se sont battus pour l'Union. Alors où est leur statue ? Pourquoi est-ce que leurs familles se baladent pas en uniforme en jouant à se déguiser et en plaquant des autocollants à l'arrière de leurs pick-up ? Pourquoi ils sont pas obsédés par une petite période de quatre ans qui remonte à cent cinquante ans, bordel ? Tu peux me dire ? »

Leah ne sut trop quoi répondre.

« Parce que c'est des conneries, voilà pourquoi. Des conneries de A à Z. Des mensonges et des conneries. »

Silas paraissait de plus en plus agité et elle eut l'impression qu'elle l'avait peut-être poussé à parler de choses qu'il aurait préféré ne pas aborder. Personne ne voulait évoquer un tel sujet. Il y avait un certain confort à se taire. Ils restèrent là un moment sans prononcer le moindre mot, puis elle essaya de conclure afin de pouvoir s'en aller.

« Ça me fait vraiment plaisir que tu parles avec moi, Silas. Comme je l'ai dit, tout ça a commencé quand Ernie Allison a découvert ces noms, ce qui signifie qu'il y a parmi nous des gens dont nous sommes pratiquement sûrs qu'ils sont bel et bien impliqués, mais j'imagine que j'espérais que tu pourrais m'aider à combler certaines lacunes.

– Je suis désolé, répondit-il. Je vois pas du tout comment t'aider. » Il était toujours affalé dans son fauteuil et il tisonna le feu avec sa canne. « Cette histoire dont tu as parlé est arrivée y a presque trente ans. Aujourd'hui, je reste là à boire ma sécurité sociale et c'est à peu près tout. La plupart des gars de cette époque sont morts et enterrés, et je vais pas tarder à les suivre. »

Leah était légèrement déçue mais pas vraiment surprise. Elle était venue sur un coup de tête, surtout pour essayer de comprendre certaines choses qui la taraudaient. Elle le remercia une nouvelle fois et s'apprêta à partir.

« Je dirais ceci. Comme tout le reste ici, ça a toujours été une affaire de famille. Des grands-pères aux pères, des pères aux fils. Tout se transmet, comme les maisons, les histoires et autres conneries. » Silas jeta sa cannette vide dans le feu mais n'en prit pas une autre. Il déplaça la glacière devant lui pour s'en servir de repose-pieds et posa ses bottes sur le couvercle. « Ce que j'essaie de dire, c'est que si tu me donnais un nom, je pourrais probablement deviner si oui ou non cette personne pourrait être liée à ces types-là. »

Tout d'un coup, une pluie battante se mit à tomber et Leah se retourna pour courir à sa voiture.

« Les gens sont ce qu'ils ont toujours été », cria-t-il sous le déluge, et ce n'est que plus tard, quand elle se retrouva seule, que la gravité de cette affirmation la frappa. « Dis à ce vieux vautour pour qui tu bosses de passer me voir un de ces jours. »

39

La pluie n'avait pas cessé de la journée. Il y avait eu quelques averses, mais la plupart du temps il avait plu régulièrement et sans interruption, une pluie à détremper les jardins et s'infiltrer dans les sols. Coggins sortit de la station-service et s'arrêta net devant une cascade qui jaillissait du bord du toit. Il portait un pack de bière sous un bras et se couvrit la tête de sa main libre tandis qu'il se précipitait vers les pompes à essence.

Le pick-up qu'il conduisait était assorti à la couleur des nuages, et il ouvrit la portière arrière gauche pour glisser les bières derrière le siège. Un marchepied noir courait tout le long du véhicule et il y posa un pied pour grimper dans la cabine. Alors qu'il s'y haussait, il aperçut un break passer en trombe, ses pneus crissant tel le sifflement d'un serpent sur la chaussée détrempée. La vitre arrière était fendue et les boiseries latérales depuis longtemps décolorées et écaillées. Le shérif n'eut aucun doute quant à l'identité de son propriétaire.

Il ne rattrapa pas le break avant les dernières lumières à la sortie de la ville et, tandis que le Caprice passait devant le lycée, Coggins mit les gaz pour le suivre. Il n'avait aucun motif valable pour le forcer à s'arrêter. Rien ne permettait encore de relier Cawthorn à la croix, rien n'indiquait son éventuelle implication dans ce qui était arrivé à Ernie. Il était le catalyseur, mais il n'existait aucune preuve suggérant qu'il en fût l'instigateur. Dans l'immédiat, le shérif voulait simplement lui poser quelques questions.

La journée s'achevait, les nuages et la pluie prenaient congé du monde dans une lueur gris foncé. Droit devant, sur la droite, recroquevillé sous un immense parapluie, un marchand ambulant vendait des pastèques qu'il avait rapportées de Floride. Juste avant son étal, South River Road partait en direction de Webster en longeant la Tuckasegee, et c'est là que Cawthorn ralentit pour tourner. La route était étroite, mince ruban à deux voies qui épousait les courbes de la rivière. Soudain le break s'échappa, multipliant sa vitesse par deux en à peine quelques secondes, et le shérif comprit aussitôt qu'il avait été repéré. Il conduisait un pick-up banalisé et n'avait pas allumé les gyrophares dissimulés dans la calandre, mais force était de constater que Cawthorn ne l'en avait pas moins identifié.

La route était trop sinueuse pour une course-poursuite. Il alluma les gyrophares et se mit à le prendre en chasse mais sans accélérer pour le rattraper. Au sortir d'une courbe, il aperçut le véhicule pendant une fraction de seconde quand son conducteur faillit en perdre le contrôle dans un virage, mais dans les lacets suivants il ne vit plus aucune trace du Caprice. Quand le shérif repéra enfin le break, il n'en distingua tout d'abord que les feux arrière rougeoyant dans la brume qui enveloppait la rivière, la voiture ayant quitté la route pour s'abîmer dans l'eau.

Coggins se rangea sur la bande d'arrêt d'urgence et laissa les gyrophares tournoyer tandis qu'il descendait du pick-up. Cawthorn avait plongé à l'endroit où un îlot séparait le cours d'eau en deux pour former un étroit couloir rocailleux contre la berge la plus proche de la route. Dans la rivière, le moteur rugissait. La fumée qui s'échappait du pot d'échappement faisait bouillonner l'eau. Les pneus arrière tournaient telles des roues hydrauliques et, à des intervalles d'à peine quelques secondes, leur chape adhérait suffisamment aux galets pour pousser le véhicule toujours un peu plus loin en aval.

Coggins se laissa glisser le long de la berge et se retrouva avec de l'eau froide jusqu'aux genoux avant de trouver son équilibre. Il traversa à gué et dérapa à chaque pas, ses bottes n'adhérant pas aux pierres rendues glissantes. Il eut bientôt de l'eau jusqu'aux hanches et constata que la pluie avait grossi la rivière. Tandis qu'il se rapprochait, il entendit Cawthorn crier à l'aide, prisonnier de l'habitacle.

Comme l'avant de la voiture pointait vers l'aval, Coggins l'aborda par le côté passager, conscient que la pression qui s'exerçait contre la portière la maintiendrait scellée tel un cercueil. Sur le côté droit de son ceinturon, juste devant son arme de service, un étui en cuir renfermait une petite matraque rétractable. Le shérif la prit et la déplia d'un coup de poignet. Il frappa la vitre latérale avec un mouvement de balancier et elle vola en éclats telle une fine couche de glace. À l'intérieur, Cawthorn luttait désespérément avec sa ceinture de sécurité.

« Elle est coincée ! » Il hurlait de toutes ses forces pour couvrir le vrombissement du moteur. L'eau arrivait jusqu'au siège et continuait de monter. « Je peux pas sortir !

– Retirez le pied de l'accélérateur ! cria Coggins.

– Mon pied est pas sur l'accélérateur ! Cette putain de pédale est coincée ! Voilà ce qu'y a ! Cette putain de pédale est coincée ! »

Le shérif comprit qu'il fallait que Cawthorn coupe sa ceinture de sécurité, mais il était absolument hors de question qu'il lui passe un couteau. Il prit sa matraque et cogna à plusieurs reprises sur le rebord de la vitre pour enlever les débris de verre et ne pas se lacérer le ventre en se glissant à l'intérieur. Le couteau était attaché à sa poche et, quand il s'en fut emparé, il en déplia la lame avec le pouce et plongea dans l'habitacle. C'est alors que le break fit un bond en avant et le projeta contre l'angle arrière de la fenêtre ouverte, ses pieds s'agitant frénétiquement à l'extérieur comme s'il était déjà en train de nager.

Quand le véhicule s'immobilisa, il attrapa la ceinture de sécurité et la trancha net au-dessus de la boucle, puis il fit aussitôt de même au-dessous. Les deux pans tombèrent mollement, l'un sur le genou et l'autre sur l'épaule de Cawthorn. Le shérif sortit de la voiture en se tortillant comme un rat d'égout et se retrouva dans l'eau. Le pare-chocs avant du véhicule était à présent coincé contre un piège à assommoir, et il comprit que le break n'irait pas plus loin, même s'ils avaient atterri dans un trou profond et que l'eau lui arrivait pratiquement jusqu'à la poitrine.

William Dean Cawthorn jouait des genoux et des coudes pour s'extirper de sa voiture. Coggins se dirigeait déjà vers l'aval de la rivière où il savait que l'eau était moins profonde. Cawthorn le suivit et, quand ils s'arrêtèrent, rejeta sa tête en arrière pour que la pluie lui fouette le visage. Il mesurait une bonne trentaine de centimètres de plus que le shérif.

Cawthorn baissa la tête, un sourire mauvais au coin des lèvres.

« Putain, je me suis vu crever ! » Il hurla avec une sauvagerie que l'on ne trouve que chez les bêtes et la vermine. Derrière eux, le moteur de la voiture rugissait toujours. « Putain, j'ai bien cru que ma dernière heure avait sonné, mais vous m'avez sauvé ! Vous m'avez sauvé, shérif ! »

Que ce soit dû à la montée d'adrénaline ou à la lente accumulation des contrariétés, une rage soudaine envahit Coggins. Sortie de nulle part, sa main jaillit vers l'avant, ses doigts agrippant le col du tee-shirt de Cawthorn. L'eau leur arrivait à mi-cuisses et, comme il avait toujours été du genre à ne rien lâcher, il n'eut pas grand mal à le terrasser, même dans cette rivière.

Le shérif grimpa sur son adversaire comme s'il enjambait un rondin et lui maintint la tête à fleur d'eau. Il le fusilla du regard.

« Tu étais à la croix cette nuit-là avec les autres ?

– Quelle croix ? » Le visage de Willy Dean exprimait la confusion la plus totale. « De quoi vous parlez ?

– Tu me mens et je te noie, mon gars. Juré. »

La pluie redoubla et se mit à lui marteler le dos, mais il ne s'en aperçut pas, car son corps était engourdi et il se trouvait dans un état second.

« Tu étais à cette putain de croix ?

– Je sais pas de quoi vous parlez, shérif !

– Tu vas me donner le nom de tous les enfoirés de ce comité qui portent une tunique et une capuche, ou je vais t'enfoncer sous l'eau jusqu'à ce que tu puisses plus respirer.

– Allez vous faire foutre ! » hurla Cawthorn, et Coggins lui plongea la tête dans la rivière comme s'il le baptisait, sauf qu'il ne le lâcha pas.

Quand il le souleva enfin, Willy Dean toussait et s'étouffait, ses bras et ses jambes battant l'air sans trouver où se poser.

« Lâchez-moi, putain ! brailla-t-il.

– Leurs noms ! » hurla Coggins.

Cawthorn ne dit rien, et cette fois le shérif lui enfonça la tête sous l'eau sans la moindre intention de le laisser se dégager de nouveau. Tandis que Willy Dean se débattait pour se libérer, le shérif aperçut du mouvement sur la rive et, quand il y regarda de plus près, il vit un individu se précipiter vers eux. La brume vira au bleu dans le stroboscope de son pick-up et l'homme apparut entre deux clignotements, de plus en plus près.

« J'ai demandé des renforts, shérif ! » cria l'inconnu.

Il était à peine plus qu'une ombre.

Coggins entendait déjà les sirènes qui résonnaient au loin dans la vallée. À cet instant précis, ce fut comme s'il revenait à la réalité. Il sentit la pluie frapper ses épaules, l'eau froide à mi-cuisses qui le trempait jusqu'aux os. Il fit un pas en arrière et laissa Cawthorn se relever en chancelant. Le visage de ce dernier était livide et terrifié, blanc comme un linge.

La route ne tarda pas à être envahie par les équipes des services d'urgence – agents de patrouille, ambulanciers, pompiers et sauveteurs. Ils descendirent prudemment sur la berge l'un après l'autre, et des médecins les entourèrent pour voir s'ils n'étaient pas blessés. Personne ne savait ce qui venait de se passer et ils montèrent tous deux à l'arrière d'une ambulance pour que l'on vérifie leur rythme cardiaque et leur respiration. Comme il n'y avait aucune raison de les amener à l'hôpital, ils passèrent l'heure suivante à attendre tandis que les médecins revenaient à de courts intervalles pour surveiller leurs signes vitaux et s'assurer que leur état était stable.

Ils étaient seuls quand Cawthorn finit par rompre le silence. La pluie avait cessé et ils se tenaient tous les deux près du pare-chocs arrière de l'ambulance, toutes ces lumières continuant à créer autour d'eux un halo étourdissant.

« Quoi que vous ayez bien pu me demander là-bas, shérif, je sais pas de quoi vous parlez. Je sais rien à propos d'une croix. » Il était enveloppé dans une serviette qu'on lui avait donnée pour le réchauffer, mais ses cheveux étaient encore mouillés et pendaient sur ses épaules comme s'ils avaient été enduits de graisse d'ours.

« Mais pour vous donner des noms, ma réponse change pas. Je suis pas mal de choses, shérif, mais j'ai jamais été une balance. »

Coggins aurait aimé que Willy Dean se contente de se taire, car le son de sa voix ne fit que rallumer sa rage.

Bien qu'il sût à quoi s'en tenir, le shérif s'avéra incapable de tenir sa langue, et dès lors il se ficha qu'on puisse l'entendre.

« S'il n'y avait pas eu cet homme sur la berge, je t'aurais maintenu sous l'eau jusqu'à ce que tu ne bouges plus. » Coggins se tourna pour qu'ils se retrouvent face à face. Ses poings pendaient serrés et exsangues de part et d'autre de son corps par ailleurs voûté et meurtri. « J'aimerais que tu dises quelque chose, mon gars. Dis encore un seul mot et je jure que je te pète les dents et te les fais bouffer. »

Willy Dean afficha un petit sourire en coin puis passa la langue sur la voûte de son palais. Ses quatre dents de devant disparurent et il fit claquer sa langue pour que l'appareil qu'il portait résonne telles des perles qui s'entrechoquent.

« Ce serait pas la première fois, shérif. »

Dans la rivière, la voiture brûlait.

40

L'église ne possédait pas de presbytère. À la place, le révérend louait à un membre de la congrégation une maison blanche avec un revêtement en vinyle près de Chupper Curve. L'habitation était dépourvue de gouttières, aussi les fortes pluies avaient-elles laissé une trace d'un rouge argileux à hauteur de genoux sur la totalité de la façade.

Leah monta sur le perron et essuya les semelles de ses chaussures sur un paillasson. L'entrée était ouverte et elle entendit à travers la déchirure d'une porte moustiquaire le pasteur bouger à l'intérieur.

« Révérend Tillman », murmura-t-elle, la porte moustiquaire cliquetant contre son cadre tandis qu'elle frappait du doigt pour éviter de le faire sursauter.

Surgissant dans un coin avec un torchon à la main, il repoussa le pont d'une paire de lunettes à monture métallique sur l'arête de son nez tout en s'approchant de l'entrée.

« Révérend Tillman, je suis l'inspectrice…

– Oui, madame. Je sais qui vous êtes.

– Je me demandais si vous aviez une minute. »

Le pasteur la dévisagea d'un air sceptique puis, sans un mot, ouvrit la porte avec le dos de la main. Il examina le jardin comme s'il essayait de savoir si elle était accompagnée ou si quelqu'un observait, mais il n'y avait rien d'autre derrière elle que des voitures qui passaient et la vapeur de l'usine à papier qui s'élevait jusqu'au ciel.

Aucune lampe n'était allumée à l'intérieur, les pièces étant baignées par le soleil de ce milieu de matinée qui filtrait à travers des fenêtres poussiéreuses. Il la conduisit dans la cuisine, tira une chaise devant une petite table en bois, finit de se sécher les mains et lança le torchon sur le plan de travail.

« Je faisais la vaisselle, dit-il, prenant à son tour une chaise pour se retrouver en face d'elle quand elle s'assit. Que puis-je pour vous ?

– J'irai droit au but », commença Leah. Plutôt que de parler au shérif de ce qu'Evelyn lui avait dit, elle avait décidé de s'entretenir directement avec le révérend. « J'ai entendu dire que vous essayiez de médiatiser davantage cette affaire.

– C'est exact, répondit-il. Je viens même de raccrocher, j'étais avec Frank Stasio. Il anime *The State of Things* sur North Carolina Public Radio, mais il disait qu'il pouvait partager cette histoire avec certains de ses collègues de la radio nationale. J'attends toujours qu'ils me contactent. J'ai plusieurs fers au feu.

– Si je peux me permettre, à quoi espérez-vous que cela va servir ? »

Le révérend écarquilla les yeux comme s'il était agacé ou amusé, elle n'aurait su dire.

« Nous voulons la même chose, inspectrice. Nous voulons trouver l'auteur du meurtre de Toya et qu'il soit traduit en justice.

– Eh bien, je peux vous assurer que nous faisons tout ce que nous pouvons. *Je* fais tout ce que je peux. » Elle prit une profonde inspiration. « Je vais trouver qui a fait ça, révérend. Mais en attendant, je ne comprends pas en quoi cela peut m'aider. »

Tillman joignit les mains comme s'il s'apprêtait à prier et se tapota les lèvres du bord de ses index. Il semblait chercher les mots justes.

« Je vais vous dire la vérité, inspectrice, et je doute sérieusement que vous puissiez pleinement l'appréhender, mais nos vies ont tendance à faire l'actualité à peine plus de vingt-quatre heures. Et ce, si nous avons de la chance. Et pour la plupart des femmes noires, c'est encore pire. Vous me demandez pourquoi, voilà pourquoi. Parce qu'autrement Toya Gardner ne sera qu'un nom qui embrasera ces montagnes tel un feu de paille. Et la grande majorité des gens préféreraient qu'il en soit ainsi. »

Leah ne sut trop quoi répondre. Elle comprenait ses intentions, mais cela n'apaisait pas son inquiétude.

Au bout d'une minute ou deux, Tillman tapota de ses paumes la table en noyer.

« De quoi avez-vous peur, inspectrice ? Que craignez-vous donc qu'il arrive ? »

Après avoir regardé fixement le mur, Leah retrouva sa concentration.

« J'ai peur que ça gêne l'enquête.

– Comment ? s'écria Tillman, que cette réponse agaçait visiblement.

– Révérend, au cours du mois qui vient de s'écouler, j'ai vu ce comté se scinder en deux. Jamais auparavant je n'avais connu nos concitoyens aussi tendus, et je crains que faire venir des gens de l'extérieur… Écoutez, vous savez comment les choses se passent ici. Vous savez comment sont les habitants de ces montagnes. Si des étrangers débarquent et commencent à poser des questions, ces gens risquent de se fermer comme des huîtres. Ils risquent de ne plus rien dire du tout.

– Inspectrice, ce comté a toujours été divisé en deux. Ça ne date pas d'aujourd'hui. Ça n'a rien de nouveau. Bon, peut-être que vous ne le voyez pas parce que vous n'y êtes pas obligée. Mais je connais le monde dans lequel je vis et je sais quelle est ma place dans ce monde. La moindre de mes pensées, la moindre de mes décisions, est régie par cet état de fait. Y compris le choix de vous laisser entrer chez moi, de m'asseoir à cette table en tête-à-tête avec vous. Il n'y a pas une seconde où je n'en aie pas conscience car ce serait une erreur que de le perdre de vue. Pour vous c'est un luxe de ne pas le voir, mais pour moi ce serait une faute grave. »

Leah n'était pas venue pour argumenter et elle s'efforça de composer un moment avec ce qu'il disait. Elle regardait fixement ses mains, en se massant nerveusement la paume gauche avec le pouce droit comme un mortier et un pilon. Quand elle leva les yeux, Tillman la dévisageait comme s'il attendait qu'elle lui réponde.

« D'accord, dit-elle. Mais si cette division a toujours existé, si les choses ont toujours été ainsi, comment construire un pont…

– Stop, l'interrompit Tillman, permettez-moi de vous arrêter, inspectrice. » Le révérend secoua la tête et laissa brièvement échapper un petit rire avant de reprendre son sérieux. « Ce n'est pas le moment de venir me demander comment combler le fossé. »

Leah sentit le rouge lui monter aux joues, son visage s'embraser. Elle était décontenancée, incapable de comprendre en quoi sa question avait pu l'offenser.

« Voilà ce que je veux que vous vous demandiez, et je veux que vous preniez le temps d'y réfléchir. Habituez-vous à cette idée avant d'essayer de répondre. »

Les mains de Tillman étaient jointes et pressées contre ses lèvres. Son menton était baissé, ses yeux levés et son front plissé de rides. Il ôta les mains de devant sa bouche pour bien se faire comprendre.

« Pourquoi a-t-il fallu le meurtre de Toya pour que vous veniez ici me demander comment combler le fossé ? » Il marqua une pause. « Pourquoi a-t-il fallu que Toya Gardner perde la vie pour que vous admettiez enfin l'existence de ce fossé ? »

Il frappa sur la table pour souligner ses paroles, et ce bruit et ces questions lui donnèrent l'impression que la maison tremblait autour d'elle.

« La vérité, inspectrice, c'est qu'il ne faudrait pas qu'un Noir perde la vie pour que vous regardiez enfin la réalité en face, que vous ayez un éclair de lucidité. Et pourtant, encore et toujours, c'est ce que ce monde exige. Aussi, comme je l'ai dit, il y a des questions que vous devez vous poser. Et en attendant, je n'ai que faire d'un pont. »

41

Des voitures étaient alignées de part et d'autre de l'allée de gravier si bien que Leah dut chercher une place le long de la grande route. Elle se gara près d'un fossé, contre une clôture en fil de fer barbelé où l'herbe arrivait jusqu'aux genoux. Dans le pâturage, comme de juste, des bovins Angus paissaient en laissant filer le temps.

Son cerveau bouillonnait depuis la conversation qu'elle avait eue avec Tillman le matin même. Les questions qu'il avait soulevées la taraudaient et elle espérait que la fête pour le retour d'Ernie Allison lui offrirait un peu de répit. En s'approchant de la maison, elle vit le frère d'Ernie, Larry, soulever des deux mains le lourd couvercle d'un énorme fumoir comme s'il ouvrait le capot d'un bus scolaire. La fumée enveloppa le jeune homme et, quand elle se dissipa, un porc entier gisait à plat sur la grille du haut.

Larry parcourait tout le Sud-Est pour participer à des concours de barbecue, trimballant ce fumoir derrière son pick-up et dormant dans la cabine pour économiser les frais de motel. Il y avait au moins quinze poulets grillés en crapaudine qui grésillaient sur la grille du bas, la graisse qui dégoulinait du haut faisant croustiller les volailles d'un brun bien doré. Il arrosa d'une sauce claire au vinaigre toute la viande qui se trouvait dans le fumoir, dispersa une marinade sèche comme s'il semait des graines, puis referma le couvercle.

Ernie habitait une maison en bardage blanc sur des fondations en blocs de béton. Deux chênes blancs massifs à l'avant faisaient pour l'essentiel écran au soleil. Un lit de mousse recouvrait les bardeaux d'asphalte et les blocs peints étaient parsemés de touches de vert. Quelques personnes que Leah ne reconnut pas étaient installées dans des rocking-chairs sur un porche en dalle coulée. La façade de la maison était carrée et uniforme, la porte au centre avec une fenêtre de part et d'autre. Du lichen se déployait sur les volets telles des roses gris pâle.

Tous les membres de l'église d'Ernie, toute sa famille et tous ses amis, sans oublier tout le bureau du shérif de Jackson avaient répondu présent à Caney Fork pour fêter son retour. Une centaine de personnes au moins se trouvaient sur la propriété. Des gamins couraient en poussant des cris et jouaient dans le ruisseau, un spectacle tout à la fois chaotique et bruyant. Leah arriva par le côté de la maison et faillit foncer tête la première dans le shérif Coggins. Il faisait tourner ses clés de voiture autour de son doigt.

« J'ai entendu dire que aviez eu une folle nuit, shérif », le taquina Leah en lui frappant l'épaule. Une demi-douzaine de personnes lui avaient parlé de la poursuite en voiture et du sauvetage dans la rivière. « Après la retraite, vous êtes bon pour un job d'été comme maître-nageur à la piscine de Sylva.

– C'est dans mes cordes, en effet », répondit-il avec un stoïcisme qu'elle eut du mal à déchiffrer. Coggins fourra ses clés dans sa poche et porta à sa bouche un gobelet qu'il tenait de l'autre main pour boire une dernière gorgée. « Ça me fait plaisir que vous soyez venue, inspectrice. C'est bien que tout le monde soit là pour soutenir Ernie.

– J'aurais pas raté ça », dit Leah. Elle avait plus d'une raison d'être là. Quelques minutes après être partie de chez Tillman, le premier rapport d'autopsie de Toya Gardner était arrivé et elle tenait absolument à connaître l'avis du shérif. « Dites, si vous avez une minute, je voudrais vous parler de deux ou trois choses.

– Je partais. Je suis revenu dire au revoir en vitesse, Evie m'attend dans la voiture.

– Le rapport d'autopsie est arrivé. »

Elle espéra que cette nouvelle piquerait sa curiosité, mais il paraissait être pressé de s'en aller.

« C'est bien, dit-il. L'État n'a pas chômé. Souvent ces trucs-là prennent un temps fou.

– J'aimerais prendre le temps d'en discuter avec vous si vous êtes d'accord.

– Bien sûr. » Il fourra sa main dans sa poche et fit cliqueter ses clés contre sa cuisse. « Je dois en avoir un exemplaire qui m'attend sur mon bureau. Passez demain et on y jettera un œil. Je dois juste amener Evie à la pharmacie avant que ça ferme ou elle va me tuer. »

Leah ne put s'empêcher d'insister. Peut-être parce que c'était sa première grosse affaire, ou peut-être parce qu'à ses yeux l'expérience et l'avis de Coggins comptaient plus que tout.

« J'ai eu comme une intuition l'autre jour et je suis allée m'entretenir avec Silas Crane, reprit-elle. Il a dit qu'il fallait que vous passiez le voir.

– Oh, oui. Qu'est-ce qui vous a poussée à aller parler à Sil ? demanda-t-il en jetant un œil à son pick-up par-dessus l'épaule de l'inspectrice.

– Je me suis souvenue d'une histoire que mon père m'a racontée un jour, répondit-elle. Mais Silas a dit quelque chose comme quoi il s'agissait toujours des mêmes familles. Ça m'a fait penser que si j'isolais quelques plans fixes dans les images de la manifestation pour qu'il puisse voir qui y était, peut-être qu'il pourrait reconnaître quelqu'un susceptible d'en faire partie. »

Coggins secoua les glaçons dans son gobelet, en prit un dans la bouche et le croqua à pleines dents. Il jeta les autres dans le jardin.

« Je pense que si on parvient à dresser une liste de tous ceux dont on sait qu'ils en font partie, cela nous donnera au moins un point de départ. Cela nous permettra de savoir qui interroger. Voilà pourquoi je persiste à croire qu'il faut que nous collaborions, shérif. Ces deux affaires sont liées. C'est forcé.

– Non, mademoiselle Green, rien ne dit que ces deux affaires sont liées. »

Il venait de lui ôter son titre et elle en fut frappée. Depuis qu'elle avait été promue, il avait presque toujours mis un point d'honneur à l'appeler inspectrice.

« Comme je vous l'ai déjà dit. Vous tirez beaucoup de conclusions hâtives sans prendre en considération où ça peut bien vous mener. Il y a d'énormes différences entre l'affaire sur laquelle vous travaillez et ce qui est arrivé à Ernie, et l'une de ces différences est que le type assis là-bas m'a dit que les hommes qui l'ont envoyé à l'hôpital se tenaient au pied d'une croix vêtus d'une tunique et d'une capuche blanches. Ce n'est pas une spéculation. Ce n'est pas une intuition. C'est un fait. »

Son irritation la fit se tasser sur elle-même. Une fois de plus, il l'avait envoyée promener sans attendre, sans même prendre le temps de réfléchir à ce qu'elle disait. Leah fit de son mieux pour ne pas le prendre mal, mais entre la réaction de Coggins et sa conversation avec Tillman, son caractère bien trempé avait été douché. Il se passait beaucoup de choses et peut-être que le shérif ne pouvait pas se permettre de trop se disperser. Il sembla toutefois se rendre compte qu'il l'avait blessée et son visage se détendit.

« Écoutez, je sais ce que vous voulez, Leah. Je le sais. Mais je ne peux pas vous aider sur cette affaire. Je ne peux pas. » Il la dévisagea d'un air implorant. « Je suis trop impliqué. Je suis trop proche de Vess et du reste de la famille. L'autre jour, je ne pouvais rien faire de plus que d'être aux côtés d'elle et de Dayna. Ça m'a pompé toute mon énergie. »

Elle comprit tout à coup pourquoi il s'était montré si distant. Elle se rappela à quel point il lui avait paru épuisé, vidé, lors de la veillée.

« Comme je l'ai déjà dit, passez à mon bureau demain dans la journée et on se penchera ensemble sur ce rapport. D'accord ? »

Elle hocha la tête et baissa les yeux. Coggins lui pressa l'épaule puis se dirigea vers son pick-up.

La mort de Toya Gardner l'avait rongée alors qu'elle n'avait pas connu la jeune femme, et elle était incapable d'imaginer quelle aurait été sa réaction si cette disparition l'avait touchée intimement. Coggins s'était plongé à corps perdu dans l'affaire d'Ernie ; elle se demanda si c'était sa façon à lui de faire face, de s'occuper pour ne pas avoir à affronter la réalité. Tandis qu'il s'en allait, elle s'en voulut de l'avoir poussé dans ses retranchements.

Derrière la maison, une petite dépendance en fer-blanc peint en marron se dressait en plein soleil, et un sentier usé jusqu'à la terre nue reliait l'escalier arrière de la maison à ce cabanon, puis au ruisseau. Près de l'orée du bois, une table de pique-nique était nichée dans l'ombre d'un saule au bord de l'eau, et c'est là qu'Ernie était assis avec sa mère à ses côtés. Les gens qui s'étaient assemblés autour de la table pour discuter avec lui s'en allaient avec des assiettes vides dans leurs mains et Leah pensa que c'était le bon moment pour lui parler.

Ernie avait un bandeau sur l'œil gauche et ce côté de son visage était encore jauni à cause des contusions. Il portait un corset lombaire et des attelles aux poignets, une casquette de base-ball et un tee-shirt bleu marine avec « TUCKASEGEE TRADING COMPANY » imprimé sur la poche de poitrine. Il se mouvait avec raideur, presque comme un robot.

« Leah Green, c'est toi ? »

La mère d'Ernie, Clara, se leva et s'approcha pour la prendre dans ses bras.

« Comment allez-vous, madame Allison ? » Leah serra Clara contre elle et fut submergée par l'odeur de parfum et d'insecticide. « Je crois que ça fait un an que je ne vous ai pas vue.

– Depuis l'automne dernier. » Clara laissa sa main posée sur l'épaule de Leah. « Au Mountain Heritage Day.

– C'est exact, répondit Leah. Je ne me rappelais pas si c'était là ou à une brocante.

– On peut me trouver partout où il y a un marché, mon chou. Tu as mangé un morceau ?

– Pas encore, mais j'y compte bien.

– Je vais te chercher une assiette, dit-elle. J'allais justement reprendre des œufs à la diable qu'a apportés Doreen Stroup.

– C'est bon, répondit Leah. Je me servirai une assiette dans un petit moment.

– Maman, rapporte-moi une des Busch light qui sont dans la glacière, tu veux bien ?

– Tu en es à combien, Ernie ? Tu n'es pas censé boire avec tes médicaments.

– Et tu n'es plus censée t'inquiéter pour moi. » Ernie secoua la tête et sourit. « J'ai vingt-huit ans.

– Et têtu comme au premier jour, marmonna Clara par-dessus son épaule tandis qu'elle s'éloignait en direction de la maison.

– Viens t'asseoir à côté de moi. » Ernie épousseta le banc comme pour lui faire une place. « Ce sera sympa d'avoir une jolie femme assise à mes côtés pendant une minute ou deux. »

Leah était son aînée de plus de dix ans. C'était un adorable poupon, mais elle était trop rangée et routinière pour débourrer un poulain. Elle s'assit, se pencha et l'embrassa sur la joue.

« Tu insinues que ta maman n'est pas une jolie femme ?

– Elle va me rendre fou avant que tout ça soit fini. Elle a un cœur d'or et je l'échangerais pour rien au monde, mais je suis à deux doigts de souhaiter me retrouver seul pour avoir la paix. Je peux pas me torcher le cul sans qu'elle frappe à la porte de la salle de bains.

– Tu te sens comment ?

– Oh, ça va. Je suis une épave, mais ma santé s'améliore. Comment tu trouves ce bandeau ? »

Il se pencha sur elle et écarquilla son œil valide jusqu'à ce qu'elle éclate de rire.

« C'est très seyant.

– Ouais. J'ai l'air d'un foutu pirate.

– Eh bien, au moins, on va pouvoir te trouver une jambe de bois et t'installer bien en vue au camp de pêche. Tu pourras te faire de l'argent de poche le week-end.

– Si t'étais pas un tel plaisir des yeux, je m'en offusquerais. » Ernie liquida le fond d'une bouteille en verre marron qui était sur la table. Il avait complètement décollé l'étiquette. « Plaisir de l'œil », plaisanta-t-il.

Il y avait un côté agréable à être assise là avec lui. Depuis qu'on avait trouvé le corps de Toya Gardner, elle n'avait pas eu une minute à elle et, pendant une fraction de seconde, elle connut un moment de répit.

« Comment avance ton affaire ? demanda Ernie.

– Je viens de recevoir le premier rapport d'autopsie.

– Un détail qui te saute aux yeux ?

– Pas vraiment. Enfin, elle a reçu trois balles dans la poitrine, et une de ces balles a traversé ses deux mains, comme si elle avait dû les lever pour se protéger. J'espérais qu'il y aurait de l'ADN sous ses ongles, quelque chose, mais rien. Juste de la terre de l'endroit où elle a griffé le sol en tombant.

– Ils savent avec quelle arme ?

– Un .38 Special.

– Je suppose qu'ils ont retrouvé des balles sur le cadavre ?

– Oui », dit Leah. Elle regarda dans le vide pendant qu'ils parlaient, le monde semblant se taire autour d'elle tandis qu'elle ruminait les détails. « Deux des balles étaient en miettes, les têtes complètement éclatées, mais la troisième était encore relativement intacte. Entière et fichée dans sa colonne vertébrale.

– Ils pensent qu'elle est suffisamment en bon état pour pouvoir la relier au flingue ?

– C'est à espérer, dit-elle. Mais d'abord il faut retrouver l'arme. »

Ernie prit la bouteille de bière vide et la fit tourner sur la table de pique-nique comme s'ils étaient à une fête de lycée. Quand elle eut fini de tourner, la bouteille pointa vers la maison et il la redressa, puis il se mit à en faire basculer le col d'avant en arrière entre ses doigts. Après un long moment où seul résonna le bruit du verre contre le bois, il reprit :

« Bon, ça vaut ce que ça vaut, mais sache que je connais quelqu'un qui se balade avec un .38 Special dans sa boîte à gants.

– Qui donc ?

– Le type qu'on a arrêté l'autre nuit devant Harold's. Celui-là même que Coggins a repêché hier. William Dean Cawthorn, dit-il. Tu as vu la photo prise quand ils ont sorti la voiture de l'eau ?

– Non. »

Ernie lutta pour extirper son téléphone de sa poche et fit défiler les photos jusqu'à ce qu'il trouve la bonne, puis il orienta l'écran pour qu'elle puisse voir. Une dépanneuse avait un câble tendu jusqu'au milieu de la rivière et hissait le break sur la berge.

« J'ai l'impression qu'il y a un paquet de gens qui se baladent avec un .38 Special, dit Leah. Mon père gardait un .357 Mag sous le siège de son pick-up. Un Ruger SP101. Il a tiré des .38 Special jusqu'à ce que le canon brûle. Je ne peux pas aller rafler tous les flingues du comté. Il faut qu'il y ait au moins un lien entre son propriétaire et la victime. Alors c'est quoi ?

– Je ne sais pas, répondit Ernie. Je cherche juste des pistes. C'est toi la super inspectrice.

– C'est ça. » Leah laissa échapper un petit rire puis enfouit son visage dans ses mains. « La plupart du temps, je me dis que je ferais mieux de recommencer à patrouiller.

– D'accord. Voilà ton lien. Ta victime était à la manifestation, pas vrai ?

– Oui.

– Eh bien, William Dean Cawthorn aussi.

– Comment tu sais ça ?

– Le shérif me l'a dit. Il m'a dit qu'il l'avait vu là-bas sans aucun doute possible. »

La piste était ténue, mais elle n'était pas complètement farfelue. Qui plus est, elle collait à sa théorie selon laquelle les deux affaires étaient liées et le Klan impliqué dans le meurtre de Toya.

En fait, elle n'avait rien d'autre à se mettre sous la dent. Les seuls suspects jusque-là étaient un taré qui avait abandonné sa maison à une couleuvre, un vieux grincheux qui avait conduit une niveleuse trop longtemps et un étudiant qui n'avait d'autre mobile que d'être un amoureux transi. Son instinct lui disait qu'aucun d'eux n'était coupable, mais comme elle n'avait pour l'instant rien de concluant, aucune piste n'était à écarter.

« Le shérif ne semble pas penser que les deux affaires soient liées. Il ne croit pas que ce qui est arrivé à Toya Gardner ait quoi que ce soit à voir avec le Klan.

– Et que te dit ton instinct ?

– Il me dit que si.

– Alors c'est parti », répliqua Ernie.

Ils restèrent là encore un moment à tailler le bout de gras, puis la conversation s'orienta sur des sujets qui lui firent oublier l'affaire et les questions que Tillman avait soulevées, ne serait-ce que temporairement.

« Un de ces jours, il va falloir que tu me laisses t'emmener danser, lança Ernie en frappant les doigts sur le bord de la table. Qu'est-ce que t'en dis ? »

Leah posa une main sur la sienne, dont le dos était caché sous l'attelle du poignet.

« Une femme comme moi te briserait en deux. »

Elle se leva et s'apprêta à partir.

« Parfait, cria Ernie. Moi, je suis déjà passé par là. »

Elle vint se placer derrière lui et posa les mains sur ses épaules, se pencha et l'embrassa sur le sommet du crâne.

« Réflexion faite, j'ai comme un faible pour les pirates. »

Au loin, un nuage projeta une ombre en forme de plott hound sur la montagne. Avec son museau baissé et sa queue dressée, le chien suivit une piste nord-sud sur la crête puis disparut. Deux enfants passèrent en trombe et la petite fille qui était en tête s'accrocha à Leah, se servant de sa jambe pour se retourner et gagner d'une courte tête dans un jeu de poursuite. L'inspectrice s'arrêta une fraction de seconde pour profiter de l'instant – l'odeur de la viande grillant sur le fumoir, les exclamations des enfants et des parents, les montagnes vertes et lumineuses.

C'était tel que cela avait toujours été, un endroit en apparence parfait et enchanté, le genre de communauté très soudée qui avait disparu du reste du monde depuis longtemps. Son cerveau n'arrivait pas à concilier ce que les choses lui avaient toujours semblé être avec les événements des dernières semaines. Comme si ce qui était arrivé à Ernie n'était pas assez affreux, le meurtre de Toya Gardner annonçait un dénouement. Leah se retrouva à essayer de regarder au-delà des sourires et des rires, de poser son doigt sur quelque chose qu'elle n'avait jamais cru être là. Pour ce qu'elle en savait, les méchants se trouvaient juste ici, parmi eux.

42

Une dizaine d'années plus tôt, Coggins était tombé sur une paire de pistolets mitrailleurs automatiques Thompson M1A1 alors qu'il faisait l'inventaire de l'armurerie du comté. Ces armes dataient de la Grande Dépression et il fit appel à Silas Crane pour les vendre. Ce dernier trouva un collectionneur qui les acheta tous les deux, chacun pour près de trente-cinq mille dollars. Avec cet argent, Coggins fut en mesure de fournir à chaque adjoint du bureau un nouveau gilet pare-balles et un nouveau fusil, une dépense que le comté avait refusé de prendre en charge. Silas n'avait même pas touché de commission.

Quand le shérif se gara près de la caravane à Wolf Mountain, il l'aperçut courbé à l'intérieur, allant et venant derrière un épais rideau brun clair qui brillait d'un éclat jaune dans la nuit. Un petit duc maculé chevrotait son chant solitaire du haut d'une grande pruche du Canada qui ressemblait au squelette d'un poisson se découpant dans le ciel. Coggins attendit dans son pick-up la portière ouverte et écouta le hibou pendant un bref instant, les yeux perdus dans le vague et bien trop familier de cette sensation.

Il était venu pour deux raisons, mais avant tout parce qu'il avait cherché un prétexte pour boire, ce qu'il ne pouvait pas faire chez lui à cause d'Evie. Au fond de lui-même demeuraient les vestiges de l'alcoolique qu'il avait été, braises qui avaient couvé sous la cendre pendant des années sans dégager de fumée. Sa rechute avait commencé avec Toya Gardner ; incapable de la chasser de son esprit, cette nuit-là, il avait ouvert une bouteille et s'était enivré jusqu'à plonger dans un sommeil sans rêves. Les braises s'étaient rallumées et, à présent, son ancien moi brûlait.

Le problème, quand on est alcoolique, c'est l'implacable logique des choses. Toute la journée, le Coggins ivrogne s'inventait des excuses, si bien que même s'il décidait de ne pas boire le soir venu, il avait toujours une excellente raison de faire le contraire. Il avait abattu beaucoup de travail. Un ou deux verres l'aideraient à dormir. C'était vendredi. Une bière, ce n'était rien. Deux bières, un pack de six. Il s'était dit qu'il n'achetait pas cette eau-de-vie pour lui seul. Il s'était dit que c'était pour Silas Crane, en guise de remerciement tardif et parce qu'il ne l'avait pas vu depuis longtemps. C'était facile pour des hommes comme Coggins de se trouver un prétexte.

Il tapa à la porte de la caravane avec un doigt et, comme le loquet était cassé, la porte vibra à chaque coup. Silas ouvrit et eut un mouvement de recul comme s'il était surpris, puis un large sourire éclaira son visage quand il vit que c'était lui. Il avait toujours porté ses cheveux bouclés lâchés, mais à présent qu'ils étaient gris et séparés en deux queues-de-cheval, avec sa barbe gris et blanc il ressemblait à Willie Nelson.

« Bon sang, shérif ! » Silas retint la porte avec la main. « Entre donc avant qu'on te voie et qu'on pense que je suis devenu témoin à charge. »

La caravane était petite et exiguë, et même s'ils n'étaient grands ni l'un ni l'autre, tous deux se baissèrent pour ne pas se cogner la tête au plafond. Il y avait une petite cuisinière à quatre brûleurs, un plan de travail et un évier juste en face de la porte. Une fenêtre était grande ouverte, l'intérieur aussi glacial et sec qu'une chambre froide.

« Tu veux une bière ?

– Avec plaisir », répondit Coggins.

Silas sortit deux cannettes de Busch light à motif camouflage d'un mini réfrigérateur sous le plan de travail. Il en tendit une à Coggins tout en restant penché et dos tourné. Quand il se releva, il s'activa aussitôt sur le côté droit de la caravane à plier et déplier des parties de la cloison afin qu'en un clin d'œil apparaisse une petite table pour deux personnes avec deux places assises, comme s'ils s'apprêtaient à jouer aux cartes.

Le bocal d'un litre était enveloppé dans du papier brun. Coggins se glissa sur le siège le plus près de la porte et déballa le cadeau qu'il avait apporté.

« Je ne crois pas t'avoir jamais remercié comme il faut pour l'aide que tu nous as apportée avec les Thompson, dit-il en posant le bocal sur la table.

– Où t'as eu ça ? »

Les yeux de Silas étincelèrent.

« Chez les Luker. » Coggins éclata de rire. « Je me suis arrêté en venant. »

L'éclairage était faible et tamisé comme dans un bar. Une vieille chanson de l'Alabama s'élevait doucement d'une petite radio posée sur le rebord de la fenêtre près du lit. Silas prit le bocal et le tint à l'horizontale dans ses mains. Il le secoua et regarda l'alcool perler. Quand les bulles eurent disparu, il l'ouvrit et le porta à son nez.

« J'ai toujours pensé que le bon alcool avait une odeur de cerise.

– Eh bien, vas-y, dit Coggins, impatient qu'il y goûte. Bois un coup. »

Il décapsula sa bière et en engloutit la moitié d'un trait.

Silas but une petite gorgée directement au bocal et sourit.

« Du bouleau, dit-il. Incroyable que tu te sois souvenu d'un truc pareil. »

Le shérif s'empara du bocal et en prit une goulée qu'il garda en bouche avant de l'avaler. L'alcool était doux et le bouleau lui donnait une légère touche de *root beer*.

« Parmi toutes les choses qui méritent qu'on s'en souvienne, ce qu'un homme aime boire arrive en tête avec le genre de femmes qu'il préfère et l'église qu'il fréquente.

– Si je me rappelle bien, toi c'est le whisky, John.

– Tu vois ? dit Coggins. Certaines choses ne s'oublient pas. » Il lui repassa le bocal. « Je me rappelle que tu picolais du Dr. McGillicuddy's quand tu pouvais pas mettre la main sur de l'alcool blanc.

– C'est toujours le cas. » Silas laissa échapper un petit rire et passa la main derrière la cafetière posée sur le plan de travail pour prendre une petite bouteille qui ressemblait à du bain de bouche. Il but une gorgée d'eau-de-vie et la fit descendre avec de la bière. « J'ai dû passer de la Busch à la Busch light. Ordre du médecin. J'ai pas bu du bon bouleau depuis dix ou quinze ans.

– Ahhh », gémit Coggins comme s'il était surpris.

Il lissa sa moustache pour éviter de la mouiller en buvant.

« On en trouve plus, dit Silas. La dernière fois que je suis allé chercher un litre de spiritueux, y avait une vingtaine de saveurs. Tarte aux pêches, tarte aux pommes, poire, fraise, mûre, pastèque, tarte à la citrouille, et toutes avaient un goût de Kool-Aid. »

Coggins termina sa première bière et tendit la main vers le frigo pour en prendre une deuxième.

« Du marketing à l'intention de ces enfoirés de blancs-becs qui se pointent ici pour acheter nos montagnes à notre nez et à notre barbe.

– Bien dit. » Silas posa le bocal sur la table et le poussa au milieu, à équidistance de l'un et de l'autre. « Y a deux ans, je suis allé voir les Luker, et le père de Frank avait mis de la bile d'ours dans une bouteille. Il a dit que cette saloperie donnait une trique d'enfer. Eh bien, je sortais avec cette fille qui bossait au Dugan's Pub de Brevard et je savais qu'elle venait me voir tard ce soir-là, alors j'ai bu une bonne dose de ce truc, et laisse-moi te dire, shérif, on a fait ça ici même, par terre. »

Coggins était sur le point de s'envoyer une bonne lampée d'eau-de-vie et, en entendant cela, il fut pris d'un fou rire et avala de travers. Il toussa et manqua s'étouffer.

« Dieu tout-puissant, Silas ! s'écria-t-il. Tu veux ma mort !

– Mais c'est vrai. » Silas Crane but une gorgée de bière et roula des épaules comme pour se défaire d'un torticolis, puis regarda autour de lui avec un petit sourire suffisant. « Tiens, on était juste là, et j'ai chopé une crampe dans le mollet et je me suis figé, et mon Dieu, la pauvre fille a cru qu'elle m'avait fait chavirer.

– Arrête ! » beugla Coggins. Il toussait et riait toujours, incapable de reprendre son souffle. « T'as de la chance de pas t'être coincé le dos à faire le mariole, vieille branche. »

Ils passèrent l'heure suivante à se raconter des anecdotes et à parler de la façon dont le comté avait changé. Ils burent de la bière, de l'eau-de-vie, et discutèrent sans retenue aucune.

Silas raconta au shérif comment la 281 était devenue un circuit de course pour les voitures et les motos, un véritable piège à touristes. De nos jours, dit-il, c'était comme vivre à deux pas des lacets de la Tail of the Dragon dans le comté de Swain ou du Rattler à Haywood et Madison. Tous les week-ends, des clubs automobiles et des motos immatriculées hors de l'État s'abattaient tels des ouragans. Silas raconta que le calme lui manquait. Il regrettait le temps où l'on pouvait encore barrer la route avec des rondins et faire déguerpir ces enfoirés à coups de fusil de chasse et de merlin.

Ils rigolèrent d'une histoire vieille de trente ans, quand Archie Manring s'était retrouvé coincé derrière une tête de nœud à vélo qui descendait de la grande colline alors qu'il transportait un chargement de pierres, son frein moteur cognant tel un marteau piqueur. Quand ils arrivèrent enfin en bas, le cycliste lui fit un doigt d'honneur et Archie lui creva les pneus avec une volée de grenaille en le doublant.

« On te foutrait un procès au cul pour ça aujourd'hui », dit Coggins, comme s'il n'était pas le représentant de la loi.

Les cadavres s'amoncelèrent autour d'eux et Silas se mit à parler de ce qui était arrivé à Toya Gardner. Dès que Coggins entendit le nom de la jeune femme, ses pensées se tournèrent vers Vess. Sa tête se remplit d'images et de souvenirs, résonna de la voix éraillée qu'elle avait quelques jours plus tôt, et pour une fois il fut soulagé que Lon ne soit plus là. C'était un crève-cœur de la voir souffrir ainsi, de voir Dayna ressembler à une coquille vide, et ce fardeau fut plus qu'il n'en pouvait supporter. Il but une longue gorgée et orienta la conversation sur Ernie car il ne voulait pas s'attarder davantage sur un sujet aussi douloureux. Au cours des minutes suivantes, il expliqua à Silas où l'on avait trouvé Ernie ce matin-là, lui parla du coma, de l'hôpital et des détails dont s'était souvenu Ernie à son réveil.

« Eh bien, en ce qui concerne la croix, j'en sais pas plus que toi. » Silas secoua sa cannette près de son oreille pour savoir s'il restait de la bière, mais il avait déjà tout bu. « Mais au sujet de ces bottes, shérif, tu sais très bien à quoi t'en tenir. »

Coggins le dévisagea par-dessus la table, perplexe.

« Y a qu'un homme que je connaisse qui mette un point d'honneur à se pavaner en ville avec une telle paire de pompes. En fait, il avait l'habitude de se les caler sur le bureau de la commission du comté. »

À l'instant où il dit cela, Coggins eut comme un déclic. Il fut surpris de ne pas y avoir pensé plus tôt. Non seulement il savait exactement de qui parlait Silas, mais c'était en outre l'un des noms que lui avait cités Ernie ce jour-là dans son bureau.

Silas se pencha sans se lever totalement et ouvrit le réfrigérateur.

« Que je sois maudit si on a pas bu toutes les bières que j'avais », ronchonna-t-il, puis il claqua la porte du frigo avant de retomber sur son siège.

Coggins se leva d'un bond et se cogna au plafond.

« Je ferais mieux d'y aller », lança-t-il. À ce moment précis, il n'aurait su dire si c'était le fait de s'être cogné ou l'alcool, mais la tête lui tournait et ses jambes étaient en coton. « Si je bois encore, je serai pas en état de conduire.

– Si on en arrive là, shérif, on peut toujours replier la table. » Silas frappa le plateau de sa main et un chapelet de bulles pétilla dans l'eau-de-vie. Il avait les yeux rougis, presque clos, et un sourire facétieux passa sur son visage. « Abracadabra et voilà ton lit. »

43

Une idée fixe tracassait le shérif à propos de la journée qu'ils avaient passée à la croix Baumier à chercher des indices après qu'Ernie avait recouvré la mémoire. Une petite voix ne cessait de lui répéter qu'ils avaient raté quelque chose. Aussi, le lendemain matin après avoir bu en compagnie de Silas Crane, il se rendit sur les lieux avec un mal de tête qui lui vrillait le crâne.

Une seule route conduisait au sommet de la montagne. Coggins passa lentement devant les maisons, dans l'espoir de repérer quelqu'un dans un jardin et de poser quelques petites questions pour savoir si l'on avait entendu ou vu quelque chose cette nuit-là. Malheureusement, comme on était en semaine, la plupart des honnêtes gens étaient au travail. Presque au bord de la route, il y avait un petit ranch de brique avec des volets blancs et un porche, et en passant le shérif remarqua une sonnette vidéo sur la façade.

Quand il frappa à la porte, une femme aux cheveux blancs presque rasés d'à peu près son âge ou un poil plus jeune lui ouvrit. Elle portait un pantalon ample qui tombait comme une robe et elle était pieds nus avec une veste de grange passée sur un tee-shirt. Elle le dévisagea des bottes à la moustache d'un air sceptique, comme s'il était un fanatique religieux ou un représentant pour un quelconque traitement antiparasitaire.

« Bonjour, madame, je suis le shérif John Coggins du comté de Jackson. Je passais sur la route et je me suis arrêté quand j'ai vu la sonnette vidéo que vous avez là. »

Il tendit la main et, du bout des doigts, tapota l'objectif de la caméra.

« Oui, ma fille me l'a achetée à Noël. On arrêtait pas d'avoir des colis qui disparaissaient de notre porche. On peut plus rien laisser de nos jours. Les gens vous volent tout. Vous avez dit que vous travailliez dans quelle branche, shérif ? »

Coggins laissa échapper un petit rire et elle sourit en voyant sa réaction à sa petite plaisanterie. Plus il la regardait, plus elle ressemblait à un crapaud.

« Elle vous plaît, cette caméra ?

– Elle vaut que dalle, répondit-elle. Vu comment elle est orientée, elle filme tout ce qui passe sur la route. Ma fille avait tout paramétré pour qu'elle m'envoie des notifications sur mon téléphone et ça faisait *ding, ding, ding, ding* toute la sainte journée, toute la nuit, et ça me rendait dingue. Finalement, elle est revenue me voir vers Pâques et on a fait en sorte que je reçoive plus que des e-mails. Si j'attends un colis et qu'il disparaît, je vais les consulter, mais autrement ils atterrissent tous dans les spams.

– Vous avez un ordinateur ?

– Faut bien. Vu comme les écrans sont petits sur ces machins, je vois à peine qui appelle si je mets pas mes lunettes. »

Elle brandit un téléphone portable qu'il n'avait pas encore remarqué.

« Je suis désolé, madame, je crois que je ne vous ai même pas demandé comment vous vous appelez.

– Myrtle Erb. »

Elle prononça cela d'une telle façon qu'on aurait dit un seul mot et il fallut une seconde à Coggins pour séparer le prénom du nom.

« Je ne pense pas connaître quelqu'un qui s'appelle Erb.

– C'est normal, dit-elle. Je viens d'une famille de crackers de Floride[1]. J'ai grandi au pays du cheval. Mais je suis ici depuis longtemps. Ça fait un bail.

– Eh bien, madame Erb, ça va vous sembler drôle, mais est-ce que vous pensez qu'on peut jeter un œil à certaines images d'il y a deux semaines ? Il y a une nuit en particulier que j'aimerais visionner, si ça ne vous gêne pas.

– Je vous en prie, shérif. Vous voulez du café ?

– Plutôt de l'eau », répondit Coggins.

1. L'expression fait référence aux premiers colons britanniques et américains de Floride, alors espagnole. C'est aussi le surnom qui fut donné aux premiers conducteurs de troupeaux de bétail qui montaient des chevaux espagnols.

44

Une épaisse couche de rosée scintillait tels des tessons de bouteille sur l'herbe humide de la cour de l'église, mouillant les jambes et les chevilles des hommes qui s'y étaient rassemblés. Les femmes étaient restées sur le parking et sur l'étroit trottoir qui menait aux portes du lieu de culte pour éviter de tacher le cuir de leurs chaussures. Leurs talons claquaient comme des sabots tandis qu'elles passaient d'un groupe à l'autre, faisant le tour pour discuter.

L'église d'origine avait donné l'impression d'être en deux dimensions, tel un bâtiment en forme d'emporte-pièce construit comme toile de fond d'une pièce de théâtre. Un simple assemblage de planches horizontales avec une unique fenêtre et une toiture en bardeaux de cèdre. Cet édifice et celui devant lequel ils se trouvaient à présent avaient pour seuls éléments communs le bardage en bois de la façade et le clocher, deux portes au pied de la tour et un toit pyramidal surmonté d'une flèche. Mount Zion était blanche avec une toiture en bardeaux d'asphalte de couleur rouille et une rangée de hautes fenêtres sur le côté. Le sol était inégal de sorte que son assise allait s'effilant de l'arrière du bâtiment à l'escalier qui menait aux portes.

Vess Jones et Lula Shepherd se tenaient tels des serre-livres de chaque côté de Dayna. Dans les pins au-dessus de leurs têtes croassaient deux corbeaux, et Vess aurait aimé avoir un fusil pour les chasser de leur perchoir. Elle lança un regard noir en direction des arbres. L'un des oiseaux sembla enfin le remarquer et les deux corvidés s'envolèrent de concert, l'un à la suite de l'autre vers la crête dont l'ombre s'étendait sur le vallon.

Quand l'État avait fini par restituer le corps de Toya Gardner, sa mère avait pris ses dispositions. Demain se déroulerait un office avec cercueil fermé puis l'inhumation dans un mausolée. Mais aujourd'hui, le corps devait être acheminé d'Asheville dans un funérarium d'Atlanta, et c'était pour cela que les gens étaient là. L'après-midi précédent, le révérend Tillman avait mené la première marche dans les rues de Sylva. La circulation avait été interrompue car près de cinq cents personnes y participaient, et des camions de reportage étaient venus d'aussi loin que Charlotte. Ce matin, toutefois, seuls les membres de la congrégation de Zion plus quelques autres de la Liberty Baptist Church de Sylva s'étaient rassemblés devant l'église pour organiser une procession. Dans une heure, ils monteraient dans leurs voitures et accompagneraient la jeune femme chez elle. Ils refusaient de la laisser faire ce dernier voyage seule.

Un grand pick-up ralentit sur la route devant l'église et Vess l'identifia aussitôt comme étant celui du shérif. Coggins freina légèrement tandis qu'il cherchait une place. Comme le parking était plein, il s'engagea sur l'herbe à l'endroit où le cimetière d'un kilomètre carré touchait à l'orée du bois. Quand il descendit de voiture, Vess sentit sa fille se tendre comme un arc. La veille au soir, Dayna avait appris qu'il avait raccompagné Toya, et à présent elle le rendait totalement responsable de ce qui était arrivé.

Le shérif s'avança et fit un signe de tête à Dayna, puis il reporta son attention sur Vess.

« J'ai passé quelques coups de fil et la police va vous escorter dans tout le comté de Buncombe jusqu'à la frontière avec la Géorgie.

– C'est gentil, John.

– J'aimerais pouvoir vous accompagner, mais j'ai beaucoup à faire ici.

– Comme quoi ? demanda sèchement Dayna. Nous n'avons pas besoin de vous, shérif. Vous n'avez aucune raison d'être là. Vous en avez déjà assez fait. »

Vess baissa la tête. Elle était tout aussi folle de rage que sa fille, mais contrairement à Dayna qui venait de laisser libre cours à sa colère, la sienne était dirigée contre elle-même. Elle ne cessait de se rappeler ce que Toya lui avait dit ce matin-là : *Si tu ne veux pas que j'y aille, dis-le-moi.*

« Je suis désolé, mais je ne suis pas sûr de te suivre. »

Coggins avait la tête inclinée sur le côté, attendant que Dayna s'explique.

« Pourquoi vous vous êtes contenté de déposer Toya ? Vous l'avez amenée là-bas puis vous l'avez laissée rentrer à pied.

– C'est ce qu'elle m'a demandé de faire.

– Dayna, si John n'avait pas été là, on ne sait pas ce qui aurait pu arriver au palais de justice. N'oublie pas que c'est lui qui l'a sortie de là.

– Ce qui aurait pu arriver ? De quoi tu parles, maman ? Qu'est-ce que tu crois qu'on fait, là ? Rien n'aurait pu arriver de pire que ça. Il savait parfaitement quel était le danger et il l'a laissée marcher sur cette route toute seule. Avec cet insigne, il est censé protéger les gens dans ce comté, pas les laisser se débrouiller tout seuls. »

Vess regarda Coggins et constata que les propos de sa fille le blessaient. Il lui jeta un regard furtif, baissa les yeux, puis se tourna vers Dayna en relevant la tête.

« Ta fille était une adulte. J'ai fait exactement ce qu'elle m'a demandé de faire. Je suis venu ici pour vous voir parce que je sais à quel point votre souffrance et votre chagrin sont immenses...

– Vous ne savez rien de ce que j'endure. »

Coggins fit un pas en arrière et Vess crut voir des larmes dans ses yeux.

« Si tu ne veux pas de moi ici, soit, dit-il. Je m'en vais.

– En effet, shérif. Je ne veux pas de vous ici. »

Coggins la regarda et hocha la tête, puis il se retourna et partit.

« Je veux que vous trouviez qui a fait ça, cria Dayna tandis qu'il s'éloignait. Voilà ce que je veux que vous fassiez ! »

Coggins leva la main comme pour montrer qu'il avait entendu.

Le révérend Tillman, qui jusque-là se tenait avec les autres hommes, courut pour le rattraper, mais le shérif ne se retourna pas. Toutes les personnes présentes restèrent sans voix et le regardèrent traverser la cour de l'église puis monter dans son pick-up.

45

Le Smokehouse était bondé, comme tous les autres restaurants de la ville. Ils étaient toujours pris d'assaut à l'heure du déjeuner et du dîner mais, durant la saison touristique, la plupart d'entre eux ne désemplissaient pas de l'ouverture à la fermeture, et les gens qui travaillaient avaient du mal à trouver une table pour manger un morceau. Coggins était assis tout seul dans un box près de la cuisine et terminait sa poitrine de bœuf. Il avait mangé deux parts de chou et sauçait le jus des fèves au lard avec une tranche de pain grillé texan quand la serveuse vint le voir.

« Tout se passe bien, shérif ? »

Il avait encore la bouche pleine en lui répondant.

« Je crois qu'il me manque plus que l'addition.

– Pas de dessert ? On a du cobbler aux pêches et du pudding à la banane. »

Il essuya les pointes de sa moustache avec une serviette qu'il froissa ensuite dans sa main avant de la jeter dans son assiette vide. En s'appuyant contre la paroi en bois du box, il se tapota le ventre comme si c'était la peau d'un tambour.

« Je ne pourrais pas avaler une bouchée de plus même si je le voulais.

– Un thé à emporter ?

– C'est bon, dit-il. Mais merci. »

La serveuse sortit un carnet d'une poche du tablier noir noué autour de sa taille et glissa l'addition sur le coin de la table.

« Je vous encaisse quand vous voulez. »

Elle se précipita pour prendre la commande d'un grand groupe qui venait de réunir deux tables au centre de la salle. Coggins regarda sa note, ouvrit son portefeuille et glissa un billet de vingt dollars sous le bord de son assiette. Il secoua les glaçons dans le fond de son verre et but une dernière gorgée de son thé glacé-limonade.

La porte d'entrée se referma et trois hommes pénétrèrent dans le restaurant. Un type trapu avec un nez violacé s'avança en roulant des mécaniques tel un coq dans une basse-cour. Il parlait haut et fort d'une voix insupportable que Coggins identifia sans avoir à lever les yeux. Le shérif prit appui sur sa hanche et rangea son portefeuille dans sa poche. Il se leva tandis qu'une serveuse conduisait les nouveaux venus dans le coin opposé de la salle.

Né dans une cabane en terre battue avec l'ambition de devenir sénateur, Slade Ashe avait juste ce qu'il fallait de sournoiserie pour se frayer un chemin jusqu'à Washington, le serpent qu'il était eût-il pu donner libre cours à sa fourberie. À la place, grâce à sa position à la tête de la commission du comté, il œuvrait en coulisse et ne refusait jamais un pot-de-vin. Il en était à son sixième mandat et s'était improvisé marchand de sommeil, profitant des gens qui n'avaient pas les moyens de subvenir aux besoins de leur famille. Dans un monde qui récompensait les égoïstes et les scélérats, il avait réussi à faire fortune.

Coggins connaissait également les deux hommes qui l'accompagnaient. Donnie Franks avait joué les bricolos pour les saisies et les ventes à découvert qu'Ashe avait raflées quand le marché immobilier s'était effondré. Maintenant que ce dernier donnait dans la location de petites maisons, en réalité des cabanes à outils en aggloméré, Donnie faisait davantage office d'homme de main que d'homme à tout faire. Il n'avait rien d'un sale type ; il était juste bête à manger du foin, et plus de première jeunesse.

Le dernier homme de la tablée était arrivé de Floride l'année précédente, et il s'était aussitôt mis à frayer avec ceux qui passaient pour les personnages influents dans un endroit pareil. Jesse Waldrop était retraité de la police et aspirait à devenir shérif. Il avait dévoilé ses intentions dès que Coggins avait annoncé son départ, et ce dernier avait presque décidé de rempiler pour l'empêcher de tenter sa chance.

Coggins se dirigea vers leur table et se planta devant eux. Tous trois levèrent les yeux en même temps et le shérif sourit tout en se frottant le ventre avec sa main droite.

« Messieurs, comment allons-nous ?

– Bien, John. Bien. » Slade Ashe s'institua porte-parole du groupe. « Tu as quand même laissé quelque chose pour nous autres ? »

Il ricana en affichant un sourire arrogant, les coudes posés sur la table et les mains jointes.

Donnie Franks était calé dans le coin, un bras posé sur le dossier de la banquette. Waldrop détourna les yeux et, au léger tremblement de sa nuque, Coggins comprit qu'il riait.

« Il reste certainement un ou deux poulets qui traînent quelque part. T'es du genre à te décrocher la mâchoire pour les avaler direct, pas vrai ?

– On dirait bien que t'as vidé le poulailler. »

Ashe pivota sur son siège et, ce faisant, ses bottes apparurent sous la table. Il déroula sa serviette, prit sa fourchette et piqua le ventre de Coggins. La tablée gloussa et, pendant une fraction de seconde, Coggins songea à leur clouer définitivement le bec. D'où il était, il aurait pu leur exploser la cervelle.

« T'as de super bottes, dis donc. C'est quoi comme cuir ? Du croco ou quoi ?

– Celles-là ? » Ashe leva les pieds et se pencha par-dessus le coin de la table pour mieux voir. Les bottes qu'il portait étaient brun clair avec un imposant motif en damier, les bords de chaque carré en relief. Il plaça ses pieds l'un à côté de l'autre. « Va falloir que tu prennes un deuxième boulot si t'en veux des pareilles. C'est de l'arapaïma.

– C'est quoi, ça ?

– Un poisson, John. » Ashe dit cela d'un ton neutre, comme si le shérif était débile d'avoir posé une telle question. « On le pêche dans l'Amazone, tu sais. C'est un poisson qu'est aussi long que les tables qu'on a réunies là. » Il fit un geste vers le centre de la pièce. « Comme j'ai dit, par contre, elles sont un peu chères pour quelqu'un de ton envergure.

– Y en a probablement pas des masses comme ça dans le coin. À mon avis, ça doit pas être facile d'en trouver une autre paire dans tout le comté de Jackson.

– T'as tout bon. » Ashe refit glisser ses pieds sous la table et joignit de nouveau les mains, reprenant la même position qu'à l'arrivée de Coggins. Il se pencha sur ses coudes et vint placer sa bouche contre ses pouces, de sorte qu'il parla dans ses mains lorsqu'il reprit la parole. « Mais pourquoi tu fais une fixette sur mes bottes ?

– C'est pas tous les jours qu'on en voit des comme ça, c'est tout. Où est-ce qu'on trouve des pompes pareilles ?

– À Gatlinburg. Une petite boutique dans la rue principale. Je les ai achetées l'automne dernier. J'ai emmené ma femme à Dollywood pour son anniversaire. Mais comme j'ai dit, John, faudrait que tu prennes une deuxième hypothèque sur ton tas de ferraille pour pouvoir te payer une paire pareille. »

Les trois compères s'esclaffèrent et gloussèrent, et Coggins les dévisagea avec un grand sourire jusqu'à ce qu'ils se calment et affichent un air inquiet.

« Non. Je crois pas que je vais essayer de me dégotter des bottes en poisson de sitôt, mais je te remercie. » Il se pencha sur le côté et fit rouler les jointures de ses doigts sur la table comme pour indiquer qu'il s'en allait. « Oh, j'ai failli oublier. T'as toujours ce vieux Dodge avec un plateau-ridelles, Donnie ?

– Ouais, et alors ?

– J'en cherche un comme ça, c'est tout, si jamais t'avais envie de le vendre.

– Non. Je crois pas que je vais vouloir m'en débarrasser dans l'immédiat.

– Et le plateau-ridelles ?

– Non, non plus.

– Entendu, dit Coggins. Je passerai peut-être quand même y jeter un œil. Il vient d'un vieux camion du département des Transports, n'est-ce pas ?

– Exact.

– Comment t'as fait pour adapter un plateau Ford sur un châssis Dodge ?

– Débrouillardise de plouc. »

Donnie crut avoir fait un trait d'esprit et jeta un coup d'œil à la ronde pour voir si quelqu'un riait avec lui, mais non.

« Eh bien, comme j'ai dit, j'aimerais y jeter un œil de plus près. J'aimerais savoir où je pourrais trouver un autre plateau-ridelles comme celui-là. J'ai un vieux Dodge à peu près comme le tien, un vieux camion de ferme, mais je parie que c'est le même modèle.

– Quand vous voulez, shérif.

– Merci. »

Coggins se dirigea vers la porte.

Le seul qui n'avait pas dit un mot pendant qu'il s'était tenu devant eux prit alors la parole.

« J'aimerais avoir votre soutien à l'automne prochain. »

Coggins s'arrêta net, se retourna et fit face à la tablée. Il avait eu connaissance de toutes les saloperies que Waldrop avait balancées derrière son dos, de ce qu'il avait dit près de la statue cet après-midi-là, et il enrageait que quelqu'un dans le comté ait pu y accorder foi. Dans un endroit comme celui-ci, la réputation d'un homme était tout ce qui comptait, son héritage s'il avait de la chance, et Coggins avait consacré toute sa carrière à forger la sienne.

« Fiston, je mettrai jamais en selle un enfoiré d'arriviste du comté de Dade de ton espèce », répliqua-t-il.

L'homme sourit d'un air suffisant et secoua la tête. Coggins resta là encore un moment, mais plus personne n'avait quoi que ce soit à ajouter. Alors qu'il franchissait la porte, il leva la main comme pour dire au revoir à tous ceux qu'il connaissait peut-être dans le restaurant, une habitude qu'il cultivait afin de ne snober personne.

Ces trois imbéciles venaient de lui dévoiler leur jeu, et il lui restait désormais à trouver comment abattre ses cartes. Si c'était Slade Ashe qui avait tabassé Ernie, alors il était vraisemblable que c'était Franks qui l'avait maintenu au sol. La différence entre eux était qu'Ashe n'était pas du genre à laisser des traces. Il rampait à couvert, se lovait dans l'ombre et faisait profil bas, dardant sa langue, jusqu'à ce que les choses se tassent. Donnie, quant à lui, était assez bête pour faire un faux pas. Tout ce dont Coggins avait besoin, c'était de le pousser à la faute.

46

On était arrivé à ce moment de l'été où des orages éclataient tous les après-midi. Des nuages aussi noirs que de l'ardoise mouillée s'amoncelaient au-dessus de la ligne de crête et une odeur de pluie flottait dans l'air. Juste au-dessus, le ciel était encore relativement dégagé et il n'était pas exclu qu'il le reste. Les montagnes avaient une étrange façon de déclencher les orages. Il arrivait qu'une masse nuageuse se forme au-dessus d'un vallon puis se vide complètement avant de céder la place à des éclairs de chaleur et un ciel étoilé. C'était rarement prévisible.

Au fond d'une crique non loin de Greens Creek, Donnie Franks maniait une fendeuse à bois devant chez lui. Des rondins de chêne rouge et de cerisier étaient mélangés, et il les insérait dans la machine pour les débiter l'un après l'autre en bois de chauffage. Il était torse nu sous une salopette Liberty ; ses cheveux noirs flottaient sur ses bras et sa poitrine, enveloppant son dos lorsqu'il se tournait pour attraper un nouveau rondin. C'était une petite brute avec des poignets aussi gros que des essieux et un cou presque aussi large des oreilles aux épaules.

Coggins gara son pick-up à côté du tas de bois de chauffage et en descendit au moment où Donnie y ajoutait plusieurs bûches.

« Comment ça va aujourd'hui, monsieur Franks ? » Le shérif se baissa, ramassa un tronçon de chêne qui avait roulé à ses pieds et le tendit à Donnie, qui le lança sur la machine sans dire un mot. « C'est un peu tôt pour faire des réserves de bois.

– Si on s'y met pas maintenant, après ce sera trop tard. » La fendeuse à bois crachota et se mit à fumer tandis que la lame tranchait le chêne rouge en deux morceaux qui tombèrent de part et d'autre de la machine. Donnie Franks les ramassa et les plaça tour à tour sur le support. « L'hiver sera là en un clin d'œil.

– Tu vends beaucoup de bois de chauffage ?

– Une demi-corde par-ci, par-là. Tout ce qui tient dans ce pick-up depuis que j'y ai attaché le plateau-ridelles. J'ai vendu l'autre, et le plateau de celui-là vaut pas grand-chose. » Donnie désigna d'un geste le véhicule garé devant son mobile home. Ils parlaient fort tous les deux pour que leurs voix ne soient pas couvertes par le bruit de la machine. « J'ai fait une livraison chez Mme Neely y a environ deux semaines. Vu comme elle brûle, je dirais qu'elle va être obligée d'en reprendre. Elle en est toujours à chauffer l'eau sur un poêle à bois, la vieille. C'est encore comme ça qu'elle cuisine.

– Ça me rappelle ma grand-mère. Elle s'est servie de son vieux poêle à bois en fonte jusqu'à sa mort. Le plus beau que j'aie jamais vu, dit Coggins. En émail turquoise, il ressemblait à une vieille Chevrolet ou un truc du genre. On en fabrique plus des comme ça. »

Donnie Franks appuya sur le coupe-circuit de la fendeuse à bois et le moteur s'éteignit dans un bruit de ferraille.

« Comme cette machine-là, dit-il. Papa l'a achetée quand j'étais au collège. Mon vieux, on a trouvé que c'était du pain bénit de plus avoir à manier ce Go-Devil. Depuis j'en ai tiré tout ce que j'ai pu. Je pourrais pas m'en acheter une neuve vu le prix que ça coûte et je le voudrais pas si je pouvais. »

Coggins se pencha, attrapa une des bûches et la jeta sur le tas. Il s'agenouilla pour attraper l'autre, puis resta accroupi tandis qu'il la tournait et retournait dans ses mains pour l'examiner.

« Marrant comme cette fendeuse laisse une marque pareille. »

Une empreinte triangulaire traversait le bois d'un bord à l'autre, lisse et noircie, comme brûlée par le frottement.

« Chaque fois, dit Donnie. Ça a toujours été comme ça si je me rappelle bien. » Il continua de parler tout en balançant les bûches par-dessus sa tête sans regarder où elles atterrissaient. « Ces vieilles fendeuses, elles laissent toutes ce genre de marque, chacune légèrement différente. Vous me montrez un morceau de bois de chauffage et, la plupart du temps, je peux vous dire de quelle machine il vient. La Hooper c'est comme ça et la Messer c'est autrement. Je sais pas comment dire, mais à mon avis c'est comme des empreintes digitales. »

Coggins lança la bûche qu'il tenait sur le tas de bois de chauffage, puis regarda le pick-up garé devant le mobile home.

« Il est de quelle année, ton Dodge, Donnie ? 1974 ? 1975 ?

– C'est un 1976, répondit-il. Y a pas beaucoup de différence. »

Le pick-up avait été peint en rouge à un moment donné mais, au fil du temps, le soleil l'avait décoloré en un rose mat et délavé. Le plateau-ridelles que Donnie avait accroché à l'arrière offrait un contraste saisissant, sa peinture encore brillante et aussi jaune qu'un pinson.

« Le mien est un 1975, dit Coggins. Le vieux camion de ferme de mon père. C'est un V8 ?

– Ouais, un 440 avec le Dynatrac.

– Je crois que celui de mon père est un 360. Mais je sais pas trop. C'est du chinois pour moi.

– De bonnes vieilles bagnoles », dit Donnie.

Il était en train de vérifier le niveau d'huile de la fendeuse et essuya la jauge contre le bavoir de sa salopette.

« Bon, comme je te l'ai dit l'autre jour, j'ai un tuyau pour un plateau-ridelles tout pareil. Il vient d'un camion du département des Transports, là-bas à Cashiers. Un dénommé Lewis Medford en a un sous son porche recouvert d'une bâche. Il m'a dit qu'il était à moi si je le voulais, mais je savais pas comment faire pour accrocher un plateau Ford à un Dodge.

– Comme je vous ai dit, shérif. Débrouillardise de plouc. »

Donnie Franks sourit telle une mule mangeant des ronces tandis qu'il se penchait sur le tas de bois de chauffage et serrait huit bûches contre sa poitrine. Il se dirigea vers un appentis en bois couvert de vieilles tôles qui se dressait à l'orée des arbres. Des cordes de bois de chauffage y étaient soigneusement empilées pour sécher. Alors qu'il traversait le jardin, il cria par-dessus son épaule :

« Jetez-y un œil si vous voulez. »

À côté du pneu arrière du côté conducteur, Coggins se mit à quatre pattes pour donner l'impression de savoir ce qu'il faisait, mais en fait il se fichait éperdument de la façon dont cet imbécile avait fixé le plateau au corps. Il n'avait pas de Dodge. Comme la plupart des gens, son père n'avait juré que par Chevrolet.

Si la netteté des images prises par la sonnette vidéo de la vieille dame la nuit où Ernie s'était retrouvé au pied de la croix laissait à désirer, on n'y distinguait pas moins un chapelet de voitures s'acheminant vers les montagnes une demi-heure après minuit. Quelques heures plus tard, cette même procession – trois pick-up et deux berlines – descendait Greenspire Drive, l'un des véhicules sortant du lot telle une paire de bottes en arapaïma.

À première vue, Donnie Franks s'était servi d'un chalumeau coupeur pour récupérer des pièces sur un vieux tracteur ou une vieille pelleteuse, découpant l'acier lourd en morceaux qu'il avait soudés avec du chewing-gum au cadre existant pour accueillir les supports du nouveau plateau. Inutile de préciser que le cul du pick-up s'affaissait sous le poids de tout ce métal, mais il ne devait probablement pas faire du trente litres aux cent. Allongé sur le dos, Coggins se tortillait sous le pick-up quand Donnie balança un pied sur le pare-chocs arrière. Les semelles de ses bottes de bûcheron se délitaient en couches de sorte qu'elles ressemblaient à une main de tabac.

« Qu'est-ce que vous en pensez ?

– Ça me plaît, Donnie. De vraies soudures bien propres. Tu fais ça toi-même ?

– Pas du travail d'orfèvre, mais une chose est sûre. » Il serra les poings et frappa fort sur l'un des coffrets latéraux du plateau-ridelles. « Ça tiendra. »

Coggins s'éloigna du pick-up et siffla comme s'il était réellement impressionné.

« Ça t'ennuie si je prends deux ou trois photos vite fait ? Y a un type à Sylva, un sacré soudeur, qui me doit une faveur. »

Le tonnerre résonna dans les montagnes et fit vibrer les vitres du mobile home.

« Faites comme chez vous, répondit Donnie. Faut que je mette ce bois au sec. On dirait que l'orage nous arrive droit dessus. »

Coggins sortit son téléphone de sa poche et prit quelques photos au moment même où le ciel se déchirait. La pluie arriva et il se précipita vers son pick-up, mais, le temps d'arriver, ses vêtements étaient complètement trempés. À travers les essuie-glaces et la pluie, il regarda Donnie se secouer pour se sécher tel un chien à l'abri du toit de tôle.

47

La première chose que Leah remarqua en s'arrêtant devant la maison fut un serpent-roi suspendu à un nœud coulant dans un cornouiller. Le reptile mesurait près de deux mètres de long et tournait dans la brise tel un moulin à vent.

Curtis Darnell était sur le côté de la maison, occupé à inspecter les cadres d'une ruche. Les abeilles volaient en essaim autour de lui et rampaient sur ses bras nus. Il portait un tee-shirt râpé sur un pantalon noir et était coiffé d'un casque de football. Les insectes heurtaient violemment ce dernier et rebondissaient tandis qu'il repoussait le cadre dans la ruche et scellait celle-ci.

« Pourquoi vous portez ce casque, Curtis ? demanda Leah tout en traversant la cour où elle s'était garée.

– Les abeilles sont pas bien méchantes, mais elles vous foncent sur la tête comme des cailloux tirés à la fronde. Elles se prennent dans vos cheveux, et c'est là qu'elles vous piquent. Vous voyez ça ? » Curtis sourit en montrant le serpent. Il ôta son casque et elle vit qu'une de ses dents de devant était fendue en deux en diagonale. « Je vais dormir à l'intérieur maintenant. » Il éclata de rire. « J'ai enfin récupéré ma maison.

– Qu'est-ce qui est arrivé à votre dent ?

– Fichu gommier noir. Un type à deux pas d'ici m'a dit qu'il m'en donnait autant que j'en voulais pour faire du bois de chauffage.

Ce serait plus facile de fendre la lune en deux. Le Go-Devil a ripé et m'a frappé en plein dans la bouche.

– Ça va ?

– Oh, oui. » Il retroussa sa lèvre supérieure pour montrer sa dent et pointa le bout de sa langue dans le trou. « Je suis passé au dispensaire et j'ai un rendez-vous avec un dentiste mardi prochain. Ils m'ont dit qu'ils allaient m'arranger ça.

– On dirait que vous auriez mieux fait de porter ce casque à ce moment-là.

– Vous m'apprenez rien. »

Quand il se dirigea vers l'arbre où était suspendu le serpent noir, elle s'aperçut que le reptile était plus long que Curtis était grand. Des mouches à viande bourdonnaient et voletaient, et d'où elle se trouvait Leah sentit l'odeur de pourriture.

« Je vais vous raconter comment j'ai fait. Bon, c'est comme je vous ai dit, j'ai une peur bleue des serpents. Je supporte pas ces bestioles. Et pour un million j'aurais pas passé la nuit dans cette maison. Mais le jour, par contre, ça me dérangeait pas trop parce que j'y vois mieux. Donc, hier j'étais assis à l'intérieur à regarder mes feuilletons. Y avait un trou dans le mur et c'est là que j'avais vu ce serpent la première fois, je me suis donc fait ce petit nœud coulant sur un bout de ficelle de pêche, puis j'ai glissé cette boucle dans le trou comme un piège à lacet. C'est comme ça que mon père attrapait les lapins en été quand ils passaient sous les clôtures.

« Bref, j'avais glissé ce nœud coulant dans le trou et l'autre bout allait jusqu'à la bobine, et j'avais mis la bobine sur un crayon et ce crayon était enfoncé entre les coussins du canapé. J'étais donc là à regarder *Des jours et des vies* – cette Hope Williams Brady, je l'ai toujours adorée, Hope Williams Brady. Elle est flic comme vous. Avec des cheveux plus foncés mais des yeux à peu près comme les vôtres. Mais bon, je suis assis là à regarder *Des jours et des vies* et à boire un soda, et la ficelle de la bobine a commencé à se dérouler. J'ai baissé les yeux et la ficelle le tenait. Alors j'ai bondi pour attraper la ficelle et j'ai tiré ce serpent hors du mur, et je lui ai explosé la tête avec un manche à balai, enfin je l'ai fracassé jusqu'à ce que sa cervelle lui sorte par les oreilles. » Curtis frappa dans ses mains et se mit à danser la gigue en affichant un immense sourire. Il chanta à tue-tête tel un coq. « J'ai récupéré ma maison. Vous y croyez ? J'ai récupéré ma maison.

– C'est bien, Curtis. Je suis contente pour vous », dit Leah.

Elle avait appris en lui parlant qu'il valait mieux le laisser s'exprimer, qu'il se produisait un court-circuit dans sa tête si on l'interrompait ou l'empêchait d'aller au bout de sa pensée. Plus Leah fréquentait Curtis et plus elle éprouvait une étrange affection à son égard. Il était fou à lier, certes, mais il avait aussi un côté adorable.

« Écoutez, j'ai la photo dont je vous ai parlé.

– D'accord », dit-il.

Leah retourna à sa voiture pour prendre un dossier qu'elle avait apporté du bureau. Elle avait imprimé les photos en grand afin que ce soit plus facile pour lui de les regarder, puis l'avait appelé pour lui expliquer avant de venir. Sur le coffre, elle posa un cliché de la voiture de William Dean Cawthorn en train d'être hissée hors de l'eau. Des agents de patrouille avaient pris place de part et d'autre de la dépanneuse, un long câble partant du treuil était tendu et enroulé à l'essieu avant du break.

« C'est bien le véhicule au volant duquel vous avez vu l'homme ce matin-là ?

– Je l'ai pas vu au volant. Je l'ai vu vider l'équivalent de deux bottes d'eau dans ce radiateur, par contre. »

Leah passa au deuxième cliché, une photographie anthropométrique de Cawthorn prise la nuit de son arrestation devant le supermarché Harold's.

« C'est lui, déclara Curtis. Comme deux et deux font quatre. On oublie pas une tête pareille. Venez pas me dire que cet homme il vous donne pas la chair de poule. »

Le cœur de Leah battait la chamade. Elle pouvait prouver la présence de Cawthorn sur la scène de crime et elle savait que le revolver en sa possession était du même calibre que l'arme utilisée. Cawthorn avait les moyens, le mobile, l'opportunité. Pour la première fois depuis qu'elle s'était trouvée devant le corps de Toya, elle avait l'impression de tenir quelque chose.

Curtis Darnell tendit la main pour en revenir à la première photo. Tous deux contemplèrent alors le cliché de la voiture de Cawthorn.

« Et ce pick-up, c'est exactement le même que celui-là sauf qu'il avait pas toutes ces lumières, ni tous ces autocollants et autres trucs dans le genre. Il avait rien de tout ça », dit-il.

Leah n'écoutait plus qu'à moitié ce qu'il disait, la tête ailleurs, s'imaginant déjà passant les menottes à l'homme du Mississippi.

« Merci, Curtis. Je ne sais pas ce qui me retient de vous serrer dans mes bras.

– Ben, maintenant que j'ai plus ce serpent chez moi, vous êtes plus que la bienvenue quand vous voudrez. » Il sourit, sa canine aussi pointue qu'un croc de vampire au premier plan. « Faites-moi signe et je nous préparerai à dîner. »

Tout ce qu'il lui fallait pour le confondre, c'était l'arme. Une correspondance balistique avec la balle trouvée sur le corps, et le tour serait joué.

William Dean Cawthorn logeait dans un motel délabré près des voies ferrées qui traversaient la ville en longeant Scotts Creek. L'enfilade de chambres de plain-pied aurait dû être condamnée et démolie, mais un ancien commissaire du comté avait mis la main dessus pour trois fois rien lors de la récession. Des tarifs à la semaine assuraient au motel une clientèle régulière : travailleurs immigrés le temps d'un contrat au jour le jour, drogués et vermine terrés porte close et rideaux tirés.

Leah le trouva assis devant sa chambre à regarder le monde s'agiter. Deux voitures de patrouille l'avaient suivie depuis le bureau, deux jeunes adjoints débordant d'énergie pour le cas où il s'enfuirait.

« William Cawthorn ? » demanda-t-elle en s'approchant, sachant pertinemment que c'était bien lui.

Il se leva et s'essuya les paumes sur le devant de son tee-shirt comme s'il voulait se débarrasser de quelque chose au cas où elle demanderait à lui serrer la main.

« En temps normal je voudrais savoir qui le demande, mais avec une femme aussi bien gaulée, chérie, je me fous de savoir qui vous envoie. »

Il paraissait ne pas avoir conscience de la présence des autres policiers, debout près du coffre de leurs voitures tandis qu'il passait ses doigts visqueux dans ses cheveux de chaque côté de la tête et souriait de toutes ses dents jaunies. Ses yeux étaient d'un bleu saisissant, son visage bruni par le soleil ressemblait à du cuir séché, et Leah jugea qu'il était un des hommes les plus laids qu'elle ait jamais vus.

« Je suis l'inspectrice Green, dit-elle. Du bureau du shérif du comté de Jackson.

– J'aurais dû m'en douter. » Il se laissa retomber sur sa chaise et fixa son regard sur le flux continu de voitures qui passaient.

« Vous autres, vous avez le chic pour qu'on se sente le bienvenu. Ça fait pas un mois que je suis là et je crois bien que j'ai croisé tous les enfoirés avec un insigne de ce pays. Vous êtes là pour quoi, me frapper la tête avec un bâton ?

– Vous êtes bien M. Cawthorn ?

– Willy Dean, Dean, Coonie, Coonass[1]. Au choix. Me faites pas chier. Shotgun Willie traîne en slip.

– Hein ?

– À mordre une balle et à s'arracher les cheveux.

– J'ignore de quoi vous parlez, mais si vous êtes William Dean Cawthorn, faut qu'on discute, asséna Leah, déjà au bord de la nausée.

– Du calme, poupée. C'est juste une chanson. Je fais rien que chanter une chanson.

– Eh bien, je ne suis pas venue pour un karaoké, alors accordez-moi toute votre attention. »

Il resta assis à se ronger l'ongle d'un pouce, attendant qu'elle poursuive.

« Un adjoint m'a dit que la nuit où on vous a arrêté devant Harold's, on a trouvé un revolver dans votre voiture. C'est exact ?

– Oui. Et Dieu merci on me l'a rendu quand on m'a libéré. Regardez autour de vous, chérie. Vous croyez que je voudrais passer une nuit dans ce trou à rats sans avoir une arme sous mon oreiller ?

– Est-ce que vous l'avez toujours ?

– Évidemment, mais c'est pour quoi ? J'ai mon permis de port d'arme dissimulée comme je le leur ai dit cette nuit-là. Et toutes les charges ont été abandonnées, si vous voulez savoir, alors où vous voulez en venir ? »

---

1. *Coonass* est un terme populaire pour désigner un Cajun ; *Coonie* en est le diminutif.

Cawthorn semblait avoir enfin remarqué les deux adjoints et ne les quittait pas des yeux, comme s'il pesait ses options.

« Avez-vous cette arme sur votre personne en ce moment ?

– Sur ma personne ? Sur ma personne... qu'est-ce que ça veut dire, bordel ? Pourquoi est-ce que vous autres vous pouvez pas parler comme des êtres humains normaux, hein ? Pourquoi pas essayer juste une fois dans votre vie ?

– Monsieur, où se trouve cette arme ?

– Là-dedans, sur la table de nuit. Pourquoi ?

– Quel est le calibre de cette arme ?

– .38 Special. Comme le groupe, chérie. Mais pourquoi il vous intéresse, ce revolver ? Qu'est-ce que vous me voulez, bordel ?

– Monsieur Cawthorn, j'ai un mandat pour fouiller votre chambre et, partant du principe que le calibre de cette arme est celui que vous avez dit, j'ai aussi un mandat d'arrêt contre vous.

– Mandat d'arrêt ! Attendez une seconde, bordel. Il faut que je voie ce mandat. Et vous m'avez pas encore dit pourquoi vous êtes là. »

Tels des videurs, les deux adjoints se tenaient à présent aux côtés de Leah.

« Monsieur, je vais vous demander de vous lever, dit l'un d'eux.

– Et pourquoi, bordel ? Vous avez pas répondu à la question que je vous ai posée. »

L'adjoint tendit le bras et le saisit par le poignet.

« Bordel de merde. » Cawthorn n'opposa aucune résistance et secoua la tête tandis qu'il se levait, semblant déjà savoir ce qui allait suivre. « Qu'est-ce que j'ai fait, bordel ? »

L'adjoint lui passa son autre bras derrière le dos et Leah attendit qu'il soit menotté pour lui répondre.

« Monsieur Cawthorn, vous êtes en état d'arrestation pour le meurtre de Toya Gardner. Vous avez le droit de...

– Meurtre ! Meurtre ! brailla-t-il. Mais de quoi vous parlez, bordel ? Le meurtre de qui ?

– Toya Gardner, dit Leah tandis que le policier qui l'arrêtait lui lisait ses droits.

– Vous vous foutez de moi ? hurla-t-il. Y a rien de rien qui me relie à cette fille et vous arrivez pour me griller. Quoi, vous trouvez pas qui l'a tuée, alors vous mettez ça sur le dos d'un étranger ?

– Vous savez donc de qui on parle ?

– Évidemment. Qu'est-ce qu'y a écrit là-dessus ? » Il indiqua d'un signe de tête le panneau du motel au bord de la route et, pendant que Leah lisait, il dit les mots à haute voix. « Câble gratuit. »

– Qu'est-ce que vous dites ?

– Je dis que j'ai près de deux cents putains de chaînes dans cette chambre et qu'y a pas que des films de cul et des talk-shows. La fille dont vous parlez passe à la télé toutes les nuits depuis des semaines. Bien sûr que je sais qui c'est. Tout le monde dans ces montagnes connaît sa tête de guenon. Et si vous voulez mon avis, je pense qu'elle l'a bien cherché. Si vous voulez mon avis… »

Leah ne le laissa pas terminer sa phrase, de peur qu'un mot de plus ne l'amène à lui faucher les jambes et lui éclater la tête sur le trottoir.

« Monsieur Cawthorn, contentez-vous de répondre à mes questions. Épargnez-moi vos commentaires.

– Non, c'est à mon tour de parler, inspectrice. Quoi, vous croyez qu'à cause de la tunique que vous autres vous avez trouvée dans ma bagnole, que ça doit être moi qu'ai jeté cette fille dans les bois ? Vous croyez que je suis le seul dans le coin à croire qu'elle a eu ce qu'elle méritait ? Y a des gens partout dans ce comté qui ressentent la même chose que moi, des gens qui passent derrière vous en ce moment et qui pensent la même chose et disent exactement pareil. »

Leah bouillait intérieurement mais faisait tout son possible pour conserver son calme. Ce qui la minait, c'était de savoir que ce qu'il disait était vrai, qu'elle était entourée de gens qui éprouvaient la même chose que lui. Et le plus dur, c'était qu'elle ne s'était pas vraiment posé de questions jusqu'à ces dernières semaines. Bien sûr, ce n'était pas comme si elle n'avait jamais entendu proférer de tels propos. En grandissant, elle s'était mordu la langue comme tout un chacun, bien trop effrayée pour protester quand quelqu'un faisait une plaisanterie. Mais en vérité, rien de tout cela ne l'affectait au quotidien, et elle avait donc appris à ne pas s'y arrêter, à se tenir à distance. C'était un luxe de faire comme si elle ne voyait rien. Tillman n'avait pas dit autre chose, et il avait raison. Il avait parfaitement raison. Cet interrupteur marche-arrêt, cette capacité à traverser la vie avec des œillères, était l'apanage des privilégiés, et elle en avait désormais conscience.

Il y avait des gens qu'elle avait toujours connus dont le nom était inscrit dans ce carnet. Et il y avait aussi des gens dont le nom n'y figurait pas mais qui les avaient néanmoins rejoints au pied de cette statue. Il y avait des gens comme Rupert Bates, qui avait débité des conneries semblables à celles que Cawthorn venait de beugler sans toutefois la même hargne. Elle avait vu la façon dont les clients du Coffee Shop avaient regardé la photo de Toya dans le journal. Elle les avait entendus marmonner des propos qu'ils ne tiendraient pas à haute voix. Le monde était assurément coupé en deux, mais il n'était pas évident de savoir qui était de quel côté. Rien n'était ni tout noir ni tout blanc, c'était gris, et le gris était bien plus terrifiant car trop souvent il n'offre pas de points de repère. Vous ne pouviez pas mettre le doigt dessus et dire : « C'est lui. C'est bien lui. » Comment pouvait-elle savoir ce que les gens pensaient en leur âme et conscience s'ils ne le disaient pas ouvertement ? Comment pouvait-elle savoir qui était capable de quoi ? Les gens comme Cawthorn étaient les plus faciles à cerner. Mais ceux que vous pensiez connaître, c'étaient ceux-là qui vous brisaient le cœur.

Leah fit un signe en direction des voitures de patrouille et les adjoints emmenèrent Cawthorn. Tandis qu'elle pénétrait dans la chambre, il hurlait toujours comme un animal pris au piège. Les policiers le poussèrent à l'arrière d'un des véhicules et claquèrent la portière, et elle l'entendit encore crier à pleins poumons. La pièce était petite, l'atmosphère étouffante sentait l'eau usée. Sur la table de nuit se trouvait le revolver dont il s'était servi.

48

Après que l'inspectrice les eut informées de l'arrestation, Vess et Dayna restèrent serrées l'une contre l'autre presque toute la nuit. Elles ne dirent pas un mot, et par moments Vess se demanda ce que pensait sa fille, sans toutefois le lui demander, de peur que le moindre mot ne serve qu'à retourner le couteau dans la plaie.

Elles étaient encore trop bouleversées pour que la nouvelle leur apporte un réel soulagement. Cela faisait moins d'une semaine que la veillée avait eu lieu. Vess espérait qu'avec le temps ce moment marquerait un tournant dans le chagrin de sa fille. Elle espérait que le fait d'avoir obtenu une réponse servirait de tremplin pour aller de l'avant. Mais dans l'immédiat, elles étaient blotties l'une contre l'autre dans ce petit espace fragile où il y avait à peine assez de place pour deux.

Plusieurs heures s'écoulèrent avant qu'elles ne bougent. Elles étaient pelotonnées à l'une des extrémités du canapé de cuir noir dans le salon de la maison de Dayna. La télévision était allumée mais silencieuse, Vess ayant coupé le son quand le téléphone avait sonné. La tête de Dayna reposait sur la poitrine de sa mère, et tour à tour Vess passait ses doigts dans les cheveux de sa fille ou laissait ses lèvres et son nez pressés contre son crâne, respirant son odeur comme si elle était encore une nouveau-née.

Quand les larmes se furent enfin taries et que le calme fut revenu, Dayna traversa le salon pour aller dans la cuisine. La pièce était aménagée à l'américaine et Vess la regarda sortir une bouteille de pinot gris du réfrigérateur et servir deux verres. À part le vin de muscadine que faisait Lon et une petite gorgée d'eau-de-vie de temps à autre les soirs où ils jouaient aux cartes, Vess n'avait jamais été une grande buveuse. Sa fille lui tendit un verre et elle y trempa les lèvres. L'alcool lui piqua la langue.

Il y avait quelque chose d'agréable dans la fraîcheur du vin dans sa bouche, la saveur d'un mélange subtil entre la pomme verte et la poire. Elles restèrent alors quelques minutes à siroter leurs verres, regardant sans vraiment la voir une pièce qui offrait un horizon moins confiné qu'infini. C'était comme si elles étaient prisonnières d'un espace vide, et finalement ce fut Dayna qui brisa le silence, ses paroles ramenant le monde à cet espace infime qui les séparait.

« Tu sais, j'ai beaucoup réfléchi à la soirée de la veillée et à ce que j'allais dire. »

Vess se tourna et regarda sa fille.

« Oh, vraiment ?

– Je me souviens d'une nuit pendant que je préparais le barreau, Toya trottinait dans le salon avec du feutre plein la figure et elle avait un sourire… » Sa voix faiblit et ses yeux se voilèrent. Elle s'interrompit le temps de refouler ses pleurs. « Je travaillais à plein temps tout en essayant de finir mon droit. J'étais déjà à bout de nerfs, et je me rappelle avoir fondu en larmes. » Dayna but une gorgée de vin. « Je me souviens qu'elle m'a attrapée par un doigt pour me conduire dans sa chambre, et laisse-moi te dire qu'il n'y avait rien à portée de main qu'elle n'avait pas colorié : les murs, la commode, le lit, absolument tout. »

Vess gloussa, se souvenant d'histoires semblables qui lui étaient arrivées.

« Et qu'est-ce que tu as fait ?

– Je pense que la plupart des enfants auraient su qu'ils avaient fait quelque chose de mal, mais Toya s'est contentée de me regarder les yeux brillants et, de fait, elle était si fière que je n'ai même pas pu me mettre en colère. Je n'ai pas pu me résoudre à tout nettoyer. C'était si beau. En prenant du recul pour tout considérer, en absorbant tout d'un coup comme pour prendre une bouffée d'air, c'était comme de la musique. Je suis tombée à genoux et j'ai pleuré. »

Vess tint son verre de vin contre l'intérieur de son poignet et ferma les yeux pendant que sa fille parlait.

« J'étais là à pleurer, Toya s'est approchée et a enroulé ses bras autour de mon cou, puis elle m'a dit que tout allait bien se passer, que ce n'était pas grave, et sache bien que je l'ai crue. C'était moi l'adulte et elle l'enfant, mais *je l'ai crue.* »

Dayna était assise dans la position du lotus. Vess tendit le bras et posa la main sur le genou de sa fille.

« Je pense que tous ces gens ce soir-là s'attendaient à ce que je leur dise que ce monde m'avait été ravi, et c'est le cas. Sans aucun doute, maman. Mais je n'ai pas pu rester là-bas, et je ne peux pas non plus rester ici, à regretter ce qu'elle aurait pu être. Car ce serait effacer et ignorer ce qu'elle était déjà devenue. »

Vess gémit en entendant cela.

« Cette petite avait déjà exercé une plus grande influence sur ce monde à vingt-quatre ans que la plupart d'entre nous ne pouvons espérer en avoir de toute notre vie. Enfin, regarde-nous, maman. Nous marchons sur ses traces. »

49

Les lumières étaient allumées à l'intérieur, mais Leah n'avait pas appelé pour savoir s'il était chez lui ni s'il voulait qu'elle passe. Après avoir contourné la maison, elle trouva Ernie assis à la table de pique-nique, les yeux rivés sur l'endroit où la lueur nocturne se fondait dans l'obscurité. On aurait dit qu'il n'avait pas bougé depuis le barbecue.

Leah siffla pour ne pas le faire sursauter.

Ernie leva la tête et sourit.

« La vache, y a rien de meilleur pour vous tenir compagnie, dit-il. Une jolie femme avec de la bière à revendre. »

Leah ne répondit pas mais leva en l'air la cannette qu'elle buvait tout en berçant sous son bras un pack de Bud light comme si elle portait un veau nouveau-né.

« Qu'est-ce que tu m'as apporté ? »

La bière n'était pas fraîche, faute d'être restée suffisamment longtemps dans le frigo de la station-service.

« Si tu peux la boire aussi chaude, c'est que ton bandeau n'est que l'arbre qui cache la forêt. »

Ernie éclata de rire et rabattit le couvercle d'une glacière Igloo placée entre ses pieds. Il portait toujours son corset lombaire et se pencha avec difficulté, mais il n'avait plus ses attelles aux poignets. Il secoua la glace d'une cannette qu'il lui lança tandis qu'elle posait le pack sur la table. Quand elle but, la bière était si froide qu'elle en eut mal aux dents.

« Dieu tout-puissant, Ernie ! Comment tu fais pour que ce soit aussi glacial ?

– Sel pour crème glacée. »

Il se tapota la tempe du doigt comme pour signifier qu'il avait quelque chose entre les oreilles.

Leah s'assit en face de lui et il tendit sa bière au-dessus de la table en attendant qu'elle trinque avec lui. Il termina la sienne et froissa la cannette dans sa main avant de la balancer dans le jardin comme il se serait débarrassé d'un trognon de pomme.

« Alors, qu'est-ce qui t'amène ici à part l'happy hour ?

– On a arrêté quelqu'un.

– T'es sérieuse ?

– Oh que oui. William Dean Cawthorn, précisa-t-elle. On a un témoin qui l'a vu sur les lieux et on a trouvé le revolver bien en évidence dans sa chambre de motel. Un .38 Special, comme t'as dit. Le même calibre qu'on a extrait du corps de Toya Gardner. »

Ernie parut stupéfait, et elle n'aurait su dire si c'était de surprise ou d'incrédulité.

« Tu vas pas me féliciter ? » Il s'était renfrogné et elle eut du mal à le cerner. « Qu'est-ce qui te prend ?

– Comment il a réagi quand vous l'avez appréhendé ? Il a essayé de s'enfuir ?

– Non, pas du tout.

– Et le revolver était juste là ?

– Près du lit. »

Ernie ne répondit rien, mais Leah sut ce qui le tourmentait.

« Quoi ? Tu penses pas que c'est lui ?

– Non, c'est pas ce que je dis.

– Alors quoi ?

– Ce que je veux dire c'est que si j'avais tué quelqu'un, je crois pas que j'aurais gardé l'arme. Et je suis foutrement sûr que je l'aurais pas laissée bien en évidence près du lit.

– Eh bien, Cawthorn est loin d'être une flèche.

– Ouais, peut-être, dit-il, puis il but une longue gorgée de bière.

– Bon sang, Ernie ! J'étais certaine que toi, tu serais aussi content que moi.

– Le prends pas comme ça. Je suis content, répondit-il. Je suis content pour toi. »

Ils restèrent là un moment, enveloppés du seul bruissement d'une nuit de fin d'été. Elle se demanda si ce qu'il disait avait le moindre fondement. Elle se rappela avoir entendu la façon dont Cawthorn avait tenté de s'échapper la nuit où ils l'avaient trouvé ivre et endormi dans sa voiture. S'il avait essayé de s'enfuir à ce moment-là, pourquoi diable n'avait-il pas fait de même quand ils s'étaient présentés en l'accusant de meurtre ?

« Écoute, je suis désolé, reprit enfin Ernie. J'insinuais rien du tout.

– Non, c'est bon. C'est bien de tout remettre en question, répondit Leah. Et t'as raison. C'est curieux qu'il n'ait pas filé. Ça n'a aucun sens.

– Ouais, mais t'as l'arme. Et comme tu as dit, t'as un témoin qui l'a vu sur les lieux. Le revolver correspond, point barre. »

L'idée que cette affaire puisse ne jamais être élucidée la ramena à ce qui l'empêchait de dormir la nuit. C'était l'une des raisons pour laquelle elle avait tenu à venir le voir.

« Il y a autre chose dont je voulais te parler.

– D'accord. »

Il dégagea une autre cannette de la glace et tira sur la languette, attendant qu'elle poursuive. Leah pencha la tête en arrière, but d'un trait sa bière et, quand elle eut fini, Ernie replongea aussitôt la main dans la glacière pour lui en passer une autre.

« Il y a environ une semaine, je suis allée voir le révérend Tillman, le pasteur de Mount Zion. J'avais deux ou trois questions à lui poser, reprit Leah. Bref, on était assis dans sa cuisine et j'ai souligné le fait que j'avais jamais vu notre communauté aussi divisée. Enfin, jusqu'à ce meurtre et ce qui t'est arrivé. Mais il m'a répondu que si j'avais jamais rien remarqué, c'était peut-être parce que j'y avais pas été obligée. » Leah fit craquer ses doigts et regarda au loin vers les bois. « Je réfléchissais à ça l'autre nuit, et je me suis rappelé plusieurs choses. Je me suis rappelé que lorsque ma grand-mère était en maison de retraite et souffrait d'Alzheimer, elle avait comme infirmière cette Noire très gentille qui s'appelait Erica. Ma grand-mère la traitait de tous les noms et cette femme se contentait de sourire comme si ça la dérangeait pas. Bon, j'adorais ma grand-mère. Je l'aimais plus que n'importe qui au monde, et pas une seule fois je la revois parler grossièrement de qui que ce soit avant ça. Mais quand elle a perdu la tête, on aurait dit que toutes les barrières avaient sauté, tu comprends ?

– Oui, répondit Ernie.

– Quand je pense à ma grand-mère, quand je me la rappelle, ce qui me ronge c'est que je pense pas aux horreurs qu'elle a dites à cette femme. C'est comme si j'avais choisi d'oublier les mauvais côtés, reprit Leah. Je repense à ça et je m'aperçois que pendant tout ce temps j'ai jamais rien dit. Pas une seule fois. Cette infirmière souriait, continuait de faire son travail et j'ai jamais rien dit.

– C'est pas surprenant, Leah.

– Mais pourquoi ? Enfin, quand elle proférait de telles insanités, je me souviens très bien que j'avais l'impression d'avaler des couleuvres. Je repense à ça et c'est comme si j'avais choisi de fermer les yeux, et c'est peut-être ce qui me fend le plus le cœur. C'était un choix. »

Ernie la dévisagea comme s'il essayait de lire en elle.

« Tu sais pourquoi j'ai frappé Lovedahl, n'est-ce pas ?

– Bien sûr.

– Et tu crois que c'était la première fois que j'entendais quelqu'un dire ça ? » Il s'interrompit une fraction de seconde. « Toute ma vie j'ai entendu des gens dire des conneries pareilles et la plupart du temps je me contentais de faire comme toi, de me taire et d'attendre que ça passe.

– En quoi c'était différent cette fois ?

– Je sais pas. Je suppose qu'il arrive un moment où l'on prend conscience que se taire revient à acquiescer. » Ernie but une longue gorgée de bière, tête relevée et yeux fermés. Il sourit et posa sa cannette sur la table, la fit lentement tourner en cercle entre ses mains. « Tu sais, ça m'a toujours fait mal, la façon dont partout ailleurs dans ce pays les gens veulent croire que le Sud a comme qui dirait le monopole du racisme. Comme si ça existait qu'en un seul endroit. Mais j'ai un scoop pour toi, cette saloperie est aussi américaine que la Bud light et le base-ball. »

Leah suivit avec son doigt le contour des lettres sur l'étiquette du pack de bière qu'elle avait apporté.

« Tillman m'a demandé autre chose. » Du bout du doigt, elle donna nerveusement une chiquenaude sur la languette de sa cannette ouverte et attendit que celle-ci cesse de vibrer avant de poursuivre. « Pourquoi a-t-il fallu que Toya Gardner soit assassinée pour qu'on ait cette conversation ? Enfin, si c'est comme tu dis, si c'est comme ça, et si toi et moi on voit tous les deux les choses telles qu'elles sont, pourquoi a-t-il fallu que Toya soit assassinée pour qu'on en parle ?

– Je pense qu'on est vraiment doués pour faire semblant, répondit Ernie avant de finir sa bière. Je pense qu'on a la très mauvaise habitude de croire que si on parle pas de quelque chose, cette chose-là disparaîtra. » Il serra la cannette dans sa main et l'envoya rejoindre les autres dans le jardin. « Mais qu'est-ce que j'en sais, bordel ? »

Leah accepta cette réponse, qui rejoignait tout ce que Tillman avait dit. On ne le voit pas parce qu'on n'y est pas obligé. On n'en parle pas, et la raison est la même. Puis un événement survient, comme l'affaire Toya Gardner, et on n'a plus le choix, bien qu'au fond, même alors, on lutte contre l'envie de fermer les yeux, de se boucher les oreilles et d'attendre que ça passe. On retient son souffle. Une minute s'écoule. Le calme revient. On oublie. On n'a aucune raison de ressasser ni de se rappeler, et on fait contre mauvaise fortune bon cœur.

On n'entendit plus que les bruits des insectes nocturnes et du ruisseau, les sauterelles et les grillons se disputant un refrain qui avait composé un arrière-plan étouffé jusqu'à ce qu'ils n'aient plus rien à ajouter. Pour l'un comme pour l'autre, c'était la première fois qu'ils avaient parlé sans retenue de telles choses, et c'était peut-être cela qui les laissait sans voix. Ils restèrent là à boire des bières jusqu'à ce que la glacière soit vide, chacun ayant soulevé des questions auxquelles l'autre ne pouvait pas répondre, par manque de confiance ou de légitimité.

50

Au début des années 1950, un shérif du nom de Griff Middleton fut abattu lors d'une chasse à l'homme au Canada. À la suite de sa mort, son épouse reprit les rênes et servit le reste du mandat de son mari. Après quoi, le poste échut à un dénommé Frank Allen. Ce dernier, allant jusqu'à arrêter son propre frère, adopta une approche sans concession de la loi qui, à défaut d'apaiser les réunions de famille, lui valut une réputation dans la communauté dont il avait la charge.

Le plan que mijotait Coggins découlait d'une des affaires d'Allen dont il avait rêvé et qui avait été exposée dans un ancien numéro de *Front Page Detective*, une série télévisée et un magazine qui racontaient en détail les histoires criminelles de l'époque. Un couple avait été assassiné à Little Canada, le mari abattu et son épouse battue à mort avec un bâton. Allen résolut l'affaire en faisant correspondre l'arme utilisée pour tuer la femme à l'arbre dont la branche avait été coupée dans le jardin des meurtriers.

Quand Coggins était enfant, sa mère avait eu un exemplaire de ce magazine, et il se rappelait la photographie de Frank Allen en costume-cravate, un fédora incliné sur la tête. Il tenait le bâton dans sa main droite et le fusil dans la gauche, l'index pointé sur un petit détail dans le bois, un indice dont il s'était servi pour élucider le crime. Coggins était en train de rêver de cette image en noir et blanc quand il se réveilla en sursaut, essoufflé. Son cœur battait la chamade et il sut aussitôt ce qu'il avait à faire.

« Tu crois vraiment que ça va marcher ? » demanda le shérif Bruce Sellers. Il était assis sur le siège passager du pick-up de Coggins devant le mobile home de Donnie Franks. « Enfin, te méprends pas, je crois que t'as raison. En fait, j'ai aucun doute. Mais tu sais comment ça se passe dans une salle d'audience. Ça m'étonnerait même que j'obtienne un mandat d'arrêt avec ce que t'as. Qu'est-ce qu'un avocat est censé faire avec la photo d'un pick-up roulant sur la route ? C'est circonstanciel au mieux.

– Ce gars-là serait incapable d'épeler "circonstanciel", répliqua Coggins. Tu me laisses parler et tu te contentes d'insister sur ce qu'on a. Je vais lui mettre le pied sur la gorge, et tu vas lui donner de l'air.

– John, on se présente tous les deux à la porte de ce gars-là et c'est cuit. Ce plan risque autant de partir en vrille que de se dérouler comme tu l'imagines.

– Tu vas rester là dans la bagnole jusqu'à ce que je t'envoie un texto. » Coggins coupa le moteur mais laissa les clés sur le contact. « Dans l'immédiat, Donnie n'a aucune idée de ce qui se trame. Il croit toujours que je lui casse les pieds au sujet de son pick-up.

– Et qu'est-ce qui se passera si à la seconde où t'arrêtes de le rouler dans la farine il décide qu'il veut pas coopérer ? Tu coinces un mec comme ça et qu'est-ce qu'il est censé faire ? Tu coinces un chien et tu risques de te faire bouffer.

– Ça ne se passera pas comme ça, lui assura Coggins. Je connais ce gars depuis toujours. Pour commencer, la seule raison pour laquelle il est impliqué dans ce merdier, c'est qu'il laisse les autres penser à sa place. C'était pareil au collège, au lycée, à vingt ans, à trente ans, toute sa pitoyable vie. Quelqu'un d'autre enfoncerait le clou et lui ferait tenir le marteau. Une fois n'est pas coutume, je vais le laisser penser tout seul.

– Si t'es pas de retour dans vingt minutes, je viens te chercher.

– Tu auras pas besoin de regarder ta montre. » Coggins ouvrit la portière et descendit. Les mains posées sur le toit de la cabine, il jeta un regard à l'intérieur en affichant un sourire sarcastique. « Si les choses se passent comme tu le redoutes, tu vas entendre des coups de feu. »

Quand il claqua la portière, Coggins attrapa un morceau de bois de chauffage sur le plateau. Tandis qu'il s'approchait des marches, il tenait cette bûche de chêne rouge dans une main et un ordinateur portable sous son bras. Il frappa à la porte et, de l'intérieur, Donnie Franks brailla d'entrer.

« Qu'est-ce qui vous ramène par ici, shérif ? Je vous ai déjà dit que ce pick-up était pas à vendre. » Il écrasa une tranche de pain sur son sandwich jusqu'à aplatir complètement le tout sur le plan de travail. « Vous voulez de quoi manger ?

– C'est quoi ?

– Sandwich à la viande, répondit Donnie. De la marmotte en conserve.

– Faite récemment ?

– Non, l'hiver dernier. Pas question de tirer les marmottes à cette époque de l'année. Elles sont gavées d'herbe, dit-il.

– Ça t'ennuie si je m'assois ?

– Bien sûr que non. Installez-vous donc à la table là-bas. » Il désigna d'un signe de tête un petit coin repas sur la droite. « Je vais me chercher un truc frais à boire. Vous avez soif ?

– Non, Donnie. Ça va. »

Le mobile home était d'une propreté impeccable, ce que Coggins trouva surprenant car Donnie n'était pas marié et ne semblait pas particulièrement se préoccuper de mettre un peu d'ordre dans sa vie en général.

Il y avait une table ovale avec un plateau en merisier blond teinté, le cadre et les pieds blanc cassé, et quatre chaises peintes de la même couleur. Coggins prit place contre le mur, se retrouvant face à Donnie. Il regarda à travers la baie vitrée sur sa droite qui donnait sur l'arrière pendant un assez long moment, cherchant ses mots, mais c'est finalement Franks qui prit la parole.

« Si c'est pas pour le pick-up, qu'est-ce qui vous amène par ici exactement, shérif ? »

Coggins glissa l'ordinateur portable sur la table devant lui. La bûche de bois de chauffage était posée sur ses genoux.

« Pourquoi tu viens pas t'asseoir, Donnie ? Y a deux ou trois choses dont il faut qu'on parle, toi et moi. »

Le comportement de Franks changea de façon visible. Son corps s'enroula sur lui-même et son visage devint grave, ce qui allait dans le sens de ce que Sellers avait dit quelques minutes plus tôt. Coggins regarda ses yeux, et ce fut comme observer un lapin dans un tas de broussailles.

« Donnie, voilà que t'as un air qui me rend un peu nerveux », dit Coggins.

Franks ne répondit rien. Il resta sans bouger, mâchoire serrée et sans ciller.

« Fiston, il faut que tu m'écoutes à présent. Je sais pas ce qui se passe dans ta tête, mais je peux t'assurer d'une chose, c'est que tu pourras pas t'échapper par la porte d'entrée ni par celle qui est derrière toi. »

Coggins pencha la tête vers la porte arrière, à peine à quelques courtes enjambées d'où se tenait Donnie. Si la main gauche du shérif était posée à plat sur la table, sa main droite était cachée et il la retira de la bûche de bois de chauffage pour la placer sur son arme de service accrochée à son ceinturon.

« Y a qu'une seule issue, Donnie, c'est de venir t'asseoir ici à cette table. »

Tandis qu'il s'avançait et prenait place, Franks ressemblait à un enfant paniqué. Il posa sa tête entre ses mains et se frotta les tempes du bout des doigts en décrivant des cercles.

« À ta mine, Donnie, je crois que tu sais parfaitement pourquoi je suis assis là, pas vrai ? »

Une fois de plus, Franks ne répondit pas. Il ne bougeait pas, ébahi, regardant fixement le centre de la table, la bouche grande ouverte tel un poisson hors de l'eau.

« J'ai deux ou trois choses à te montrer, et toi et moi on va avoir une longue conversation à propos de ce qui va se passer maintenant. Dans les prochaines minutes, tu vas avoir des choix difficiles à faire, et ces choix vont déterminer si tu vas continuer de dormir dans ce mobile home ou si tu vas passer le reste de ta vie quelque part en prison dans l'Est. Tu comprends ? »

C'était comme parler à un mur.

Aussi clairement qu'il lui fut possible d'exposer les tenants et les aboutissants, Coggins expliqua tout ce dont ils devaient discuter : l'endroit où l'on avait trouvé Ernie, les détails dont ce dernier se rappelait concernant les bottes et la croix Baumier.

« Et au cas où tu le saurais pas, on en arrive au portail qui mène à cette croix et y a une caméra de chasse dont la carte mémoire a été effacée, dit Coggins. Mais ce que vous ignoriez, les gars, c'est qu'au bord de cette route y a une maison avec une autre caméra qui filme toutes les voitures qui passent. » Le shérif ouvrit le portable et double-cliqua sur un groupe d'images. Il tourna l'ordinateur pour que Franks puisse bien voir l'écran et ce qu'il lui montrait. « Bon, à ton avis, à qui est ce pick-up, Donnie ? Tu me crèverais les deux yeux que j'en identifierais pas moins ton pick-up dans une casse. »

Coggins retira la bûche de chêne rouge de ses genoux et la posa au milieu de la table. Dans la journée qui avait suivi son rêve relatif à Frank Allen, il avait attendu que Donnie parte travailler et, après son départ, il s'était approché du mobile home pour prendre une bûche dans le séchoir à bois. Il orienta le morceau de bois de chauffage de façon que la marque laissée par la fendeuse soit face à Franks.

« Bon, on sait toi et moi que cette bûche a été coupée par ta machine. Cette ligne juste là, cette tache sombre qui court d'un bord à l'autre, tu me l'as dit toi-même, c'est comme une empreinte digitale. Eh bien, j'ai trouvé ce morceau de bois de chauffage au beau milieu du parking où on a découvert Ernie. Incroyable, non ? Pas de bol, fiston. Enfin, t'as dû te taper un nid-de-poule ou un truc du genre et ce bout de bois est tombé du plateau de ton pick-up.

« Mais résultat, Donnie, ça prouve que t'étais aux deux endroits. Et si t'étais à la croix Baumier, alors quelles sont les probabilités pour que les bottes qu'Ernie se rappelle avoir prises en pleine gueule soient les mêmes que celles que j'ai vues aux pieds de Slade Ashe l'autre jour au Smokehouse ? Je dirais qu'il y a de très fortes chances, fiston, et de fait, Ashe a un mobile.

« Bon, il faut pas que t'oublies que l'autre chose qu'a Slade, c'est de l'argent. Il peut embaucher une flopée d'avocats qui travailleront jour et nuit à lui éviter la prison. Mais tu crois qu'il va t'offrir un tel luxe juste parce que tu bosses pour lui ? Ou tu crois que tous ces avocats pourraient s'employer à convaincre les jurés que c'est pas lui mais toi qui as tenu le premier rôle dans ce qui s'est passé cette nuit-là ? Faisons un saut dans le temps et voilà un jury qui a devant lui un vieil homme usé, un ancien commissaire du comté, qu'a rien à se reprocher hormis quelques politicailleries, et puis y a toi, bâti comme tu l'es, avec un casier judiciaire long comme le bras. À ton avis, ils vont croire qui, Donnie ? Et donc, il faut que tu te poses la question de savoir si t'es prêt à passer le reste de ta vie en prison pour un homme qui va t'enfoncer. »

Quand il était enfant, lorsqu'il pleuvait à torrents et que les ruisseaux gonflaient, Coggins se rappelait de sa grand-mère qui lui disait que ce n'était pas de la montée de l'eau qu'il devait se méfier. Si le niveau baissait subitement, c'est alors qu'il fallait se réfugier en hauteur. Un arbre tombe ou une rive s'effondre et des débris s'accumulent, mais peu importe comment c'est arrivé, la crue sera contenue juste derrière. En dessous, l'eau pourra affleurer les pierres de rivière, mais quand ce barrage finira par céder, alors s'abattra un mur d'eau capable d'emporter une maison. C'est ce qui arriva quand Franks s'écroula.

Quand Sellers entra dans le mobile home, Donnie ne savait plus à quel saint se vouer. Coggins s'acharna sur lui et, comme prévu, son collègue le convainquit qu'en coopérant pleinement il pourrait lui négocier un accord avec le procureur pour qu'il ne passe pas trop de temps derrière les barreaux. Bien sûr c'étaient des foutaises, mais ça n'avait pas d'importance. Il leur suffisait de le persuader d'être témoin à charge, de cracher le morceau. Quoi qu'il en coûtât de conduire ce cheval à l'abreuvoir, c'était ce qu'ils allaient faire.

En fin de compte, c'étaient Donnie et Ashe qui étaient allés chez Ernie. Ashe avait emprunté une Mercury Cougar des années 1980 à un ivrogne qui passait ses journées à dormir dans un petit mobile home moisi qu'il lui louait derrière Dillsboro. Il lui avait promis un mois de loyer gratuit en échange de sa voiture pour la nuit, et à en juger par la réaction du type, on aurait cru qu'il avait touché le gros lot. C'était Donnie qui avait assommé Ernie et, après l'avoir ligoté et mis dans le coffre, ils avaient caché la voiture sur une aire de stationnement de la voie rapide jusqu'à la nuit. C'est là que les autres les avaient rejoints.

Coggins connaissait tous les noms cités, qui pour la plupart le surprirent. Il y avait un entrepreneur général qui construisait des maisons de luxe à l'extrémité sud du comté, un type qui possédait un magasin de bricolage en bordure de la quatre-voies, un autre qui dirigeait une entreprise de terrassement et un vétérinaire du coin qui s'occupait de toutes les fermes familiales. Tous étaient des gars de la région tout à fait ordinaires qui étaient nés et avaient grandi ici, et à qui on aurait donné le bon Dieu sans confession. Il y avait également un de ses anciens adjoints. Nick Lovedahl avait joué un rôle cette nuit-là à la croix, et d'entendre son nom acheva Coggins, car il lui avait lui-même remis son insigne. Le seul autre notable à part Slade Ashe était Holt Pressley, le chef de la police, et c'était ce nom qu'ils attendaient. D'après ce que lui avait dit Ernie à propos de la liste et la conversation qu'il avait eue avec Tim McMahan ce jour-là devant chez lui, Coggins savait depuis le début que Pressley était impliqué. Mais jusqu'à maintenant, il n'avait pas réussi à le relier à quoi que ce soit.

Quand le shérif s'enquit de William Dean Cawthorn, Donnie fut proprement déconcerté. Il s'avérait que le type du Mississippi n'avait absolument rien à voir avec ce qui s'était passé. Depuis qu'il avait mis les pieds en ville, Slade Ashe avait fait tout son possible pour le tenir à distance. Il était venu dans les montagnes pour faire profil bas en attendant que les choses se tassent chez lui, car il avait réduit une maison en cendres.

Tout était sur la table à présent. Quand ils se levèrent, à l'unisson, Sellers se faufila derrière Donnie et l'attrapa par le poignet droit. À ce moment-là, ce fut comme si la clenche du portail avait été laissée soulevée et que le taureau se déchaînait. Franks fonça tête la première sur Sellers et le fit tomber sur le dos. Le choc coupa le souffle de ce dernier, et il suffoquait quand Coggins dégaina son arme.

Donnie fila dans le couloir et Coggins entendit claquer la porte de la chambre. Il comprit alors qu'ils étaient dépassés. Il s'agenouilla à côté de son collègue et posa la main sur sa poitrine pour contrôler sa respiration. Sellers roula sur lui-même quelques instants avant de réussir à s'accroupir. Coggins se leva et fit un pas en avant pour se retrouver adossé au mur juste au bord du couloir, jetant un œil par-dessus son épaule gauche à la porte de la chambre. Sans se relever, Sellers se précipita dans la cuisine pour s'abriter derrière le comptoir du bar.

« Bon sang, John ! Je t'ai dit que c'était une mauvaise idée ! »

Coggins regarda de l'autre côté de la salle à manger. Sellers était accroupi derrière la cloison, les mains et son arme posées sur le comptoir, prêt à faire feu.

« Pourquoi t'as essayé de lui passer les menottes ? Où c'était prévu dans le plan ? »

Coggins entendit la porte s'ouvrir derrière lui et, quand il jeta un coup d'œil par-dessus son épaule, il vit que Donnie Franks regardait à travers une petite ouverture dans l'embrasure de la porte, la tête penchée sur un fusil.

« Je vais pas en prison, shérif.

– Je vois aucun moyen d'y échapper, Donnie.

– Je croyais que vous aviez dit que vous alliez m'aider.

– Oui, et c'est vrai. Mais tout ça n'est plus d'actualité si tu te ressaisis pas. Rien n'a changé depuis tout à l'heure, Donnie. Tout ce qu'on t'a dit tient toujours. Tu nous aides à mettre ces types derrière les barreaux et je ferai tout ce qui est en mon pouvoir pour m'assurer qu'on te traite équitablement. Tu me crois ? Tu as ma parole, Donnie. Tu sais que je suis un homme de parole.

– Je vais pas en prison, shérif.

– Je l'ai en visuel, John. »

Coggins était toujours concentré sur la porte et il sursauta quand Donnie pointa le canon de son arme vers la cuisine. Le cœur du shérif se serra et il tourna son regard vers Sellers, qui s'était décalé au bout du bar pour avoir un meilleur angle de tir.

« Fais pas de bêtise, Sellers. On ne fait que parler. On ne fait que parler, Donnie. »

51

Le central appela toutes les unités à intervenir et des adjoints de l'ensemble du comté affluèrent sur les lieux. Leah entendit toute l'agitation qui s'ensuivit à la radio, mais elle ne répondit pas. À ce moment-là, elle n'était pas en mesure de venir en aide à qui que ce soit. Elle venait d'apprendre que l'arme ne correspondait pas. William Dean Cawthorn était libre.

L'intervention qui se déroulait chez Donnie Franks avait été transférée sur un canal privé pour éviter aux oreilles indiscrètes dotées d'un scanner élémentaire de suivre les événements en cours. Leah se gara sur le parking du Caney Fork General Store et passa sur la fréquence cryptée pour pouvoir écouter les adjoints présents sur les lieux. L'un d'eux, à l'intérieur du mobile home, rendait compte de ce qui s'y passait à ceux qui bouclaient le périmètre. Le shérif avait fait venir la mère de Donnie Franks et tous les trois se trouvaient avec elle dans la chambre à essayer de le convaincre de se rendre. La radio se tut pendant quelques minutes, puis la nouvelle tomba d'un coup.

« Adjoints, retirez-vous. Le suspect est en garde à vue et nous allons sortir par-devant. »

Quand elle s'arrêta devant la maison, ses phares balayèrent la façade et elle vit sa silhouette se détacher derrière un mince rideau blanc tiré devant la fenêtre. Le porche était éclairé et des papillons de nuit voletaient autour de la lumière. Ernie Allison ouvrit la porte sans lui laisser le temps de frapper et, en le voyant, elle sentit qu'elle allait s'effondrer. Il était torse et pieds nus, en jean avec son corset lombaire, et il retenait la porte moustiquaire avec son bras.

« Qu'est-ce qui se passe ? demanda-t-il.

– L'a… l'arme, bégaya-t-elle. L'arme ne correspond pas. »

Leah le regarda comme s'il pouvait lui apporter une réponse ou un quelconque avis susceptibles de fournir une explication.

« Merde, Leah. Je ne sais pas quoi dire. »

Elle tomba en avant et enfouit la tête dans sa poitrine, et il l'enveloppa de ses bras. Pendant quelques minutes, Ernie fut son seul soutien pour l'empêcher de s'écrouler.

52

Le mur au pied duquel Toya avait été ensevelie croulait sous les fleurs, les photographies et les œuvres d'art Les cadeaux ne cessaient de s'amonceler et le sacristain du cimetière s'était déjà entretenu avec Dayna au sujet du désordre occasionné. Il tourna autour du pot pour essayer de briser la glace en douceur, dit qu'elle devrait commencer à en rapporter quelques-uns chez elle, ou sinon il faudrait les jeter.

Vess s'agenouilla et laissa courir ses doigts sur une sculpture en argile au fini grossier qui lui arrivait aux genoux. Une photographie était glissée sous la base, un Polaroid de Toya et d'une fille à peu près du même âge, toutes deux avec un sourire niais et de l'argile sur le visage dans un atelier lumineux. Toya avait été tellement aimée, cela se voyait. Tous ceux qui la connaissaient étaient venus lui rendre hommage et penser à elle. Se tenir là, entourée de tous ces cadeaux et souvenirs, c'était comme être agenouillée au pied d'un autel.

« Est-ce qu'on peut juste tout laisser pendant un mois ? » avait demandé Dayna et, timidement, le sacristain avait accepté.

Elles venaient là tous les soirs après que Dayna avait terminé son travail. Le cabinet d'avocats l'avait suppliée de prendre un peu de temps, mais elle était revenue à son poste le lundi suivant la cérémonie religieuse. Vess savait ce que sa fille faisait, et elle savait qu'elle ne pouvait rester sous l'eau indéfiniment, que tôt ou tard il lui faudrait remonter à la surface pour respirer, sans quoi elle se noierait. Mais comment pouvait-elle le lui dire sans alourdir son fardeau ?

Chacun faisait son deuil comme il le pouvait, seul le temps était le dénominateur commun. Il fallait apprendre à accepter la seconde pour survivre à la minute, à l'heure, à la journée. Il n'y avait pas de bonne ou mauvaise façon et rien ne garantissait qu'on guérisse un jour. Il fallait laisser le temps au temps et apprendre à faire avec, car une telle perte était une condamnation à perpétuité, et pour l'heure tout était encore trop frais et fragile. Dayna en sentait tout le poids, mais elle avait encore à en prendre la vraie mesure.

Depuis une semaine, Dayna rentrait chez elle vers 19 heures et repartait avec Vess. Les deux femmes s'arrêtaient chez un fleuriste pour acheter un bouquet. Elles affrontaient la circulation jusqu'au cimetière, généralement sans se dire grand-chose durant le trajet. Dayna remplaçait les fleurs flétries par les fraîches ; un jardin de marguerites, de lis des crapauds, d'asters et de tournesols s'épanouissait contre le mur.

Parfois, pendant qu'elles se tenaient là, Dayna marmonnait. Parfois elle fermait les yeux et priait. Parfois elle gémissait, criait et martelait la pierre de ses poings. Et parfois elle restait là, sans voix. Mais, soir après soir, Vess sentait l'atmosphère qui les enveloppait s'alléger lentement. Sa fille semblait s'accorder du temps pour prendre un bain, par exemple, et seulement après il y avait assez d'espace pour parler.

« Tu as faim ? demanda Dayna tandis qu'elle mettait sa ceinture de sécurité et démarrait la voiture.

– Je mangerais bien », répondit Vess.

Elle songea aux courges, courgettes, tomates, concombres, maïs et haricots qui arrivaient à maturité chez elle quand elle était partie. Elle espéra que Lula faisait bon usage du potager.

« Tu as envie de quelque chose en particulier ?

– Il reste du poulet au frigo, dit Vess. Je pourrais séparer la chair des os et nous préparer des boulettes.

– Tu n'as pas à faire ça, maman.

– Ça ne me gêne pas. C'est pour ça que je suis là.

– On va s'arrêter quelque part pour manger un morceau. »

Tout autour ce n'était que klaxons, feux clignotants et sirènes, et Vess s'agrippa à son siège et à la portière tandis que sa fille slalomait à travers les six voies de circulation. Le paysage était plat, de sorte que les lumières et le béton paraissaient s'étirer à l'infini et, devant cette immensité, la vieille dame se sentit mal à l'aise. La façon dont les montagnes entouraient sa maison avait toujours eu un effet rassurant, comme si le Seigneur l'avait tenue dans Sa main. Chez elle, vous pouviez vous situer. Il était aussi simple d'y prendre ses marques que de gravir une crête et apercevoir Doubletop Mountain. Mais ici tout était distordu et étiré à l'extrême, un endroit tendu comme une corde de banjo.

« Tu te rappelles cette histoire que je te lisais quand tu étais petite ? demanda Vess.

– Laquelle, maman ? »

Vess regarda sa fille et les lampadaires qui défilaient, éclairant son visage par bribes.

« Cette fable d'Ésope. Celle avec les souris.

– *Le Rat de ville et le Rat des champs,* dit Dayna en souriant. Qu'est-ce qui t'y a fait penser ?

– L'impression d'être une souris », répondit Vess.

Dayna éclata de rire comme si sa mère plaisantait, mais la vieille dame était sérieuse. Elle était épuisée et désireuse de rentrer chez elle, et à présent elle portait un fardeau qui ne ferait que leur peser davantage et prendre plus de temps. Plus tôt dans l'après-midi, Vess avait reçu un appel de l'inspectrice Green. Elle avait appris que l'arme ne correspondait pas et que le suspect avait été relâché. Elle n'était pas sûre de la réaction de Dayna, aussi avait-elle tout gardé pour elle. Elle faisait la conversation pour éviter de laisser l'esprit de sa fille vagabonder mais, intérieurement, elle craquait.

« Hier soir, je me suis réveillée au milieu de la nuit et j'ai cru que j'entendais un oiseau chanter, reprit-elle. J'ai regardé la pendule et il était 2 heures du matin. Je suis sortie sur le perron et il y avait bien un oiseau qui gazouillait sous l'un des réverbères comme s'il faisait jour.

– C'est courant, maman.

– Et ça ne te gêne pas ?

– Pourquoi ça ?

– Quel genre d'oiseau se pose là et gazouille toute la nuit ?

– Je ne me suis jamais vraiment posé la question. Je suppose qu'on s'y habitue.

– Moi pas », répliqua Vess.

Elles s'arrêtèrent à un feu rouge et, quand il passa au vert, elles parcoururent presque deux pâtés de maisons avant d'être de nouveau arrêtées par un feu. Vess regarda par la vitre un attroupement, des gens rassemblés devant la vitrine à glaces d'une supérette. Retardataires et flâneurs riaient et faisaient les pitres, se querellant bruyamment tandis qu'ils buvaient à même la bouteille dans un sac en papier brun et vantaient le tabac et le filtre des Black & Mild qu'ils se passaient de l'un à l'autre.

« Ça ne te manque jamais ?

– Quoi donc ?

– Je veux dire, tu penses que tu rentreras à la maison un jour ? »

Le terrain où Vess habitait était dans la famille de Lonnie depuis quatre générations et elle se demandait ce qu'il en adviendrait quand elle ne serait plus là.

« J'y ai pensé, répondit Dayna. J'ai pensé que peut-être quand je serai plus vieille ça me plaira, mais à vrai dire, ce n'est plus du tout pareil désormais. Tout le monde est parti. Et d'ailleurs, chez moi, c'est ici à présent. J'en ai fait ma maison. »

Les bâtiments qui bordaient la rue cédèrent lentement la place à des constructions plus belles et plus neuves, les lumières devinrent plus brillantes, et Vess y reconnut le signe qu'elles arrivaient à Buckhead, où vivait Dayna, à la périphérie de la ville.

« Ça ne te manque jamais, l'obscurité ?

– Qu'est-ce que tu veux dire ?

– Je veux dire toutes ces lumières. Tout est si brillant. Ça me fait mal aux yeux. Et c'est bruyant. Ça ne te manque jamais, l'obscurité ? Ça ne te manque jamais, le calme ?

– On s'y habitue, maman. »

Dayna la regarda comme si elle essayait de comprendre d'où sortaient toutes ces questions.

Vess s'efforçait de tenir le coup, mais elle ne savait pas comment elle pourrait bien annoncer la nouvelle à sa fille, et elle était terrifiée à l'idée que Dayna puisse s'effondrer en l'apprenant. Peu importait, elle savait qu'elle ne pouvait pas la quitter.

La montagne lui manquait, et son porche et ses poules. Les étoiles et la rosée sur l'herbe lui manquaient. La chaleur de la poussière sous la plante de ses pieds par ces après-midi brûlants où les plants de tomates se flétrissaient comme s'ils n'allaient pas passer la nuit lui manquait. La pluie et la façon dont elle résonnait sur le toit lui manquaient. Les parties de cartes, les éclats de rire et Lonnie lui manquaient. Mais surtout sa petite-fille lui manquait.

Elle avait la bouche bien trop sèche pour ravaler de tels sentiments. Elle tenait un mouchoir en papier froissé dans sa main et elle le pressa aussi fort qu'elle le put jusqu'à avoir l'impression de serrer un marron. Des larmes lui piquaient les yeux et elle regarda par la vitre latérale pour que sa fille ne les voie pas couler. Il y avait des moments où sa force l'abandonnait. Telle une enfant, elle voulait simplement rentrer chez elle.

TROISIÈME PARTIE

53

Les gardiens trouvèrent Slade Ashe pendu aux draps de son lit dans sa cellule le lendemain matin de son arrestation. Les adjoints certifièrent qu'il ressemblait à une grenouille pantelante avec ses jambes raides et tendues, ses bras boucinés pendouillant de part et d'autre de son buste. Holt Pressley, quant à lui, arbora un sourire narquois que même du papier de verre n'aurait pu effacer et, contrairement aux autres membres du groupe, prit un avocat sans attendre.

Leah fut moins surprise par les notables impliqués que par tous les autres. Ashe et Pressley étaient tous deux corrompus jusqu'à la moelle et ce n'était pas vraiment un secret. Elle ne fut guère plus étonnée de découvrir que Nick Lovedahl était du nombre. Mais les autres étaient des hommes qu'elle connaissait depuis toujours, avec lesquels elle avait grandi et était allée à l'école, des types qu'elle n'aurait jamais soupçonnés.

Cette affaire fut le couronnement de la carrière du shérif Coggins et, même si Leah était sincèrement heureuse pour lui et Ernie, rien de tout cela n'était de nature à satisfaire ses attentes. Toya Gardner était morte et enterrée, et elle n'avait guère plus de pistes pour résoudre ce meurtre qu'elle n'en avait le matin où elle s'était agenouillée près du corps de la jeune femme.

Elle se rendit d'abord chez les Coggins et trouva Evelyn sur le porche devant un réchaud de camping, surveillant deux conserves à la fois. Elle stérilisait des haricots à cosse violette, mais le shérif n'était pas là. Les poids cliquetaient au-dessus des conserves pendant qu'elle parlait, expliquant qu'il avait passé la plus grande partie de l'après-midi dans un pâturage éloigné à tirer des cibles d'argile et à boire.

Quand Leah le trouva, il se tenait au-dessus d'un pneu de tracteur couché sur le côté avec un lanceur d'argile boulonné sur le flanc. Coggins se pencha pour armer le bras de la machine et, ce faisant, tituba légèrement pour garder son équilibre. Il tenait un vieux Winchester M12 en acier nickelé sous un bras et glissa une cible d'argile dans le lanceur. Leah avait laissé sa voiture devant la maison puis avait marché à travers champs en suivant le bruit des coups de feu pour aller le retrouver. Il se retourna et la regarda avec un énorme sourire.

« Mieux vaut vous boucher les oreilles, fillette », lança-t-il en guise d'accueil.

Leah mit ses doigts dans ses oreilles au moment où Coggins relâchait le bras de la machine. La cible fusa au-dessus du champ et le shérif prit aussitôt position, épaulant le fusil d'un mouvement fluide, la tête complètement baissée sur l'arme tandis qu'il faisait pivoter le canon et tirait. Les plombs frappèrent la cible et l'argile explosa dans un léger nuage de fumée. Il repoussa la culasse et la douille jaune fut projetée dans l'herbe. Il répéta son geste deux fois pour s'assurer que l'arme était déchargée puis se retourna vers Leah.

« Je vais en Caroline du Sud ce week-end pour un tir à la colombe, dit Coggins. Le gars a vingt-cinq hectares de pâturages plantés de maïs et de tournesols.

– Ça devrait être sympa », répondit-elle.

Elle se tenait près du pneu arrière du SSV. Le hayon était baissé et il y avait sur le plateau une boîte ouverte de cibles d'argile et deux autres boîtes de cartouches High Brass numéro 7. Elle avait les yeux rivés sur une bouteille d'Aberlour presque vide.

Quand Coggins arriva à hauteur de l'arrière du SSV, il attrapa le whisky et en but une longue gorgée.

« Evie a dit que vous étiez ici à picoler tout l'après-midi.

– Et je dirais que je mérite un verre. Je dirais que j'en mérite dix. Bon sang, buvez donc un coup si ça vous chante. On devrait être en train de fêter ça. »

Il marmonnait plus qu'il ne parlait, mais elle était certaine qu'il était loin d'être ivre.

« Par pitié, dites-moi que vous n'avez pas bu tout ça aujourd hui.

– Comme j'ai dit, c'est la fête. » Il passa la main sous sa chemise et se servit du tissu pour essuyer le canon et le récepteur du fusil, puis il fit le tour du véhicule et posa le M12 sur le siège. « Si vous avez pas l'intention de boire avec moi, alors qu'est-ce qui vous amène ici ? »

Coggins revint sur ses pas et s'assit sur le hayon.

« Je voulais juste parler de l'affaire Toya Gardner, monsieur. Je suis face à un mur et, à dire vrai, je ne sais pas quoi faire. Je croyais qu'on le tenait. J'aurais mis ma main à couper que Cawthorn était notre homme. » Pendant un instant, elle tenta de trouver les mots justes et, voyant qu'elle n'y arrivait pas, elle se décida à dévoiler le fond de sa pensée. « Écoutez, je ne sais pas si vous voulez mettre quelqu'un d'autre sur cette affaire ou non, mais le fait est que je l'ai dans l'os, shérif. Je ne sais pas quoi vous dire d'autre. Je n'ai pas la moindre piste. »

Coggins secoua la tête et laissa échapper un petit rire.

« Je suis désolée, shérif, mais je ne sais pas du tout comment…

– Non, non, bon, vous avez pas à vous excuser. Y a personne dans notre bureau qui parle pas comme un charretier, et je suis sans doute le pire de tous. Pour être franc, ça me plaît. Faut arrêter les conneries quand on parle, vous voyez ? J'ai jamais été du genre à tourner autour du pot.

– Moi non plus, monsieur.

– C'est pour ça que je vous ai toujours admirée, Leah. Beaucoup diraient que vous tenez de votre père, mais pour être honnête, on sait bien tous les deux que c'est de votre mère. C'était une battante s'il en est. Je dirais que c'est d'elle que vous tenez. »

Ses deux parents étaient décédés des années plus tôt et il lui fut difficile de l'entendre les évoquer. Peu importait qui elle rencontrait, on commençait toujours par lui parler d'eux. Il en avait toujours été ainsi. Tout ce qu'il fallait, c'était un nom pour savoir qui vous étiez et d'où vous veniez. Dans ces montagnes, cela avait toujours été la seule chose qui comptait.

« Vous savez, la plupart des gens croient qu'on classe une affaire faute d'indices et de pistes et, oui, enfin, bien sûr, c'est une des raisons. C'est toujours une des raisons. » Coggins prit la bouteille et but une autre gorgée de whisky. « Au début, les indices affluent et ça vous fait partir dans toutes les directions, et n'importe laquelle de ces pistes pourrait être celle qui résoudra l'enquête. L'idée selon laquelle les premières vingt-quatre heures suivant un homicide sont cruciales, c'est pas des conneries, Leah. Pas du tout. Mais à long terme ça tient davantage de la chasse au cerf. Élucider un meurtre revient à pister un cerf.

– Comment ça ?

– Disons qu'on est là et qu'un cerf vient à passer et qu'on tire, mais le cerf ne tombe pas, le cerf se remet à courir, et on le suit des yeux jusqu'à ce qu'il disparaisse. Si on est novice, c'est assez facile à ce moment-là de pas se rappeler où était ce cerf quand on a tiré. Mais même avec de l'expérience, on se remue et on va sur place, on trouve du sang et c'est peut-être une piste, alors on la suit et on voit exactement dans quelle direction le cerf s'est enfui, et tout d'un coup le sang est sec. Ou on a pas trouvé la moindre goutte de sang. On sait qu'il est blessé mais on a aucun indice, et donc on se met à chercher. On va droit à l'endroit où on l'a aperçu pour la dernière fois. Dans tous les cas, très vite on tourne en rond et on arrive même pas à revenir là où on a perdu la piste. Il est pas rare de se retrouver au milieu de nulle part sans réussir à retourner au point de départ.

– Je ne suis pas sûre de vous suivre.

– Ce que je veux dire, c'est qu'il est facile de se perdre. Il est vraiment facile de se laisser entraîner si loin de là où tout a commencé qu'il devient impossible de comprendre où l'on se trouve désormais.

– Et alors, qu'est-ce qu'on fait ?

– On revient au dernier endroit où on a vu du sang. On se met à quatre pattes s'il le faut, mais on traque la moindre goutte de sang, car on sait que le cerf était là. C'est la seule chose dont on soit sûr.

– Et qu'est-ce qu'on fait si on n'a jamais trouvé de sang ?

– Alors on retourne à l'endroit où était le cerf quand on a tiré. C'est notre dernier point de contact. C'est la dernière preuve concrète sur laquelle on puisse mettre le doigt, alors on y retourne. » Coggins vida le peu qui restait dans la bouteille. Il se retourna, un sourire en coin et les yeux injectés de sang. « Et vous savez quoi ? Neuf fois sur dix, si le cerf a été touché, si la blessure est fatale, il est raide mort à moins de cent mètres de là. Neuf fois sur dix, c'est là qu'on le trouvera. »

Leah n'était pas certaine de savoir quoi faire de ce qu'il disait. Il était ivre et, plus elle le regardait et l'écoutait, plus elle s'inquiétait. Elle connaissait John Coggins depuis très longtemps et pendant tout ce temps, pas une fois elle ne l'avait vu perdu. Même s'il était de bonne humeur à cet instant, elle savait que ce n'était qu'une façade. Son entrain n'était qu'apparence.

« Le révérend Tillman fait encore monter la pression, dit Leah. L'autre matin, quand je suis arrivée au bureau, j'avais seize messages, et probablement deux dizaines d'autres e-mails de requêtes FOIA[1].

– Pourquoi vous me laissez pas m'occuper des journalistes ? Concentrez-vous sur l'affaire. »

Coggins attrapa la bouteille par le goulot et, d'un mouvement du poignet, décrivit lentement un cercle pour observer la dernière goutte rouler au fond.

« On charge une dernière cartouche et je lance cette chose vers la montagne, qu'est-ce que vous en dites ? Je vous fiche mon billet que vous la touchez pas.

– Je vous reconduis chez vous, qu'est-ce que vous en dites ? »

Qu'il l'admette ou non, ces dernières semaines avaient eu raison de lui. Mais Leah n'arrivait pas à comprendre si c'était seulement à cause de ce qui était arrivé à Ernie et Toya Gardner ou si c'était le fait de porter un insigne depuis quarante ans, d'endosser une telle responsabilité pour au final voir ce que le monde avait de pire à offrir lui revenir en pleine face. Était-ce le sort qui lui était réservé ? Était-ce là ce qui les attendait tous ?

---

1. Fondée sur le principe du droit à l'information, la Freedom of Information Act (« loi d'accès à l'information ») oblige les agences fédérales à transmettre leurs documents à quiconque en fait la demande.

54

Dayna avait craché son amertume la veille au soir : ses propos acerbes, acérés, avaient touché sa mère au cœur. De fait, elle était parfaitement en droit de crier, d'être folle de rage. Mais cela n'en était pas plus facile à digérer.

Ce soir, elles n'avaient pas dit un mot pendant tout le dîner. Dayna avait rapporté à manger, une assiette de légumes de chez Cracker Barrel pour sa mère et des sushis pour elle. Elle avait ouvert une bouteille de vin blanc quand elles étaient passées à table et, maintenant qu'elle venait de déposer ses baguettes dans la boîte vide, elle se versait un troisième verre.

« Tu veux un verre de vin, maman ? » Dayna leva la bouteille, mais Vess refusa d'un signe de main. « Est-ce que ton plat est bon, au moins ?

– Oui », répondit-elle.

Dayna but une gorgée, posa son verre sur la table et du talon de ses mains se frotta les yeux. Quand elle les rouvrit, elle fixa du regard un centre de table en verre transparent contenant des pommes de pin et une grande bougie parfumée au lait et au miel.

« Je veux m'excuser pour hier soir, dit-elle.

– C'est bon.

– Non, je suis sérieuse, maman. Je tiens à ce que tu saches que je suis désolée. Je n'avais pas le droit de te parler de cette façon.

Tu ne fais que m'aider et je le sais. Je n'aurais pas dû m'en prendre à toi. Je n'aurais pas dû te dire de telles choses. D'accord ?

– C'est bon, Dayna. Vraiment. »

Vess termina ses dernières bouchées d'okras frits et le silence se réinstalla pendant quelques minutes.

« L'autre jour, j'ai reçu une carte d'une vieille amie et elle a écrit quelque chose qui m'a interpellée. Elle disait que la profondeur du chagrin que l'on éprouve révèle la profondeur de l'amour qu'on porte à son enfant, et je ne peux m'empêcher de penser que c'est vrai. » Dayna attendit une seconde avant de poursuivre. « Par moments, je suis en train de marcher et c'est comme cette façon que le dos de papa avait de se bloquer. Enfin, je suis là et tout va bien, et tout d'un coup c'est comme si quelqu'un claquait des doigts et que je m'effondrais. Sans raison. »

La voix de Dayna se brisa et elle s'interrompit. Elle termina son verre de vin, puis se servit ce qui restait dans la bouteille. Quand elle se fut ressaisie, elle dit simplement :

« Elle me manque. C'est tout. Elle me manque terriblement. »

Et Vess comprit. Elle avait ressenti la même chose après la mort de Lonnie et, de bien des façons, c'était ce qu'elle éprouvait à présent. Mais elle savait également que le chagrin qu'endurait Dayna était de ceux qu'on ne peut totalement appréhender.

« Je suis en colère, reprit Dayna. J'ai envie de frapper quelque chose, maman. Quelqu'un. J'ai envie de prendre ce verre et de le balancer contre le mur. Et je sais que rien de tout ça ne me soulagera. Rien de tout ça ne changera quoi que ce soit, mais c'est ce que je ressens. Ce n'était pas autre chose hier soir, et j'en suis navrée. Je suis désolée que tu en aies fait les frais.

– Encore une fois, tu n'as pas besoin de t'excuser, Dayna. Je le sais. »

Tout ce qui s'était passé ces derniers jours, ce dénouement précipité, était la raison même pour laquelle Vess n'avait pas voulu lui annoncer la nouvelle de la remise en liberté de Cawthorn.

« Tu sais, avant qu'ils arrêtent cet homme, je ne cessais de me répéter que lorsqu'ils lui mettraient la main dessus, ce serait peut-être une délivrance, que je pourrais peut-être tourner la page. Puis ils l'ont appréhendé et rien n'a changé. J'aurais pu faire comme si, mais rien n'a changé. » Elle but une gorgée de vin et tourna les yeux vers une double porte-fenêtre qui donnait sur une petite terrasse en bois à l'arrière de la maison. « Je ne crois pas que j'avais compris ça avant qu'ils ne le relâchent, mais le fait est que j'étais stupide de croire que ce serait une délivrance. C'était stupide parce que ça ne va pas être possible de surmonter ça. Ça ne s'arrêtera jamais, n'est-ce pas, maman ? C'est comme ça et pas autrement. »

Vess vit les yeux de sa fille se remplir à nouveau de larmes, et elle ne sut quoi dire. Elle connaissait la réponse. Elle savait ce qu'il en était. Mais cette vérité ne lui apporterait pas la paix.

Il n'y avait rien qu'elle puisse faire ou dire pour arranger quoi que ce soit, et c'était une torture en tant que mère de ressentir une telle impuissance. À ce moment précis, elle ne voulait pas que son enfant se sente seule.

« Il y a quelque chose que je veux que tu saches », dit-elle. Elle froissa sa serviette dans sa main et regarda fixement la lumière au-dessus de leur tête. « Une partie de moi a eu peur de le dire et je pense que c'est parce que l'exprimer à voix haute revient à l'admettre, et je ne crois pas que j'y étais prête, mais il faut que tu l'entendes car tu dois comprendre que tu n'es pas seule. Cette rage que tu sens bouillir en toi, je la ressens au plus profond de moi, ma chérie. Je la sens couler en moi comme de la lave.

Mais la différence, c'est que ta colère est dirigée vers l'extérieur quand la mienne l'est vers l'intérieur. C'est un feu qui me brûle les entrailles.

– Je ne comprends pas. »

Vess respira un grand coup et s'efforça de rassembler tout son courage pour dire ce qu'elle avait sur le cœur.

« Le dernier matin que j'ai passé avec Toya, elle m'a dit que si je ne voulais pas qu'elle y aille, je n'avais qu'à le dire. Elle m'a dit que si je ne voulais pas qu'elle y aille, elle n'irait pas. » Vess leva la tête et, quand ses yeux croisèrent ceux de sa fille, elle fut incapable de se retenir plus longtemps. « Dayna, je ne lui ai pas dit de ne pas y aller. » La vieille dame fondit en larmes et, pour la première fois, ne fit aucun effort pour le cacher. « Je ne lui ai pas dit de ne pas y aller », répéta-t-elle, à peine capable d'articuler cette fois.

Dayna tendit ses deux bras par-dessus la table et prit les mains de sa mère. Vess avait trop peur de lever les yeux. Elle suffoquait.

Elles pleuraient toutes les deux à présent, ne se contenant plus.

« Maman, tu ne crois pas que je ressens la même chose ? dit Dayna quand ses larmes se furent suffisamment taries pour la laisser parler. La dernière longue conversation que j'ai eue avec Toya, c'était à cette table le soir avant qu'elle parte chez toi pour l'été. Elle m'a demandé mon avis et au plus profond de moi j'ai ressenti très exactement ce que tu as dû ressentir. Comme un poids au creux de la poitrine, et j'ai ravalé ce sentiment, et je lui ai souri et je lui ai dit de suivre son cœur. Voilà ce que j'ai dit.

« Mais il y a une chose que tu oublies. Dès que j'ai pu parler, tu m'as montré la réalité de ce monde, dès l'instant où tu as cru que je pouvais en tirer mes propres conclusions. Et je peux te garantir que j'ai élevé ma fille de la même façon. Toute sa vie je l'ai tenue devant une porte vitrée pour lui montrer ce qui l'attendait de l'autre côté. Je l'ai fait se regarder dans le miroir pour qu'elle voie son reflet. Je me suis assurée qu'elle comprenne la différence entre ce qu'elle voyait et ce que le monde verrait quand elle franchirait cette porte toute seule. Alors ne va pas t'imaginer une seconde que Toya n'avait pas compris. Elle le savait aussi bien que toi ou moi. Elle le savait grâce à toi et moi. Alors je t'interdis de te reprocher ce qui est arrivé, maman. Et ne va pas t'imaginer une seconde que je t'en veux. Je ne t'en veux pas, comme je ne m'en veux pas. J'en veux à ce monde d'être ce qu'il est. »

Vess savait que ce que disait Dayna était vrai et, pourtant, cela ne lui facilitait pas les choses. Que ce soit juste ou non, c'était leur rôle de protéger, et elle était la plus âgée, elle croyait que sa place était bel et bien en bout de table. Elle ne pouvait pas s'empêcher de penser que d'une façon ou d'une autre elle avait échoué et, à présent, tout ce qu'elle pouvait espérer, c'était que sa fille puisse s'en remettre. Dayna lâcha les mains de sa mère puis se renversa sur sa chaise.

« Je ne sais pas si tu te souviens de ça ou pas, mais ça faisait à peu près un mois que papa était mort et quand je suis venue te voir, tu m'as dit que tu souhaitais qu'on te fiche la paix. Tu m'as dit que tu voulais que les gens arrêtent de te rendre visite, de prendre de tes nouvelles, de t'apporter à manger, de tondre ta pelouse et de faire tes courses. Tu as dit que tu savais que ça partait d'un bon sentiment, mais que la seule chose que tu voulais c'était qu'ils te laissent tranquille. Tu ne voulais rien d'autre qu'être seule. Tu t'en souviens ?

– Oui.

– Et tu te rappelles ce que tu as dit d'autre ?

– Oui. » Pour Vess, c'était comme si c'était hier. « Ces tâches ménagères étaient la seule chance que j'avais d'arrêter de cogiter, de me vider la tête. C'était le seul moment où je n'avais pas à penser à ce que j'avais perdu, le seul moment que j'avais pour reprendre mon souffle. Ils croyaient me rendre service en étant présents et en faisant toutes ces choses. Mais sincèrement, ils faisaient plus de mal que de bien. Je n'avais pas besoin de ça à ce moment-là. Il me fallait de l'espace. »

Dayna porta son verre de vin à ses lèvres, les deux mains en coupe. Elle ne but pas. Les deux femmes s'entre-regardèrent et, dans les yeux de sa fille, Vess prit conscience de ce qu'elle essayait de lui dire.

« Je comprends », dit-elle.

D'une certaine façon, elle était soulagée car, au fond d'elle-même, elle avait besoin de la même chose. Il n'y avait pas grand-chose qu'elles puissent faire l'une pour l'autre. La guérison exigeait la solitude.

55

La résidence universitaire Robertson était morne et austère, simple monolithe monochrome planté au sommet d'une colline. L'après-midi touchait à sa fin et, déjà caché derrière les pins, le soleil s'apprêtait à disparaître derrière la crête. Leah n'avait cessé de réfléchir aux conseils que lui avait donnés le shérif, à ce qu'il en était de se perdre et de ne plus savoir où l'on se trouvait. À part l'endroit où l'on avait découvert le corps de Toya Gardner, la piste s'arrêtait ici.

Le chant des cigales montait et descendait de la cime des arbres, bourdonnement constant qui donnait l'impression que le monde n'était que résonance. Elle entra dans la cour et s'arrêta à l'endroit où les tombes avaient été comblées, les monticules encore rouge d'argile, aucune semence n'ayant encore germé. Les pierres de rivière blanches avaient été remises en place, de sorte que le mot que Toya avait écrit subsistait.

« Ils ont dit qu'il fallait les combler, question de responsabilité. »

Une voix féminine prit Leah de court et, en se retournant, elle aperçut une des femmes de ménage en train de fermer prestement d'un nœud le sac d'une poubelle située près du trottoir.

« Ils ont dit qu'ils avaient peur que les gosses tombent et se cassent le cou. » Elle rit sous cape et laissa le sac d'ordures au pied de la poubelle tandis qu'elle traversait la cour pour rejoindre Leah. Elle portait un jean taché aux genoux et une blouse brun clair qui aurait pu être celle d'une infirmière. L'inconnue sentait les produits chimiques et le tabac. Elle sortit un paquet de cigarettes de sa poche et en alluma une, plissant les yeux pour les protéger de la fumée. « Je suis contente qu'ils aient remis les galets, par contre.

– Moi aussi », répondit Leah.

Elle regarda les pierres et lut le mot en silence.

« Une vraie honte, ce qui est arrivé à cette fille. » La femme de ménage passa son pied droit par-dessus le gauche et se retrouva donc à tenir sur une jambe avec l'orteil du pied opposé tapotant le sol. Elle était fébrile. Elle croisa les bras et tira une bouffée, puis donna une chiquenaude pour faire tomber la cendre. « Ce qu'elle faisait était important, je trouve. C'était une gentille fille. Étincelante comme un vitrail d'église.

– Vous la connaissiez ?

– Pas plus que ça, mais ouais. » La femme sourit et glissa timidement sa main devant sa bouche pour cacher ses dents. « Je m'appelle Catherine, mais tout le monde m'appelle Mimi. »

Leah sourit.

« J'étais sûre que vous alliez dire Cat.

– Ouais. Ç'aurait été plus logique, n'est-ce pas ? »

L'inspectrice tendit la main.

« Eh bien, ravie de faire votre connaissance, Mimi. Je m'appelle Leah.

– C'est quoi votre nom de famille ?

– Green », répondit-elle.

La femme passa sa cigarette dans son autre main pour pouvoir serrer celle de Leah.

« On m'appelle comme ça à cause de *Bip Bip*, le dessin animé, dit-elle. Quand j'étais petite je courais partout à toute vitesse en braillant comme le grand oiseau. Je ne sais pas comment Bip Bip est devenu Mimi, mais ça m'est resté. On m'a toujours appelée comme ça. Alors vous êtes une Green ?

– Oui, madame.

– J'ai croisé pas mal de Green au fil du temps.

– On est nombreux dans le coin, dit Leah. Comment avez-vous connu Toya ?

– Eh bien, comme j'ai dit, je la connaissais pas plus que ça. Je commence toujours par ces deux-là. » Elle se tourna vers les immeubles de brique qui se trouvaient l'un derrière elles et l'autre sur le côté. « Mais je termine ma nuit en bas de la colline par le bâtiment des beaux-arts et des arts du spectacle. Je m'occupe de ces trois-là. Et celui-là en bas il me prend généralement une bonne partie de la nuit. C'est un vrai cauchemar. Mais elle travaillait là à des tas de choses jusqu'à pas d'heure et je la croisais à l'occasion. Dans les toilettes. Elle arrivait de l'atelier ou elle y retournait. Elle m'a toujours parlé. Elle a toujours été très gentille.

– J'en déduis que vous connaissez aussi Brad Roberts. »

Le visage de Mimi afficha un air interrogateur.

« Oui.

– Je suis désolée, dit Leah. J'aurais dû préciser que je travaille pour le bureau du shérif de Jackson. Je suis inspectrice.

– Vous enquêtez sur l'affaire ?

– Oui, madame. C'est exact.

– Et vous pensez que Brad pourrait avoir quelque chose à voir avec ce qui s'est passé ?

– Non. » Leah secoua la tête. Elle était légèrement plus grande que la femme de ménage et elle écarta les jambes pour se retrouver à sa hauteur. « Pas vraiment.

– Ouf ! » s'exclama-t-elle, en passant le dos de sa main sur son front, comme soulagée. Elle laissa échapper un petit rire nerveux et tira une longue bouffée sur sa cigarette. Sa voix était épaisse et rocailleuse. « Vous m'avez fait peur, là, reprit-elle. Certains de ces gosses peuvent être de vrais connards – pardonnez-moi, mais c'est vrai. Des malpolis. Mais Brad est toujours gentil avec moi. Je l'imagine pas mêlé à un truc pareil. »

Leah hocha la tête mais ne répondit pas.

« Alors, vous avez des suspects ? Enfin, je sais que c'est pas mes affaires, mais comme j'ai dit, c'est une vraie honte ce qui est arrivé à cette fille.

– Pour être honnête, nous sommes en quelque sorte dans une impasse. » Leah regarda les arbres au-dessus de leurs têtes. Un petit pic mineur tapotait le tronc échevelé d'un chêne blanc. Au loin, elle entendait des écureuils s'affairer dans les caryers et elle sut que l'automne arrivait. « Je suppose que c'est pour ça que je suis là. J'essaie de trouver une autre piste.

– Ah bon ? Pourquoi ça ? Enfin, pourquoi ici ?

– Parce que c'est le dernier endroit où on la situe encore en vie. »

La femme avait presque terminé sa cigarette, mais elle en sortit une seconde du paquet et l'alluma avec le bout de la première. Elle pinça celle qui était finie entre ses doigts pour en faire tomber la cendre rougeoyante, puis glissa le mégot dans sa poche.

« Qu'est-ce que vous voulez dire par "on la situe" ?

– Eh bien, ce que l'on sait, c'est qu'après la manifestation à Sylva ce samedi-là, Toya est montée dans la voiture du shérif et qu'ils sont venus ici. Il l'a déposée et c'est le dernier endroit où on la situe. Juste ici. C'est à environ un kilomètre et demi de marche de chez sa grand-mère. Elle a beaucoup emprunté cette route. Mais quelque part entre ici et là-bas, elle a disparu.

– Eh bien, je me souviens qu'ils étaient là cet après-midi comme vous dites, mais quand la fille est partie elle est remontée dans le pick-up.

– Comment ça ?

– Si vous parlez du samedi avant qu'on la retrouve, elle était là avec le shérif exactement comme vous dites, mais quand elle est partie, elle est partie avec lui.

– Comment vous savez ça ? »

Leah fut soudain prise de vertige.

« Comme je vous l'ai dit, je m'occupe de trois bâtiments. Ces deux-là ici et l'autre en bas de la colline. Et je fais toujours le ménage dans celui-ci en premier. » Elle pencha la tête en arrière pour indiquer l'immeuble devant lequel elles se trouvaient. « Cet après-midi-là, je balayais juste ici. Ils avaient donné une sorte de déjeuner pour les nouveaux. Ils ont fichu un sacré bordel, passez-moi l'expression, mais je les ai vus tous les deux ici même comme vous dites, comme le nez au milieu de la figure.

– Vous étiez où exactement ? »

La femme se retourna et montra du doigt une fenêtre à une quinzaine de mètres à peine. La trajectoire était en ligne droite et dégagée. Comme elle avait sa cigarette au coin des lèvres, celle-ci tressauta pendant qu'elle parlait, levait un pied et se grattait la cheville.

« Ils causaient avec de grands gestes de je sais pas quoi, mais je pouvais pas les entendre. Je me suis dit que ça avait à voir avec ça. » La femme de ménage montra les tombes du doigt. « J'ai pas pensé à autre chose qu'à ça, vraiment. Et comme j'ai dit, ils sont retournés à son pick-up, elle est montée avec lui, et ils sont partis.

– Et vous êtes absolument sûre que c'était le shérif que vous avez vu avec elle ?

– Évidemment, ma belle. » Elle écrasa sa cigarette par terre et fourra le filtre dans la poche de son jean. « Je connais John depuis toujours, reprit-elle. Lui et moi, on était à l'école ensemble. »

La femme de ménage se retourna et regagna le trottoir. Elle attrapa le sac d'ordures en passant et bientôt elle était partie.

Leah ne bougea pas, elle tremblait. Son cerveau en ébullition s'efforçait de trouver un sens à ce qu'elle venait d'apprendre, mais les questions ne cessaient d'affluer, sans aucune explication logique. Elle baissa la tête, le visage en feu. Juste à ses pieds, il y avait une autre goutte de sang.

56

Mount Zion n'était guère plus qu'un sanctuaire, un bâtiment en bardeaux blancs avec un petit escalier qui débouchait dans le coin arrière de la salle. À l'intérieur, la plus grande partie de la lumière venait d'une rangée de hautes fenêtres disposées le long des murs tous les un mètre cinquante à un mètre quatre-vingts, mais il faisait nuit à présent et elle était assise dans une quasi-obscurité.

Les bancs étaient de fines lattes de chêne teinté, à haut dossier et inconfortables, tels que Vess les avait toujours connus Des coussins étaient éparpillés çà et là, et la vieille dame était assise au premier rang près d'une fenêtre où un petit radiateur mural était accroché au ras du sol. C'était à cette place qu'elle s'asseyait tous les dimanches, notamment parce que Lula Shepherd avait toujours froid. Dès qu'arrivait l'automne, elle harcelait Tillman – qui essayait de retarder le moment d'allumer le chauffage à cause de la facture d'électricité – en lui répétant qu'elle grelottait pendant toute la durée de l'office. Elle menaçait de payer tout de sa poche s'il ne le montait pas et, pour finir, Lula avait gain de cause.

Vess n'était rentrée que depuis la veille. Elle ferma les yeux et respira un grand coup. N'importe quelle pièce aussi peu fréquentée finissait par sentir le renfermé et la poussière, mais l'odeur qui régnait ici avait toujours été un gage de promesse – les portes que l'on ouvre au printemps, la senteur des arbres de Judée et des cornouillers qui embaument l'air à Pâques ; les parfums puissants qui se mêlent aux eaux de Cologne, les plus entêtants décidant d'où l'on s'assoit et à côté de qui ; les arômes du bois des bancs et de la cire des bougies qui se consument en hiver. Telles étaient les odeurs qu'engendraient le renfermé et l'immobilité, de sorte que même en leur absence ce lieu la nourrissait, car elle savait que cela reviendrait.

Elle posa les mains sur un hymnaire et jeta un regard de biais au banc de communion et au prie-Dieu où elle s'était recueillie tant de fois. Ses yeux s'étaient depuis longtemps habitués à la pénombre de la pièce et elle aperçut une luciole voleter tel un fantôme, chose étrange puisque l'été touchait à sa fin. En tant que membre du conseil de l'église, Vess en gardait les clés depuis des années. Elle avait commencé à venir ici toute seule certaines nuits après la mort de Lonnie. À cette époque, il lui était insupportable de rester chez elle et cette église était devenue son lieu de réconfort.

Les maisons étaient les vaisseaux des vies qui s'y déroulaient. Dans le cas de Vess Jones, son foyer avait été rempli d'amour, de rires, de danses, de chansons, de bonne chère, de luttes, de tristesse, de chagrins et de tous ces fils qui tissent qui l'on est et ce que l'on devient. Une fois Lonnie parti, c'était comme si l'atmosphère était devenue étouffante. Elle avait enfoui son visage dans ses vêtements, s'était lavée avec son savon, avait fermé les yeux et cru pendant une fraction de seconde qu'il était encore là. Vess trouvait quelque chose d'aussi anodin qu'un de ses cheveux sur l'épaule de son manteau et elle en était anéantie. Il avait fallu des mois pour qu'elle arrête de pleurer, plus d'un an avant qu'elle se crée une nouvelle routine, et voilà qu'aujourd'hui tout recommençait.

Les vêtements de Toya étaient toujours accrochés dans la penderie. Sa lotion, son nettoyant visage et sa crème hydratante encore posés près du lavabo. Son SUV était garé dans l'allée, en panne. Chaque jour passé dans cette maison rappelait à Vess ce qu'elle avait perdu. C'était le calme, le calme absolu, l'absence de ce qui avait battu comme un cœur ici même qui la hantait. Le silence était tout simplement insupportable.

La porte de l'église s'ouvrit en grinçant derrière elle mais Vess était dans un tel désarroi qu'elle en perçut à peine le bruit. Elle posa le bras sur le dossier du banc et se retourna pour jeter un coup d'œil par-dessus son épaule. L'ouverture de la porte dessinait un rectangle bleu vif et la vieille dame fut incapable d'identifier la silhouette qui se découpait, noire comme une ombre.

« Madame Jones ? »

Au son de cette voix, Vess sut de qui il s'agissait.

« Oui, répondit-elle.

– J'espère que je ne vous ai pas fait peur.

– Non, ma chérie, je suis juste assise là. »

L'inspectrice Green ferma la porte et remonta l'allée, ses pas résonnant bruyamment dans la petite salle silencieuse.

« J'ai appris que vous étiez de retour et je suis allée chez vous, mais je n'ai pas vu votre voiture. Je passais par ici en rentrant chez moi quand je l'ai aperçue sur le parking.

– Oui, impossible de rester dans cette maison. Avec cette impression de vide. » Vess regarda autour d'elle et laissa échapper un petit rire quand elle prit conscience de ce que sa remarque pouvait avoir de ridicule compte tenu de l'endroit où elle se trouvait. « Ces murs ont été les témoins de bien trop de choses pour qu'on s'y sente seul. Comme si, d'une façon ou d'une autre, ce bâtiment renfermait pour toujours ce qui s'y était passé.

– Je vois ce que vous voulez dire, répondit Leah en prenant place sur le banc derrière le sien. Ma mère est partie la première, mais après la mort de mon père, pendant près d'un an, je n'ai même pas pu aller chez eux pour commencer à emballer leurs affaires. Je ne supportais pas d'être dans cette maison. »

Vess tendit le bras et tâtonna jusqu'à ce qu'elle trouve la jambe de l'inspectrice Green. Elle posa la main sur le genou de Leah pendant une seconde. C'était bon de ne pas être seule.

« Quelques-unes de vos poules erraient toujours dans la cour. Incapables de regagner leur enclos.

– Oh, elles rentreront toutes seules, dit Vess. Elles sont sorties, elles arriveront bien à rentrer. À mon retour, je fermerai la porte du poulailler. Elles savent très bien aller se coucher.

– Qui s'est occupé d'elles pendant votre absence ?

– Lula Shepherd. Mais entre nous, je ne suis pas sûre qu'elle ait fait autre chose que de les enfermer le soir et les laisser sortir le matin. Cette femme a une peur bleue des poules. C'est comme si on lui demandait de ramasser une vipère cuivrée.

– Écoutez, je ne veux pas vous retenir, mais j'avais quelque chose à vous demander.

– Quoi donc ?

– Est-ce que le shérif a dit qu'il avait conduit Toya quelque part cet après-midi-là ?

– Bien sûr. Vous le savez. John l'a raccompagnée à l'école quand ça a dégénéré en ville.

– Non, je veux dire après ça. Est-ce qu'il a dit l'avoir conduite quelque part après qu'ils ont quitté l'école ?

– Qu'est-ce que vous voulez dire ? Il ne l'a déposée nulle part ailleurs. Il l'a emmenée là-bas à l'école et elle est rentrée à pied.

– Vous étiez chez vous tout l'après-midi ?

– Eh bien, oui, tout l'après-midi. » Vess réfléchit une seconde. « J'ai fait un saut à l'épicerie. Je ne me rappelle plus ce qu'il me fallait, mais je n'ai pas pu m'absenter plus d'une demi-heure. Au milieu de la journée, si je me rappelle bien. En fait, c'est sûr. Vers 13 ou 14 heures. Je suis allée chercher un de ces plats tout prêts pour ne pas avoir à cuisiner.

– D'accord, dit Leah.

– John ne m'a rien dit. » Vess était déconcertée. « Pourquoi diable il ne m'en aurait pas parlé ? Il a dit qu'il l'avait déposée à l'école, c'est tout.

– Il avait assez de soucis comme ça. Il était tellement préoccupé par ce qui est arrivé à Ernie Allison ce matin-là que certains détails lui sont probablement juste sortis de la tête. Il a passé la journée entière à l'hôpital. Je n'ai même pas réussi à l'avoir au téléphone jusqu'à tard. Il a eu beaucoup de choses à gérer cette semaine-là. »

Vess ne savait quoi répondre. Elle avait beau se creuser la tête, elle n'arrivait pas à comprendre comment il avait pu foirer à ce point, pourquoi il lui avait dit qu'il l'avait déposée à l'école si ce n'était pas ce qui s'était passé.

« Je lui parlerai demain à la première heure et je vous tiendrai au courant. » L'inspectrice posa les mains sur le dossier du banc devant elle et se leva. « Je suis sûre que ce n'est rien. Je passerai demain dans l'après-midi ou dans la soirée. Dans l'immédiat, cependant, je vous laisse.

– Non. Il faut que je passe à autre chose, dit Vess. Je vais vous accompagner et fermer. »

Elles se dirigèrent toutes les deux vers l'arrière de l'église et, quand Leah ouvrit la porte, la luciole passa au-dessus de leurs têtes et voltigea dans la nuit. Vess regarda la sphère jaune clignoter et s'élever jusqu'à ce qu'elle disparaisse par-delà les pins.

57

Tandis que Leah prenait le dernier virage avant d'arriver en vue de la maison de Coggins, une chouette rayée passa en rase-mottes devant sa voiture. Elle freina et l'oiseau s'éleva presque à la verticale jusqu'à son perchoir. Sur la colline au-dessus, la lueur jaune d'une fenêtre éclairée perça l'obscurité et les derniers lacets en gravier qui menaient à la maison se teintèrent de bleu, comme inondés par la lune et le ciel.

Quand elle s'arrêta, ses phares balayèrent le porche avant d'obliquer vers l'orée du bois et elle aperçut le shérif debout sur les marches. Il portait encore son cargo kaki et son polo noir rentré dans le pantalon comme au bureau, mais il était pieds nus, la main droite dans une poche et la gauche tenant un verre d'alcool. Les Coggins garaient leurs voitures dans la grange à côté de la maison, mais Leah s'arrêta devant le porche. Elle baissa sa vitre et il but une gorgée.

« Qu'est-ce qui peut bien vous amener ici à cette heure de la nuit ?

– Deux ou trois choses que je devais vous demander sans attendre.

– Et vous ne pouviez pas appeler ? »

Il bascula sur ses talons et tourna les yeux vers les montagnes au loin.

Tandis que Leah descendait de voiture, Coggins s'assit sur les marches. Elle s'appuya contre l'aile avant pour lui faire face. Au loin, la chouette hurla et tous deux se tournèrent en chœur dans la direction du cri.

Leah avait songé à patienter jusqu'au matin pour avoir cette conversation au bureau du shérif, mais il ne servait à rien de rentrer chez elle et de ne pas pouvoir dormir pour si peu. Et c'est pourquoi il fallait en finir. Simple.

Coggins secoua la glace au fond de son verre avant d'engloutir le reste de sa boisson.

« Alors, qu'est-ce qui vous obsède à ce point que vous ne pouviez pas attendre demain matin ? »

Leah ne perdit pas de temps à tourner autour du pot.

« Je voulais que vous reveniez sur ce fameux samedi, quand vous avez raccompagné Toya après la manifestation.

– C'est comme je vous l'ai déjà dit. Elle a voulu que je l'emmène à l'école et c'est là que je l'ai conduite.

– Et après ?

– Comment ça, après ? C'est tout. Je l'ai déposée à l'école.

– Où l'avez-vous déposée exactement ?

– Qu'est-ce que vous me demandez, Leah ?

– Je vous demande où sur le campus.

– Vous le savez déjà. Je l'ai déposée devant la résidence universitaire, à l'endroit où elle avait creusé les tombes. C'est là qu'elle m'a demandé de la conduire.

– Et après ça ?

– Bon sang, on dirait un sketch.

– Je sais que ce n'est pas là que vous l'avez quittée, car quelqu'un l'a vue remonter dans votre pick-up. Cette personne vous a vus repartir en voiture tous les deux. Alors, où êtes-vous allés ? Où l'avez-vous conduite après ça ? »

Le shérif en resta bouche bée un moment, puis il voulut goûter une dernière fois au whisky mais son verre était vide.

« Je ne sais pas à qui vous avez parlé, Leah, mais cette personne se trompe. Je l'ai déposée sur le campus comme je l'ai dit.

– À quel sujet vous vous disputiez ?

– De quoi est-ce que vous parlez ?

– La personne qui l'a vue remonter dans votre pick-up a dit que vous vous disputiez dans la cour. De quoi s'agissait-il ? »

Il fit glisser son verre sur la marche où il était assis et, quand il le lâcha, il le renversa involontairement du dos de la main. Le verre ripa, rebondit sur la dernière marche et tomba dans le jardin. Coggins regarda l'endroit où il avait atterri mais n'essaya pas de le récupérer. Pendant quelques secondes, le silence régna, les insectes nocturnes eux-mêmes s'étant tus.

« On se disputait dans la cour. C'est exact. Je lui ai dit que c'était dangereux de rentrer à pied, qu'il y avait partout des gens désireux de la voir six pieds sous terre, et elle était là à me traiter comme un chien. Finalement, je l'ai convaincue de me laisser la reconduire chez elle.

– Vous l'avez donc raccompagnée chez sa grand-mère ? »

Leah regretta aussitôt la façon dont elle avait formulé sa question. Elle aurait préféré lui demander simplement où il l'avait déposée.

De nouveau, le shérif mit longtemps à répondre. Il regarda dans le vide comme si elle n'était pas là ; manifestement, il cogitait sec.

« Non, finit-il par dire. Non, j'ai essayé, mais elle est descendue quand je me suis arrêté au stop à l'arrière du campus. Où le Hardee's se trouvait autrefois. »

Quelque chose semblait clocher dans sa réponse, mais si c'était vrai, alors, en effet, il l'avait bel et bien déposée sur le campus.

« J'aurais dû la suivre jusque chez elle, je suppose, mais pour être honnête, j'en avais par-dessus la tête. Elle pouvait bien aller au diable. Elle voulait marcher, eh bien qu'elle marche. »

Leah ne savait pas si elle devait poursuivre. Elle était incapable de dire s'il mentait ou si toute cette histoire ne cessait de tourner et retourner dans sa tête. En dehors du fait qu'elle le connaissait depuis presque toujours et qu'elle était persuadée qu'il était impossible qu'il fût capable d'une telle chose, Coggins n'avait pas de mobile. Et c'était le plus important. Il n'avait tout simplement aucune raison de la tuer. Alors que cela achevait de la convaincre, elle sentit son fardeau s'alléger.

« Merci, shérif, dit-elle.

– Ne vous en faites pas. C'est ma faute. Je n'ai sans doute pas été assez clair. »

Il se releva et se pencha pour attraper son verre tandis que Leah remontait dans sa voiture.

Quand elle démarra, ses phares éclairèrent les véhicules garés dans la grange. D'où elle se trouvait, elle vit la custode côté conducteur du pick-up de Coggins, le plateau gris ardoise et les lumières stroboscopiques dans ses feux arrière. Il conduisait un Ford F-150 Super-Crew, un nouveau modèle avec une calandre noire et des vitres teintées, et alors cela la frappa, ce dont Curtis Darnell s'était souvenu de cette nuit-là à Dicks Creek, qu'un pick-up identique à celui de Coggins l'avait tiré de son rêve. Non seulement cela ; Curtis Darnell avait aussi montré du doigt la dépanneuse sur la photographie de la voiture de Cawthorn. « C'est exactement le même que celui-là sauf qu'il avait pas toutes ces lumières et ces autocollants », avait-il dit. Le pick-up de Coggins était banalisé.

La façon dont son visage s'était décomposé pendant une fraction de seconde, la façon dont il était resté sans voix comme s'il prenait conscience qu'elle avait découvert quelque chose qu'elle n'était pas censée trouver. Les pensées de Leah ricochèrent sur l'une puis sur l'autre de ces observations et, derrière le pare-brise, son regard se perdit dans le vague tandis qu'elle se cramponnait au volant et au levier de vitesse. Un coup sec à côté d'elle fit presque bondir son cœur hors de sa poitrine et, en se retournant, elle découvrit Coggins penché derrière sa vitre, qu'il venait de frapper du doigt.

Leah tâtonna pour trouver le bouton et baissa la vitre.

« Écoutez, dit-il. Passez à mon bureau demain vers l'heure du déjeuner, on mangera un morceau et on ira voir Vess. »

Leah le dévisagea, et on aurait dit qu'il n'y avait plus rien entre eux, qu'il n'y avait plus que du vide, comme si elle regardait un tableau. Un sentiment de malaise l'envahit et la laissa tout étourdie. Elle se rappela que, du temps où il patrouillait, il avait toujours porté un petit revolver dans un étui à la cheville comme arme de secours. Tout le monde au bureau connaissait l'histoire : le grand-père de Coggins avait été adjoint et c'était son arme de service, un Colt Fitz Special à canon raccourci en acier nickelé. Il y avait deux histoires qu'il racontait à quiconque mettait les pieds dans son bureau, celle du dindon accroché au mur et celle de ce revolver.

« Vous vouliez ajouter quelque chose ? » Coggins rompit le silence. « Vous avez vraiment une drôle de tête tout à coup. Vous vous sentez bien ?

– Quel est le calibre du revolver que vous portiez ? Celui qui appartenait à votre grand-père.

– C'est un Colt .38 Special, dit-il. Mais qu'est-ce qui vous fait penser à ça ? »

Quelque chose passa entre eux qui la fit frissonner.

« Vous portez toujours ce revolver ?

– Sûrement pas. Je ne l'ai même plus. Je l'ai vendu il y a quelques années quand Evie a eu besoin de soins endodontiques. »

Leah savait qu'ils avaient une bonne assurance et qu'ils n'avaient pas de problèmes d'argent. Et quand bien même, il était impossible qu'il se soit séparé de cette arme.

« Vous vous rappelez à qui vous l'avez vendu ?

– Vous savez, ça fait tellement longtemps que je ne m'en souviens pas.

– Prêteur sur gages ? Armurerie ?

– Un particulier. » Coggins attrapa la portière là où la vitre était descendue. Il s'agrippa si fort que les jointures de ses doigts devinrent blanches comme du lait. « Vous savez, Leah, c'est étrange, ce que vous me demandez. Avec un tel interrogatoire, vous avez quelque chose à dire, alors pourquoi vous n'allez pas droit au but ? On a toujours joué franc jeu, vous et moi, ça n'a aucun sens de tourner autour du pot.

– Je crois que je vais y aller, shérif. »

Leah enclencha la marche arrière et attendit qu'il s'éloigne de la voiture pour pouvoir partir.

« On déjeune ensemble demain ?

– Je vous dirai ça. Je crois que je dois passer presque toute la journée à Cashiers à enquêter sur une affaire de vol.

– Bien, j'attends de vos nouvelles. »

Coggins tapa fort avec ses mains sur la portière et recula d'un pas pour qu'elle puisse partir. Leah fit demi-tour et, tandis qu'elle passait en première, jeta un dernier regard en arrière sur la silhouette qui se découpait telle une longue ombre noire dans la lumière de la maison.

58

La nuit était particulièrement fraîche, signe avant-coureur du temps à venir. Bientôt les feuillages des arbres s'embraseraient et les routes se couvriraient de promeneurs venus assister à cette métamorphose, puis l'automne laisserait place à l'hiver qui redessinerait le paysage au crayon et à l'encre. Coggins avait déjà enfilé ses bottes, mais sa veste de grange était encore pendue dans le placard de la chambre.

Evelyn était au lit, adossée à trois coussins pour se tenir droite. Ses lunettes étaient posées sur le bout de son nez et elle tapotait sa lèvre inférieure avec l'extrémité d'un crayon.

« En voilà un que tu sauras peut-être. "Nid d'écureuil". En cinq lettres. Se termine par un *e*. »

Coggins entendit la question mais il avait la tête ailleurs. Il alluma la lumière du placard et fit glisser sur la tringle une rangée de chemises et de pantalons sur cintre. Il trouva sa veste de grange, une Cabela délavée à motif écorce d'arbre qu'il portait depuis vingt-cinq ans, l'endossa puis tira d'un coup sec sur les pans encore ouverts pour l'ajuster aux épaules.

« Cinq lettres, se termine par un *e*. En supposant que c'est "Monday Monday" pour "The Mamas and the Papas". Celui-là est en douze lettres et commence par un *m*. Ça doit être "Monday Monday".

– Bauge, dit Coggins.

– C'est quoi ? »

Evelyn leva les yeux de ses mots croisés, perplexe. Le shérif fut incapable de dire si c'était à cause de la réponse qu'il lui avait donnée ou parce qu'il s'habillait pour sortir. Il n'avait jamais été d'une grande aide pour les mots croisés.

« B-A-U-G-E. Un nid d'écureuil, c'est une bauge.

– Où diable tu peux bien aller à une heure pareille ?

– Je dois faire un saut au bureau.

– Ça ne peut pas attendre demain ? Il est presque 23 heures, John.

– Non, il faut que j'y aille, dit-il.

– John, tu ne peux pas continuer à courir comme ça. Depuis un mois, tu ne t'es pas arrêté une minute pour souffler. Va savoir quel effet ça a sur ta tension. Tu te rappelles ce que le docteur t'a dit ? Que tu dois lever le pied. Il a dit que tu dois te reposer ou ce boulot va te tuer. Cette longue conversation qu'on a eue, c'est quand tu as décidé que le moment était venu, que tu achèverais ton mandat et que tu prendrais ta retraite. Mais regarde-toi. Tu cours plus que jamais. Et par-dessus le marché, tu t'es remis à boire, et pas une bière à l'occasion, à boire vraiment. Comme avant. Et je sais que tu as beaucoup de choses à gérer, mais tu vas finir par te tuer. »

Coggins posa deux doigts sur son cou comme s'il prenait son pouls.

« *Tic-tac, tic-tac,* ça bat toujours, lança-t-il.

– Ce n'est pas le *tic-tac* qui va te tuer. C'est s'il s'arrête.

– Presque comme l'Homme de fer-blanc, pas vrai ? » Il s'avança près du lit, posa la main sur la joue de sa femme, se pencha et déposa un baiser sur son front. Le parfum de ses cheveux était aussi suave que celui d'un bouquet de fleurs. « Burette d'huile », grinça-t-il en plissant les lèvres.

Evelyn leva les mots croisés qu'elle tenait à deux mains et lui asséna un grand coup sur l'épaule.

Dans la grange, les tubes fluorescents au plafond clignotèrent et bourdonnèrent avant de s'allumer, et Coggins traversa cette lumière blanche jusqu'à une rangée d'armoires à outils Craftsman rouges alignées contre un mur. Une gamelle en étain aux fermoirs rouillés était posée sur une étagère, et il la prit par l'épaisse lanière en cuir que son grand-père y avait fixée en guise de poignée quand la sangle métallique d'origine s'était cassée en deux. Dès qu'il en ouvrit le couvercle, l'odeur du Hoppe's numéro 9 le submergea. Il posa la main sur un fin mouchoir en coton taché d'huile et de saleté qui enveloppait le revolver.

L'intérieur du couvercle de la gamelle recelait une photographie, un Polaroid couleur terni de Coggins en compagnie de son grand-père dans les années 1980 avec, entre eux, une chaîne à poissons lourde de truites arc-en-ciel. Il referma aussitôt le couvercle pour ne pas avoir à la regarder.

John Henry Fitzgerald avait été armurier pour Colt à l'époque de la Première Guerre mondiale. Il s'était forgé une réputation en customisant les crosses de revolver Colt, en les rabotant et en les affinant pour le port d'arme dissimulé. Le Fitz Special qui avait appartenu au grand-père de Coggins était au départ un Police Positive en acier nickelé avec un canon raccourci de cinq centimètres. Son éperon de marteau était effilé, sa crosse arrondie et ses arêtes saillantes adoucies pour éviter qu'il ne s'accroche à la poche. Ce qui donnait au revolver un aspect étrange pour ceux qui n'en avaient jamais vu ou tenu un en main, c'était que l'avant du pontet avait été découpé pour laisser plus d'espace au doigt au cas où le tireur porterait des gants.

Coggins sortit l'arme du mouchoir et la posa à plat dans sa paume comme s'il tenait un poisson. Le mois précédent, il s'était échiné à se persuader que les choses finiraient par s'arranger et que tout rentrerait dans l'ordre, que tous les monstres qui le retenaient en otage, l'empêchant de dormir jusqu'à ce qu'il tombe d'épuisement pour se réveiller après un cauchemar, que tout cela s'arrêterait. Il avait gardé l'espoir qu'un jour, comme par magie, tout cela se volatiliserait. Mais la réalité l'avait rattrapé et il savait désormais qu'aucun retour en arrière n'était possible.

Un homme peut enfouir beaucoup de choses sous le tapis mais, au bout du compte, ces choses avaient presque toujours raison de lui. Il y avait à peu près une heure de route pour arriver au barrage de Fontana. C'était là que l'eau était le plus profonde.

59

Le lendemain à l'heure du dîner, Vess était trop crevée pour cuisiner. Elle préféra donc s'écrouler dans le fauteuil inclinable de son mari et manger du thon en boîte avec des crackers tout en regardant de vieux westerns. À travers une grande baie vitrée, elle vit des phares balayer le jardin et sut qu'une voiture venait de s'arrêter dans l'allée. La télévision beuglait un western spaghetti intitulé *Pour une poignée de dollars* et elle baissa le son, présumant que l'inspectrice Green était venue pour partager les informations qu'elle tenait du shérif. Quand Vess ouvrit la porte, elle fut surprise de se retrouver face à Coggins en personne.

« Bonsoir, Vess, dit-il. J'espère que je ne te dérange pas. »

Il regarda alentour comme pour vérifier qu'elle était seule.

« Je lutte contre l'envie d'aller me coucher, répondit-elle. C'est tout ce que je fais. J'ai nettoyé et astiqué toute la journée. Je crois que j'ai fini par me tuer à la tâche.

– C'est de plus en plus facile, n'est-ce pas ? » Il avait du mal à tenir en place et ne cessait de regarder derrière elle. « Ça te dérange si j'entre une minute ?

– Bien sûr que non, John. Fais donc. » Vess s'effaça, le bras tendu pour tenir la porte moustiquaire. « Tu veux du café ou un verre d'eau ?

– Non, c'est bon, Vess. Merci. »

Le shérif la suivit dans la cuisine puis dans le salon.

Quand Vess arriva devant le fauteuil inclinable duquel elle s'était levée, elle prit la télécommande posée sur le bras et coupa le son.

« Assieds-toi là si tu veux. »

Elle indiqua d'un geste un canapé à motif écossais disposé à côté d'une demi-lune de galets empilés faisant office de pare-feu devant un poêle à bois à ventouse.

Vess se renversa sur le fauteuil inclinable et posa les yeux sur le manteau du poêle Fisher. Une rangée de photos de famille s'étirait vers le centre, où une pendule à ressort que Lonnie et elle avaient reçue en cadeau de mariage donnait toujours l'heure exacte. Il était 8 h 45, mais comme le solstice était passé depuis longtemps il faisait nuit noire au-dehors. Un grand cadre était accroché au-dessus du poêle, une photographie d'un séchoir à tabac niché dans un champ jauni, sous un ciel bleu sans nuages.

« Je voulais passer pour m'excuser. »

Coggins se laissa tomber au milieu du canapé et, comme les ressorts usés s'affaissèrent sous son poids, il donna l'impression d'être assis dans un trou.

« Pourquoi, John ?

– Ce que Dayna a dit l'autre matin à la sortie de l'église n'a cessé de me ronger. Je n'aurais pas dû la laisser rentrer à pied toute seule. »

Vess trouva un peu curieux qu'il passe pour revenir là-dessus. Elle se demanda s'il avait parlé avec Leah, mais elle ne posa pas la question ni ne poussa plus loin.

« Ce n'est pas ta faute, John. Tu ne pouvais pas savoir ce qui allait se passer.

– À voir comment tout le monde était énervé à cause de cette statue, j'aurais dû m'en douter, Vess. Voilà ce que je voulais dire. »

Pendant à peu près une minute, ils restèrent sans dire un mot, chacun les yeux rivés sur un point ou un autre, le cerveau bouillonnant de pensées qu'ils ne pouvaient prononcer à haute voix.

« Bref », reprit Coggins en se penchant légèrement sur le côté. Il plongea la main dans la poche de son pantalon et en ressortit quelque chose. Il bascula sur ses pieds, fit un pas en avant et lui tendit l'objet en question. « J'ai trouvé ça dans mon pick-up et je crois que ta petite-fille a dû le laisser tomber. Si je me rappelle bien, tu le portais quand tu étais plus jeune. Je me suis dit que tu voudrais le récupérer. La chaîne a dû casser. »

Vess tendit la main et le shérif laissa tomber dans sa paume le pendentif qu'elle avait donné à Toya ce matin-là. Elle l'enveloppa aussitôt de ses doigts et sentit le verre et l'argent encore brûlants de la chaleur de Coggins. Quand elle rouvrit la main, elle frotta son pouce sur le verre comme on polit une pierre antistress, un tic nerveux qu'elle avait depuis des années chaque fois qu'un problème survenait.

Elle regarda la mèche de cheveux noirs de sa grand-mère sertie dans le pendentif. Il y avait quelque chose sous la bordure en argent plaqué, comme une poussière piégée sous un ongle, une fine traînée qui serait passée inaperçue ou aurait été considérée comme une marque de ternissure par quiconque n'aurait pas porté cette breloque pendant des décennies. Vess fit glisser son ongle sur le bord incurvé et étala sur sa paume ce qu'elle en retira. Il y avait un peu de terre, un limon d'un noir profond, mais parsemé de taches de couleur, des écailles rouge écarlate. Chaque fois qu'elle abattait un poulet, il lui restait toujours sur la peau un peu de sang qu'elle avait oublié en se lavant les mains, de minuscules grains qu'elle remarquait plus tard et qu'elle enlevait en grattant. Voilà à quoi cela ressemblait. Dans son esprit, il ne faisait aucun doute que c'était du sang.

« Je ne crois pas avoir demandé si Toya a été prise dans les échauffourées, si elle avait été blessée ou pas.

– Non, dit-il. Dès que la manifestation a dégénéré, je suis allé la retrouver et on s'est éclipsés discrètement. On a laissé la police municipale gérer l'émeute. Ça relevait de leur juridiction. J'espérais que ma présence aiderait à maintenir l'ordre. Ça ne s'est pas passé comme ça, mais pour répondre à ta question, non, elle n'a pas été blessée. » Coggins se tapa sur les genoux et se leva. « Tu sais, finalement je crois que je prendrais bien un verre d'eau.

– Sers-toi, John. Les verres sont dans le placard. La glace, dans le congélateur. »

Tandis que le shérif passait devant elle pour aller dans la cuisine, Vess garda les yeux rivés sur ce qu'elle avait dans la paume de sa main. Les détails la submergèrent avec une violence qui lui coupa le souffle. Tout à coup elle comprit pourquoi cet endroit, Dicks Creek, lui avait paru si familier cet après-midi-là quand l'inspectrice Green l'y avait conduite pour lui montrer où le corps avait été découvert. C'était là, dans ce même coude, que John, Lonnie et quelques autres avaient lâché leurs premiers dindons dans cette partie du comté au milieu des années 1980, neuf oiseaux capturés à Standing Indian et réimplantés là. Des années plus tard, après que les volatiles avaient essaimé dans tous les champs et sur toutes les lignes de crête du comté, son mari l'avait amenée à Dicks Creek pour lui montrer le coin où ils les avaient remis en liberté. Elle ne l'avait cru qu'à moitié.

Tous ces détails mis bout à bout – Coggins qui avait menti sur le lieu où il l'avait déposée, le pendentif, cet endroit – forgèrent en elle une certitude que rien ne put ébranler. La façon dont il avait regardé Toya ce jour-là sur le porche, cette rage absolue dans ses yeux. Vess avait tant bien que mal réussi à passer outre en raison de leur passé, et à présent elle se le reprochait amèrement.

Sur la petite table basse voisine du fauteuil inclinable, un téléphone sans fil était sur son chargeur et, non loin, était posé l'enregistreur que l'inspectrice Green lui avait donné au cas où quelqu'un appellerait. Vess prit son portable qui se trouvait entre les deux et composa le numéro de cette dernière. Elle entendait Coggins dans la cuisine qui mettait de la glace dans son verre. Quand Leah décrocha, la vieille dame chuchota :

« Il faut que vous veniez chez moi. » Elle entendit l'inspectrice l'abreuver de questions, mais elle n'avait pas le temps de lui prêter attention ni de lui répondre. « Je vais laisser mon téléphone allumé et vous allez écouter. Vous me comprenez ? Ne raccrochez pas. Quoi que vous fassiez, ne raccrochez pas. Et venez ici aussi vite que possible. Vous m'entendez ?

– Tu me parles, Vess ? cria Coggins de la cuisine.

– Oui, je suis désolée, John. Je disais : sers-moi donc un verre d'eau pendant que tu y es si ça ne te dérange pas. »

En l'entendant rouvrir le placard, elle posa son portable sur le bras du fauteuil inclinable et alla prendre le fusil de chasse de son mari, posé dans le coin juste derrière.

Quand Coggins franchit la porte avec un verre d'eau dans chaque main, Vess avait installé l'arme à double canon de Lon sur le dossier du fauteuil inclinable. La tête baissée sur le fusil, elle pointa le cran de mire sur la poitrine du shérif et arma le double chien. Coggins écarquilla les yeux et lâcha les verres d'eau tandis que d'un bond il rentrait dans la cuisine.

« Qu'est-ce que tu fais, Vess ? Pose cette arme !

– Pourquoi t'as fait ça, John ? » Sa voix se brisa. « Pourquoi t'as tué ma petite-fille ?

– Qu'est-ce que tu racontes, Vess ? J'ai tué personne. Maintenant, pose ce fusil et parlons-en. Soyons raisonnables.

– Je sais que c'est toi, John. Je sais que c'est toi aussi sûr que je m'appelle Vess Jones. J'ai pas le moindre doute. J'aurais dû le comprendre le jour où j'ai vu l'endroit où on l'a trouvée. T'as tué ma Toya et je veux que tu me dises pourquoi. » Vess s'accroupit derrière le fauteuil pour se mettre à l'abri. Ses jambes tremblaient et, même si le fusil était appuyé sur le dossier, les canons de soixante-seize centimètres pesaient leur poids et elle avait du mal à maintenir l'arme en place. « Dis-moi pourquoi tu l'as tuée, John ! » cria-t-elle, les larmes aux yeux et la gorge nouée.

Coggins se glissa dans le coin, son arme de service dégainée. Il tenait le pistolet à bout de bras à l'horizontale, puis le recentra lentement contre lui tandis qu'il s'avançait à découvert en marchant sur les bris de verre et l'eau.

« Pose cette arme, Vess, et parlons. Parlons-en. Tu dis n'importe quoi.

– Assez de mensonges, John ! J'en ai assez ! Dis-moi ce qu'elle a bien pu faire pour que t'en arrives là. Dis-moi, John, ou, je le jure devant Dieu, je vais te tuer et m'en remettre à Son jugement.

– Vess, je te l'ai dit. Je ne sais pas de quoi tu parles.

– Tu mens, grogna-t-elle.

– Je ne sais pas ce qui se passe dans ta tête, mais il faut que tu poses cette arme. Pose cette arme et on en parlera. On va chercher à comprendre.

– J'ai compris, John. Je n'ai plus besoin de chercher. »

Coggins essaya d'avancer d'un pas et Vess pointa l'arme sur lui d'un petit coup sec comme si elle aiguillonnait un serpent avec une pelle. Ce mouvement brusque l'arrêta dans son élan.

« Arrête de mentir, John. Arrête donc de mentir. » La mâchoire de Vess était crispée et ses dents grinçaient à chaque mot. « T'as pris mon bébé, mon unique petite-fille. Tu l'as emmenée là où Lonnie et toi avez libéré ces dindons et je sais pas pourquoi t'as fait ça, et je sais pas ce qui s'est passé là-bas pour que tu fasses ce que t'as fait, mais je sais que tu l'as fait. C'est clair comme de l'eau de roche. »

Coggins ne répondit rien et il y eut un changement dans la façon dont il la regardait.

« Dis-moi que tu l'as fait, John. » Vess répéta inlassablement cette accusation comme si c'était son seul moyen de respirer. « Dis-moi que tu l'as fait. »

Le moment s'étira pendant ce qui parut une éternité et, quand le silence fut enfin rompu, les mots qu'il prononça tombèrent sur son cou comme la lame de la guillotine.

« Elle ne voulait rien entendre. »

Tout ce qu'elle avait eu de plus cher en son cœur se brisa en deux. Vess sentit la gâchette se relâcher sous la pulpe de son index, pesant de plus en plus lourd, et elle dut lutter pour ne pas la laisser achever sa course. Elle dut transmettre toute sa volonté à son doigt pour ne pas l'abattre sur place.

« Et donc tu l'as tuée ? » Vess pouvait à peine parler tant l'air lui manquait. Ce qu'elle dit alors sortit dans un murmure. « Tu l'as tuée parce qu'elle ne voulait pas t'écouter ?

– J'ai essayé de lui dire que cet endroit n'était pas comme elle le pensait, et elle n'a pas voulu l'entendre. Elle voulait que ce soit tout noir ou tout blanc. » Il y avait de l'arrogance dans sa voix à présent, comme si une partie de lui croyait encore qu'il avait raison. « J'ai essayé de lui dire que les choses n'étaient pas aussi simples qu'elle voulait qu'elles le soient. Mais elle n'écoutait pas.

Elle ne me laissait même pas finir mes phrases. Je lui ai dit à quel point j'aimais Lon, à quel point je t'aimais, et elle a dit que ça n'avait jamais pu être aussi fort que je le pensais. Que ça n'avait pas pu être comme ça parce que le pouvoir avait toujours été d'un côté et jamais de l'autre. Elle a dit ça comme s'il n'avait jamais pu m'aimer, comme s'il n'avait jamais pu ressentir la même chose que moi. Je l'ai emmenée là-bas pour lui prouver à quel point j'aimais cet homme-là et voilà ce qu'elle m'a dit. Elle ne voulait pas écouter. Elle ne voulait même pas me laisser parler… »

Vess ne pouvait en croire ses oreilles. Elle ne pouvait pas croire qu'une chose aussi anodine ait pu le pousser à une telle extrémité, qu'une chose aussi anodine ait pu lui ravir sa magnifique petite-fille.

« Elle n'avait pas à t'écouter, John ! Personne ne doit t'écouter ! Personne ici-bas ne te doit quoi que ce soit ! »

Vess criait de toutes ses forces mais il continuait de parler, comme s'il était dans une autre dimension.

« Rien de tel ne s'était jamais produit jusqu'à son arrivée. Pas une seule fois depuis qu'on est nés. Et regarde ce qu'on a traversé. Regarde ce qui s'est passé dans cette région, et rien de tel n'était jamais arrivé jusqu'à cet été. » Il sembla redescendre sur terre à ce moment-là et ses yeux revinrent se poser sur elle. « On a vécu côte à côte toute notre vie. Toi et Lon, vous étiez comme ma famille. Ma famille. Et voilà qu'elle débarque et laboure notre terre comme une foutue charrue. »

Vess tremblait de plus en plus fort et, sa pression sur le fusil faiblissant, elle sentit qu'elle pouvait lâcher la détente à tout moment. Elle serra les poings à s'en briser les doigts.

« Ma petite-fille n'a rien fait, gronda-t-elle. C'était de l'orgueil. C'est de l'orgueil, John. Et c'est du pouvoir. C'est toi qui ne veux pas abandonner une once de ce que tu as eu, de ce avec quoi tu es né, par peur que la balance penche en ta défaveur. C'est toi qui gardes la main sur cette balance et qui souris en le faisant. Qui me souris en pleine face. Qui viens chez moi me mentir. Me mentir en pleine face, John. En me regardant droit dans les yeux comme en ce moment, et en me mentant parce que tu te crois tout permis. Tu pensais que tu allais t'en tirer à bon compte, qu'il n'y aurait pas de conséquences. Ça prouve à quel point tu délires. Voilà ce que ça te fait de vivre dans un monde pareil. »

Un ressentiment manifeste grandissait en lui, son corps se figea comme une pierre.

« Je viens de rien. Je viens du même endroit que toi. Et tu me parles de privilège et de pouvoir. Tout ce que j'ai, je l'ai gagné. On m'a jamais rien donné. Et que je sois damné si je reste les bras croisés pendant que quelqu'un ment sur d'où je viens dans le seul but de me l'arracher sans que je réagisse.

– Illusion, dit-elle. Tu vis dans l'illusion. »

À ce moment précis, elle vit chez lui ce qui les avait amenés là où ils en étaient arrivés. Sa rage éclata et sa voix jaillit comme s'il était possédé.

« Pose cette arme, Vess. » Il se rapprocha et le moindre centimètre gagné le plaça toujours plus en position de saisir les canons. « Tu ne vas pas me tirer dessus. Pose ce foutu fusil. »

Vess pleurait à présent, et son corps trembla comme une feuille sur le point de se détacher de l'arbre. Elle savait qu'elle ne pouvait pas le laisser s'approcher davantage. Son doigt se resserra sur la détente et, lorsqu'elle tira, elle ferma les yeux.

Quand le coup partit, son corps fut agité d'un spasme et un craquement assourdissant résonna dans la maison. Elle fut surprise d'être encore debout, surprise de ne pas avoir senti le recul. Vess ouvrit les yeux et il était toujours là. Coggins était indemne et son pistolet était pointé sur sa poitrine. Alors qu'elle s'efforçait de comprendre ce qui était arrivé, une voix s'éleva de la cuisine et toute cette folie faillit lui faire perdre l'équilibre comme si une vague la balayait. Elle eut l'impression d'être emportée par les flots.

60

Quand la porte de derrière claqua tel un coup de feu contre le mur, le buste de Coggins pivota et, tandis que ses yeux se posaient sur Leah Green, ses épaules s'affaissèrent comme s'il venait de comprendre qu'elle l'avait pris la main dans le sac.

« Lâchez votre arme, shérif ! cria-t-elle. Maintenant ! »

Il éloigna sa main gauche de son pistolet et la leva à hauteur de poitrine, paume ouverte, comme s'il s'apprêtait à prêter serment devant Dieu. Son index se dégagea du pontet et il garda son revolver dans sa main droite, canon pointé vers le bas.

« Qu'est-ce que vous faites, fillette ? »

Il s'agenouilla lentement jusqu'à frôler le sol et posa son arme de service sur le parquet, sa main gauche toujours levée devant lui.

« Faites-le glisser jusqu'à moi avec le pied. »

Coggins se redressa, mais ce fut tout.

« Vous vous en prenez à celui-là même à qui vous devez votre insigne.

– J'ai entendu tout ce que vous avez dit. Tout, absolument tout. » Elle hacha sa phrase pour que chaque syllabe résonne tel un coup de marteau. Elle avait les larmes aux yeux et serra les dents pour ne pas faillir. « Maintenant, faites glisser votre arme jusqu'à moi ou je jure devant Dieu que vous ne sortirez pas d'ici vivant. »

Coggins ne bougea toujours pas.

« Je répète : faites glisser votre putain de flingue, shérif ! Maintenant ! »

Leah traversa la cuisine tel un bulldozer et, quand elle arriva sur le seuil du salon, le shérif posa la pointe de sa botte sur son arme de service puis la poussa en avant de quelques centimètres. Le pistolet tournoya lentement sur lui-même avant de s'arrêter, le canon pointé vers le mur. Leah regarda à ses pieds, à l'endroit où les deux verres s'étaient brisés et où une flaque d'eau s'étalait. En s'avançant légèrement, elle jeta un coup d'œil alentour, balayant la pièce des yeux pour localiser Vess.

« Tout va bien, madame Jones ?

– Ça va. »

Leah entra alors dans le salon et vit que la vieille dame tenait un fusil pointé sur Coggins, l'extrémité avant de l'arme à double canon posée sur le dossier du fauteuil inclinable. Elle était agenouillée de sorte que seuls le haut de ses épaules et sa tête dépassent de son abri de fortune.

« Tout va bien, madame Jones. Vous pouvez baisser votre arme. Il ne va rien faire.

– Si ça ne vous dérange pas, je crois que je vais rester comme ça », dit Vess sans même détourner le regard du cran de mire.

Leah retenait son souffle sans en avoir conscience et, quand elle respira enfin, elle haleta. L'incrédulité et le choc donnaient à la situation quelque chose d'irréel. Jusqu'à ce que Vess l'appelle, elle s'était raccrochée au timide espoir que tout cela n'était que coïncidence et confusion. Jamais elle n'aurait pu imaginer John Coggins capable de faire ce qu'il avait fait, mais au cours des minutes qui venaient de s'écouler, pendant qu'elle conduisait aussi vite que possible, elle avait entendu sortir de sa bouche même les détails le plus sinistres.

« Comment vous avez pu faire ça ? » demanda-t-elle, et quand elle posa enfin la question, elle ne put tenir le coup plus longtemps. Ces mots eurent raison d'elle. « Comment vous avez pu faire ça à cette fille ? » bredouilla-t-elle. Elle grinça des dents comme si elle mordait dans un bout de corde pour endurer une douleur insupportable. « Comment vous avez pu mentir de la sorte ? Comment vous avez pu me regarder dans les yeux, regarder *cette femme* dans les yeux, et mentir de la sorte ?

– Leah..., commença-t-il, mais elle l'interrompit.

– Il n'a pas d'âme à sauver, madame Jones. Et il n'y a pas un seul tribunal ici-bas en mesure de lui infliger une peine pour que justice soit pleinement rendue. »

Elle grimaça et pencha la tête sur le côté. Les larmes dans ses yeux brouillaient sa vue.

« Je croyais que tout ceci avait un sens. C'est ce que je croyais. Mais en regardant ce qu'est devenue la police, je ne crois pas que cet insigne signifie quoi que ce soit. Ça n'a jamais signifié quoi que ce soit. » Leah laissa tomber sa main gauche, ôta son gilet pare-balles par le bas et le laissa glisser à terre. « Si vous voulez le tuer, madame Jones, allez-y, faites-le. Je ne vous le reprocherai pas. Allez-y et je dirai ce que vous voudrez.

– Je ne... »

Elle ne laissa pas finir Vess.

« Si vous ne voulez pas de saletés chez vous, on peut faire ça ailleurs. Je connais plein d'endroits dans la région où on ne retrouvera pas un seul de ses cheveux.

– Il s'est tué tout seul », dit Vess.

Leah fut prise de court.

« Qu'est-ce que vous voulez dire ?

– L'enregistreur. Il tourne depuis que je vous ai appelée. »

Leah la regarda, tapie dans le coin, et la vieille dame montra des yeux la petite table basse juste à côté du fauteuil. Dessus, il y avait un téléphone sans fil et l'inspectrice vit briller la lumière rouge de l'enregistreur, elle entendit le lent défilement saccadé de la bande troubler le silence. Coggins fit un mouvement brusque et Vess colla sa joue au fusil. Leah s'interposa vivement, résolue à ne pas faire deux fois la même erreur.

« Il s'est tué tout seul, ma chérie. Et je n'imagine pas pire châtiment pour un homme aussi orgueilleux que celui-là que de voir son nom ne laisser rien d'autre qu'un goût amer dans la bouche des gens. »

Pendant quelques instants, aucun d'entre eux ne bougea ni ne parla. Ce que Vess Jones proposait ne semblait pas suffisant. Leah avait un tas de questions qui demeuraient sans réponse, mais pour l'heure elle estimait qu'il ne lui appartenait pas de demander quoi que ce soit à cette femme qui n'avait déjà que trop perdu. Leah savait que sa propre souffrance était de peu de poids comparée à la sienne.

« Il faut que je sorte prendre l'air, dit Vess. J'ai l'impression d'étouffer. »

La vieille dame émergea de derrière le fauteuil, tenant d'une main le fusil qui, déséquilibré par le poids de ses canons, pointait vers le sol. Leah s'effaça pour la laisser passer et aussitôt après entendit la porte moustiquaire s'ouvrir dans un grincement, puis claquer en se refermant derrière elle. À présent, ils n'étaient plus que tous les deux.

61

Vess gagna le centre du jardin et leva la tête vers le peu de ciel encore visible. L'herbe était humide et froide sous ses pieds, et une brise plaqua contre son corps le tablier qu'elle portait. Elle ferma les yeux, inspira un grand coup par le nez, souffla lentement par la bouche et, quand elle les rouvrit, se sentit trahie de trouver les étoiles exactement comme elle les avait laissées. Un verset de la Bible résonnait dans son cœur. *Le soleil et la lune s'obscurcissent, les étoiles retirent leur éclat.*

C'était ce que disait le Livre, et c'était un mensonge. Elles étaient là, scintillantes et immuables, qui la transperçaient telles des aiguilles. Pour la première fois de sa vie, elle se demanda si Dieu existait. S'Il était là, alors comment pouvait-elle ne pas Le haïr pour ce qu'Il avait permis ? S'Il s'était tenu là devant elle en cet instant, elle Lui aurait enfoncé un couteau dans la gorge et l'aurait saigné comme un cochon.

Vess regarda le fusil qu'elle tenait à la main, le chien gauche baissé, le droit encore armé et prêt à tirer. Elle appuya sur l'éperon du marteau pour le relâcher, ouvrit les chambres, et les éjecteurs crachèrent les deux cartouches à ses pieds. Elle se pencha, les prit dans la main et examina les douilles en laiton. L'amorce de la première était enfoncée à l'endroit où le percuteur avait tapé, manifestement pas assez fort. Coggins devait la vie à une frappe pas assez appuyée, ce qui paraissait aller dans le sens de ce qu'elle pensait déjà. Comment un tel homme pouvait-il avoir autant de chance quand elle avait à endurer tant de pertes et de souffrances ? Vess rechambra les deux cartouches et verrouilla l'arme en la refermant.

Elle entendit Leah et Coggins aboyer et grogner tels des chiens puis, tout à coup, le jardin se mit à clignoter autour d'elle à la façon d'un stroboscope tandis que trois coups de feu résonnaient à l'intérieur de la maison. Vess se retourna et se rua vers la porte. Alors qu'elle entrait dans la cuisine en épaulant le fusil, elle aperçut dans le salon Leah Green agenouillée au-dessus du corps du shérif, les semelles des bottes de ce dernier dressées face à elle telles deux stèles de guingois.

Quand elle pénétra dans la pièce, Coggins était toujours conscient, mais son cou et son visage étaient agités de spasmes, et le peu d'air qu'il retenait gargouillait du fond de sa gorge, sa langue lapant le sang qui lui emplissait la bouche. Dans sa chute, sa tête était venue s'appuyer contre le pare-feu de galets empilés et son visage était incliné, le menton au niveau de la poitrine. De la sueur perlait sur son front. Ses yeux, grands ouverts et révulsés, s'écarquillèrent encore davantage tandis qu'il regardait fixement ce qu'il y avait devant lui, puis dans le vague au-delà.

Vess le dévisagea tandis qu'il rendait son dernier soupir.

« Il… il s'est jeté sur son arme, bégaya Leah. Je… je n'avais pas le choix. »

La vieille dame s'avança et se planta au-dessus de l'endroit où il était étendu. Les trois balles l'avaient frappé en pleine poitrine sur une zone de la taille d'une tomate. Du sang imbibait sa chemise, mais la majeure partie semblait couler au-dessous de lui, se répandant sur le parquet, s'infiltrant entre les lattes, gagnant du terrain jusqu'à venir lui effleurer les pieds. Elle fit un pas en arrière et Leah la regarda d'un air quelque peu perplexe. Ni l'une ni l'autre ne parla.

Toujours agenouillée à côté du corps, l'inspectrice tenait la glissière de l'arme de service de Coggins dans sa main gauche, l'index glissé dans le pontet pour qu'il ne puisse pas tirer s'il l'avait voulu. Il agrippait la crosse de son pistolet, mais un sentiment submergea alors Vess, une question à laquelle elle ne pourrait jamais répondre. Était-il vraiment en possession de son arme quand Leah avait tiré ou celle-ci l'avait-elle placée dans sa main quand elle était rentrée dans la maison ? C'était une question qu'elle emporterait dans sa tombe, à défaut de pouvoir un jour la poser à haute voix.

Dans les mois qui suivraient, Vess Jones rejouerait dans sa tête les événements de cette nuit-là. Elle écouterait et réécouterait l'enregistrement pour essayer de distinguer précisément ce qui s'était passé après qu'elle avait quitté la pièce. Ce qui était sûr, c'est qu'il y avait eu un bruit sourd et que l'enregistreur avait rendu l'âme. Au procès, la défense de Leah plaiderait que c'était à cet instant que Coggins avait cherché à attraper l'arme. L'accusation renverrait à ce que l'inspectrice avait dit quelques minutes avant la mort du shérif, arguant qu'elle avait tout simplement interrompu l'enregistrement pour le tuer.

Au bout du compte, Vess ne saurait jamais que croire, ni si la vérité importait un tant soit peu. Quoi qu'il en soit, le résultat était le même, et croire fermement en l'une ou l'autre version n'offrait ni réconfort ni satisfaction. C'était sur elle que Coggins avait posé les yeux une dernière fois.

62

L'église est vide, comme toujours, et elle est assise toute seule. Ses mains ont vieilli et elle les entrelace sur un genou, ses jambes sont croisées, ses yeux depuis longtemps habitués à l'obscurité. Le temps s'écoule plus vite désormais, et elle sent l'eau monter et partir à l'assaut du barrage. Elle sait que le jour approche où ce mur cédera et où elle saura enfin ce qui l'attend.

Une partie d'elle-même désire cet instant, bien qu'elle refuse de faire cette prière et que ce choix ne sera jamais le sien. Elle attend, car c'est tout ce qui lui reste, mais qu'on ne s'y trompe pas, elle est prête. Elle verrouille la porte du lieu de culte et rentre chez elle, où elle se glisse dans son lit et repose avec toutes ces choses auxquelles elle ne peut s'empêcher de penser. Tandis qu'elle s'assoupit, elle l'entend. Elle ouvre les yeux et roule sur le flanc, fermement convaincue l'espace d'une seconde qu'elle trouvera l'homme qu'elle aime à ses côtés.

Cette pensée est comme la fumée et, tandis qu'elle s'estompe, Vess se rappelle le matin où elle s'est réveillée pour découvrir qu'il ne respirait plus. Lon était mort dans son sommeil d'une crise cardiaque. Il était à plat dos, la tête inclinée sur l'oreiller et la bouche grande ouverte tel un maquereau. Sa première pensée n'avait pas été de décrocher le téléphone pour appeler les secours, car elle savait qu'il était bien trop tard. Elle se rappelle qu'elle avait préféré se blottir contre lui et l'envelopper de sa jambe une dernière fois, la main posée sur sa poitrine, sans le quitter des yeux, en essayant de croire encore quelques secondes qu'elle ne savait pas ce qui l'attendait.

Elle se lève et va au salon. Elle s'assoit dans le fauteuil de Lon et scrute le parquet à l'endroit où les lattes de bois passent sous le pare-feu de galets. Elle ouvre la porte du poêle à ventouse, tapote la bûche avec le tisonnier en fonte, et le bois apparemment intact se réduit en tisons qui s'embrasent et étincellent d'un orange foncé telles des impatientes. Bien qu'elle sente la fumée, la pièce est glaciale, et Vess regarde ses pieds nus à même le sol, parfaitement consciente de ce qui avait été allongé là et du sang qui avait touché ses orteils.

Un regard suppliant traversa ces yeux diaboliques tandis qu'ils perdaient de leur éclat et se mouraient. Elle se rappelle le désespoir sur son visage, cet instant juste avant que le feu ne s'éteigne, comme si elle pouvait faire quoi que ce soit pour le sauver, et une étrange émotion lui fend le cœur, un sentiment entre gratitude et culpabilité. Quand elle lève les yeux sur le manteau du poêle et surprend son reflet dans la vitre de la pendule, elle se rend compte qu'elle sourit.

Parfois, elle pense à ce qu'il a dit. Elle pense aux excuses qu'il a présentées. Elle pense aux mensonges qu'il s'est racontés jusqu'à la fin et elle sait pertinemment qu'il y a cru. Il était trop aveugle pour voir que ce n'était pas ce que la jeune femme avait fait, mais bien les questions qu'elle avait soulevées et sa propre incapacité à y faire face ou à y répondre. Il y avait dans ce monde des gens qui jouissaient de tant de privilèges que l'idée de souffrir la moindre gêne, ne serait-ce qu'une seconde, les traumatisait. Il était doux.

Il était aussi fragile qu'une truite. Et c'était pour cela que la colère s'était emparée de lui si facilement. Voilà ce que c'est que d'être assis à l'ombre de cet arbre, songe-t-elle, et à certains égards elle s'estime heureuse de n'avoir jamais joui de ce privilège.

Elle se rend dans la cuisine pour boire. Debout devant l'évier, elle pense aux derniers moments avec la jeune femme, on aurait dit qu'elles dansaient toutes les deux ce matin-là. Elle se rappelle avoir su à cet instant qu'elle n'éprouverait plus jamais cela, et c'est un déchirement de savoir qu'elle avait raison. Elle se rappelle la chaleur de leurs corps pressés l'un contre l'autre, et c'est cette sensation qui lui manque le plus. Parfois elle ne se souvient pas de tout ce qui s'est passé, et elle accueille cet oubli comme un acte de miséricorde.

Année après année, la chaleur de l'été lui écrase les épaules. Elle essuie la sueur sur son front et époussette la terre sur ses mains. Elle rentre dans la maison, pose un torchon frais sur sa nuque et, quand elle retourne dans le jardin, les feuilles s'enflamment brièvement de mille couleurs, se flétrissent puis se craquellent jusqu'à se détacher des arbres. Une saison chasse l'autre. Elle cligne des yeux et c'est de nouveau l'hiver. Une fois de plus, la maison est froide et aucun feu ne peut la réchauffer. C'est toujours le plus dur. Les jours sont courts et l'obscurité n'en finit plus. Elle reste au lit et maudit les rêves qui, curieusement, ne la trouvent jamais.

Il y a des moments où sa croix devient trop lourde à porter et, ces nuits-là, elle va chez Lula et s'installe dans la chambre d'amis, mais elle trouve rarement le sommeil. Lula lui propose de venir vivre avec elle et elle demande où mettre les poules. Lula montre un emplacement dans le jardin, lui dit qu'elle peut cultiver un potager là, mais la vieille dame sait qu'amender la terre prend du temps. Elle sait qu'il ne leur reste plus assez de temps à l'une comme à l'autre pour entreprendre sérieusement quoi que ce soit. Ce qu'elle ne sait pas, c'est que Lula partira la première et qu'elle sera la dernière. Pendant un certain temps, elle s'assiéra seule sur ce banc.

Sa fille lui demande de déménager. Il y a des appartements près de chez elle à Buckhead. Elle peut vendre la maison et le terrain. Les prix dans les montagnes atteignent désormais plus de dix mille dollars l'acre, et les maisons comme la sienne se vendent trois fois plus cher que quelques années plus tôt. Les gens quittent la ville pour la campagne. Elle pourrait faire l'inverse et se rapprocher, être plus près des hôpitaux, des médecins et de tout ce dont elle aura assurément besoin d'ici peu. Dayna gagne bien sa vie et peut lui apporter son soutien si nécessaire. Sa fille lui sert chaque fois le même laïus. Sa fille la supplie d'y réfléchir et elle le fait, vraiment, mais en fin de compte sa réponse est toujours la même.

La vieille dame ne partira jamais d'ici. Elle ne peut pas quitter cette montagne.

Sur le sentier qui mène à la rivière, elle remarque tout d'abord les érythrones, feuilles tachetées d'un vert vif à travers la litière. Les tulipiers de Virginie se couvrent d'or en moyenne montagne et le printemps ne tarde pas à déferler telle une vague. Les trilles constellent les bois de blanc. Un voisin vient labourer son lopin de terre, une des choses qu'elle ne peut plus faire. Elle le remercie et propose de le payer mais il refuse, et après son départ elle rampe en s'aidant des mains et des genoux, arrachant les mauvaises herbes avec les doigts et les jetant par poignées dans les bois. Il n'y a qu'ici qu'elle est heureuse, et elle tourne un instant son visage vers le soleil et rend grâce pour cette saison de plus.

Il y a quelque chose dans l'air autour d'elle qui résonne comme une chanson.

Elle paille ses oignons et enterre ses plants de pomme de terre. Elle repique des pieds de salade et bientôt la nuit tombe, alors elle regagne la maison, où une grande mijoteuse est posée sur la cuisinière. Elle soulève le couvercle et hume l'eau de cuisson, ce qui reste d'une tête de chou. La poêle en fonte de sa grand-mère, une Wagner lisse comme du verre, est accrochée à un clou sur le côté du placard. Elle la pose sur le feu et fait cuire un pain de maïs avec de la farine d'une meule à grains de Cherokee, et lorsqu'il est prêt elle le retourne sur un torchon à carreaux pour le laisser refroidir.

Tout en mangeant, elle pense à sa mère. Elle tient le bol de bouillon sous son nez et hume le chou, les carottes et les oignons, le romarin et le thym, et elle se retrouve dans la cuisine maternelle. Elle sent la douleur cinglante de la cuillère en bois sur le dos de sa main quand elle chaparde une bouchée de crème épaisse qui flottait à la surface du lait que sa mère barattera en beurre. Sa mère frappe et crie : « Je te l'ai assez dit avec ma bouche », tandis qu'elle se lèche les doigts. Elle voit les lèvres de sa mère et son grand sourire, elle entend son éclat de rire, et tous ces souvenirs semblent surgir de la vapeur du bol, convoqués par une simple odeur qui lui a chatouillé le nez.

Dans quelques semaines, elle plantera les haricots. Quand elle marchera dans le potager le matin après qu'ils auront germé, têtes vertes au bout de tiges blanches sortant de la terre noire, elle saura qu'elle y est presque, et cette pensée remplira son cœur de joie. Bientôt il y aura des tomates, des okras, des concombres, des poivrons, des courges et des courgettes, des haricots Greasy Cutshort et du maïs doux qui fondra sur sa langue comme du beurre.

De tous côtés le potager est bordé des pierres de rivière que Lon a transportées une à une depuis le ruisseau bien des années plus tôt. Sur le bord, cependant, face à la maison, se dressent dix moulages en plâtre qui ne sont pas là depuis longtemps. Le jeune homme de l'université les a apportés le premier hiver et elle les a gardés dans le cabanon jusqu'à il y a peu, car elle ne savait qu'en faire, incapable de s'y confronter. Ils sont vernissés et cuits, d'un noir intense, et au soleil ils brillent telle de l'obsidienne. Elle en prend un et contemple le visage de sa petite-fille. Elle en suit les contours avec les doigts puis, après avoir reposé le plâtre par terre, elle fait de même avec son propre visage, palpant son nez et ses lèvres, ses yeux et ses fossettes.

Elle regarde les expressions gravées sur ces visages et chacun la transporte en un lieu différent. Elle se rappelle une partie de cartes une fois où Lula et elle avaient joué comme des pieds. Elle se rappelle la tête de leurs maris quand elles perdaient à chaque tour. Elle se rappelle comment le mari de Lula, Marvin, perdit son calme et jeta ses cartes sur la table et s'écria « bon sang », et comment elles éclatèrent de rire si fort qu'elles en pleurèrent.

Son esprit dérive vers Lon et elle les voit tous les deux debout sur le bord de la route, appuyés sur le pare-chocs avant du vieux pick-up C10 qu'il conduisait alors. Elle est enceinte et porte une robe vert émeraude avec un collier en fausses perles et de grosses boucles d'oreilles en or, et il a sa main posée sur son ventre. Elle se rappelle Dayna en robe de Pâques. Elle se rappelle Dayna en robe de bal. Elle se rappelle Dayna qui détestait tellement les robes qu'elle arrachait ses vêtements, sortait en trombe dans le jardin et se roulait dans la boue comme un cochon. Tous ces souvenirs emplissent ses yeux de larmes de joie, et dans ces moments elle ne peut s'empêcher d'y voir une bénédiction. Dans ces moments, elle regrette d'avoir un jour souhaité les effacer tous.

Quand elle regarde ce visage aujourd'hui, elle voit la jeune femme. Elle la voit danser ici à même la terre, pieds nus et resplendissante, sa robe tournant autour d'elle comme une ombrelle. Elle se rappelle à quoi elle ressemblait sous ce soleil. Elle se rappelle la façon dont ses cheveux fouettaient son corps, ses hanches ondulant et ses bras levés vers le ciel comme si elle avait pu atteindre et toucher les mains de Dieu. La vieille dame se raccroche à ce visage. Elle s'y agrippe comme à une pierre et, bientôt, c'est tout ce qu'elle verra, la seule chose dont elle se souviendra.

Cette nuit-là, la musique la trouve et les voix lui chantent de dormir. C'est ainsi que vient la vie éternelle.

REMERCIEMENTS

Merci à Marie Cochran, à qui je dédie ce roman. Ton sourire et ton esprit, ta compassion et ta confiance, ont toujours été une lumière dans l'obscurité. Merci à Victoria Casey McDonald, qui a travaillé inlassablement à la préservation d'une histoire et d'un peuple. Puisse son œuvre servir éternellement. Merci aux chiens, aux bois et à celle qui m'a soutenu tandis que je tâtonnais. À mon éditrice, Gaby Mongelli, et à mon agent, Julia. Et, surtout, merci à ceux qui manient la hache.

Imprimé en France
par Normandie Roto Impression s.a.s. à Lonrai
N° d'impression : 2404289